안도 다다오,
건축을 살다

tadao ando

안도 다다오,
건축을 살다

미야케 리이치 지음
위정훈 옮김

사람의집

사람의집은 열린책들의 브랜드입니다.
시대의 가치는 변해도 사람의 가치는 변하지 않습니다.
사람의집은 우리가 집중해야 할 사람의 가치를 담습니다.

이 책은 실로 꿰매어 제본하는 정통적인 사철 방식으로 만들어졌습니다.
사철 방식으로 제본된 책은 오랫동안 보관해도 손상되지 않습니다.

차례

제1장 성장

오사카시 아사히구라는 토착성

현재 오사카시에서는 히라노구 등 몇몇 구(区)에서 지역 탐구라는 목적으로 〈구 검정 시험〉을 실시하고 있다. 안도 다다오(安藤忠雄)가 어린 시절부터 오랫동안 살았던 아사히구에서 그는 지역 명사로 이름 높으며, 당연히 검정 시험에도 등장한다.

〈아사히구에서 청소년기를 보낸 세계적으로 저명한 건축가는 누구일까요?〉(2012년)

답은 객관식으로 단게 겐조(丹下健三), 구로카와 기쇼(黒川紀章), 안도 다다오 등 건축가 이름이 사지선다형으로 제시되어 그중 하나를 고르면 된다. 안도가 오사카 출신이라는 건 사람들 대부분이 알고 있으므로 그리 어려운 문제는 아니다.

그런데, 다음 해 아사히구 검정 시험에는 이런 문제가 나왔다.

〈안도 다다오는 프로 복서로도 활약했는데, 프로 복서 시절의 링네임은 무엇이었을까요?〉

객관식 해답란에는 스트롱 안도, 선더 안도 등 네 개의 이름이 나열되어 있다.

위키피디아를 찾아보면 안도 다다오 항목에 〈그레이트 안도〉가 링네임으로 소개되어 있으므로 이것을 정답으로 생각하겠지만, 안도에게는 실제로 이런 링네임은 없었다. 사실 확인을 하지 않고 문제를 냈거나 아사히구가 앞장서서 환상적인 이미지를 만들어 내버린 듯하다. 복서였던 안도의 경력을 일부러 강조하여 히어로의 탄생 전설을 만들고 싶은 마음은 알겠지만, 지나친 의욕이 빚은 실수였다.

오사카 사람들이 안도 다다오를 어떻게 생각하는지 보여 주는 에피소드로, 건축가 이시야마 오사무(石山修武)가 안도와 함께 오사카 시내에서 택시를 탔을 때 이야기가 있다. 차에서 내릴 때 안도가 택시비를 내려 하자, 〈당신한테는 돈을 못 받겠습니다. 오사카를 위해서 너무나 애쓰고 있으니까요!〉[1] 하고 운전사가 택시비를 받지 않았다는 것이다. 길을 걷고 있으면 이 사람 저 사람 할 것 없이 다가와서 〈안도 씨!〉 하고 말을 걸고 악수를 청하는 등 그야말로 시민의 아이돌인 셈이다. 무엇보다 안도 다다오라는 사람 자체를 너무나 좋아한다.

안도와 친분을 맺고 무슨 일이든 함께 의논하던 산토리 전 사장 사지 게이조(佐治敬三)의 말을 빌리면 〈천의무봉의 100퍼센트 오사카 사람〉인[2] 안도 다다오는 오사카를 더없이 사랑하는, 진정한 의미에서 오사카 문화의 체현자이다. 안도는 효고현 태생이지만, 전쟁 후에 바로 이사하여 그때부터 몇십 년 동안 살았으며, 그를 뼛속까지 오사카 사람으로 키워 낸 곳이 오사카시

24개 구 중 하나인 아사히구라는 장소이다.

1941년생인 안도의 어린 시절을 이야기할 때, 반드시 언급해야 할 두 가지가 있다. 하나는 요도강을 따라 오사카 동쪽을 형성하는 아사히구라는 토착성이며, 다른 하나는 제2차 세계 대전과 패전에 따른 혼란기라는 시대 배경이다.

그가 태어난 1941년은 태평양 전쟁의 시작, 즉 일본이 미국과 영국 등의 연합국에 선전 포고를 한 해로 그해 9월 13일 쌍둥이로 태어난 형제는 형은 다다오(忠雄), 동생은 다카오(孝雄)라는 이름이 지어졌다. 〈충효(忠孝)〉라는 단어는 당연히 유교적인 명명이며, 좀 더 깊이 생각해 보면 충신 애국이나 효행 등 약간 예스러운 보국 이데올로기가 숨어 있다고 할 수 있다. 단, 이것은 시대적 상황이며, 그것이 안도 다다오의 정신성을 형성한 것은 아니었다.

많은 일본인이 그러했듯이, 전쟁은 인생을 송두리째 바꿔 버렸다. 안도는 효고현 니시노미야에서 무역상을 하는 기타야마 미쓰구와 아사코 부부 사이에 태어났는데, 직후에 외조부모댁에 양자로 보내진다. 외동딸이었던 아사코가 결혼하면서 첫 아이는 친정으로 보내 가문을 잇게 하기로 외조부모와 약속했기 때문이었다. 외할머니 안도 기쿠에는 그 무렵에 마흔 살, 요즘 감각으로는 약간 나이가 있긴 하지만 평범한 어머니 나이이며, 연로한 할머니와 손자라는 구도는 아니었다. 그해가 저물어 갈 때 일본은 태평양 전쟁을 시작했고, 일가는 전쟁을 피해 효고현의 산속으로 피난을 떠났다. 안도에게는 당시 기억이 거의 없다. 외할아버지 안도 히코이치는 원래 조용한 성품의 사람으로, 변변한 직업 없이 대필 일을 하고 있었다. 한편, 외할머니 기쿠에는 활달하고 일도 잘하는 대장부 스타일로, 전쟁 전에는 오사카 덴포잔 부근에서 군인들을 상대로 식량을 공급하는 회사를 운영하고 있었다. 당시에는 드물었던 택시를 타고 다니고, 동물을 좋아하여 셰퍼드를 여러 마리 키웠다는 데에서도 알 수 있듯이, 상당히 유복한 생활을 했다고 한다. 평온한 시대였다면 소년 다다오는 실업가 안도 가문의 대를 이을 오사카 도련님으로 자랄 수 있었을지 모르지만, 공습으로 집이 불타 버렸고 가족은 효고현의 산속으로 피난을 갔다가 전쟁이 끝나고 얼마 지나지 않아 현재의 아사히구로 이주했다. 그리고 일가는 패전과 더불어 자산을 몰수당해 전 재산을 잃었다. 그때 안도 다다오는 네 살이었다.

나가야에 살다

일본 경제를 짊어진 군수 산업이 많이 들어서 있는 오사카는 미군이 전략 폭격하기에 좋은 표적이었고, 1945년 3월 이후 반복적으로 공습을 당했다. 불에 탄 면적은 40제곱킬로미터에 이르며, 전체 주거의 30퍼센트 가까이가 없어졌다. 집을 잃은 사람들은 불에 탄 땅에 막사를 짓고 살거나 피해가 비교적 적었던 이쿠노구나 히라노구 등 주변 지역에 대체할 집을 찾아 이주해야 했다. 아사히구는 6월 7일 대공습으로 요도강을 따라 시로키타 공원을 중심으로 피해를 보았지만, 그래도 아직 주거가 남아 있는 편이었다.

오사카는 전쟁 전부터 나가야(長屋, 연립 주택)의 마을로 알려져 있다. 도로를 따라서 4채, 5채 등 가로로 쭉 이어지게 만들어진 주거로, 각각 세로(안길이)가 길고 좁게 설계되어 있다. 너비는 보통 두 칸이었지만, 때에 따라서는 한 칸짜리 비좁은 것도 있었다. 한 집의 규모는 15평 정도이며, 지면 구획상으로는 직사각형 모양을 이루고 있다. 작은 단독 주택이 일반적이었던 간토(関東)* 지방 사람들에게는 약간 낯설겠지만, 에도 시대 후반에서 쇼와 시대 중반까지 오사카 서민들은 전통적으로 대부분 그런 나가야에 살고 있었다고 봐도 된다.

안도 일가가 이사한 곳은 아사히구 중간쯤의 나카미야라고 불리는 구획이었다. 거기에 있는 3채짜리 나가야가 새로운 보금자리였다. 규모는 단층에 넓이는 두 칸, 세로는 여덟 칸, 쇼와 초기에 지어진 아주 평범한 나가야지만 현재는 〈안도 다다오 생가〉라고 소개될 정도로 아사히구의 성지 대접을 받고 있다. 안도가 여기서 태어나지 않은 이상 생가라고 하는 건 틀린 말이지만, 위인의 옛집으로 대우하는 것은 거짓이 아니며, 언젠가 행정적으로도 보존 대책을 세워야 할 것이다. 나카미야의 동쪽에 접한 지구가 오미야인데, 에도 시대부터 오미야 신사가 있으므로 사찰 이름에서 따온 유서 깊은 이름인 것을 알 수 있다.

논밭이 펼쳐진 이 지역은 히가시나리구로, 군(郡)에서 오사카

* 도쿄와 사이타마현 등 일본 중부에 있는 지방 일대를 이르는 말. 이하 모든 각주는 옮긴이의 주이다.

시로 편입된 것은 다이쇼 말기인 1925년, 다시 인구가 많이 증가하여 아사히구가 분리된 것은 쇼와 초기인 1932년이었다. 아사히구는 농촌 한복판에 있었지만, 마침 오사카에서 교토로 향하는 교카이도(京街道)를 지나는 길이어서 나름대로 격이 있었다. 거기에 더해 요도강을 오르내리는 산짓코쿠부네(三十石船)*도 상류의 교토를 향하려면 후나히키**가 제방을 타고 배를 끌게 되므로, 그런 의미에서도 교통의 요지였다. 현재의 요도강은 메이지에서 다이쇼 시대에 걸쳐서 하천 개수를 한 결과 강의 흐름이 바뀌었으며, 그때까지는 안도 집안의 약간 북쪽까지 요도강이 남쪽으로 크게 굽이쳐 흐르고 있었다. 나카미야는 원래 나카라고 불리는 마을이었기에 이런 이름이 된 것으로 추정한다. 막부 말기 1861년에 간행된 『요도강 양안 일람(淀川両岸一覧)』에 이 일대의 옛 정취가 잘 묘사되어 있다.

안도 일가가 살았던 나카미야는 이 책에 묘사된 오래된 주거지와 그 남쪽 너머의 습지로 이루어졌다. 안도 집안은 그 경계선에 있었다. 나카미야에는 지금도 옛날식 집이 군데군데 남아 있는데, 그 사이사이에 나가야와 작은 공장이 모여 있다. 안도의 집 주위에는 목공소, 바둑판과 바둑돌 제작소, 철공소, 유리 공장 등이 있었으며, 조금만 걸어가면 파밭이 펼쳐져 있었다.

* 쌀 30석을 실을 수 있는 적재 능력을 가진 일본의 재래식 목조선. 특히 에도 시대에 요도강을 통해 후시미와 오사카에 오가던 여객선을 말한다.
** 배에 그물을 걸어서 강기슭에서 상류를 향해 끌고 가는 일을 하는 사람.

집과 일터가 붙어 있는, 아주 시끌벅적한 환경이었다. 아침이 되면 탕탕탕 쇠 두드리는 소리, 나무 깎는 소리, 채소나 먹거리를 파는 장사치의 목소리 등 마을이 서서히 활기를 띠어 가는 소리가 들려왔다. 나는 그런 곳에서 자랐다. 거기서는 문학이나 음악 같은 문화적인 분위기는 손톱만큼도 느낄 수 없었다. 책장이 있는 집은 한 집도 없었고, 음악은 라디오에서 들려오는 가요가 전부였다. 어렸을 때는 클래식 음악이 있는 줄도 몰랐다.[3]

1948년에 외할아버지가 돌아가시자 그때부터 외할머니 기쿠에와 단둘이 살게 된다. 오사카 토박이인 외할머니는 자유분방함의 가치나 매사에 합리적일 것 등 생활신조를 손자에게 가르쳤고, 때로는 엄격하게 인생을 살아가는 자세를 깨우쳐 주며 안도 다다오의 인생에 결정적인 영향을 끼쳤다. 생계는 기쿠에가 일용품을 취급하는 작은 상점을 꾸리며 이어 갔다. 집 밖을 나서면 10년을 하루같이 나무를 깎고 있는 목공 장인, 사람이 북적대는 꼬치구이집 아주머니, 길가에 의자를 내놓고 앉아 시원한 저녁 바람을 쐬는 이웃 아저씨들이 있었다. 그곳은 인생 학교이기도 했다. 동네 랜드마크는 높은 굴뚝이 표식이었던 길모퉁이 공중 목욕탕 정도였고, 조금만 걸어가면 울창한 녹음에 둘러싸인 신사나 절도 있었다. 날림 공사로 인해 건축 기준법에 비추어 보면 명백하게 위법인 건물이 버젓이 세워져 있었지만, 건축사가 이토 데이지(伊藤ていじ)의 말을 빌리면 〈인간의 생활

력이 건축 행정을 압도한다고 할 만한 마을〉[4]이 그에게 용기를 주고 인간으로서 살아가는 기본을 심어 주었다.

학교에서는 싸움 대장

초등학교는 근처의 오미야니시 초등학교에 입학했다. 1947년 4월, 패전으로부터 1년 반 정도밖에 지나지 않은 세상은 아직 혼란기였다. 근처에는 전쟁 피해자와 귀환자들이 막사를 치고 살았고, 폐차된 목탄 버스의 차체를 쭉 늘어 세운 〈버스 주택〉도 들어섰다. 학교 건물이라고 해봤자 목조 단층 건물 네 개 동에 군대 병사 같은 조잡한 속복도*식 건물이었으며, 공습으로 불탄 것을 그나마 겨우 복구한 것이었다. 전후 베이비 붐 세대가 등장하려면 이후로도 몇 년을 기다려야 하지만, 그래도 집을 떠났던 많은 사람이 돌아왔기에 아동 수가 많아서 한 반에 40여 명, 한 학년이 네 학급으로 구성되어 있었다. 남자아이는 까까머리, 여자아이는 단발머리가 일반적이었고, 모두 가난하여 교복 대신에 한 벌뿐인 표준복을 입었다.

주변 어른들은 먹고살기 바빠서 아이들에게 〈공부하라〉는 말을 할 여유가 없었다. 아이들은 그야말로 자유롭게 생활하고, 방과 후에는 길거리나 가까운 요도강 강변에 나가 신나게 놀았다. 한창 놀고 싶을 나이의 다다오도 예외는 아니었다. 그런데도 〈놀려면 숙제를 끝낸 다음에 놀아라〉 하는 외할머니 말씀을 지켜서, 학교에서 내준 약간의 숙제를 끝내고서야 놀러 나갔다.

* 방과 방 사이로 통하는 복도.

14

단, 교과서는 교실에 두기 일쑤였다. 놀이 중에서도 특히 좋아했던 것은 맞은편에 있는 목공소에서 얻은 나뭇조각으로 뭔가를 만드는 공작 놀이였다고 한다. 그리고 해가 뉘엿뉘엿 기울면, 정확하게는 매일 오후 4시 40분부터 흘러나오는 NHK「사람 찾는 시간」이 누군가의 집에서 들려오는 소리를 들으면서 집으로 돌아가는 나날이었다. 마이즈루 항구에 도착한 해외 귀환자 소식을 전하는, 수많은 일본인이 들었던 라디오 방송이었다.

체력은 좋았다. 친구들을 모아서 야구하고, 칼싸움 놀이도 열심히 했다. 운동회에서는 언제나 1등으로 골인하여 외할머니가 늘 기뻐했다. 새까맣게 볕에 그은 다다오가 달리기 시작하면 관중 속에서 〈저 까만 애는 누구냐〉 하는 소리가 들려왔다.

학업 성적은 뒤에서 세는 것이 빨랐던 다다오가 운동회에서만큼은 달렸기에 기쿠에는 가슴이 터지도록 기뻤다고 훗날 다다오의 아내에게 말했다. 개구쟁이 소년으로 깡통 차기, 딱지치기는 귀여운 편에 속했다. 근처 아사히 경찰서의 경찰관에게 유도를 배워서 익힌 뛰어난 격투 기술 때문에 진짜 싸움으로 번지기 일쑤였다. 주변에서 〈싸움 대장 안도〉라고 불리며 남자아이들로부터는 부러움을 받았지만 여자아이들은 냉랭했다고 한다. 드잡이를 벌이다가 기쿠에로부터 양동이에 든 물을 뒤집어쓴 적도 있었다.

집에서 초등학교까지는 걸어서 몇 분 정도의 짧은 거리였다. 길을 따라 늘어선 건물은 모두 협소하고 빈약했지만, 거기에 반비례하듯이 자연은 아름다웠다. 학교 건물을 따라 벚나무가 쭉 늘어서 있고, 민가 뒤편에는 감나무가 심겨 있었다. 봄이 되면 활짝 핀 벚꽃에 마음이 설레고, 가을은 가을대로 감을 따 먹는 등의 체험이 어린 마음을 흔들었다.

유년기에 새겨진 벚나무 이미지는 강렬했다. 어른이 되어 건축가로서 단계를 밟아 가면서 그 이미지는 소년기의 심상 풍경과 더불어 증폭되어 간다.

이런 사건도 있었다. 초등학교 6학년 때의 어느 날, 편도선이 부었는데 결국 편도선염으로 적출 수술을 받게 되었다. 하지만 매일매일의 생활에 쫓기는 기쿠에는 작은 가게를 닫고 손자의 수술에 따라갈 만한 여유가 없었다. 다다오에게 건강 보험증과 돈을 주면서 〈내가 따라가봤자 네 아픔을 알 수 없으니 혼자서 다녀오너라〉 하고 보냈다. 아프고 불안했지만 혼자서 가야만 했던 경험은, 어른이 되어 뭔가 결단을 내리고 행동해야 할 때 플래시백처럼 떠오른다고 한다.

1954년 4월, 안도는 시립 오미야 중학교에 진학한다. 오사카 대공습 후에 신설된 중학교로 통학 시간은 7, 8분 정도로 조금 길어졌다. 연합군 점령하에서 학제가 개편되어 초등학교 6년, 중학교 3년의 의무 교육 제도로 취학 아동이 급증하자 학교 건물도 더 지어야 했다. 오미야 중학교도 그런 이유로 신설되어 주변 초등학교 세 곳에서 아동들을 모집했다. 개교 시에 목조 2층 건물인 교사(校舍) 두 동이 세워지고 안도가 입학하기 전해에는 철근 콘크리트 교사도 새로 지어져 당시로서는 현대적인 건물이었다.

중학교에서도 다다오는 여전히 공부를 싫어했지만, 변화가 일어난 것은 수학 시간이었다. 〈수학은 아름답다〉고 생각하게 된 것이다. 이유는 열정 가득한 수학 선생님 덕분이었다. 3학년 때 각 반에서 수학에 재능 있는 학생 40명을 뽑아서 특별 수업을 했는데, 다다오의 재능을 꿰뚫어 보고 성적이 뒤에서 몇 번째인 그를 그 반에 넣어 준 이가 수학 선생님이었다. 동창회지를 참조하여 당시 수학 교사를 찾아보니 분명히 있었다. 이름은 스기모토 시치자에몬, 수업을 들은 학생들이 그린 얼굴 스케치가 남아 있고, 〈X에 후광을 더한 수학 선생님〉이라는 설명이 붙어 있었다. 예스러운 이름과는 달리 현대적이고 명석함을 내세운 교수법으로 학생들을 끌어당겼다. 그리고 다다오는 논리적 사고와 기하학의 아름다운 매력에 이내 사로잡혔다.

중학생이 되자, 모노즈쿠리*의 환희도 본격적으로 맛보았다. 건축가 안도 다다오의 원점이라고 절반쯤은 전설처럼 일컬어지는 본가의 증개축이 바로 그것이다. 안도가 중학교 2학년 때 외할머니는 1층이었던 집을 2층으로 증축하고, 2층을 세놓아 하숙집을 운영하기로 결심했다. 그래서 목수를 불러 공사를 시작했다. 안도의 집은 3채짜리 나가야의 가운데 집이었으므로 그 부분만 공사를 했다. 도편수가 지시하여 목수가 지붕을 잘라 내자 〈드넓은 창공에서 한 줄기 빛이 비쳐 들었다〉. 음침하고 압박감이 느껴지는 나가야의 공간이 쏟아지는 빛의 소용돌이로

* 숙련된 기술자가 그 뛰어난 기술로 정교한 물건을 만드는 것을 말하거나 혼신의 힘을 쏟아 최고의 물건을 만드는 장인 정신을 뜻하기도 한다.

가득 찼다. 이 예기치 못한, 그리고 어딘가 성스러운 의식적 체험이 소년에게 결정적인 영감을 주었다. 아직 건축가라는 직업을 몰랐던 다다오는 마음속으로 결심했다. 〈중학교를 마치면 목수가 될 거야.〉 점심도 거르고 기다란 빵 하나를 우적우적 씹으면서 일에 몰두하는 젊은 목수의 모습은 감동적이었고, 공중에서 떠다니는 연한 쇳가루에 감싸인 그 모습에서 천직을 보았다.

현존하는 나카미야의 집은 증개축 후의 모습으로 남아 있으며, 단층인 옆집보다 지붕 하나만큼 더 높다. 안도 다다오는 결혼 후에도 이 집에 계속 살았으니, 무려 40년을 여기서 지낸 셈이었다. 유소년기의 원체험뿐만 아니라 건축가로 큰 성공을 거둔 후에도 이 집에서 사무소로 출근했다. 그런 의미에서 나카미야의 집은 그의 인생 자체였다.

강변에서 물고기, 곤충과 놀다

오사카는 종종 녹음이 적다는 말을 듣는다. 그러나, 안도 다다오의 녹음에 대한 집착은 보통이 아니다. 그의 성장 과정을 따라가 보면 그런 집착이 억지를 부리는 것이 아니라 유소년기 원체험에 원인이 있음을 알게 된다. 오사카적인 나가야의 풍경에서 풍성한 녹음을 연상하기는 힘들지만, 장소를 아사히구로 좁혀서 생각하면 이해가 간다.

앞서 이야기했듯이, 아사히구는 요도강을 따라 오사카의 동쪽을 형성하고 있다. 안도의 집에서 요도강 둑까지는 북쪽으로

1킬로미터 정도, 아이 걸음으로도 15분이면 도착한다. 이 요도 강의 하천 둔치가 특별한데, 당시에는 온통 갈대밭이었다. 현재 요도강을 관리하는 국토 교통성과 오사카시는 이 일대를 생태계 보존 지역인 〈조호쿠 완드〉로 보전하려고 노력하고 있다. 〈완드〉는 상당히 낯선 단어인데, 한자로는 만처(湾処)*라고 쓰며, 네덜란드어에서 유래했다는 설도 있다. 하천을 보수할 때는 강폭을 좁혀서 흐름을 빠르게 하기 위해 강변 가까운 곳에 인공 둑을 함께 만들어, 마치 연못이 쭉 이어진 것처럼 웅덩이를 만들어 간다. 전문 용어로는 〈섶 침상〉** 공사, 즉 잡목을 이용하여 매트리스를 만들고, 그 위에 돌을 깔아서 방죽으로 삼는다. 메이지 시대에 고용한 네덜란드인 토목 기술자 요하니스 데 레이커가 건설하기 시작한 것으로, 아사히구는 메이지 시대 말기의 요도강 개량 공사 때 설치하였다. 시간이 지나면서 거기에 흙이 쌓여서 강의 수위가 높아지면 침수하고, 낮아지면 마르는 침수 지대를 형성하게 된다. 요컨대, 강바닥 일대가 습지대가 되어 갈대가 무성하게 우거지고, 거기에 다양한 생물이 서식하는 것이다.

다다오와 친구들이 발바닥이 닳도록 드나들었던 곳은 바로 이런 구역이었다. 환경 교육 따위는 존재하지 않았던 당시의 초등학생이 토목과 생태학의 조합을 이해할 수 있었을 리는 없지만, 녹색으로 둘러싸인 강변에서 얼마나 신나게 놀았을지 상상

* 강의 본류와 연결되며 하천 구조물 등으로 둘러싸여 연못처럼 된 지형.
** 제방이나 호안(護岸)의 기초를 단단히 굳히려고 만드는 구조물.

하기는 어렵지 않다. 전쟁이 끝나고 얼마 지나지 않은 이 시기에는 아직 환경이 오염되지 않아 붕어, 잉어, 납자루, 피라미 등의 물고기가 맑은 물속에서 이리저리 헤엄치고 있었다. 잠자리, 메뚜기, 여치 같은 곤충류도 풍부했다. 지금으로 치면 생물 다양성의 모델이라고도 할 수 있는 생태 서식지이다. 아사히구 지역 연구회 회지를 보면 나이 지긋한 시민들의 강변에서의 경험담이 실려 있어, 이곳 주민이라면 누구든지 완드에서 놀았던 추억을 공유하고 있음을 알 수 있다. 러닝셔츠에 맨발로 갈대밭을 달리거나 곤충 채집이나 낚시에 열을 올렸을 소년 다다오와 친구들의 모습이 눈에 선하다.

고도성장의 시대가 되자 공장 폐수 등으로 수질이 오염되어 강변에서 노는 것 자체가 규제 대상이 되어 버렸다. 그래서 도시의 젊은 세대는 그런 더럽고 위험한 장소에 드나드는 일은 생각하기도 싫어하게 된다. 그러나 개구쟁이 시절을 마음껏 누린 안도에게는, 예전에 자신이 경험한 요도 강변의 습지대야말로 인간성을 꽃피우고 자연과의 교류를 만끽할 수 있는 장소이다. 그렇기에 훗날 녹색에 대한 그의 집착을 이해할 만하다. 아사히구라는 생활 공간이 갖는 중의성, 즉 비좁은 나가야라는 압축된 주거 공간과 함께 녹색이 넘실대는 탁 트인 강변의 공간이라는, 얼핏 보기에 다른 차원의 두 세계가 병존하는 것도 알게 된다. 안도 다다오의 인격 형성에서 이 중의성은 커다란 의미를 지닌다.

프로 복서로 태국 원정을 가다

안도는 중학교를 마치고 목수가 되겠다고 마음속으로 결심했지만 실제로는 공업 고교에 진학했다. 집안 형편상 외할머니에게 더 이상 부담을 주고 싶지 않았지만, 정작 외할머니는 〈고등학교는 꼭 졸업하라〉고 강하게 타일렀다. 결국 고등학교에 진학하기로 했다. 가와치시(현재의 히가시오사카시)에 있는 조토공업 고등학교 기계과에 입학하여 3년을 보냈다. 거기서 도면 그리는 것을 배웠지만, 기계 제도 종류여서 훗날 필요한 건축 제도와는 크게 달랐다. 도면을 그리고 선반을 돌리는 생활이 이어졌으나 그것도 나쁘지 않았다.

고등학교 시절 최대의 사건은 뭐라 해도 프로 복서가 된 것이다. 고교 2학년 때, 쌍둥이 동생 기타야마 다카오가 프로 복서가 된 것을 보고 자신도 그 재능이 있음을 깨달았다. 그러고는 동생과는 다른 곳인 다이신 체육관이라는 곳을 찾아내서 다니기 시작했으며, 한 달여 만에 프로 자격증을 땄다. 페더급으로 체중 상한은 약 57킬로그램이었기에 진짜 시합 때는 상당히 감량해야 했다. 당시 규칙으로는, 데뷔한 프로 복서는 우선 4회전을 의무적으로 치르게 되어 있었는데, 어느새 6회전까지 치르고 서일본 신인왕이 되어 있었다. 파이트머니는 시합당 4천 엔으로, 대졸 공무원 첫 월급이 1만 엔 정도였던 당시 급여 수준으로는 상당히 고액이었다. 〈싸움으로 돈을 벌다니, 이보다 좋을 순 없다〉고 아주 흐뭇했다고 한다.

첫 해외여행도 이때 했다. 나 홀로 태국 원정을 경험한 것이다. 이 원정 제안이 체육관에 왔을 때, 주변 사람들 모두가 꽁무니를 빼기에 자기가 갈 수밖에 없었다고 하지만, 무슨 일이든 적극적인 성격인지라 자기 자신에게 승부를 걸어 보는 의미도 있었을 것이다. 태국에서 초대하긴 했지만, 방콕까지 왕복하는 데 비행기 같은 사치스러운 교통수단을 이용할 여유는 없었다. 당연히 배를 탔다. 심지어 세컨드*나 매니저도 없이 열일곱 살짜리 혼자 고독한 여행을 감행했다. 아무도 도와주지 않는 상황에서 번거로운 수속도 모두 혼자서 해낸 끝에, 시합을 위해 몸을 단련하고 마지막에는 정신을 집중하여 링에 올라가 싸웠다. 아무리 싸움을 좋아한다고 해도 평범한 인간이 해낼 수 있는 일은 아니다. 격렬한 투쟁 정신을 지탱하는 극도의 정신력이 요구되는 일이다. 〈링에서 뛰쳐나갈 때의 긴박감, 누구에게도 의지하지 않고 나 혼자 싸워야 하는 고독감〉은 훗날 고스란히 안도의 일하는 방식이 된다.

방콕에서는 4회전을 치렀고 시합 결과는 무승부였다. 무난한 성적이다. 그 기세를 몰아 프로의 길을 걸었다면 미래에 최고의 자리를 노리는 것도 가능할 것 같다고 생각한 그때, 뜻밖의 사건을 만났다. 〈파이팅 하라다〉와의 만남이었다. 갓 데뷔한 열여섯 살 하라다는 아직 이름 없는 복서에 지나지 않았지만, 그 압도적인 공격력은 이미 프로들 사이에서는 화제였다. 그런 그가 오사카를 찾아오고, 우연히 다이신 체육관에서 공개 스파링을 하는 장면을 안도가 지켜보게 되었다. 링 위를 돌진하는 하라다

* 권투에서, 경기 중 선수를 돌보는 사람으로 시합 중에 치료나 조언 등을 해준다.

의 동작, 속도, 파워, 탁월한 심폐 능력, 빠른 회복력에 경악했
다. 두 살 어린 파이팅 하라다가 보여 준 압도적인 에너지에 자
신은 대적할 수 없음을 깨닫고 프로 복서의 길을 포기했다. 복
싱을 시작한 지 2년이었지만 포기하겠다는 결단 역시 빨랐다.

파이팅 하라다에 대한 안도의 안목은 정확했다. 하라다는 단
숨에 링을 석권하고 다음 해에는 전국 신인왕을 획득하며 그대
로 25연승, 그리고 열아홉 살이 된 1962년에는 태국인 세계 챔
피언을 쓰러뜨리고 세계 플라이급 왕자로 이름을 떨쳤다. 하라
다와의 만남은 거기서 시작되었다. 복서에서 건축가로 전향한
후에도 둘의 만남이 이어졌고, 지금은 서로 존경하는 관계이다.

복싱 연습이나 시합 때문에 고교 수업을 상당히 빼먹었지만,
그래도 1959년 3월에 무사히 3년 과정을 마치고 졸업한다. 프
로 복서로서 힘든 시련을 견디고 강한 자아와 자립심을 키운 안
도였으나 대학 진학은 언감생심이었다고 한다. 살림을 아끼고
아껴서 뒷바라지한 외할머니에게 더 이상 부담을 줄 수는 없
었다.

다다오(왼쪽)와 동생 다카오의
두 살 무렵(1943년).

오사카시 아사히구의 안도 다다오 생가.

초등학교 2학년 때로 둘째 줄 왼쪽에서
세 번째가 안도(1949년).

고교 2학년 때인 프로 복서 시절(1958년).

설계 사무소 개설 직후의 안도 다다오(1969년).

제2장 건축가의 길로

나 홀로 건축을 공부하다

안도 다다오가 자신의 설계 사무소를 설립한 것은 1969년이었다. 고등학교를 졸업하고 딱 10년 후인데, 그의 생애를 생각할 때 이 10년은 커다란 의미가 있다. 20대의 젊음을 무기 삼아 다양한 일을 해나가면서 건축가로서 기초를 닦은 시기로, 뭔가를 추구하는 강한 충동은 있지만 착지점을 아직 찾지 못해 시행착오를 거치면서 앞날을 개척해 가는 기간이기도 했다. 이 장에서는 열기에 감싸인 1960년대 오사카를 무대로 삼아 그가 어떻게 해서 표현의 세계에 발을 들이고 인간의 삶을 보고 듣고, 다양한 사람들과 만나게 되는지 알아보자.

안도는 대학에 진학하지 않았지만 기업에 취직하지도 않았다. 스스로 〈성격이 거칠어서 회사 생활을 할 수 없었다〉고 말하지만, 이미 자신만의 개성을 확립한 그에게 이른바 월급쟁이 생활은 맞지 않았을 것이다. 다행히 시대는 고도성장이 한창일 때라 일거리는 얼마든지 있었다. 안도에게도 졸업 후 곧바로 친구가 소개한 디자인 일거리가 들어왔다. 나이트클럽 인테리어 일이었다. 10대의 나이에 일을 하다니 약간 빠른 감이 있지만, 무슨 일이든 도전하던 안도는 눈동냥으로 도면을 그려서 클라이언트에게 건넸다. 아르바이트는 거기까지였지만, 이 일로 자신의 디자인에 설계비가 지급되자 눈앞이 환해지면서 디자인을 향한 동기 부여가 단숨에 높아졌다. 이로써 복싱에 대한 집착도 말끔히 날아갔다.

안도가 출발점으로 삼은 인테리어 또는 상업 건축의 세계는 당시 학계에서 보면 아슬아슬하게 〈건축〉 범주에 들어가는 지점에 있었다. 기온*을 좋아하는 교토 대학교 교수는 수없이 많았지만, 나이트클럽 일을 높이 사는 교수는 거의 없었다. 고교를 갓 졸업하여 업계의 복잡한 관습 등은 알지 못했지만 눈치가 빠른 안도는 그런 분위기를 피부로 느끼고 학계와 학문이란 무엇인지를 깨달았다. 혼자서라도 건축을 기초부터 배울 필요가 있었다. 싸움 대장에서 시작하여 프로 복서로까지 신체를 단련한 안도에게 육체는 단순히 완력이나 순발력뿐 아니라 강한 정신으로 보완되어야 했다. 기술로 대결하는 장인의 세계가 새로운 도전으로 기다리고 있었다. 소년 시절 막연히 머릿속에 그렸던 목수의 길 대신에 건축가라는 구체적인 직업이 눈앞에 나타난 것이다.

건축을 하기 위해서는 건축물의 용도나 목적에 따라 적합한 형태와 공간의 구상, 구조나 설비 등 다양한 기술의 구사, 그리

---

* 일본 전통 가옥이 줄지어 세워져 있어 고풍스러운 느낌이 강한 교토 거리.

고 많은 전문직을 통괄하는 조직력이 요구된다. 경험도 중요하다. 그래서 건축가 자격은 의사나 약사와 마찬가지로 법률로 엄격하게 정해져 있다. 일본은 대학의 전문 과정 졸업 자격이 그대로 건축가 자격이 되는 미국이나 유럽과 달리 국가가 인정하는 자격을 취득해야만 그 길에 들어설 수 있다. 1급 건축사, 2급 건축사 등이 그것이다. 전자가 일반적으로 말하는 건축가, 후자가 목수 등 기능자가 대상이다. 대학 등에서의 전문 교육에 추가하여 실무 경험을 더해야 비로소 건축사 국가 시험에 응할 수 있다.

안도는 대학에 가지 않았으므로 제도권으로 진입하기 위해서는 실무 경력을 쌓아 우선 2급 건축사 자격을 딴 다음 1급 건축사 시험을 보면 된다. 하지만 안도는 제도에 빌붙는 성격이 아니었다. 건축학과에 진학한 사람이 하는 공부를 나 홀로, 즉 독학하는 것이 첫걸음이라고 생각했다. 그래서 교토 대학교에 다니는 친구에게 부탁하여 대학 교과서 한 세트를 사서 그것을 독파하기 시작했다. 아침 9시부터 새벽 3시까지 의자에 궁둥이를 붙이고 앉아 1년 만에 완독했다고 한다. 다만, 모르는 부분을 물어볼 선생님이나 선배가 없었기에 핵심을 파악하기가 좀처럼 쉽지 않았고, 무엇이 중요하고 무엇이 덜 중요한지도 알 수 없었다. 〈일단 정답은 모르지만 무턱대고 도전해 보기로〉 했다. 그러나 성에 안 차는 느낌은 떨칠 수 없었다. 그것을 보완하기 위해 통신 교육 강의를 잇달아 수강했다. 열아홉 살, 우직할 정도로 고지식한 인생이었다.

구타이 미술 협회를 만나다

건축의 길을 지망하여 고군분투하던 안도 다다오에게 강한 충격을 준 것은 그 무렵 한신칸*에서 활동하던 전위 아티스트들의 존재였다. 오늘날에는 세계 근현대 미술사의 한 면을 차지하는 〈구타이(具体)〉라고 불리는 운동, 정확히는 〈구타이 미술 협회〉라는 단체가 일으킨 예술 운동이었다. 1954년에 요시하라 지로가 아시야시에 설립했고 시라가 가즈오, 모토나가 사다마사, 무카이 슈지 등이 허를 찌르는 표현으로 주목을 끌고 있었다. 안도가 이 집단을 직접 만난 것은 그들이 오사카 나카노시마에 〈구타이 피나코테카〉라고 이름 붙인 갤러리를 열고 본격적인 활동을 시작한 무렵이었다. 1962년 9월, 안도는 스물한 살이었다.

한신칸에서 시작한 운동이 오사카 한복판에 있는 나카노시마로 옮겨진 데는 이유가 있다. 구타이 미술 협회를 세우고 몸소 이끌었던 요시하라는 요도야바시에서 태어나 대대로 내려오는 가게를 이어받아 식용유, 유지, 화장품, 비료 등을 취급하는 요시하라 제유 사장을 맡고 있었는데, 동시에 화가로도 성공하고 있었다. 당시 오사카의 실업가들 대부분이 그러했듯이 아시야에 살고 있었다. 그런 연유로 구타이 미술 협회는 아시야에 설립되었지만 활동 거점이 된 구타이 피나코테카는 요시하라 집안이 소유한 오사카 나카노시마의 도조(土蔵)** 세 개 동을 개

* 고베시와 오사카시 사이에 끼인 넓은 지역.
** 나무 골격에 흙벽으로 화재에 강한 일본의 전통 창고.

조한 것이다. 요시하라는 1920년대 파리에서 공부하여 프랑스 전위 미술과 그 운동의 향기를 깊이 들이마시고 귀국했다. 제2차 세계 대전 후에 파리에서 일어나고 미국의 액션 페인팅을 규합한 새로운 추상 예술의 흐름, 이른바 앵포르멜 운동과 통하며, 장 뒤뷔페나 잭슨 폴록 등과의 공통성도 지적된다. 그것을 주도한 미셸 타피에는 대단한 일본통으로, 그와의 관계가 구타이를 세계적 예술 운동으로 높였다고 해도 될 정도이다.

에도 말기의 건축이자 상가(商家)인 도조에 그리스어로 회화관(繪畵舘)을 의미하는 〈피나코테카〉라는 이름을 붙인 사람도 타피에였다. 타피에는 요시하라와 동갑내기로, 둘 다 전쟁 전부터 추상 미술을 경험해서인지, 1956년 현대 미술전을 위해 일본을 방문했을 때 요시하라를 소개받고 의기투합했다. 이후 구타이 운동을 높이 평가하여 유럽에 적극적으로 소개하는 한편, 자신의 화랑을 통해 고객층을 개척했다.

안도가 개인적으로 강하게 매혹된 이는 무카이 슈지였다고 한다. 1940년생으로 구타이 미술 협회에서 가장 나이가 어렸던 무카이 슈지는 요시하라 지로에 심취해 있었고, 기호로 공간을 촘촘히 채워 가는 작풍이 높게 평가받았다. 1962년 우메다의 OS극장 뒤편에 문을 연 재즈 카페 〈체크〉는 안도를 포함해 당시 전위를 지향하던 젊은이들의 아지트였는데, 개점 4년 후인 1966년에 무카이 슈지가 실내 벽 전체를 기호로 채웠다. 3년 후에 부술 테니 마음대로 해보라는 주인의 말에, 화장실을 포함해 모든 면을 그림으로 메운 것이었다. 구타이를 가장 간단명료하게 나타내는 공간이 되어 피나코테카와 함께 세계 각국에서 찾아오는 아티스트와 평론가를 매혹했다.

안도의 심미안은 이 시기를 통해 연마되었다고 보아도 된다. 소년 시절에는 예술과는 전혀 인연이 없는 생활을 했지만, 20대가 되어 갑자기 전위 예술의 파도 속으로 던져졌다. 이 바야흐로 갓 태어난 구타이의 현장에 안도가 있었던 것은 행운이었다. 안도는 잭슨 폴록에게 강한 영향을 받았다고 하지만, 그 이상으로 영향받은 것이 이탈리아인 예술가 루치오 폰타나였다. 캔버스에 나이프로 칼집을 낸 〈공간주의〉 작품으로 비평가들의 주목을 받고 있었다. 거의 반강제적으로 공간을 교란하는 솜씨에 자신을 겹쳐 보았는지, 안도의 회고록에는 거의 빠짐없이 폰타나가 등장한다. 실제로 폰타나는 일본을 방문할 때마다 오사카에 들러 재즈 카페 체크를 찾아와 무카이 슈지의 영감을 만끽했다고 하니, 안도는 상당한 친근감을 느끼고 있었을 것이다. 이 경험은 훗날 안도의 건축 작품에 크게 영향을 주었다.

디자이너들에게도 1960년대는 커다란 도전의 시대였다. 안도가 그들과 친분을 맺게 된 계기는 아무래도 동생인 기타야마 다카오에게 있었던 듯하다. 그래픽 디자이너의 길을 걷는 다카오는 1964년 무렵부터 도쿄로 옮겨 가서 다양한 크리에이티브 디자인을 제작하게 된다.

동생에게 이끌려 찾아간 곳이 신주쿠 〈후게쓰도〉이다. 종전 직후인 1946년 신주쿠 동쪽에 문을 연 찻집으로, 주인인 요코야마 마사오가 소장한 레코드 컬렉션에서 명곡을 들려주는 것이 장점이었다. 1958년에 건축가 마스자와 마코토(増沢洵)가 바우하우스 스타일로 점포를 재단장하여 젊은이들 사이에서는 신주쿠 현대 문화의 대명사처럼 일컬어질 정도였다. 아프레게르(전후파), 비트족, 누벨바그라는 단어가 난무하여 새로운 것을 좋아하는 신주쿠 젊은이들을 끌어당기고 있었는데, 1960년대 중반쯤부터 작가, 연극인, 아티스트, 디자이너 등 전위파 창작자들의 아지트로 변신했다. 신칸센이 개통되어 도쿄에 가볍게 다녀올 수 있게 되자 안도는 그때마다 후게쓰도에 들렀다. 그래픽 디자인의 첨단을 달리는 다나카 잇코를 알게 되고, 그를 통해 공간 디자이너 구라마타 시로, 미술가이자 그래픽 디자이너 요코오 다다노리와 친구가 되고, 다시 극작가 가라 주로, 아트 디렉터 이시오카 에이코로 친교의 범위를 넓혀 갔다. 모두 후게쓰도의 단골들이었다.

구라마타 시로와의 만남은 커다란 의미가 있다. 1967년에 다나카 잇코를 통해 알게 된 구라마타는 간밤에 꾼 꿈을 아침에 일어나면 스케치하고, 거기서 영감받아 초현실적인 디자인을 끌어내는 독특한 디자이너로 존경받고 있었다. 꿈과 현실의 경계에서 살고 있다는 말을 듣던 그가, 자신과는 정반대인 안도를 아주 마음에 들어 하여 자신이 만든 〈클럽 카사도르〉와 〈클럽 주도〉 등으로 안내한다. 훗날 안도의 사무소에는 〈오바케의 Q타로〉라는 애칭으로 불린 구라마타의 조명 기구가 놓이며, 그후의 작품에서도 반복하여 구라마타의 가구를 배치하는 것만 보아도 그를 얼마나 존경하고 있는지 알 수 있다.

지역에서 기반을 다지는 법을 배우다

우메다의 체크에는 건축가들도 모여들었다. 원래 그곳의 인테리어를 맡았던 사람은 당시 사카쿠라 준조(坂倉準三) 건축 연구소 오사카 지소에 근무하던 아즈마 다카미쓰(東孝光)였다. 오사카성과 이웃한 다마쓰쿠리에서 자란 아즈마는 오사카 대학교 출신으로 이 지역에서 기반을 다지려 하고 있었다. 게다가 야케아토 세대*로 새로운 문화에 굶주려 있었다. 이런 아즈마를 중심으로 자칭 〈체크 모임〉이 조직된다. 훗날 오사카 대학교 교수가 되는 가미노 게이진(紙野桂人), 구라마타 사무소의 야마사키 야스타카(山崎泰孝) 등과 함께 이 재즈 카페에서 정기적으로 모임을 열어 새로운 건축이나 도시의 모습을 논하려는 것이었다. 다만, 안도와 아즈마는 둘 다 체크의 단골이기는 했지만 이때는 스쳐 지나간 사이인 듯하며, 그들이 서로 알게 되는 것은 그로부터 훨씬 뒤인 1973년이 되어서였다.

시대는 도쿄 올림픽을 향해 달려가고 있었다. 올림픽에 맞춰서 도카이도 신칸센이 개통하여 도쿄와 오사카 사이가 3시간여로 연결되었으니, 기존의 특급 열차로 7시간 30분이 걸리던 시대에서 보면 격세지감이었다. 대도시에서는 도시 재개발이나 뉴타운 등의 새로운 도시적 과제가 이슈화되었고, 건축가들의 논의는 점점 뜨거워졌다.

건축가 미즈타니 에이스케(水谷穎介)가 주관하는 TeamUR에

---

* 불이 타고 난 자리를 뜻하는 말로, 1935년에서 1939년 사이에 태어나 제2차 세계 대전을 겪은 세대.

서 일해 보지 않겠느냐는 권유를 받아 안도 다다오가 일을 시작한 것은 도쿄 올림픽 개막 한 해 전인 1963년 가을이었다. 미즈타니는 아직 28세, 모교인 오사카 시립 대학교에서 조교 노릇을 하면서 도시 계획의 실무를 맡고 있었다. 아직 전문가로서 설 자리를 확보하지 못한 안도의 포지션은 이 팀의 조용한 멤버, 요컨대 일개 아르바이트생에 지나지 않았지만, 주민 입장에서 진지하게 도시의 존재 방식을 질문하는 미즈타니에게 공감하여 시키는 대로 악착같이 일했다. 이때 미즈타니는 고베의 미나토가와 재개발을 맡고 있었는데, 안도는 그 계획에 깊숙이 관여하게 되었다.

전쟁 전에 번화가였던 미나토가와, 이른바 신도시 구역은 공습으로 잿더미가 되었고 폐허 위에 생겨난 암시장이나 임시 천막이 오랫동안 거리의 경관을 지배하고 있었다. 그래서 미나토가와라고 하면, 전후의 패전 흔적이 고스란히 남아 있는 마을이자 도시 계획상 버거운 지역으로 낙인찍혀 관공서에서도 기피하는 지역이었다. 심지어 데키야* 같은 불투명한 조직의 존재가 지역 주민의 생활을 해치고, 새로운 번화가로 부흥한 산노미야 주변에 비해 취약하고 불건전한 이미지로 굳어졌다.

낙점을 받은 사람은 미즈타니 에이스케였다. 고베시로부터 위탁받아 TeamUR이 수행한 계획은 미나토가와 지구의 권리 반환을 통해 방재성(防災性)을 강화하는 〈방재 건축 구획〉으로 위치 지어졌는데, 이 계획은 불량 주택지 재개발로는 선구적인

* 길거리에 판을 벌이고 마술을 하거나 싸구려 물건을 파는 사람.

사례였으며, 이후 목조 주택 밀집 지역의 개량으로까지 이어졌다. 다만 고베에 남은 목조 주택 밀집 지역은 대부분 계획이 진행되지 않은 채 방치되어 1995년 한신·아와지 대지진 때 취약성이 재인식되기도 했다.

안도는 1980년대 이후 노출 콘크리트 기법의 기수로 찬양되며 건축 디자인의 궁극을 추구하는 건축가 이미지가 강하다. 그러나 안도를 개인적으로 잘 알고 있는 사람들은 〈도시에 대단히 강하다〉고 말하며, 심지어 도시 법규나 도시 경영을 둘러싼 해박한 지식과 경험을 겸비하고 있다고 강조한다. 얼핏 의외인 것 같지만, 그 기반은 아무래도 이 시기에 형성된 듯하다. 미나토가와 계획에 참가한 것을 시작으로, 안도는 미즈타니의 뛰어난 조수로서 고베 부근을 돌아다니며 도시는 어떠해야 하는지를 몸으로 익혔다. 현장 경험을 거쳐 토지의 권리자, 세입자, 건물주 등 직접 관계자들과 접하고, 개발비의 흐름과 임대료 수입의 설정을 저울질하며, 수직 관계인 구청에서 어떤 부서가 무엇을 관할하고 있는지, 실제로 지자체끼리 연계가 대단히 빈약하다는 점 등을 알았다.

오사카 사람은 인생을 열심히 사는 데 읽기와 쓰기, 그리고 셈을 필수적으로 꼽는데, 외할머니로부터 철저히 가르침을 받은 정신이 바로 그것이었다. 마을 사람들이 살아가는 데 부동산을 어떻게 관리하고 돈 계산을 어떻게 하는지를 이해하지 못하면 마을을 재생하는 일은 불가능하다. 그는 〈셈을 못 하는 사람이 건축을 어떻게 하겠느냐〉는 말을 귀에 못이 박히게 들었다고 한다. 여담이지만 안도 역시 그런 시대의 소년답게 집 근처의 수판셈 학원에 다녔으며, 셈이 빠르고 암산을 잘하며 지금도 숫자에 대단히 강하다.

공부를 싫어하던 소년 시절과는 180도 달라졌는지, 20대의 안도는 공붓벌레가 되었다고 해도 좋은 정도였다. 무엇이든 배우겠다는 의욕으로 가득 차서 밤에는 독서에 몰두했다.

도시 개발에 대해서는 다양한 참고서를 찾아다녔고, 일본뿐만 아니라 해외 사례에 대해서도 식견을 넓혀 갔다. 그 무렵 세계에서는 북유럽이나 영국의 뉴타운이 주목받고, 얼마 후 파리 부도심인 라 데팡스 등의 도시 개발이 정점을 찍는 한편 노후화한 도심부 재개발이 전문가들 사이에서 현안으로 공유되고 있었다. 미국의『프로그레시브 아키텍처』, 영국의『아키텍추럴 리뷰』, 프랑스의『아시텍트 도주르뒤』, 이탈리아의『도무스』등 해외 건축 잡지는 일본에서도 많이 구독했으며, 대학 도서관이나 설계 사무소 등에서도 볼 수 있었다. 안도는 1960년대 초반부터 아르바이트해서 번 돈으로 이런 해외 잡지를 정기 구독했으니, 정보의 중요성을 누구보다 강하게 느꼈을 것이다.

건축 사무소를 개업하다, 그리고 결혼하다

고교 졸업부터 헤아려서 10년, 1969년〈안도 다다오 건축 연구소〉가 설립된다. 처음에는 개인 경영이었지만 30년 후인 1982년 11월에 주식회사가 되고 안도가 대표 이사에 취임한다. 사무소가 있는 장소는 우메다 자야마치의 오래된 나가야의 남은 한 구획, 한큐우메다역 근처로 교통이 아주 편리하다. 사무소라고 해도 겨우 10평짜리였지만, 정식으로 자신만의 성을 구축하고 자신만의 일에 몰두할 수 있었다. 몇 년 전부터 해외의 건축을 여러 번 탐방하여 세계의 정보도 충분히 받아들인지라 야심 찬 출발이었다.

사무소를 열게 된 계기는 안도 자신의 설계 경험이 쌓이면서 일할 기회가 늘어난 것도 있지만, 뭐니 뭐니 해도 결정타는 1급 건축사 시험에 합격하여 면허를 딴 것이다. 설계 사무소를 개설하려면 건축사 자격이 필수라는 것은 건축사법으로 엄격하게 정해져 있다. 안도는 고등학교를 졸업하고 1급 면허를 취득하기까지 딱 10년이 걸렸는데, 여기에는 나름의 이유가 있다. 대학 건축학과 졸업 자격이 없으므로 건축사 시험을 치기 위한 요건은 실무 경험 기간으로 치환되어 환산한다. 2급 건축사는 최소 7년, 1급 건축사는 최소 3년이 필요하다. 둘 다 최단 거리로 시험을 치고 한 번에 합격했기에 합쳐서 10년인 것이다.

설계 사무소라는 조직을 갖추면 설계 실무 못지않게 사무소 경영도 중요한 업무가 된다. 그 파트너가 되어 준 사람이 가토 유미코(加藤由美子)였다. 그녀에 대해서는 여기서 자세히 설명해 둘 필요가 있는데, 다음 해에 안도의 아내가 되어 그 후 반세기를 그와 한마음 한뜻으로 사무소를 이끌어 온 사람이기 때문이다.

가토 유미코가 안도를 알게 된 것은 바로 전해인 1968년, 구타이의 무카이 슈지에게 소개받으면서였다. 무카이는 라이프 스타일 디자이너 하마노 야스히로가 운영하던 우메다의 디스코 클럽 〈아스트로 메커니쿨〉의 내부 장식을 맡았으며, 그해 9월에 오픈하여 주목받고 있었다. 안도와는 고베에서 인테리어 디자인 등을 함께하는 사이였다. 유럽 여행에서 돌아온 안도를 우연히 지인이 운영하는 아시야의 아트 플라워 교실로 이끈 것이 계기였다고 한다. 이 교실에서 조수 노릇을 하고 있던 사람이 유미코였다.

유미코도 간사이(関西)* 사람이지만, 안도와는 다른 인생을 살아왔다. 태어난 곳은 만주의 펑톈이며, 전쟁이 끝난 후에 귀환자로 고베에 돌아왔다. 펑톈은 현재의 선양으로, 만주족이 세운 청나라의 첫 수도이다. 지금도 당시의 궁전(고궁)이 남아 있고, 유네스코 세계 유산에 등재되어 있다.

펑톈 태생의 일본인으로는 지휘자 오자와 세이지, 배우 이향란, 각본가 제임스 미키 등 많은 얼굴이 떠오른다. 러일 전쟁 후 펑톈 등 주요 도시에 만주 철도 부속지로 역전 신시가지가 개발되어 일본인 거리가 생겨났다. 거기에 일본이 청나라 마지막 황제인 푸이를 추대하여 만주국을 세우며 오족협화(五族協和)를 표방하자 많은 일본인이 이곳으로 이주했다. 특히 다롄이나 펑톈은 비즈니스 측면에서도 중심적인 역할을 수행하였다.

유미코의 아버지 가토 다이는 1903년 창업한 고베의 섬유 도매상 지쿠마 준사부로 상점(현재는 지쿠마 주식회사)에서 일했으며, 당시 지쿠마 양행 만주 지점으로 발령받아 펑톈으로 이주했다. 아내 후미의 큰오빠가 다이의 상사로 먼저 만주에 가 있

* 교토와 오사카를 중심으로 한 지방으로 일본의 서쪽 지역에 해당한다.

었는데, 후미는 큰오빠의 권유로 홀로 만주로 건너가 다이와 결혼했다. 두 사람 사이에 큰딸(여섯 살에 만주에서 사망), 큰아들, 그리고 둘째 딸, 그 후 셋째 딸로 유미코를 얻었고, 귀국한 후에 고베에서 둘째 아들이 태어났다. 소련군의 진주로 일가는 펑톈과 신징 등지를 떠돌다가 최종적으로 전쟁이 끝난 다음 해인 1946년 11월에 랴오둥반도에 붙어 있는 후루다오에서 미군 LST(전차 양륙함)를 이용한 귀국선으로 사세보에 도착한다. 천신만고 끝에 귀국했지만, 어린아이였던 유미코는 그 무렵을 기억하지 못한다. 부모님이나 형제로부터 당시 이야기를 여러 번 들어서 만주에 대한 나름의 생각을 품고 있는 정도이다. 아버지는 종전 직전 관동군에 소집되었지만 시베리아로 보내지 않아 종전 후 기적적으로 가족과 재회하고, 심지어 온 가족이 무사히 귀국할 수 있었던 것은 행운이었다.

유미코는 한신칸에서 자랐고, 기독교계 학교인 간세이 가쿠인 대학교에서 영문학을 전공했다. 전형적인 〈한신칸 모던 걸〉로, 어떤 의미에서는 안도와는 정반대의 길을 걸어온 여성이다. 탁월한 매니지먼트 능력으로 오늘에 이르기까지 글자 그대로 안도 사무소의 안주인 역할을 떠맡아 왔다.

설립 당초 사무소에서 허드렛일을 떠맡아 익숙지 않은 회계 업무와 씨름하고, 가끔 해외 잡지에 투고하는 안도의 작업을 번역하여 소개하는 것도 그녀의 역할이었다. 「커다란 수첩과 몽블랑 카펠라 만년필을 늘 손에 쥐고 다녀서 메모광 같은 인상을 받았어요.」[5] 당시 사무소를 방문했던 잡지 편집자는 이렇게 말했다. 두 사람은 사무소를 설립한 지 1년 뒤인 1970년 10월에 결혼했다.

자본의 미디어와 싸우기 위해

사무소를 설립한 지 얼마 안 되었을 무렵에는 주택 의뢰가 많지 않았는지 안도는 반복적으로 도시형 건축을 제안하였다. 클라이언트가 있던 것도 아니지만 자신이 대지를 설정하여 가공의 프로젝트를 입안했다. 예를 들면 오사카역 앞의 기만적인 재개발이나 인간적인 소통이 없는 분양 주택 등을 도마 위에 올리고, 그 비인간성을 신랄하게 비판하는 것이다. 수익성을 중시하는 도시 재개발 사업이나 주택 산업이 등장함으로써 주인공이어야 할 사람들이 장기판의 말 취급을 받고, 도시 풍경이 달라지는 현실을 지켜보는 젊은 건축가가 내놓은 문제 제기라는 면도 분명히 있지만, 안도가 서 있는 자리에서는 흙 냄새가 더욱 풍긴다. 지역에 발붙이며 이웃의 얼굴을 볼 수 있는 마을과 건물을 만들어야 한다고 말한다. 훗날 그의 주택 작품이 갖는 형식성과는 정반대로 인간적인, 너무나 인간적인 안도의 인격이 배어 나온다.

실제 의뢰가 들어오는 일은 상업 건축이나 인테리어가 중심이어서, 우메다 주변의 상점 디자인이 많았다. 당시 『재팬 인테리어 디자인』에 작품이 소개된 것을 보면 구라마타 시로 등과 나란히 기사가 실려 있다. 별로 알려지지 않았지만, 안도의 건축 작품으로 잡지에 처음 발표된 것은 오사카 도사보리의 「아지미야 빌딩(味見屋ビル)」(1971)이다. 오래된 나라즈케* 가게를 지상 9층짜리 오피스 빌딩으로 재건축한 것인데, 노출 콘크리트에 수지(樹脂)를 발라 미장하고, 단순한 벽면과 규칙적인 개구(開口)**의 구성에서 벽에 대한 고집이 엿보인다. 이 「아지미야 빌딩」을 소개한 잡지 『상점 건축(商店建築)』에서는 다른 건축가 하지모토 겐지(橋本健治)가 쓴 「건축의 존립성과 관련된 풍경과의 경계 또는 건축적 언어」[6]라는 약간 위압적인 느낌을 주는 안도론(安藤論)이 실려서 기존의 도시형 건축과 어떻게 차별화되는지 거론하지만, 안도의 건축이 아직은 거칠고 미숙한 느낌을 주는 것은 부정할 수 없다.

오사카 세계 박람회가 끝나자 축제가 끝난 후 이완의 시기가 찾아온다. 건축을 둘러싼 논의는 1960년대와는 양상이 크게 달라지고 세대 교체가 두드러진다. 세계 박람회에서 커다란 역할을 해낸 이들은 아직 30대인 건축가나 디자이너들이었다. 메타볼리즘***에 가담한 구로카와 기쇼나 기쿠다케 기요노리(菊竹淸訓), 그리고 박람회 광장의 근미래적 이미지를 담당한 이소자키 아라타(磯崎新) 등이 건축적 구상력을 자유롭게 발휘하여 세계의 눈과 귀를 사로잡는다. 그런 한편으로 성장의 한계가 제시되고, 구세대에 대한 문제 제기를 통해 〈근대의 초극(超克)〉을 추

* 나라 지방에서 울외에 술지게미를 넣어 만든 장아찌의 일종.
** 채광, 환기, 통풍, 출입을 위하여 벽을 치지 않은 창이나 문을 통틀어 이르는 말.
*** 생물이 대사를 반복하면서 성장하는 것처럼 건축이나 도시도 유기적으로 변화할 수 있도록 디자인되어야 한다는 사상을 토대로 1960년대 일본에서 태동했으며, 세계가 일본의 현대 건축에 주목하는 계기를 만든 건축 운동.

구하는 논의가 시작된다.

이 무렵 건축계의 논단을 이끌던 젊은 논객은 이소자키 아라타였다. 지방인 오이타현이나 하카타 등에서 새로운 미디어론으로서의 건축을 선보이고 있었다. 이 무렵 안도는 이소자키의 이론을 어떻게 해독하고 자신을 어떻게 대치시킬 것인지 열심히 생각하였다. 〈이것저것 읽어 본 결과, 이소자키 씨의 책만 읽으면 된다는 것을 알았다〉라고 말한다. 그래서, 이 무렵 그가 드러내는 논의에는 종종 이소자키적인 주장이 어른거리며, 자기 작품을 오사카에 출현한 〈정보 장치〉라고 강조한다. 그러면서 〈미디어로써 건축은 자본 미디어에 속은 채로 숨이 끊어질 것이다〉[7]라고 어딘지 앳되지만 읽기에 따라서는 명백하게 메타볼리즘 비판으로 읽을 수 있는 상황 인식을 드러낸다.

그 무렵 안도는 도시 재개발을 둘러싸고 세간의 주목을 받았다. 오사카 건축사회가 주최한 긴테쓰 가쿠엔마에 종합 개발 공모전(1970~1971)에 응모하여 멋지게 1위를 차지한 것이다. 주제는 대도시 교외의 베드타운 정비였다. 나라시 교외의 가쿠엔마에역의 오래된 목조 역사의 재건축을 포함하여 역 앞을 입체적으로 다시 조성하는 것으로, 당시 도쿄와 오사카 등 대도시라면 어디에서나 공통된 문제를 안고 있었다. 현지 주민들과 주택 공단, 민간 기업이 재개발 조합을 꾸리고, 그 기본 계획을 위해 건축사회가 뛰어들어 공모전을 열었다. 안도는 자연, 생활, 문화 산책의 통합이라는 알기 쉬운 콘셉트를 내걸고 역과 광장, 산책로, 쇼핑몰을 두루 연결하여 종합적인 역 앞 공공 공간을 만들려고 했다. 또한 기하학적 조형을 동반한 강한 공간성을 어필했다. 다만 입상 후의 과정이 순탄치 않아 재개발 조합의 방침을 둘러싸고 우여곡절을 겪었으며, 이 공모전 아이디어는 빛을 보지 못했다.

안도는 이때 이후로 공모전을 불신하게 되어 제한된 수의 공모전에만 응모하게 된다.

도시 게릴라를 표방하다

1973년, 안도는 사무소를 주오구 혼마치로 옮겼다. 카펫 회사인 도무스 빌딩 6층에 20평 정도의 흰색을 기조로 한 아주 깔끔한 사무실로, 입구에는 구라마타 시로의 조명(오바케의 Q타로)이 놓여 있었다. 1년에 두 달 정도 여행했고, 인테리어나 도시 계획 마스터플랜 관련 일을 주로 했으며, 건축 설계 업무는 아직 적었다.

1970년대에 유행한 건축 잡지 『도시 주택(都市住宅)』은 1년에 두 번, 주택을 특집으로 하는 임시 증간호를 발간하고 있었다. 그중 하나인 1973년 7월의 임시 증간호(주택 제4집)에 안도 다다오의 주택 작품이 소개되는 동시에, 그가 직접 쓴 선언문이 실렸다. 작품은 오사카 오요도구(현재의 기타구)에 준공한 「도미시마 주택(富島邸)」(1973)이었다. 기사 제목은 〈도시 게릴라 주거〉, 급진성을 내세운 『도시 주택』 기고자 중에서도 대단히 과격했다.

그 전해에 안도는 선배 건축가 와타나베 도요카즈(渡辺豊和)

에게 이끌려 도쿄 아카사카의 『도시 주택』 편집부를 방문했다. 편집장 우에다 마코토를 만나기 위해서였다. 우에다는 안도가 손대고 있는 주택 이야기에 큰 관심을 보였다. 그리고 안도의 인품을 한눈에 알아보았는지, 주택이 준공되면 안도 특유의 도시 주택론을 써야 한다고 넌지시 제안했다.

우에다의 말에 안도는 의욕을 불태웠다. 지금 키워 나가고 있는 주택에 대한 생각을 모조리 펼쳐 보이겠다고 대책을 강구했다. 발표해야 할 것은 「도미시마 주택」이었다. 사무소 개설 직후에 친구의 동생에게 의뢰받은 안건으로 거의 완성된 상태였다. 우에다역에서 가까운 오요도구 한 구획에 있는 다섯 채짜리 나가야의 끄트머리 한 채를 철근 콘크리트 주거로 재건축한 것이며, 건축 면적은 14평이었다. 부부와 아이가 하나 딸린 가족을 전제로 설계를 진행했다. 예산은 330만 엔, 비좁은 대지인지라 아무리 생각해도 총면적은 최대 22평이었다. 거기에 건축주가 요구한 여러 것을 구겨 넣어야 했으므로 설계 작업이 까다로웠지만 최종적으로 중앙의 통층 공간을 스킵 플로어*로 처리하여 건축주와도 마침내 매듭을 지었다. 건물의 얼굴이 되어야 할 파사드**라는 생각을 버리고, 최소한의 문으로 드나들게 구성했다. 내부에 소용돌이 모양으로 솟아오르는 공간은 오스트리아의 근대 건축가 아돌프 로스 Adolf Loos의 건축 수법인 〈관통하는

* 한 건물 안에서 장소에 따라 반층씩 바닥을 어긋나게 하는 구조. 보통 위층과 아래층 사이에 중간층을 설치하여 공간에 변화를 주어 건물 전체를 구성해 나간다.
** 건물의 출입구로 이용되는 정면 외벽 부분을 가리킨다.

내부 공간〉, 이른바 라움플란Raumplan을 의식했다.

주택은 과밀한 도시 환경 속에서 엄격한 건축 법규와 한정된 예산을 지키면서 짓게 된다. 한편으로 땅바닥에 발붙이고 사는 서민의 의향 따위는 아랑곳하지 않고 거대한 오피스 빌딩이나 집합 주택이 도시 공간을 재구성해 버리는 현실도 있다. 그런 상황에서 건축가는 거주하는 사람들과 함께 부조리한 현실에 맞서야 한다. 주거야말로 거점이며 전투의 요새이다. 안도의 말을 빌리면 이렇다.

어디까지나 개개인으로부터 시작되는 〈산다〉, 〈생활한다〉는 것에 대해 자아가 그로테스크하게 느껴질 정도까지 드러내는 원시 욕구를 사고의 중심, 이미지의 중심에 놓음으로써, 주거는 그것들을 폭 감싸서 덮어 버린다.[8]

이해하기 힘든 표현이지만 언어가 매섭다. 자신의 주거를 만들어 그 안에 기존 마을 풍경 속에서 키워 온 생활을 외부 자본에 맡기지 않고 관철해 가는 것이 중요하다는 메시지이다. 이런 설계 의도를 부연 설명한 것이 바로 「도시 게릴라 주거」 논평이다. 이 주택을 구성할 때 안도는 모형을 사용했다. 100분의 1 축척으로 주택을 둘러싼 도시의 구획을 만들고, 전체를 영자 신문지로 덮었다. 설계를 진행한 해당 주택만 까맣게 칠하여 흑백의 색다른 분위기로 주거를 강조했다. 콜라주 된 도시 공간에 떠오르는 〈이 이상한 두뇌와 신체를 통과해 만들어지는 건축〉이야말로 도시 게릴라의 요새가 되며, 건축가와 거주자는 게릴라 전사가 되어 그곳에 몸을 숨기고 힘을 모아 언젠가 습격할 기회를 노린다. 실제로, 콘크리트 덩어리 뒤의 어둠 속에서 안도 다다오가 눈을 번쩍이며 잠복해 있다고 생각하면 몸이 떨린다.

텍스트로 보면 이 문장은 이탈리아의 미래파 선언이나 러시아 아방가르드에 버금가는 과격한 선언이지만, 일본의 전후사 맥락에서 보면 역시 이소자키 아라타를 떠올리지 않을 수 없다. 이소자키는 1962년에 〈도시 파괴업 KK〉라는 제목의 에세이를 발표하여, 히로시마 원폭 이후 일본 도시에 잠복해 있는 심리적인 파멸 충동을 제시하여 구로카와 기쇼 등 메타볼리스트들의 태평한 미래 신앙에 일침을 가하고 있다. 다다이즘의 영향을 강하게 받은 이소자키는 계산된 테러를 반복했으며, 자택에 이상한 댄스 집단을 불러들여 경찰이 출동하기도 했다. 이것에 대해 체 게바라를 경애하는 안도는 〈요새 위에 우리가 세계를 구축하자〉*라는 듯이, 무기를 주거로 치환하여 일어서려 한다. 〈나의 신념을 지키고, 나의 발언에 책임을 지고, 나약한 말을 하지 않으며, 민중에게 의존하지 않고 개개인을 거점으로 삼아 기성 사회와 싸운다〉라고 말이다.

1960년대 말에는 파리의 5월 혁명과 일본의 전공투(全共鬪) 운동, 그리고 미국의 공민권 운동 등 격렬한 사회 운동이 세계 각지에서 동시다발적으로 일어나고, 젊은이들의 반란이 정점

* 폴란드의 민중 가요 「바르샤바 시민」을 일본어로 번안한 「바르샤바 노동가」의 후렴 가사.

을 맞이한다. 뒤에서 이야기하듯이, 안도는 그 흥분을 두 번째 파리 체류 중에 체험했다. 때마침 총파업 와중에 시위대를 옆에서 지켜보면서 형용할 수 없는 충동에 몸을 맡겨 자기도 모르게 저항에 동참하였다.

일개 여행자에 불과한 나는 어찌할 도리가 없었다. 다만 행진하는 시위 군중에 섞여서 포장도로의 돌을 파내어 누군가를 향해 던지면서, 세상이 커다란 소리를 내며 움직이기 시작한다는 것을 느꼈다.[9]

구타이 피나코테카와 구타이 멤버들(1962년).

1960년 전후의 신주쿠 후게쓰도 내부.

오사카 우메다에 문을 연 사무소에서(1969년).

긴테쓰 가쿠엔마에 종합 개발 공모전에 최우수 안으로
뽑히다.

「게릴라 III-도미시마 주택」(오사카시, 1973년)의 모형.

제3장 〈나가야〉가 세계를 바꾸다

산다는 것과 싸운다는 것

안도 다다오는 대단히 밀도 높은 소년기와 청년기를 보내며 이웃끼리 서로 돕는 인간관계 속에서 성장해 왔다. 삶의 밀도라는 측면에서 보면 서른 살에는 인격이 거의 형성되었다고 해도 좋다. 의도치 않게 〈열다섯에 학문에 뜻을 두고, 서른에 일가를 이룬〉 셈이 되긴 했지만, 그의 삶을 공자처럼 보기는 힘들다. 그를 둘러싼 시대 배경은 제2차 세계 대전의 패전, 전후 부흥, 그 후의 고도성장과 극적인 변화를 동반한다. 그야말로 일본 전후사를 따라가며 살아왔다. 아사히구 나가야에서 시작하여 우메다에 거점을 두고 그 후는 한신칸에서 쌓은 지적 인맥으로 촉발되어 가는데, 20대 중반 도쿄의 최첨단 문화 서클에 발을 들이면서 〈오사카에는 안도가 있다〉로 주목받는다. 건축가의 캐리어 형성에서 보면 아직 신출내기에 불과했지만, 삶의 방식에서 특이한 존재감을 보이고 있었다. 분명한 것은, 강인한 육체를 날개로 삼은 철저한 자기 억제의 정신으로, 교토 사람에게 있을 법한 관념의 유희와는 일부러 거리를 두고 거주자와 장인들이 발붙이고 있는 삶의 현장에 몸을 맡기고 있었다는 것이다. 결혼 후에도 아사히구 나카미야의 나가야에서 외할머니 기쿠에와 함께 살면서 그녀가 가르친 삶의 교훈을 규범으로 삼으면서 소박한 생활을 했다.

삶을 대하는 안도의 이런 자세는 나이가 들어도 거의 변하지 않았다. 안도의 매력이 단순히 건축 작품이 발하는 디자인의 강력함이 아니라 대인 관계를 포함한 창의적이고 사회적인 존재 자체에 있다고 한다면, 본질을 파악하기 위해서는 그의 인간적인 면모를 더욱 깊이 파고들어야만 한다. 어떤 의미에서 안도의 삶과 건축은 평행 관계이다.

무엇보다 중요한 것은 그의 〈산다는 것〉에 대한 한결같은 자세로, 패전이 가져온 가난한 삶을 묵묵히 받아들이고 좌절하지 않았다. 개구쟁이 시절 남에게 지기 싫어하던 기질은 청년이 되자 반골 정신으로 모습을 바꾸었고, 그런 이유로 다른 사람을 밀어내면서까지 위로 올라가는 것은 페어플레이로 보지 않았다. 외할머니의 가르침을 지키고 이치에 맞지 않는 일에는 손을 대지 않았다. 지극히 평범한 생활인으로 사는 것에 무게를 두고 서민성과 합리성을 겸비한 간결한 생활을 일상으로 삼았다. 관념에 끌려 다니지 않고 세속을 중시하며 손익 계산이 확실하다.

그런 삶의 방식 때문에 그는 〈전형적인 오사카 사람〉이라는 말을 종종 들어 왔다. 문학으로 바꾸어 생각하면 저잣거리에 사는 서민의 생활을 남녀의 흥정이나 금전 거래 등을 포함하여 세심하게 묘사하여 인생의 미묘한 사정을 강조한 오다 사쿠노스케 같은 작풍에 도달한 것인지도 모른다. 다만, 안도는 무뢰파(無賴派)라고 불리는 오다 같은 방탕한 작가 생활에는 흥미가 없는 듯하며, 그가 추천하는 것은 오사카 사투리를 구사하여 와자지껄한 사람들의 풍경을 그린 다나베 세이코나 후지모토 기이치의 소설이다. 도쿄의 지식인들이 좋아하는 아베 고보나 오에 겐자부로에 의존해서는 안도 특유의 유머러스한 세계에 도달하지 못한다. 그는 일종의 통속성을 중시했고, 세속에 나타난 인간다움이나 인간관계야말로 사람을 건강하게 한다고 생각했다.

안도 다다오의 삶을 관통하는 또 하나의 기본 원리는 〈싸우는〉 것이다. 프로 복서로서의 경험이 영향을 미치고 있는 것은 분명하지만, 그런 단순한 것만은 아니다. 그가 마음을 의지하는 서민의 삶이나 주변의 떠들썩함과는 다른 차원에서 등장하는 거대한 움직임과 대결하고 문제 제기를 하는 것이다. 하나하나를 지키는 것의 중요성을 알고, 저항한다는 것의 의미를 묻는다. 부조리를 강요하는 커다란 세계에 대해 강고한 자아를 대치시켜 저항의 요새를 만들어 간다. 프로 건축가로서 사회적으로 프로젝트를 실현해 가는 것은 대립하는 타자에 대한 투기(投企)* 말하자면 뭔가를 집어 던지는 행위이며, 그러므로 싸움의 연속이다. 도중에 포기하면 안 된다. 도시 게릴라를 자처하여 수업(修業) 시대를 보냈지만, 사회적 지위를 얻은 후에도 그 정

* 현재를 초월하여 미래에로 자기를 내던지는 실존의 존재 방식.

신은 변함없다. 그 자신이 그려 나가고 있는 롱 스팬long span 의 비전을 실현하기 위해서라도 싸움을 끝낼 수는 없다. 때때로 약간 자학적으로 〈연전연패〉라고 한탄하기는 하지만 본심은 크 게 변하지 않는다.

건축은 싸움입니다. 거기에는 긴장감을 지속시킬 수 있는 지 그렇지 않은지에 모든 것이 걸려 있습니다. 긴장을 지속하 고 사물을 끝까지 파고들어 그 원리까지 되돌아가서 재조합 하는 구상력이야말로 문제를 분명하게 드러내고, 기존의 조 합을 깨부수는 강력함을 가진 건축을 낳는 것입니다.[10]

안도가 도쿄 대학교에서 퇴직한 이후에 뒤이어 이곳에서 설 계 교수가 된 구마 겐고(隈研吾)로서는 엄청난 숙제를 짊어지게 된 셈인데, 그는 도쿄 덴엔초후 출신으로 강렬한 토착성을 전면 에 내세워 싸움을 걸어가는 안도의 방식을 깔끔하게 피해 버린 다. 이른바 〈패배하는 건축〉이다. 구마 겐고는 처음부터 패배를 인정하는 것이야말로 승리의 지름길이라고 설명한다.

니시자와 후미타카(西澤文隆)로부터 혹평을 받다

안도 다다오는 인간관계를 소중히 여기는 사람이지만, 대학 을 나오지 않았고, 설계 사무소에서 일한 이력도 없으므로 직접 적인 스승이라고 할 만한 인물이 없었다. 일반적으로 건축가는 소속 대학 연구실의 교수 등이 일하는 사무소의 상사와 부하 형태로 사제 관계가 성립된다. 단게 겐조 밑에는 마키 후미히코 (槇文彦)나 이소자키 아라타가 있고, 기쿠다케 기요노리 밑에는 이토 도요오(伊東豊雄)나 나이토 히로시(内藤廣)가 있는 식이다. 그래도 안도는 존경하는 선배로 니시자와 후미타카를 든다. 르코르뷔지에Le Corbusier를 사사한 사카쿠라 준조의 애제자이며, 사카쿠라가 세상을 떠난 후에는 사카쿠라 건축 연구소 대표로 일한다. 안도와는 오사카 지소장 시절에 미즈타니 에이스케를 통해 알게 되었다. 일본의 고건축이나 정원의 가치를 재평가하여 틈틈이 실측 조사를 하던 니시자와는 안도를 만났을 때 쉰 살이 넘었다. 그는 젊고 도전 정신이 있는 안도를 특별히 아꼈다.

니시자와 후미타카는 교토에서 실측 조사를 할 때 종종 안도를 불러서 일본 건축에 대한 심미안을 키워 주면서 동시에 디테일에 대한 학습도 빠뜨리지 않았다. 그런 니시자와를 존경한 안도는 실제 작품이 완성될 때마다 현장으로 안내했다. 하지만 긴장한 표정의 안도에게 돌아온 것은 엄격한 평가가 대부분이었다. 「도미시마 주택」에 대해서는 현장에 가지 않고 지면을 통해 〈과연 이 통층에서 어떤 빛의 효과를 기대할 수 있을지, 나는 상상조차 할 수 없다〉라고 썼다. 어쨌든 안도에게는 최초의 철근 콘크리트 건축이었으니, 「히라오카시 청사」(1963)나 아시야시 시민 회관「루나 홀」(1969) 등 걸작 노출 콘크리트 건물을 지었던 니시자와의 눈에는 콘크리트 시공법을 아직 충분히 마스터하지 못한 것으로 비쳤다. 조금 늦게 준공한 「다카하시 주택(高

橋邸)」(1973)에 대해서는 굉장히 엄격했다.

「다카하시 주택」은 아시야시 미도리가오카초에 지은 철근 콘크리트에 목조를 짜맞춘 3층짜리 건물이다. 아시야시의 고급 주택지에 있다는 점에서 도시 게릴라적일 필요는 없었다. 녹지와 대지가 상당히 넓어 저항의 요새가 될 필연성은 없지만, 안도는 브루털리즘*을 자처했는지 〈녹색 환경과 격돌하는 미학〉을 내세우고 있다. 다만 너무 애를 썼다는 인상은 피할 수 없다. 콘크리트 벽을 독립시켜 동선을 유도하고 있지만, 지각(知覺)하는 것과 대조적으로 동선을 자유롭게 연장할 수 있거나 하는 훗날의 공간 구성에는 이르지 못하고 있다. 니시자와는 〈외부 공간이 무엇보다도 뒷감당이 되지 않아 산만하지만 매력이 있다〉, 그리고 〈방탕한 자식처럼 사랑스럽다〉라고 언급한다.[11] 칭찬인지 폄훼인지 알 수 없지만, 망나니 같은 안도에 대한 적절한 조언이라는 것만은 분명하다.

이 무렵부터 안도 사무소의 평판도 오름세를 타게 되어 한 해에 여러 건의 주택을 맡게 되었다. 교토에서도 클라이언트가 나타났다. 그중 하나인 「우치다 주택(內田邸)」(1974)은 교토 교외의 야세 지구에 지어진 주택이다. 도시의 경관을 보호하려는 경관 지구의 규제로 콘크리트 플랫 루프(평지붕)는 할 수 없었다. 기와를 인 큰 지붕을 목조로 올리고, 그 아래 주거 부분에는 철근 콘크리트로 직육면체와 원통을 삽입하여 기하학적 구도를

---

* 거대한 콘크리트나 철제 블록 등을 사용하여 비정하고 거칠게 보이는 건축 조형. 특히 1950~1960년대의 건축 양식이다.

60

취했다. 클라이언트의 반응도 좋아서 자신 있게 건축지에도 발표했다. 그러나 니시자와는 합격점을 주지 않았다. 콘크리트와 목조의 조합이 좋지 않고, 심지어 목조 부분이 거친 것이 눈에 띈다며 〈안도가 만든 집이 어디에 있는 건가 한순간 눈을 의심했다. 지붕도 투박하고 기둥과 들보도 투박하며 난간도 투박하다. 스마트한 벽 구조와는 대조적으로 목조 부분이 콘크리트 라멘* 구조보다 투박하다〉고 혹평했다.[12] 훗날 니시자와는 〈마감이 좋지 않은 것이 마음에 걸렸고, 느낀 대로 썼는데 안도는 화내지 않았다〉라고 대수롭지 않게 내뱉었지만, 안도가 크게 낙담한 것은 사실이다. 스승의 한마디는 거대하다. 그때까지 세세한 부분은 스태프에게 맡겼는데, 이 일을 계기로 자신이 도면을 도맡아 그리게 되었다.

상자형 주택에도 도전했다. 다카라즈카의 「히라오카 주택(平岡邸)」(1973)과 오사카 다이쇼구의 「다쓰미 주택(立見邸)」(1974)이 그것이다. 두 주택 모두 〈닫힌 상자와 열린 부분〉을 콘셉트로 하고 있으므로 동시에 발표했다. 과밀한 도시 속 콘크리트 상자라는 점에서 도시 게릴라의 담론이 되살아난다. 안도 스스로 〈근대 건축에 대한 소소한 저항과 원망을 상징하는 콘크리트로 포장된 건축〉으로 규정한다. 이 주택을 게재할 때 『건축 문화(建築文化)』 편집장 다지리 히로요시는 아즈마 다카미쓰에게 비평을 요청했다. 아즈마는 1960년대 중반에 도쿄로 이주하여 자신의 설계 사무소를 열고 미니멀리즘의 상징이라고 할 만한 자

* 기둥과 들보를 이루는 철골이 연속으로 단단하게 이어진 건축의 구조 형식.

택「탑의 집」(1966)을 완성했다. 노출 콘크리트 기법의 협소 주택으로 그 형상을 보면 그야말로 도심 속의 성이었다. 그래서 안도의 신작에 대해 〈강하고, 긴장감 있고, 격렬하게 호소하는 폭력적인 공간〉, 더 나아가 《개인》을 사고 중심에 두고 육체적인 직관을 기반으로 삼아 자기표현으로써 주거를 추구한다〉고 말한다.[13] 안도에 대한 경의였다. 하지만 니시자와는 아직 고개를 끄덕이지 않았다.

그러는 동안에 약간 큼지막한 주택이 완성된다. 다카라즈카에 세워진「야마구치 주택(山口邸)」(1975)이다. 별칭「소세이칸(双生観)」. 클라이언트가 형제로, 두 사람을 위해 똑같은 상자 모양의 주거를 나란히 배치하여 이런 이름이 붙여졌다. 가운데에 통층의 천창(톱 라이트) 공간을 가늘고 길게 만들고 그 앞뒤로 거실을 배치하는 형식이며,「도미시마 주택」이후의 공간 구성을 더욱 정형화한 것이라고 할 수 있다. 경사면에 세워진, 대구를 이룬 콘크리트 상자와 반원통형 유리 천창이 인상적이며 클라이언트도 크게 만족했다. 무엇보다 콘크리트 시공이 잘되었다. 니시자와의 질책과 격려 속에 콘크리트 시공 기술을 철저히 조사하여 균열이 없고 모래와 자갈이 분리되지도 않은 상태에 이른 것이다. 내부 디자인에는 구라마타 시로의 가구를 들여놓았다.

이 주택에 대한 니시자와의 논평은 남아 있지 않지만, 실제로는 여기서 마침내 안도를 인정하게 되었다고 한다. 그러나 발표 지면을 보면, 당시 건축계에서 가장 문턱이 높은 잡지로 일컬어지던 『신건축(新建築)』에는 소개되지 않았다. 다이쇼 말기인 1925년에 창간한 이후로 일본의 근대 건축을 지탱해 왔다는 자부심에서 게재 작품을 엄선하며, 이 잡지에 실리면 건축가도 일류라고 일컬어질 정도로 전문성과 학술성이 높다고 평가되는 곳이었다. 경쟁지인 『건축 문화』는 그 전해에 「히라오카 주택」과 「다쓰미 주택」을 게재했던 인연이 있어서 흔쾌히 실어 주기로 했지만, 『신건축』 편집장 바바 쇼조는 주택 건축의 본류가 아니라고 생각하여 게재를 보류했다. 건축계의 장벽은 여전히 높았다.

정식으로 일본 건축 학회상을 수상하다

안도 다다오가 건축가로서 명성을 확립한 것은 명백하게 오사카 스미요시구에 지은 「스미요시 나가야(住吉の長屋)」(1976)이다. 1979년 일본 건축 학회 작품상을 받고 나서야 일본을 대표하는 건축가로 안도 다다오가 정식으로 인정받았다고 말할 수 있다. 상을 받았다는 것 이상으로, 그것을 심사한 건축계 전문가들에게 이 주택이 높이 평가받고, 강력한 지지를 얻어 수상에 이르게 되었다는 사실이 무게를 갖는다.

일본 건축 학회는 이름에서 알 수 있듯이 일본 국내의 건축 관계자들로 구성된 학회로, 당시 회원 수는 3만 1천 명 정도였으며(현재는 약 3만 6천 명) 연구자, 건축가, 기술자, 공무원을 포함한다. 건축 관계 단체로는 세계 최대이며, 학회로는 일본 제5위의 회원 수이다(제1위는 일본 내과 학회). 이 학회에서 매년 2, 3건의 건축 작품을 선정하여 가장 뛰어난 건축물에 작품상을 준다. 심사 대상은 최근에 일본 국내에서 준공한 건축이다. 전후인 1949년부터 현재까지 계속되며, 문학으로 치면 아쿠타가와상 정도로 의미가 있다. 일본 국내에서는 가장 격이 높은 건축상으로 여겨지며, 이 상을 받은 건축가는 스타 대접을 받는다. 상 자체는 건축가가 아니라 어디까지나 작품을 대상으로 하므로 설계자가 여러 명인 경우도 있다. 안도 이전의 수상작들로는 야마시타 가즈마사(山下和正)의 「프롬 퍼스트 빌딩」(1976), 사카타 세이조(阪田誠造)의 「도쿄 도립 유메노시마 종합 체육관」(1977), 마스자와 마코토의 「세이조 학원」(1977) 등을 들 수 있으며, 1978년은 해당자 없음, 1979년은 안도와 함께 다니구치 요시오(谷口吉生)의 「시세이도 아트 하우스」와 미야와키 마유미(宮脇檀)의 「마쓰카와 박스」가 수상했다.

안도는 30대 중반에 이 일을 완성하고 37세에 수상했다. 젊은 나이에 이룬 위업이다. 과거에 이보다 젊었던 수상자의 예는 마키 후미히코가 33세에 나고야 대학교 「도요타 강당」(1962년 수상), 이소자키 아라타가 34세에 오이타 현립 「오이타 도서관」(1966년 수상)으로 수상했을 때 정도이다. 안도는 주택 작품으로 수상했는데, 같은 해 수상자인 미야와키 마유미도 주택이었다. 단독 주택이 작품상으로 선정된 것은 오랜 역사 중에 그해가 처음이었고, 그 또한 큰 뉴스거리였다. 그리고 무엇보다 「스미요시 나가야」는 몇십 년에 이르는 수상 작품 중에서 최소 총면적, 즉 가장 작은 건축이었다.

학회 작품상은 7~8명으로 구성된 전문 위원이 선정한다. 기술계와 건축사(建築史)계 이외에는 과거 수상자 중에서 위원이 임명된다. 위원들의 면면을 보면, 오에 히로시(大江宏), 니시자와 후미타카, 마쓰이 겐고(松井源吾), 요코야마 기미오(橫山公男), 하야시 쇼지(林昌二), 다카하시 데이이치(高橋靗一), 하세가와 다카시(長谷川堯) 등 일본 건축계를 대표하는 쟁쟁한 멤버들의 이름이 올라 있다. 이 멤버가 「스미요시 나가야」에 모였다. 설계자인 안도 역시 안내자 역할로 참석했다. 심사 위원 중 한 명인 다카하시 데이이치는 그때 상황을 훗날 이렇게 적고 있다.

식당 안쪽 의자 귀퉁이에 앉아 있던 요코야마 기미오가 언제나처럼 온화한 미소를 지어 보이며 내게 〈이제야 안심이 되네요!〉 하고 말을 걸었다. 사실은 그 순간, 나 역시 불안함에서 해방된 안도감과 알 수 없는 약간의 흥분을 억누르지 못하고 있었다. 안도가 귀에 익은 쉰 목소리로, 이래봬도 10명은 살 수 있다며 정색하고 말하는 소리가 어딘가에서 들려왔다. 나는 그가 이 주택을 설계할 때 진짜로 목숨을 건 격투를, 대단히 초기 단계에서 남몰래 분투하는 모습을 떠올리지 않을 수 없었다. 니시자와 후미타카 식으로 말하자면, 골격의 올바름, 혹은 엄격함이라고 할까.[14]

〈안도 다다오라면〉이라는 기대치가 높았던 분위기에서의 심사였다고 하며, 결국 기대에 어긋나지 않게 순조롭게 상을 받았다. 그런데 이 주택은 어떤 이유로 태어났을까?

그 집에 사는 사람에게 상을 줘야 한다

「스미요시 나가야」의 시작은 『도시 주택』에 실린 「도시 게릴라 주거」였다. 이 기사에 눈길이 꽂힌 사람이 스미요시구 스미요시에 사는 광고 회사 덴쓰의 고베 지국 크리에이터 아즈마 사지로였다. 업무 관련해서 잡지를 본 것이 아니라 슬슬 집을 재건축해야겠다고 생각하던 참에 이 도발적인 기사에 눈길이 멎었던 것이다. 안도와 동갑내기인 아즈마는 아내와 둘이 살고 있었다. 본가가 스미요시의 3가구형 나가야였는데, 장남이었던 형이 집을 나가면서 차남인 사지로가 3가구형 나가야 중 1가구를 물려받았다. 폭은 두 칸으로 약 3.6미터, 안길이는 7칸, 약 14.5미터이고 면적은 14평. 안도가 살았던 나가야와 거의 같은 규모이다. 어렸을 때부터 나가야에서 사는 데 익숙했으므로 부모님께 물려받은 나가야를 현대적으로 고쳐서 살면 좋겠다고 생각했단다. 우연히 접한 안도의 담론에서 예술에 대한 자극을 받고 〈요새〉라는 사상에 강하게 공감했다. 그래서 안도 사무소를 불쑥 찾아가서 부부가 그린 이미지를 전달했다. 예산은 해체 비용을 포함하여 1천만 엔. 거기서부터 안도와의 열정 가득한 교섭을 시작했다.

클라이언트인 아즈마 부부는 당연히 건축에 대해 잘 몰랐다. 자신들의 라이프 스타일을 생각하고, 이런저런 잡지 기사를 읽고 모던한 내부와 스킵 플로어를 적용한 유행 스타일의 주택을 머릿속에 그리고 있었다. 그에 대한 안도의 제안은, 폭 두 칸짜리 3가구형 나가야 한가운데 공간에 가늘고 긴 콘크리트 상자를 들이고, 거기에 필요한 기능과 공간을 집어넣는다는 아이디어였다. 여러 가지 외적 조건은 설계할 때 맞춰야 한다. 우선 건폐율. 이 지역에서는 60퍼센트로 정해져 있었으므로 대지 면적의 40퍼센트는 외부 공간으로 해야 한다. 거기에 더해 저예산. 인테리어에 충분한 비용을 들일 수 없으며, 건물 골조를 세우는 데만 해도 예산 대부분을 쓰게 된다. 아주 아슬아슬한 선에서 디자인을 정리해야 했기에 밀리미터 단위까지 세심하게 길이를 고민했다. 애초 아이디어는 각형 지붕tapered roof이 달린 나가야 스타일의 주거였는데, 외부 공간을 어디에 집어넣을지를 두고 여러 번 변경하여 최종적으로 한가운데에 중정을 두고 앞뒤에 거실을 배치하는 형식으로 정리되었다. 침실과 욕실, 그리고 화장실이 분리되어, 지금은 유명해진 〈침실에서 화장실을 가는데 우산을 써야 하는가〉 하는 논의를 낳게 된다. 그때까지의 주택에서 시도해 온 중앙의 커다란 공용 공간common space과 천창(톱 라이트)이라는 개념을 덧붙이면서 천창을 내서 외부 공간화했다거나, 또는 교토 마치야 거리의 상가 등에서 볼 수 있는 안뜰 개념을 도입했다는 해석도 있지만, 분명한 것은 좌우가 완전히 닫힌 밀실 형태의 나가야라는 주거 공간에 대담하게 라이트 코트light court*를 두어 집 안에 햇빛과 바람을 가

* 〈빛의 정원〉이라는 뜻으로, 채광이나 통풍을 좋게 하려고 정원을 둘러싸는 형식의 주택 설계.

득 채워 넣었다는 점이다.

아즈마 부부는 이해가 빨랐다. 〈집 안에 사는데《집 밖에서 사는 생활》이라는 놀라운 불가사의를 즐기고 있다〉고 말하며, 약간 불편하다는 건 인정하지만 이렇게 사는 방식을 제안한 것에 아주 만족해한다. 주택이 완성된 지 이미 40년 이상 지났지만 부부는 처음에 지어진 대로 이 주택을 사용하고 있다. 노출 콘크리트라서 여름에 덥고 겨울에 추운 것은 분명하지만, 햇빛과 바람이라는 자연을 고스란히 느끼게 해주는 〈라이트 코트〉가 존재감과 포근함을 준다고 말한다. 이런 클라이언트는 아주 드물다. 다른 상을 심사하기 위해 방문한 간사이 건축계의 중진 무라노 도고(村野藤吾)가 적절하게 지적했듯이, 〈그 집에 사는 사람에게 상을 주어야 마땅한〉 것이다.

이 주택이 준공된 후, 다양한 전문가가 알음알음으로 찾아오게 되었다. 그중에서 파문을 던진 것은 건축사가이자 당시 공학원 대학교 학장을 맡고 있던 이토 데이지이다. 그는 『아사히 신문』에 기고한 글에서, 도쿄 신주쿠에 지어진 초고층 빌딩인 「야스다 화재 해상 본사 빌딩」(1976)과 「스미요시 나가야」를 비교하여 도시적 컨텍스트 안에서 건축이 가져야 할 사상성을 논하고, 후자의 손을 들어 주었다.

안도 다다오가 상대로 삼은 것은 간사이의 여러 도시 주변에서 아주 흔하게 볼 수 있으며, 길게 이어진, 심지어 위법인 경우도 많은 건축군이다. 건축가는 이런 건물의 건설이나 증

개축 따위에는 손대려 하지 않는다. 그는 그것에 일부러 도전하고 있는 것이다.[15]

이토로부터 이 이야기를 들은 사진가이자 건축 비평가인 후타가와 유키오(二川幸夫)는 곧바로 안도와 약속을 잡고 스미요시를 방문했다. 당시 후타가와는 국제적인 건축 출판을 목표로 출판사를 설립하고 잡지 『GA』(글로벌 아키텍처)를 발행하고 있었다.

또한 후타가와는 뛰어난 건축 사진을 무기로 세계 최고 수준의 건축가들과 논쟁을 벌여 국제적으로 주목받았다. 사진가로서 건축의 좋고 나쁨에 본능적인 직감을 지녀서 건축가들 사이에서 경외시되던 그는 「스미요시 나가야」를 보고, 거기에서 세계를 놀라게 할 잠재력을 느꼈다고 한다. 후타가와 역시 오사카 사람이기도 하여 안도와는 코드가 맞았다. 그리고 친밀감을 담아 이렇게 말했다. 「건축을 만드는 데는 이성이 필요하지만 사물을 만들어 내게 하는 것은 힘이야. 자네는 힘이 있으니 잘하겠지만, 이성도 좀 더 작동시켜 보게.」

〈나가야〉가 세계의 주택 모델이 되다

「스미요시 나가야」는 일본 건축 잡지 대부분에 실려 있지만, 다른 주택 작품과 함께 다루어지며 주요 작품으로 특별히 다루어지지는 않았다. 당시 『신건축』 편집장이었던 바바 쇼조가 회고하듯이, 그때는 미니멀리즘이 주택의 주류로 취급하는 일은 고려되지 않았다. 애초에 그때까지 일본의 건축가들은 〈나가야〉라는 빌딩 타입을 선택하여 거기에 〈저항의 요새〉 콘셉트를 때려 박는 발상을 할 수 없었다. 안도는 이런 아이디어를 국내외 다른 건축가로부터 얻은 것이 아니다. 어둡고 축축한 집에서 절반쯤 우울한 심정에 빠지면서도 그것을 무너뜨릴 뭔가를 찾아 이리저리 찾아 헤맨 끝에 이런 답에 이르렀다. 안도의 원동력은 피부로 압박감을 느끼면서 격렬하게 호흡한다는 신체적 충동이며, 안도의 의식 밑바닥에 가라앉아 있는 건축의 원형은 오사카의 일상성을 드러내는 비좁고 검소한 목조 주거였다. 그리운 옛날 집이라는 노스텔지어의 문제가 아니다.

비좁게 늘어선 집들이야말로 저항의 요새가 된다는 것은 오히려 건축 이외의 영역에서 왕성하게 논의되고 있었다. 예를 들면 그 무렵 커다란 반향을 불러일으킨 안제이 바이다의 「지하수도」와 질로 폰테코르보의 「알제리 전투」 등의 영화가 그것이다. 전자는 반나치 투쟁을 벌이는 레지스탕스가 몸을 숨기는 바르샤바의 게토, 후자는 독립 운동을 벌이는 알제리 투사들이 거점으로 삼는 미로 같은 카스바의 오래된 주택지인데, 거기에서 체 게바라 못지않게 강한 저항의 메시지를 느낄 수 있다. 일본으로 치면 이오지마섬이나 펠렐리우섬의 동굴 진지 깊숙이에서 압도적인 적의 습격을 기다리는 병사 이미지를 겹쳐볼 수 있을까. 비참한 패전을 겪고, 일가친척이나 이웃 중에 이런 체험을 강요당한 이들이 있는 것이 당연했던 당시 일본 사람들이 공유했던 트라우마이기도 하다.

그런 이유로 나가야는 토치카*로 승화되어야만 한다. 「도시 게릴라 주거」에서는 토치카의 형태가 그대로 주택의 형태였지만, 마침내 그것이 나가야의 기본형으로 정착되어 간다. 다카라즈카에 완성한 「소세이칸」이 그 프로세스의 귀결점이 되어 〈원형〉으로써의 나가야가 완성된다. 「스미요시 나가야」는 그런 형식을 더욱 세련되게 하여 현실의 나가야를 도려내고 그 안에 집어넣었다. 그런데 이런 작은 주택이 왜 그토록 지지받게 되었을까.

애초에 20세기 주택에서 규범적 가치를 갖는 것으로 여겨지는 것은 예를 들면 르코르뷔지에의 「빌라 사보아」(1931), 프랭크 로이드 라이트Frank Lloyd Wright의 「폴링워터」(1936), 루트비히 미스 반데어로에Ludwig Mies van der Rohe의 「이디스 판스워스 하우스」(1951) 등 미국과 유럽 각지에서 볼 수 있지만, 이것들은 모두 부의 집적을 체현한 저택이다. 파리 교외의 푸아시에 있는 「빌라 사보아」는 현재 유네스코 세계 유산에 등재되어 있는데, 원래는 보험 회사를 경영하는 실업가의 주말 주택으로, 센강 풍경을 한눈에 내려다보는 언덕 위에 지어져 있다. 사진으로는 작은 주택처럼 보이지만 총면적이 440제곱미터나 된다. 「이디스 판스워스 하우스」도 내과 의사의 주말 주택이며 총면적은 140제곱미터밖에 되지 않지만 대지는 24만 제곱미터나 되어 대학 캠퍼스 버금가는 넓이이다. 드넓은 숲속에서 혼자서 취미를 즐기기 위한, 유리로 된 투명한 공간이지만 드넓

* 콘크리트, 흙주머니 따위로 단단하게 쌓은 사격 진지.

은 대지에 나무숲으로 둘러싸여 있어 프라이버시 문제도 없다. 즉 부유한 클라이언트가 토지며 건물 모두 최고의 조건으로 의뢰했기에 으뜸가는 훌륭한 건축이 완성된 것이다.

「스미요시 나가야」는 이런 상식을 뒤집어엎음으로써, 세계 주택 역사상 획기적인 의미가 있다. 여기에는 일본 특유의 상황도 있었다. 제2차 세계 대전의 공습으로 전체 주택의 20퍼센트 가까이가 파괴된 일본은 전후의 복구를 피해 입은 주택을 복구하는 것으로 시작했는데 그 후의 도시 발전과 더불어 계속 늘어나는 노동 인구의 주거를 어떻게 보장할 것인가가 정책상 커다란 문제가 되었다. 그리고 기본이 된 것이 자금력이 약한 개인에게 주택 금융 금고가 장기 저리로 융자해 주면서 내 집을 마련하라고 꼬드긴 것이다. 주택 공단 같은 공적인 조직이 공영 주택을 건설하는 것은 재정적으로 한계가 있으므로 국민이 직접 집을 짓고, 정부는 그것을 철저히 보조한다는 소극적인 시책이다. 즉 일본 국민 대부분은 이런 융자를 밑천 삼아 한정된 자금으로 내 집 마련을 하고 있었다. 시장으로서는 크지만, 그 대부분은 변변찮은 건설 행위를 감수하고 있었다. 1950년대 이후 주택 건축이 건축 잡지 지면을 점령하고, 협소 주택 등이 인기를 얻은 데에는 그런 배경이 있다.

문을 연 지 얼마 안 된 안도 사무소를 찾는 클라이언트는 대부분 그런 사정을 가진 이들이었으며, 따라서 예산은 지극히 제한되어 있었다. 건축가가 비용을 부풀려서 불러 봤자 소용없었다. 적은 예산을 염두에 두면서도 건축 전문가로서 양보할 수 없는 선이 있으며, 그 균형점을 두고 클라이언트와 심하게 옥신각신해야 했다.

일본에서 가장 호화로운 주택 건축은 스키야(数寄屋)*이다. 오늘날에도 한정된 수의 스키야 목수가 전통을 지키고 있는데, 거기서는 예산이라는 것이 무의미하다. 제2차 세계 대전 전에 교토의 「노무라 별장 헤키운소」(1928) 등의 이름난 주택이 생겨나 오늘날 전해지는데, 거기에 들인 비용은 오늘의 평당 단가로 환산하면 안도가 관여한 초기 주택의 몇 배이며, 때에 따라서는 자릿수가 다르다. 1980년대에 들어와서 안도의 주택은 규모를 키워서 이른바 부유층의 주택에도 손을 대게 되지만, 그의 마음은 역시 스미요시에 있었다. 애초에 그는 나가야에 계속 살고 있었기 때문이다.

정원의 녹나무에서 근원적인 힘을 보다

『일본서기』에 등장하는 스미요시 삼신을 모시는 신사는 스미요시 신사라고 통틀어 일컬어지며, 전국에 6백 곳 정도 분포한다. 「스미요시 나가야」가 들어선 오사카 스미요시구에는 그것의 총본산인 스미요시 다이샤(住吉大社)가 있다. 건축사적으로는 쓰마이리의 〈스미요시 즈쿠리(住吉造)〉**라는 독자적인 신사

---

* 다도(茶道)를 위해서 지은 건물이나 다실.

** 쓰마(妻)는 가장자리를 뜻하며, 신사 건물의 면 중에 짧은 쪽을 가리킨다. 쓰마에 출입구가 나 있는 양식을 쓰마이리(妻入り)라고 한다. 스미요시 즈쿠리는 신사의 본전 양식의 하나로, 맞배지붕이나 지붕의 경사면이 곡선을 이루지 않는다.

양식이며, 스미요시 다이샤 본전은 국보로 정해져 있으므로 지명도도 높다. 이 스미요시 다이샤와 본가 논쟁을 벌이고 있는 곳이 고베의 히가시나다구에 있는 모토스미요시(本住吉) 신사이며, 이곳을 중심으로 발전해 온 그 주변에는 스미요시 혼마치(住吉本町)라는 이름이 주어져 있다. 기묘하게도 안도 다다오는 이쪽의 스미요시에서도 주택을 의뢰받았다.「스미요시 나가야」 1년 전,「소세이칸」과 같은 시기에 건축된「마쓰무라 주택(松村邸)」이 그것이다.

이쪽 대지는 오사카와 달리 고급 주택지에 있다. 주위에는 윌리엄 메럴 보리스William Merrell Vories의「고데라 주택」(1930), 와타나베 세쓰(渡辺節)의「이누이 주택」(1936) 등 모더니즘 저택이 들어서 있는, 멋들어진 고베의 고급 주택가이다. 서민적인 정서 가득한 오사카의 스미요시와는 동네 분위기가 완전히 다르다. 안도에게 설계를 의뢰한 마쓰무라 다카오는 거대 종합 상사인 이토추와도 연관이 있는 명문 집안으로, 설계 조건도 높은 평지에 있는 1백 평 대지에 부부와 두 아이를 위한 주택을 지어 달라는 것이어서 꽤 여유로운 주택을 지을 수 있었다. 여기서는 클라이언트의 요청으로 노출 콘크리트는 포기하고, 벽돌 벽의 골조에 목조로 구배(경사) 지붕을 얹은 지붕틀을 설치하는 형태가 되었다. 계단실이 탑 모양으로 설치되고 삼각형 지붕이 달려 있으므로 외형적으로는 이른바 안도의 프로토타입에서 벗어나 있다. 총면적 45평(146제곱미터)이므로 작지는 않지만 대저택도 아니었다.

이 주택에는 다른 의미에서 안도의 고집이 실현되어 있다. 외부 경관에 배치된 녹나무의 존재이다. 그가 이 대지를 방문했을 때 맨 먼저 눈에 들어온 것이 정원에 나란히 선 세 그루의 녹나무였다. 〈그래, 우선 이 녹나무를 소중하게 대하자〉고 생각해 나무를 피하도록 주택을 계획했다. 녹나무는 가지와 줄기를 위로 한껏 뻗어서 수관이 옆으로 크게 펼쳐지므로, 나무 사이로 건물이 파고든 느낌이 난다.

이유는 알 수 없지만 간사이 지역의 사찰 경내에는 거대한 녹나무가 많으며, 그것이 사찰의 존재를 도드라지게 한다. 특히 안도의 본가에서 아주 가까운 아사히구 이마이치의 호류사(寶龍寺)에는 수령 8백 년을 헤아리는 거대한 녹나무가 네 그루 심겨 있어 멀리서 바라보면 이 절 일대가 수호신을 모신 숲처럼 커다란 녹색 덩어리로 눈에 들어온다. 키 15미터, 둘레 3.8미터이므로 상당히 크고, 오사카부의 천연기념물로 지정되어 있기도 하다. 흰 뱀의 화신이라는 전설이 남아 있으며, 지역에서는 신목으로 받들어져 왔다. 소년 시절의 안도는 요도강 강변부터 교카이도를 따라 이마이치까지 아사히구의 주요 명소를 자유롭게 돌아다녔다. 녹색의 체험이 그에게 커다란 영향을 주었다는 이야기는 앞에서도 했지만, 그중에서도 호류사는 특별하다. 울창한 녹음에 더해 코를 찌르는 아련한 향기가 떠돌고, 종교적인 신성함에 감싸인 경내는 나가야가 늘어선 아사히구에서는 더 도드라지는 풍경이다. 「이웃집 토토로」의 숲을 떠올리는 사람도 있을 것이다.

안도가 식수나 녹화에 강한 관심을 가진 것은 잘 알려져 있다. 모더니즘 건축가 중에는 분재나 정원 만들기를 한없이 사랑했던 아르네 야콥센Arne Jacobsen 같은 마니아적인 인물도 있지만, 목재를 사용하는 것이 아니라 안도는 자신의 건축에 따라오는 살아 있는 식물로서 수목이나 화초에 강한 애착을 갖는 것이 특징이다. 반대로 르코르뷔지에처럼 식재에는 그리 흥미를 보이지 않는 건축가도 있다. 당시 일본의 건축가는 대부분 정원에 큰 관심을 두었다. 그러나 안도의 접근 방식을 보면 전통적 작법과는 달라 보인다. 메이지에서 쇼와 시대에 걸쳐서 유행한 〈담장 너머 보이는 소나무〉라는 상투적인 정원 만들기 기법에는 관심이 없다. 그가 추구했던 것은 근원적인 힘을 가진 생명의 나무가 눈앞에 있으며, 그 영성이 토지에 힘을 부여하고, 마지막에는 건축을 뒤덮어서 숨기는 것이었다.

식물은 성장한다. 특히 수목은 수명이 몇십 년, 때에 따라서는 1백 년이라는 규모이며, 사찰 경내에 있는 나무는 몇백 년에서 1천 년 단위이다. 안도의 내면에 있는 시간의 계측 단위에는 두 가지 표준이 있는 것 같다. 하나는 건축으로, 몇 년이 걸려서 준공하고 그 후에는 수십 년 단위로 유지, 보수하면서 지속된다. 다른 하나는 수목 또는 식생으로, 이것의 수명은 최소 50년에서 1백 년이며 앞으로도 긴 세월 동안 생명을 유지한다. 안도의 신체에는 이처럼 서로 다른 두 가지 수명이 함께 갖춰져 있어서 건축과 수목, 양쪽을 오가면서 생명을 불어넣는다.

민속학자 미나카타 구마구스는 녹나무에 강한 관심을 갖고 있었다. 자택에 커다란 녹나무가 있으며 〈그 나무 아래는 맑은 날에도 어두컴컴할 만큼 잎과 가지가 무성하며, 찌는 듯한 무더위에도 덥지 않고, 사나운 바람에도 손상되지 않으며, 소나기가 쏟아질 때 서재에서 본채로 달려가는 내내 사람을 지켜주는 공덕은 단연 탁월하다〉라고 절찬한다.[16] 녹나무는 신목이므로 가정집에 심으면 사는 사람이 압도당한다는 견해도 있지만, 안도의 접근은 미나카타에 가깝다. 고베 스미요시의 「마쓰무라 주택」은 단순히 수목의 보존이라는 면이 아니라 1백 년 후, 2백 년 후에 거목으로 성장한 녹나무를 머릿속에 그려 가면서 그 생명력에 토지의 힘을 맡긴다는 안도의 또 하나의 생각을 나타내는 것이다.

　「마쓰무라 주택」에는 후일담이 있다. 2000년대 끄트머리에 안도는 마쓰무라의 두 딸로부터 뜻밖의 편지를 받았다. 두 사람은 각자 결혼하여 도쿄에 살고 있었는데, 그녀들이 결혼할 때까지 살았던 고베의 집을 가루이자와에 별장으로 재현해 주기를 바란다는 것이었다. 안도는 놀람과 기쁨을 감출 수 없었지만, 아무리 그래도 완전히 똑같은 집을 가루이자와에 짓는 것은 사양했다. 그 대신에 지금은 녹나무가 거목으로 성장하여 짙은 녹음에 감싸이듯이 파묻힌 스미요시의 주택을 대대적으로 보수하고 청소했다. 이제 건축과 수목의 주종 관계는 역전되었으며, 그것이야말로 안도가 오랫동안 바라 마지않던 일이었다.

「다카하시 주택」(아시야시, 1973년)의 입구.

「소세이칸-야마구치 주택」(다카라즈카시, 1975년)의 전경.

「스미요시 나가야」(오사카시, 1976년)의 정면.

「스미요시 나가야」의 중정.

「스미요시 나가야」의 단면도.

벽돌 벽을 골조로 한 「마쓰무라 주택」(고베시, 1975년).

「마쓰무라 주택」의 스케치.

보수를 마친 「마쓰무라 주택」의 최근 모습(2018년).

제4장 주택의 시대

노출 콘크리트를 어휘로 삼아

안도 다다오의 주택 작품은 2백 건이 넘는다. 그중에서도 세계적으로 높이 평가받는 곳은 롯코산 중턱에 지은 「고시노 주택(小篠邸)」(1981, 증축 1984)과 도쿄 세타가야구의 한적한 주택가에 지은 「기도사키 주택(城戸崎邸)」(1986)일 것이다. 이 두 채의 주택은 「스미요시 나가야」로부터 헤아려 10년 사이에 준공했다. 그사이 안도는 40건 정도의 개인 주택을 지었고, 안도의 이미지를 결정적으로 만든 노출 콘크리트의 미학을 활짝 꽃피운 시기이기도 하다. 집합 주택이나 상업 시설 영역에서도 대담한 스타일이 나오지만 여기서는 먼저 그의 주택을 살펴보자.

근대 건축사에서 수많은 주택을 지어 하나의 붐을 일으킨 건축가로는 몇 명 정도를 꼽을 수 있다. 그중 첫손에 꼽을 수 있는 사람은 1900년 전후 영국을 무대로 도메스틱 리바이벌이라는 새로운 주택 디자인의 움직임을 이끌었던 찰스 프랜시스 앤슬리 보이시Charles Francis Annesley Voysey를 들 수 있다. 공장에서 생산한 규격품을 회피하고 수공예의 가치를 되묻는 미술 공예 운동을 바탕으로 한 운치 있는 스타일이 당시 영국인의 마음을 사로잡았다. 거의 같은 시기에 미국 중서부에 등장한 프랭크 로이드 라이트는 프레리 양식으로 일컬어지는 개성적인 주택들을 세상에 내놓아 미국뿐만 아니라 유럽과 일본에도 많은 영향을 주었다. 그 수는 그가 시카고를 떠나는 1909년까지 2백여 건에 이른다고 하니, 엄청나게 빠른 주택 설계 속도는 타의 추종을 불허한다. 그중에서도 시카고에 있는 「로비 하우스 Frederick C. Robie House」(1906)가 프레리 양식 주택의 대표로 여겨진다.

라이트에는 미치지 못하지만, 안도 다다오의 주택 설계 건수도 대단히 많으며, 그의 재능을 높이 평가한 『GA』의 후타가와 유키오도 〈라이트 이후, 주택 작가로는 안도가 단연 최고〉라고 하며 놀라움을 감추지 않는다.[17] 라이트와 크게 다른 점은 그의 주택 작품들을 하나로 묶을 만한 스타일이나 라이트모티프가 발견되지 않는다는 점이다. 안도 자신도 유행 작가 같은 형태로 묶이는 것을 선호하지 않는다. 그러나 한눈에 안도의 작품임을 알 수 있는 디자인인 것도 사실이다.

그러므로 1976년부터 10년 동안의 주택 특징을 설명하면 다음과 같이 정리할 수 있다.

첫째, 세련된 노출 콘크리트에 의한 디자인. 안도의 트레이드마크처럼 일컬어지는 노출 콘크리트가 이 시점에서 전면적으로 채용되어, 실내와 실외를 모두 매끈하고 광택 있는 텍스처로 덮는다.

둘째, 기하학적인 형태. 건축의 형태를 정할 때 명쾌한 기하학을 이용한다. 처음에는 주로 세로로 긴 평면이었지만, 마침내 정사각형이나 원을 도입하여 더욱 근원적인 기하학적 형태로 수렴해 간다.

셋째, 빛에 대한 집착. 톱 라이트나 슬릿*을 이용하여 빛을 정교하게 실내로 유도하여 공간 속에서의 명암 대비와 빛의 환희를 끌어낸다.

넷째, 시선과 동선을 중시. 공간에서의 신체적 체험을 중시하고, 벽으로 동선을 유도한다. 오감에 호소하는 공간을 만드는 것이 커다란 과제가 된다.

오사카의 나가야를 원점으로 시작된 안도의 주택 디자인과의 씨름은 30대 중반을 넘어서 더욱 다양한 방향으로 전환한다. 한결같은 안도의 태도에 매력을 느끼고, 입소문으로, 심지어 우연히 찾아와서 설계를 의뢰하는 클라이언트가 차례차례 나타나게 되었다. 그중에는 안도에게 설득당하고 그의 인품에 이끌려 주택을 맡기는 사람도 나온다. 계획 지역도 간사이뿐만 아니라 주부에서 간토 지역까지 넓어지고, 중심 시가지에서 교외까지 다양하다. 오사카의 시타마치(下町)**라는 토착적인 풍토 속에서 착상하고 가다듬어 온 주거에 대한 생각을, 더 다양한 향

* 빛이나 분자 따위의 너비를 조절하기 위하여 두 장의 날을 나란히 마주 보게 하여 만든 좁은 틈.

** 주로 서민들이 이용하는 상업 지역이나 번화가를 말한다.

토성에 맞춰 생각해야 할 때가 된 것이다. 그런 의미에서 이 10년은 새로운 시행착오의 시작이며, 설계 수법에도 새로운 변수가 등장한다.

벽이냐, 틀(프레임)이냐

새로운 시도는 「스미요시 나가야」 건설이 진행되고 있을 무렵에 병행되었다. 몇 달 늦게 완성한 주택에서 그 단면을 엿볼 수 있는데, 오사카 북쪽 스이타에 있는 「히라바야시 주택(平林邸)」(1976)이다. 대지는 약간 여유로운 교외 주택지이고, 기본은 가로가 좁고 세로가 긴 직사각형 형태이지만 대지 조건에 맞게 변형시켜서 만드는 방식 자체가 크게 다르다.

건축에서, 만드는 방법은 전문적으로는 구법(構法), 또는 가구(架構)라고 부른다. 나무나 철골, 철근 콘크리트RC를 어떤 구조로 짜맞추고 어떻게 공간을 만들어 가는지를 나타내는 개념이다. 보통 RC 구조는 철근 콘크리트로 기둥과 대들보를 만들어 가는 것이 일반적이며, 독일어로 짜임새를 뜻하는 라멘이라는 용어를 써서 라멘 구조라고 한다. 르코르뷔지에는 20세기 초에 건축의 수평 방향을 슬래브(판자 모양의 면) 바닥으로, 세로 방향은 기둥으로 한 공간 단위 〈도미노 시스템〉을 고안하여 그것을 RC로 층층이 쌓아 올리는 방식을 제안했다. 흔히 알고 있는 바닥-기둥-바닥-기둥 구조로 건축하는 도미노 시스템은 일종의 규격화된 구법으로 근대 건축사에서 커다란 의미를 갖게 된다. 돌이나 기와를 쌓아 올려서 만드는 조적식 구조가 일반적이었던 유럽에서는 이런 생각이야말로 건축 방식에 혁명적인 변화를 일으키지만, 목조 축조식 구조가 일반적이었던 일본에서는 구조적으로는 나무 기둥과 들보를 철근 콘크리트 소재로 치환한다는 정도의 인식에 머물렀다. 오히려 주목해야 할 것은 오사카의 나가야처럼 목조 연립 주택에 RC 구조를 삽입한다는, 어떤 의미에서는 곡예처럼 아슬아슬한 공사를 하면서 안도가 철저하게 벽 구조에 도전했다는 점이다. 최소한의 스페이스 안에서, 아슬아슬하게 15센티미터인 벽의 두께로 주택 전체의 구조를 지탱하게 하여 내부 공간을 최대한 확보하고, 심지어 그렇게 해서 생겨난 콘크리트 상자가 좌우의 목조 주택을 무너지지 않게 하는 버팀벽 기능도 해낸다.

그런 점에서 보면, 안도는 도미노적인 RC 구조에서 시작한 것이 아니라 목조로 치환하여 콘크리트 상자를 어떻게 만들고 어떻게 기능하게 할 것인지를 먼저 생각했으며, 그것이 출발점이 되고 있다. 그 후로 안도는 벽 구조에 대해 더욱 유연하게 사고하여 새로운 RC 구법 가능성을 추구해 간다. 스이타의 「히라바야시 주택」이 주목받는 것은 거기에 새로운 콘크리트 디자인 기법이 등장했기 때문이다. 바로 〈프레임〉이다. 가로, 세로, 높이의 각 변을 축으로 하여 이른바 입체 격자로 삼은 축조 구조라고 해도 될 것이다. 이것으로 3차원의 단위 공간을 만들고, 그 연속 구조로 전체 공간의 시스템을 만들어 낸다. 프레임은 도미노처럼 상하 방향에 구속되지 않고, 어떤 방향으로도 자유롭게 확대와 축소를 할 수 있다. 벽 구조에서 보면 바깥 세계의 차단을 전제로 한 폐쇄계에서 어떤 식으로도 전개할 수 있는 개방계로 이행하는 것이며 〈확고한 의지로 가득 찬 균등한 프레임〉이 건축을 지배하게 된다.

약간 기술적인 내용이지만, 시공할 때의 차이를 설명해 두자. 안도의 경우, 벽 구조에서는 거의 20센티미터 두께의 콘크리트 벽으로 공간을 제어한다. 그에 비해 입체 격자가 된 경우는, 들보 하나, 또는 기둥 하나가 50×50센티미터의 정사각형 단면이 된다(「히라바야시 주택」은 40×40센티미터). 콘크리트를 칠 때는 거푸집을 놓고 그 틈새에 콘크리트를 붓기 때문에 원리적으로는 조소적인 조형이 가능하다. 「스미요시 나가야」처럼 몇 센티미터 차이가 커다란 의미를 가질 정도로 비좁은 대지라면 벽 두께를 얇게 할 수 있는 벽 구조로 전체 공간을 만들어야 내부를 넓게 쓸 수 있다. 반대로 대지에 여유가 있으면 한 변이 5미터에서 7미터 정도의 입체 격자로 규칙적인 큰 공간을 취할 수 있다. 기둥과 들보 사이의 스페이스는 필요에 따라 개구를 이루고, 막을 때는 콘크리트 블록을 이용하여 벽이나 실벽을 만든다.

다만, 안도는 콘크리트 외피에 집착하며, 또한 벽 자체를 공간의 중요한 장치라고 생각한다. 그래서 초기의 프레임 구조는 모두 바깥쪽에 콘크리트 벽을 설치하고, 프레임을 안쪽으로 끌어들이는 식으로 되어 있다. 「히라바야시 주택」도 그러했다. 안쪽에서 자유롭게 펼쳐지는 공간을 벽으로 칸막이하여 제어하는 것이다. 프레임 안은 거실이나 주방을 배치하고, 바깥쪽에 반원 모양 벽으로 둘러싼 공간은 통층 홀로 넓게 연출한다.

그다음 해에 오사카 아베노구에 준공한 「데즈카야마 주택(帝塚山の家)」(1977)도 프레임에 의한 정육면체 격자와 벽을 같이 사용했다. 코트야드(뜰, 마당)적인 외부 공간에 입체 격자가 겹치는 모습은 어수선한 주변 환경 속에서도 견고하고 자립적인 거주지 본연의 자세를 제시하는 것이다. 벽은 거주에 대한 덮개이고, 입체 격자는 공간의 자율성을 명쾌하게 주장한다. 총면적은 「스미요시 나가야」의 배 이상으로 넓어졌지만, 도시 게릴라로서의 태도는 굳건히 유지하고 있다.

건물은 균등한 프레임과 그것을 둘러싼 벽으로 구성되어 있다. 기능을 부여하는 과정에서 프레임은 장소로서 의미가 부여되고, 대지의 경사면에 적합하고 자연과 어우러지는 장소를 만들어 내며, 단순한 프레임의 반복 속에서 다양한 삶의 풍경을 획득한다.[18]

아름다운 콘크리트로 마감하기 위해

안도 다다오의 철근 콘크리트 마감법이 거의 완성된 것은 1970년대 중반, 「소세이칸」 공사 때였다. 그의 트레이드마크이기도 한 독특한 콘크리트 마감이 어떻게 진행되었는지, 여기서 설명해 두자.

철근 콘크리트Reinforced Concrete, 줄여서 RC는 압축력을 견디는 콘크리트와 인장력(引張力)이 강한 철근이라는 정반대

성질을 가진 두 가지 재료를 일체화한 것으로, 19세기 후반부터 건축과 토목에서 널리 사용되어 온 역사가 있다. 콘크리트는 시멘트에 골재라고 불리는 자갈이나 모래 등을 혼합한 것인데, 믹서로 액체 상태를 만든 후 호스로 흘려 붓는다. 틀에 부어서 성형하므로 형태를 자유롭게 만들 수 있으며, 근대 건축은 그 특성을 살려서 다양한 조형을 시도하고 있다. RC 건축이 급격하게 늘어나기 시작한 1960년대부터 시공법이 크게 개량되어 오늘날 일반적인 거푸집 공법으로 정착한다. 현장에서 먼저 철근을 조립하고, 그 주위에 거푸집을 만들고, 그 틈새에 액상 콘크리트를 붓고 굳기를 기다린다. 거푸집은 〈콘크리트 패널〉이라고 불리는 표준 사이즈 패널을 짜서 만든다. 베니어합판을 쓰기도 하고 강판을 쓰기도 하는데, 비용 면에서 합판이 일반적이다. 합판 크기는 표준형이며, 다다미와 마찬가지로 180×90센티미터, 기본적으로는 이 모듈로 면을 만들어 간다. 안도의 콘크리트 면 마감을 살펴보면, 콘크리트 패널 형상이 기본 단위를 이루며, 그 단위에 규칙적으로 구멍이 뚫려 있는 것을 알 수 있다. 이 구멍은 두 장의 간격에 맞춰 콘크리트 패널을 고정하는 세퍼레이터(분리기) 양쪽 끝에 박았던 나사(P콘)를 제거한 흔적이며, 구멍 수만큼 세퍼레이터가 있는 것이다. 표준 크기의 콘크리트 패널이라면 보통 여섯 군데이다.

건설 현장은 지형, 접근 조건, 기후 등에 더해 장인의 솜씨나 기질, 청소 상태 등 인적 요소에 좌우된다. 거기에 더해 철근을 짜맞추어 거푸집 공사를 하므로 반드시 도면에 그려진 대로 깔끔하게 완성된다고는 할 수 없다. 현장에 따라 정밀도가 좌우되는 것이다. 또한 콘크리트 노출로 공기 층이 들어가거나 금이 가거나 시멘트와 자갈이 분리되기도 하여 구조상의 문제를 일으키고 보기에도 지저분하다. 안도 이전의 RC 마감이란 오히려 그런 것이었으며, 그것이 보통이었다. 그래서 콘크리트 면의 마감은 별도로 마감용 회반죽(모르타르)을 바르는 경우가 많았다. 그런 상식에 대해, 안도는 그때까지 불가능하다고 여겨졌던 콘크리트 노출에 의한 완벽한 마감을 지향했다. 그러기 위해서는 현장에서 시공하는 장인과의 연계 작업이 꼭 필요하다. 열쇠는 거푸집에 있다. 솜씨 좋은 목수와 일하고, 거푸집은 콘크리트 패널 뒤쪽에 특수한 수지를 발라서 거푸집을 제거한 다음에 광택이 나는 면이 만들어지도록 기술 혁신을 시도했다. 그것이 가능했던 것은 무엇보다도 거푸집을 만드는 목수의 수준이 대단히 높았기 때문이다.

거기에 더해, 철근 위치가 정확해지도록 특별한 케이지(철망)를 만들었다. 철근을 덮은 콘크리트 두께를 〈피복〉이라고 하는데, 이것이 얇으면 철근의 산화도가 증가하여 열화가 진행된다. 그래서 피복 두께를 예를 들면 40밀리미터로 안정시키는 것이 바로 이 케이지이다. 콘크리트의 유동성도 중요하다. 콘크리트가 묽으면 타설하기 쉽지만 내구성이 부족하다. 되도록 점도가 강한 것이 좋지만, 그러면 타설이 힘들어진다. 그런데도 안도는 일반적인 점도 이상으로 높은 점도를 추구하고, 그것을 장인과 함께 해결했다. 전문 용어로 말하면 슬럼프(유동성의 값)

를 통상의 21에서 15~16까지 끌어 내려서, 되도록 단단한 상태에서 콘크리트를 쳤다. 거푸집의 틈새에서 콘크리트가 새면 모래와 자갈이 분리되기 쉬운데, 일본의 거푸집 목수들은 솜씨가 좋아 수조처럼 밀폐성이 높은 거푸집을 만들어 버린다.

철근 콘크리트의 발상지는 프랑스이다. 그런데 르코르뷔지에의 건축은 RC 구조이면서도 표면이 거칠어서 그 위에 모르타르를 칠하여 마감하고 있다. 그는 전쟁이 끝난 후부터 노출 콘크리트 기법을 시도하는데 마감은 거칠다. 대표작으로 일컬어지는 「라 투레트 수도원」을 보아도 표면이 까슬까슬하여 일본인의 눈에는 도저히 참기 힘들다. 전쟁 후의 노출 콘크리트 기법의 대표로 일컬어지는 클로드 파랭Claude Parent은 볼륨감을 전면에 내세워 토치카 같은 건축을 시도했지만 마감이 마음먹은 대로 되지 않았다. 당사자인 파랭도 1983년에 일본을 방문하여 교토에서 안도를 만났다. 「고시노 주택」을 시작으로 몇몇 작품을 방문하고는, 안도가 콘크리트를 다루는 방식에 충격받았다. 훗날, 안도야말로 루이스 칸Louis Isadore Kahn의 걸작 「소크 생물학 연구소」(1965)를 계승한 진정한 콘크리트의 계승자라고 절찬한다.

칸의 사고를 계승한 이가 안도 다다오이다. 벽은 노출시켜서 그대로 드러나 있으며, 온통 평평한 표면에 약간의 곡선이 가미되어 촉감적으로나 시각적으로나 은근히 관능적이다. 거푸집 구멍도 세퍼레이터라기보다 점묘법으로 은밀한 기하학을 나타내고 있는 듯하다. 특히 「우에다 주택(上田邸)」이나 「고시노 주택」, 그리고 시토회 수도원에 비교할 만한 안도의 교회 작품들은 정말로 대단하다.[19]

파랭을 사사한 장 누벨Jean Nouvel은 1980년대부터 안도와 친분을 쌓았는데 누벨은 〈스승이 하지 못했던 콘크리트 마감을 어떻게 해냈는가〉 하고 수없이 질문했다. 그것을 보기 위해 누벨이 직접 일본까지 찾아와 안도의 현장에 함께했을 정도였다.

인도의 계단 우물에서 자극받다

철근 콘크리트의 정밀도를 높일 때, 안도가 스승으로 우러르는 니시자와 후미타카의 존재는 거대했다. 1970년대 중반이 되자, 니시자와는 안도에게 권유해 여러 번 해외여행을 했다. 목적은 건축 기행이었다. 주요 방문지는 미국이나 유럽이 아니라 인도나 이란이었다. 인도에는 1965년과 1968년에 유럽 여행에서 돌아오는 길에 안도 혼자 들렀던 적이 있지만 이번에는 전문가들과 함께한 여행이며, 심지어 반드시 보아야 할 것이 처음부터 정해져 있으므로 그만큼 밀도가 높았다. 그 목적 가운데 하나가 인도 서부에 분포하는 계단 우물이었다. 구자라트주 등 건조 지역에서 많이 보이며 아마다바드에 있는 다다 하리의 계단 우물 등 기억해 둘 만한 장소가 적지 않았다.

인도는 사람들의 삶 자체가 강렬하고 농후한 자극을 주어 방문자들은 마음 깊숙한 곳에서 뭔가가 확장되는 느낌을 받는다.

몹시 더운 기후임에도 불구하고, 지표에서 계단을 내려가 지하 깊숙한 곳에 파인 우물에 도달하면 〈피부를 찌르는 냉기〉에 전율하며 형용할 수 없는 피부 감각에 몸이 떨린다. 훗날 안도는 〈흡사 백일몽의 세계였다〉고 회고한다.

귀국 후, 안도는 인도에서의 이 체험을 주택에 재현하려고 시도했다. 롯코산 중턱에 지은 「영벽의 집(領壁の家)」(1977)이 그렇다. 오쿠이케라고 불리는 지역은 아시야시의 산에 가까운 쪽, 롯코산 산중의 저수지 옆에 개발된 고급 주택지로, 해발 5백 미터라는 입지 때문에 바다와 가까운데도 고원의 공기를 음미할 수 있다. 클라이언트인 마쓰모토 시게오는 학원 경영자였다. 울창한 녹음에 둘러싸인 충분한 면적을 가진 대지라는 분에 넘치는 조건으로 주택을 의뢰했다. 인도의 흥분이 채 식지 않은 시기에 제안받았기에 산 중턱의 경사지를 보고 뇌리에 번뜩인 것이 계단 우물이었다. 두꺼운 콘크리트 벽으로 둘러싸인 공간 안에 〈캄캄한 땅속에 숨어 있는 수면을 향한 강하 의식〉[20]을 나타내려는, 그때까지의 투쟁 정신 대신에 존재의 깊이에 대한 강한 탐구심이 안도를 지배하고 있었다.

전체적인 만듦새는 이렇다. 벽으로 외부를 차단하여 내부 공간을 만들어 낸다. 이 방법을 그는 〈영벽〉이라고 명명했다. 내부는 프레임으로 제어하고, 토지의 비탈면을 이용하여 중앙에 계단, 그 앞뒤에 각각 2층, 1층의 프레임을 배치한다. 계단이 중정 역할을 하고, 그 앞뒤를 아틀리에와 거실로 나눈 것은 기존 방식이었지만, 완결성이 높은 공간으로써 〈내부에 하나의 원풍경

(原風景)을 투영하려는 시도)가 커다란 숙제였다. 상부에는 볼트vault(반원통형 천장)가 달려서 천장 가장자리에서 새어 드는 빛이 콘크리트 벽과 바닥을 비추며 시시각각 달라지는 시간의 흐름에 따라 그림자가 이동한다.

자신이 온몸으로 받아들인 이국에서의 체험을 원풍경으로 삼아 주택이라는 공간 장치 속에 재현한 것이다. 그때까지 안도를 지탱해 온 투쟁 정신에서 비롯된 방어하는 공간이, 땅속 체험을 동반한 더욱 심오한 성찰 공간으로 전환한 순간이었다.

이 방법을 대도시 한복판에서 재현할 수는 없을까. 그렇게 생각한 안도는 「영벽의 집」에 이어서 오사카 시타마치에서 새로운 시도를 시작한다. 이쿠노구의 작은 공장이 군데군데 들어서 있는 구역에 계획된 「유리블록의 집-이시하라 주택(ガラスブロックの家-石原邸)」(1978)이다. 대지 조건은 롯코산과는 정반대로, 세 방향이 건물에 둘러싸인 밀집도 높은 대지인데, 그래도 스미요시보다는 훨씬 넓은 면적을 확보할 수 있었다. 여기서는 네모반듯한 중심을 향해 주변에서 단계적으로 하강하는 계단 우물 형식을 규범으로 삼았다. 대지 자체는 평탄하여 비탈을 이용할 수 없었기에 건축 자체에 단을 만들어 아래층에서 위층으로 깔때기 모양으로 퍼지는 형식을 취했다.

클라이언트인 이시하라 기요시는 오사카 당목이라고 불리는 중국에서 전래한 지물(指物) 가구를 직접 제작하는 사람이었다. 우연하게도 이시하라 부인이 오사카의 명문교인 히가시 고등학교에서 아즈마 다카미쓰와 동급생이었다. 오래된 공방을 재건축하여 가게와 자택을 겸하게 지어 달라고 의뢰했다. 도심의 밀집 지대이므로 주거를 주변과 완전히 차단한다는 도시 게릴라적인 수법을 답습하여, 대지 경계를 따라 네 방향을 3층 높이의 벽으로 두르고, 1층은 가게, 2층과 3층은 주거로 했다. 부모와 자식 2대로 구성된 두 세대가 살기 때문에, 라이트 코트(빛의 정원)를 사이에 두고 양쪽의 영역을 남북으로 나누었다. 여기서 제시한 새로운 방식은 유리블록을 전면적으로 채용한 것이다. 라이트 코트를 향한 세 개의 면을 유리블록에 의한 계단 모양의 벽으로 구성하여 반투명한 빛을 실내로 유도한다. 그때까지의 안도의 실내 공간은 벽으로 칸막이하여 위에서 들어오는 빛에 크게 좌우되었는데, 이번에는 벽 전체가 밝게 빛난다.

동선에도 대단히 공을 들였다. 바깥쪽 도로에서 그대로 라이트 코트로 들어와서 나선형 계단을 통해 2층 테라스로 올라가고, 한가운데 설치된 문을 지나 실내로 들어가는 방식이다. 좌우 대칭성symmetry, 위쪽 방향의 셋백setback* 등 설계 수법은 기존 방식에서 많이 벗어나지만, 벽 전체가 반투명한 빛이 되어 실내 공간을 감싸는 방식은, 땅속 어둠에 잠긴 인도의 계단 우물을 역이용하여 천상을 향해 나선을 그리는 빛의 공간으로 바꾼 것이다. 클라이언트도 장인이었던지라, 안도의 솜씨에 크게 만족했다.

유리블록을 쓰는 데 자신감을 얻은 안도는, 이후 계속해서 같

* 일조나 통풍이 잘되도록, 건물의 위층을 아래층보다 조금씩 후퇴시켜 계단 모양으로 짓는 일.

96

은 종류의 실험을 한다. 오사카 시타마치에서의 「유리블록 벽(ガラスブロックウォール)」(1979)에 이어서 와카야마시의 주택지에서 두 동짜리 드넓은 저택인 「마쓰모토 주택(松本邸)」(1980)과 「후쿠 주택(福邸)」(1980)을 지었다. 모두 총면적 145평(480제곱미터)이 넘어, 안도의 주택이 새로운 경지에 들어섰음을 나타낸다.

롯코에 「고시노 주택」을 설계하다

패션 디자인 세계에서 안도 다다오의 평가는 단연 높다. 신출내기 시절에 그래픽이나 인테리어 세계에서 최첨단 디자인을 발표하는 다나카 잇코나 구라마타 시로 등과 친하게 지내게 되어, 그 주변에 있는 이세이 미야케 등 패션 디자이너와 아주 자연스럽게 만나게 된 것도 관계가 있다. 이 세계는 학력은 필요 없고 직관과 행동력이 요구된다. 비즈니스 센스도 중요하다. 도쿄와 간사이는 풍토가 다른데, 간사이의 패션 디자인계에서는 고시노 세 자매인 히로코, 준코, 미치코가 뛰어난 실력을 인정받고 있었다. 그중에서도 장녀인 히로코는 비즈니스에 강해 1964년부터 신사이바시에 오트 쿠튀르 매장을 열면서 서서히 해외 활동도 시작하고 있었다.

히로코와는 그래픽 디자이너 대선배인 하야카와 요시오의 초대로 크리에이터 모임에 얼굴을 내밀다가 친분이 생겼다고 한다. 히로코는 원래 고양이 발 같은 다리가 달린 로코코 스타일 가구 따위를 좋아했지만, 안도의 노출 콘크리트의 아름다움에 자연스럽게 매혹되었다. 자택을 건축하게 되자 무슨 일이든 최선을 다하는 안도에게 의뢰해 볼 마음이 생겼다. 〈돈이 없지는 않은데, 해줄 수 있겠느냐〉고 부탁했더니 〈차 한 대 값보다 조금 비싼 정도〉라는 대답이 돌아왔다. 고급 수입차 가격 정도의 예산으로 가능할 것 같다니, 가벼운 마음으로 설계를 의뢰했다고 한다. 대지가 어느 정도나 되는지 안도가 물었더니 〈아시야의 오쿠이케 지역〉이라는 대답이 돌아왔다. 〈오, 그건 최고의 장소야!〉 하고 안도는 마음이 설렜다. 2년 전에 「영벽의 집」을 지었던 아시야의 산 위쪽이다. 대지도 345평(1,140제곱미터)으로 아주 넓었다. 안도가 자란 오사카의 시타마치와도, 히로코가 자란 기시와다와도 다른, 간사이 지역에서 손꼽히는 고급 주택지였다.

안도는 1970년대 후반에서 1980년대 전반에 걸쳐서 히로코의 자택을 포함해서 오쿠이케에 3채의 주택을 지으므로 어떤 의미에서는 기념할 만한 장소이기도 하다. 오쿠이케에 대해서 간단히 설명해 두자.

롯코산의 산계(山系)는 한신칸의 해안 지대에서 단숨에 고도를 높여 해발 1천 미터 가까이 되는데, 그 중턱에 있는 오쿠이케 지구는 아시야강의 원류이며, 해발 5백 미터 정도의 평탄한 면을 이루고 있다. 이름이 나타내듯이 〈오쿠이케(奧池)〉라고 불리는 호수와 늪이 있는데, 이것은 메이지 원년에 아시야 지역의 유력자들이 저수지로 바꾼 것으로, 이 구역은 아시야의 물동이 역할을 하고 있었다. 1960년대 중반 오쿠이케에 잇따라 새 저수지를 만들면서 주변 지역을 동시에 개발하여 사업 수익을 높이기로 했다. 아시야시가 앞장서서 〈동양의 제네바〉라고 이름을 붙인 주택지 개발이 시작되어 1971년에 오쿠야마 저수지가 완성될 무렵에는 고급 주택지로 브랜드가 확립해 있었다. 주민 협정으로 상업 시설은 일절 허용하지 않고 아름다운 자연환경에 둘러싸인 3백 평 내외라는 넓은 구획의 토지에 전원주택을 지을 것이 의무화되어 있었다.

히로코에게 대지를 안내받은 안도는, 그 뛰어난 환경을 직감적으로 파악하여 지형과 식생을 기점으로 주택 이미지를 구체화한다. 이 구역은 키 큰 적송 숲이 울창했다. 원생림이 아니라 쇼와 시대에 들어와 실시된 식목에 의한 2차 식생이다. 롯코산의 표면은 뒤에서도 이야기하겠지만, 메이지 말기에는 민둥산에 가까운 상태였는데 그 후의 식목 활동으로 식생을 회복한 역사가 있다. 오쿠이케 지구는 그런 의미에서 삼림이나 호수와 늪 등 모두가 지난 백몇 년 동안 인공적으로 만들어져 온 것인데, 1970년대에 안도가 방문했을 때는 울창한 녹음에 둘러싸인 자연환경 지대가 되어 있었다. 게다가, 효고현이 지정한 오쿠이케 주변의 습지 식물 군락도 한몫하여 한신 지구에서도 가장 축복받은 지구라고 해도 될 것 같았다.

거기서 안도가 생각한 것은 자연과 더불어 사는 것, 즉 적송 등의 수목에는 손을 대지 않고 등고선을 따라서 주택을 배치한다는 아이디어였다. 그래서 택지의 형상과는 달리 대각선 방향으로 배치하게 되었다. 가로로 긴 두 개의 상자를 상정하고, 두

상자의 높이를 등고선에 따라 바꾸고, 땅속에 절반을 매몰하는 모양으로 배열한다. 북쪽 2층에는 거실과 주방, 그리고 침실과 서재(2층)를 배치하고 남쪽 1층에는 가족이나 손님용 침실을 배치한다. 지극히 단순한 설계이지만 안도의 장점인 고저 차(高低差), 접고 구부리기를 대담하게 삽입한 동선, 슬릿이나 높은 창에서 비쳐 드는 빛 등등 그때까지 그가 배양해 온 공간 언어가 곳곳에 들어 있다. 북쪽의 도로 쪽에서 들어와서 대지가 남쪽으로 내려가는 형태이므로 입구는 2층에 만들어진다. 내부 공간과 외부 공간 역시 아래로 향한 계단에 의해 이끌어지고, 두 개의 상자는 지하에서 연결된다.

이리하여 완성된 「고시노 주택」은 총면적 70평(240제곱미터) 정도 되는 상당히 큰 집이었는데, 그 집의 참맛은 토지와 일체가 된 거주 방식에 있다. 주택은 수줍은 듯 절반이 땅속에 묻혀 있고, 입구에는 바깥의 적송 숲 풍경이 펼쳐진다. 지형에 따라 정교하게 배치된 기하학적 형태는 훗날 안도가 나오시마의 미술관에서 펼치는 공간 조작의 원형이 되었다.

이렇게 복잡한 지하 공사 등이 더해진 결과 공사 비용은 불어났고, 히로코에 따르면 고급 수입차 열 대 정도가 들었다고 한다. 가족이 함께 살기로 하여, 어머니인 패션 디자이너 고시노 아야코에게도 함께 살자고 권했지만, 68세의 모친은 〈이런 담수 댐 같은 콘크리트 집에서 살고 싶지 않다〉면서 같이 살기를 거부했다. 오쿠이케의 저수지 댐과 겹쳐 보였던 것일까. 전쟁전의 기시와다에서 작은 양장점을 운영하면서 세 자매를 키웠던 아야코가 보기에는, 마치 별세계처럼 보였을 것이다.

하지만 클라이언트인 히로코는 이 집이 몹시 마음에 들었던 듯하며, 준공한 지 얼마 지나지 않아 안도에게 아틀리에 증축을 의뢰한다. 여기에는 주택에 요구되는 번잡한 기능은 필요 없으므로 시간에 따라 시시각각 달라지는 빛의 궤적을 완만한 곡면으로 강조하는 것을 최대의 테마로 잡았고, 심지어 적정한 예산으로 마무리할 수 있었다.

자연의 아름다움이 눈에 확 들어와요. 시각적으로만 아름다운 것이 아닌, 우선 냄새부터 좋아요. 새소리나 매미 소리도 계절에 따라 다양하게 바뀌죠. 봄에는 벚꽃이 활짝 피어나고 가을에는 단풍이 아름다운 빨간색으로 물들어요.[21]

집은 거기 사는 사람과 함께 있다는 것을 실감 나게 한 것은 히로코의 딸들이 자라서 어머니와 같은 패션계의 길을 걷게 되면서 이 집의 기능과 의미가 달라졌다는 점이다. 20년 후인 2004년에 히로코한테서 「고시노 주택」의 침실 동을 재건축하여 게스트 하우스(2006)로 개축해 달라는 요청을 받았다. 같은 볼륨을 유지하면서 1층을 2층으로 개조하고, 통층으로 된 커다란 홀과 일본 전통식 와실(和室)을 배치한다. 안도가 심혈을 기울여 보존하려 했던 적송 숲은 전망 창 맞은편에 오브제처럼 버티고 있다.

스키야에 버금간다고 극찬받은 「기도사키 주택」

도쿄 세타가야구에 지은 「기도사키 주택」은 「고시노 주택」과는 상당히 다른 이유로 설계에 들어갔다. 클라이언트인 건축가 기도사키 히로타카(城戶崎博孝)는 안도보다 한 살 어렸다. 심지어 단게 겐조 도시·건축 설계 연구소의 부대표였다. 해외 프로젝트를 맡아 왕궁이나 대통령궁 같은 거대 건축을 맡고 있었는데, 정작 자기 집을 설계할 시간을 낼 수 없었다. 그래서 가족들의 우려를 뒤로 하고 안도에게 자택 설계를 맡겨야겠다고 과감하게 결단했다. 그때까지의 안도의 주택에 공감하고 콘크리트를 다루는 방식이나 교묘한 공간 구성에 탄복하고 있었기 때문이다. 히로타카와 아내 유코, 아버지, 장모와 처제를 합쳐서 3세대로 주거를 구성하게 되었으므로 대가족용 콘도미니엄 같은 측면도 있다. 히로타카가 건축가이기도 해서인지 가족들은 안도에게 설계를 의뢰하는 것은 순순히 승낙했지만, 잡지에 실린 안도의 얼굴이 너무나 반체제 투사 같아서 대기업 경영자 혈통을 이어받은 도쿄의 정통 엘리트와 궁합이 맞을지 불안해했다고 한다.

대지는 세타가야구 다이타, 기도사키 집안이 대대로 살아온 토지였다. 이 주변은 쇼와 초기에 분양 형태로 개발된 구역으로, 도쿄에서도 한적한 주택지이다. 대지는 난개발이 이루어지지 않아서 예전 그대로 180평(610제곱미터)으로 넓고, 형태는 정사각형에 가까웠다. 대지를 둘러본 안도의 눈에 맨 먼저 들어온 것은 느티나무 두 그루였다. 느티나무는 도심형 수종이라고도 할 수 있다. 싸리 빗자루를 거꾸로 세운 것처럼 위로 퍼지는 형태가 아름다워 도시 계획을 할 때 가로수로 사랑받는다. 도쿄에는 메이지 진구로 통하는 오모테산도 거리에, 센다이는 전쟁 피해를 복구할 때 조젠지 거리에 심어 수십 년이 지난 지금은 울창한 녹음을 자랑하고 있다.

안도가 그린 스케치를 보면 대지 안에 정사각형을 넣고, 그 대각선 방향으로 느티나무 두 그루를 남기고 있음을 알 수 있다. 건축물보다 크게 가지를 활짝 펼친 느티나무의 형상을 보면 이 두 그루 나무가 주인공인 듯하다. 중심의 정사각형은 한 변이 12미터이며 높이와 방향도 같으므로, 요컨대 커다란 정육면체(큐브)가 바닥에서 떠오르는 구도가 된다. 그 정육면체 주위를 높이가 같은 벽으로 두르고, 그 사이의 빈 공간에 라이트 코트와 거실 부분을 끼워 넣는다. 그때까지 도시형 주거에서 일관되게 추구해 온 높은 벽에 둘러싸인 주거라는 개념은 달라지지 않았지만, 기하학성이 더욱 명쾌하게 등장했다. 그래서 외형적으로는 단순하지만, 3세대 공동 주택이므로 내부 공간 구성은 꽤 복잡해진다.

안도는 〈알베르스적인 골격 안에 피라네시적인 환상의 미로를 숨겨놓음으로써 건축에서 추상성과 구상성을 동시에 표현할 수 없을까〉 자문했다.[22] 바우하우스 출신 조형가인 요제프 알베르스Josef Albers의 특징인 정사각형을 기본 구조로 외형을 만든 다음, 3세대가 요구하는 사항들을 그 안에 집어넣기 위해 18세기 판화가이자 건축가인 피라네시Giambattista Piranesi의 판화 「감옥」에 묘사된 입체 미궁처럼 복잡하게 배치하자는 것이다. 번거로운 과제이지만, 중정과 느티나무를 공간 구성에 적극 이용하여 외부 공간과 내부를 동시에 짜 넣는 방법이 성공했다. 어떤 공간에서 보아도 느티나무가 시야에 들어오는 배치를 기본으로 잡고 동선에 따라 변화하는 실내를 만들어 냈다. 이 계획을 짜는 데만 1년 이상이 걸렸다.

이곳은 그가 건조 지대에서 경험한 물이 없는 풍경이 연상되는 공간이다. 콘크리트 벽면과 느티나무의 윤곽으로 구성되는 중정은 그것 자체가 일종의 돌 정원이자 드라이 가든이다. 메마른 풍경에 녹색이 더해져 사는 이의 눈을 즐겁게 해준다. 전체적으로는 입체화된 코트야드 하우스(중정형 주택) 형태로 정돈되었는데, 코트야드 하우스의 달인이며 정원이란 무엇인지를 안도에게 수없이 가르쳤던 니시자와 후미타카는 이미 이 세상에 없었다. 니시자와를 기억하는 안도가 온 힘을 다해 작별의 선물로 지은 작품이기도 했다.

이리하여 완성한 「기도사키 주택」은 총면적 170평(555제곱미터)으로, 그때까지 안도가 지은 집 가운데 가장 큰 부류에 들어간다. 도시 게릴라를 표방하던 무렵부터 보면 커다란 진전이다. 물론 규모의 문제가 아니라 안도 다다오의 도달점으로 많은 이에게 칭찬받았다. 그 결과로 1988년 요시다 이소야상을 받았다. 건축가 요시다 이소야(吉田五十八)를 기념하여 1976년부터 18년 동안 이어진 건축계에서도 격조 높은 상이며, 심사 위원인 아시하라 요시노부(芦原義信), 에비하라 이치로(海老原一郎), 오에 히로시 등의 중진들은 입을 모아 이렇게 평가했다.

콘크리트 소재감이 흡사 스키야의 나무처럼 단정하여 내부
공간의 품위와 밀도를 높이고 있다. 안팎의 뛰어난 공간 배치
와 어우러져 당대 비할 데 없는 철근 콘크리트 주택이 되고,
심지어 건축의 변치 않는 본질에 다가가며 어떤 가식도 없다.
스키야 건축에 견줄 만한 높은 감성과 충실한 공간을 철근 콘
크리트에서 획득할 수 있었던 것은 안도 다다오의 업적 가운
데 최초라고 할 수 있다.[23]

〈현대판 스키야〉라고까지 일컬어지는 이 주택을, 클라이언트
인 기도사키 부부는 진심으로 마음에 들어 하며 정성껏 관리하
며 살고 있다.

〈저항〉이나 〈정념〉을 키워드로 집을 설계하고 논해 온 안도
에게는 예외적으로 축복받은 집이라는 것이 분명하다. 다만, 일
이 너무 순조롭게 진행되어 싸울 필요가 없었던 것이 오히려 불
만이었을지도 모르겠다. 안도의 주택 작품으로는 2000년 무렵
까지는 가장 커다란 규모에 속했지만, 그 후 해외의 주택에 손
을 대게 되자 2천 제곱미터, 3천 제곱미터 등 일본에서는 생각
할 수 없는 거대한 규모의 대부호 저택이 실현되어 간다.

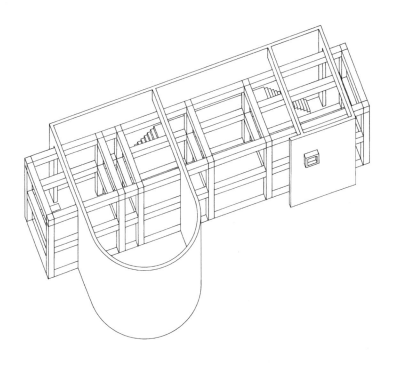

「히라바야시 주택」(스이타시, 1976년)의 부등각 투영도.

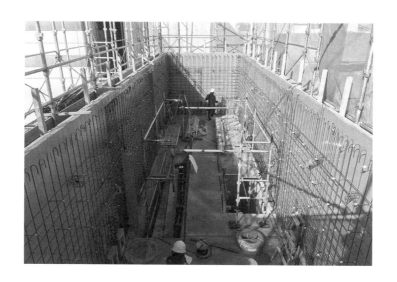

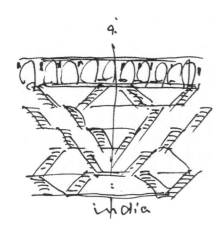

콘크리트를 붓는 거푸집 공사 모습.

안도 다다오가 스케치한 인도의 계단 우물.

「유리블록의 집-이시하라 주택」(오사카시, 1978년)의 중정.

「고시노 주택」(아시야시, 1981년)의 아틀리에 증축 후
전경(1984년).

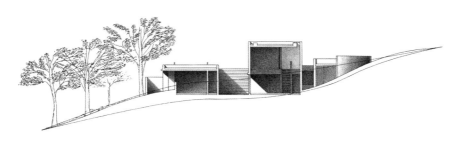

「고시노 주택」의 단면도.

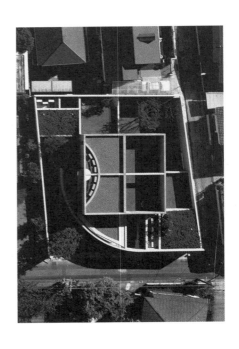

「기도사키 주택」(도쿄 세타가야구, 1986년)의 조감(위)과
정면 외관(아래), 마쓰오카 미쓰오 사진.

제5장 여행과 문명

건축과 여행 선배들

르코르뷔지에의 「롱샹 성당」은 1955년에 순례 성당으로 지어져 처음에는 가톨릭 순례자들을 끌어들였는데, 마침내 건축가의 순례지가 되면서 세계 유산이 된 오늘날에는 연간 8만 명이 몰려든다. 안도가 처음 방문했을 때는 헌당한 지 아직 10년밖에 지나지 않아 지명도에 비해 방문자가 적었다. 그곳을 처음 방문한 안도는 〈다양한 색채를 사용한 개구부에서 쏘는 빛에 압도당해〉 르코르뷔지에의 포로가 되었다.

건축을 온몸으로 느끼려면 여행해야 한다는 것은 고대 이후 변함없는 진리이다. 18세기 후반 괴테의 『이탈리아 기행』을 효시로 하는, 건축을 포함해 새로운 문물을 접하기 위한 여행을 〈그랜드 투어〉라고 부르게 된 것은, 아마도 앵글로·색슨적인 고전 발견의 통과 의례 습관 때문일 것이다. 말하자면 청년기에 이탈리아를 찾아가서 그 땅에 내리쬐는 햇살을 받으며 고대 건축과 고전 예술을 이해하고 성장의 자양분으로 삼는 즐거운 체험이 그랜드 투어인데, 청년 안도의 해외여행도 그렇게 자리매김했다.

일본인 건축가 중에 최초로 대여행을 한 사람은 1880년에 해군의 군함으로 페르시아로 향하는 캐러밴을 조직하여 이스파한과 테헤란을 방문한 육군 공병 대위 후루카와 노부요시(古川宣誉)였으며, 메이지 말에 시베리아 철도가 개통되자 다이쇼에서 쇼와 시대에 많은 건축가와 문화계 인사들이 유럽으로 건너갔다. 대표적인 사람이 마에카와 구니오(前川國男)와 사카쿠라 준조였다. 단, 그들은 유럽에 건너가 일하기 위한 여행이었으며 그들의 스승인 르코르뷔지에처럼 자신의 존재를 건 발견의 여행은 아니었다. 일본에서 그런 여행은 제2차 세계 대전 후인 1950년대 들어서야 가능해졌으며, 선두에 선 사람이 마키 후미히코와 오다 마코토(小田実)였다. 심지어 풀브라이트 기금 등 미국의 장학금이 있었기에 가능한 여행이었다.

그중에서 후타가와 유키오는 특이한 존재로, 와세다 대학교에서 미술사를 배우고 학생 때 일본을 돌면서 오래된 민가를 섭렵하여 그 모습을 기록한다. 그 엄청난 사진을 정리하여 펴낸 10권짜리 사진집『일본의 민가(日本の民家)』(1957~1959)가 마이니치 출판문화상을 받아 단숨에 젊은 사진가로 주목받게 되었다. 그 기세를 몰아 1960년대에는 해외로 진출한다. 오사카에서 목재 도매상을 하면서 산을 소유하고 있던 그는 재산을 조금씩 팔아 돈을 마련하고 마침내 파리에 거점을 구축하게 되며, 1년 중 상당한 날짜를 취재 겸 여행으로 보내고 있다. 둘도 없는

친구인 이소자키 아라타를 동행자로 삼아 세계 일주 여행을 기획한 것은 1964년, 이것이 이소자키에게는 그랜드 투어가 되었다. 이소자키는 그때 찍어 둔 다양한 건축 사진을 우에다 마코토 편집장의 권유로 『도시 주택』 표지에 썼다. 전체 콘셉트를 스피노자에서 따와 〈마니에리슴*의 인상 아래에서〉로 하고, 그래픽 디자이너 스기우라 고헤이가 디자인하고 해제는 이소자키가 직접 썼다.

일본이 해외여행 규제를 푼 것은 1964년 도쿄 올림픽의 해였다. 이런 완화 덕분에 후타가와나 이소자키도 세계 여행을 할 수 있었다. 이 무렵부터 젊은이들이 모두 해외로 나가게 되어 다양한 여행기도 필요해졌다. 그리고 마침내 안도 다다오 차례였다. 그가 최초로 유럽 대여행에 나선 것은 1965년 4월, 약 7개월에 걸친 여행의 시작이었다.

여행을 통해 생각하고 성장하다

안도 다다오는 고교 2학년 때 프로 복서로 혼자 방콕 원정을 간 이후 서른 살이 될 때까지 총 다섯 번 해외여행을 했다. 그중 가장 길었던 것은 1965년의 지구 반 바퀴를 도는 여행으로, 7개월이 걸렸다.

그 후 1967년에 미국 서해안, 1968년에 유럽·중동·인도, 1969년에 미국 횡단 등 많은 여행을 하면서 보고 싶었던 건축 대부분을

---

* 미술사에서, 르네상스 양식으로부터 바로크 양식으로 옮겨 가는 과도기에 나타난, 꾸밈이 많은 기교적인 미술 양식.

둘러보았다. 외할머니 기쿠에가 〈돈은 자신에게 제대로 쓸 때 비로소 가치가 있는 것이다〉라는 말과 함께 등을 떠밀었던 것이 계기였다.

말이 해외여행이지 가난한 여행밖에 할 수 없었다. 오늘날로 치면 일종의 배낭여행이다. 아르바이트로 모아 둔 한정된 예산 안에서 최대한의 일정을 소화하고, 필요하다면 어디든 걸어가는 것도 마다하지 않았다. 비행기는 타지 않았다. 20대에 그렇게 많은 지역을 돌아다녔지만 비행기와는 거의 인연이 없었다. 어디를 가든 열차, 배, 버스로 이동하는 것을 기본으로 했는데 딱 한 번 예외적으로 인도의 뭄바이에서 아마다바드까지 비행기로 왕복했다. 배의 하선 일이 정해져 있는 와중에 강행군해야 하는 일정 때문이었다. 프로 복서로 단련된 강인한 신체와 더불어 하루 한 끼로 식사를 줄이는 것도 복싱 시합 전의 감량을 떠올리며 참아 낼 수 있는 강한 정신력이 있었기에 가능했다. 거기에 더해 밑바닥부터 발로 훑는 감각이 토지에 대한 후각이 되어 몸에 스며들었다.

1960년대 후반에서 1970년대까지 젊은이들은 시베리아 철도를 거쳐 유럽 여행길에 오르는 것이 정석이었다. 소비에트 연방은 1961년부터 시베리아 철도를 경유하는 유럽행 투어를 패키지로 외국인 여행자에게 제공하기 시작했으며 가격은 편도 9만 엔 정도였다. 일본에서 러시아로는 요코하마에서 나홋카까지 여객선으로 2박 3일, 나홋카에서 열차로 하바롭스크로 가고, 거기서 시베리아 횡단 열차로 갈아탄다. 당시에는 군항인 블라디보스토크가 외국인 입국 제한 구역으로 지정되어 있어서 블라디보스토크에서 출발하는 시베리아 특급 열차를 탈 수 없었다. 열차 안에서 1주일을 지내고 모스크바에 도착 후 여기서 상트페테르부르크행 열차로 갈아타는데, 그 시간을 이용하여 붉은 광장 등 모스크바 시내를 둘러볼 수 있었다. 상트페테르부르크부터는 헬싱키행 국제 열차가 출발하여 무사히 러시아 횡단을 마치고 서방측 국가로 나갔다. 요코하마에서 출발하여 12일 동안의 여정이었다. 두 번째 여행에서는 모스크바에서 곧장 빈으로 향했다. 이 무렵은 한국과 만주 경유라는 차이가 있지만, 마에카와 구니오 등이 도쿄에서 파리로 향했을 때와 다르지 않다. 하지만 큰아버지가 외무성 고위 관리였던 마에카와가 모스크바 등지에서 일본 대사관의 영접을 받은 호화 여행이었던 것과 비교하면 천지 차이이다.

첫 번째 유럽 여행이 발견과 감동의 연속이었다는 것은 안도가 발표한 다양한 글을 통해 잘 알 수 있다. 백야에 가까운 헬싱키의 마을을 걸어서 돌아다녔던 이야기부터 스웨덴, 덴마크, 서독으로 남하, 그 후 방향을 바꿔서 함부르크에서 베를린으로 이동하고, 동독 국경 경비대의 삼엄한 검문에 놀란 경험이 펼쳐진다. 다시 네덜란드와 벨기에를 거쳐 프랑스로 들어가고, 파리에서는 구타이 미술 협회 소개로 피갈 지구의 일본인 화가 집에 묵으면서 시내를 돌아다녔다. 그 후 이탈리아, 스페인, 그리스 등 남유럽권을 돌면서 고전주의 건축군, 고대 로마 유적, 아크로폴리스의 경관에 압도되고, 마지막에는 마르세유까지 돌아와서 귀국하는 배를 기다린다. 이 3개월은 평생 절대로 잊을 수 없는 체험의 나날이었다.

거기에는 지구의 풍경이 있었다. 9일 동안의 연해주 시베리아 횡단을 할 때, 언제봐도 변함없이 이어지는 대지와 숲, 75일 동안의 항해에서 망막에 새겨진 망망 대해와 수평선, 튀르키예에서 인도로 향하는 7일 동안의 〈매직 버스〉 여행에서 지나쳤던 사막과 협곡, 그 모든 것이 일본에서는 체험할 수 없는 궁극의 풍경이었으며, 개별 건축이나 도시는 그 사이사이에 끼어 있었다. 항구, 유적, 대성당, 미로 같은 마을, 이슬람 사원, 마애불 등의 오브제가 스냅 사진처럼 눈에 찍히고 팔라디오, 싱켈, 가우디, 라이트, 카를로 스카파, 한스 홀라인 등 건축가의 작품이 만화경처럼 펼쳐진다. 안도 자신도 〈나는 여행하면서 생각하고 성장해 왔다〉고 인정하듯이, 지크프리트 기디온Sigfried Giedion의 책 한 권에서 출발한 그가, 20대가 끝나갈 무렵에는 고대에서 현대에 이르는 건축과 공간이 파노라마처럼 신체에 깃들어 있었다. 엄청난 독서 못지않은 풍부한 체험이 축적되었다고 할 수 있다.

당시 일본에는 해외 모더니즘 건축이 제대로 소개되지 않았다. 가이드북도 없었다. 르코르뷔지에와 함께 근대 건축 운동을 이끌었던 스위스인 건축사가 기디온의 『공간·시간·건축』은 번역되어 있어서 안도가 그 책을 품에 안고 여행을 떠난 것은 거꾸로 말하면 그것 말고는 참조할 책이 없었다는 것이다.

기디온적인 근대 건축에서 명백하게 벗어난 것은 마르세유의 배를 기다리는 동안 우연히 들른 남프랑스 세낭크의 시토회 수도원 체험이었다. 작은 석조 건물로, 극적인 볼거리가 있는 건물은 아니다. 아무도 언급하지 않았던 건축이다. 르코르뷔지에가「라 투레트 수도원」을 설계할 때 같은 시토회 수도원인 르토로네 수도원에 틀어박혀 구상을 가다듬었는데, 당시에 안도는 그런 사실을 알지 못했다. 그래서, 그 후 안도의 건축이 르코르뷔지에를 훨씬 뛰어넘어 시토회 수도원을 연상시키는 금욕성과 순수성을 띠게 되는 것을 생각하면, 신비한 인연이라고 말할 수밖에 없다.

건축물뿐만이 아니다. 사회 변화와 사상의 쇄신도 체험했다. 두 번째 유럽 여행에서는 파리에서 5월 혁명과 맞닥뜨리고, 문제 제기의 폭풍으로 낡은 체제가 소리를 내며 무너져 내리는 모습을 목격했다. 5월 혁명 당시 같은 세대의 해외 건축가들이 어떤 상황이었는지를 알아보면 흥미롭다. 프리츠커상 수상자인 크리스티앙 드 포르잠파르크Christian de Portzamparc는 그 무렵 마오쩌둥주의를 신봉하여 5월 혁명 최선봉에 섰으며, 장 누벨은 아직 보자르의 학생으로, 스승인 클로드 파랭과 폴 비릴리오Paul Virilio의 사무소에서 일하고 있었다. 폴 비릴리오가 5월 혁명에 빠져들어 오데옹 극장 점거를 꾀했다는 사실도 놀랍다. 안도는 언제나 사물의 원점으로 돌아가 생각하는 프랑스인의 사고방식에 크게 공감했다.

일본 건축을 깊이 이해하다

「여행을 떠나 혼자서 걷는 일이 무엇보다 중요합니다」. 요즘 안도 다다오는 이 말을 학생들에게 수없이 되풀이하고 있다. 청년 시절 자신의 여행을 떠올리고, 다른 사람에게 의존하지 않고 혼자서 묵묵히 밑바닥부터 샅샅이 훑었던 경험을 되새김질한다. 원래 그는 여럿이 어울리는 것을 좋아하지 않는다. 상대가 사람이든 건축이든 풍경이든, 자아와의 사이에 강한 긴장 관계를 맺고 그 관계에서 새로운 경지를 만들어 간다. 말하자면 진검승부이다.

일본 건축과도 정면으로 마주했다. 해외여행을 떠났던 1963년의 일이었다. 자기 나름의 졸업 여행을 자신에게 제공한 것이 시작이었다. 도카이도 신칸센이 생기기 1년 전, 장거리 버스도 없으므로 오로지 야간 열차와 연락선을 갈아타는 여행이었다. 안도가 쓴 수기에는 이 여행도 많이 참조되며, 오사카에서 배로 시코쿠로 건너간 다음, 규슈, 주고쿠, 도호쿠, 홋카이도까지 전국을 돌았던 이야기를 다양한 일본 건축의 기억과 함께 풀어내고 있다. 지금은 없어졌지만, 예전에 건축학과 학생들은 4학년이 되면 일본 건축의 현장 연수를 목적으로 학과에서 주관하는 탐방을 떠나는 것이 일반적이었다. 교토 대학교 친구에게 부탁하여 건축학과 교과서를 입수하고 모조리 독파했던 안도라면, 나름의 한 단락으로서 여행이 필요했을 것이 분명하다. 간사이 지역에는 교토를 중심으로 다양한 절이나 신사를 거느리고 있어서 그것만으로도 충분히 만족할 수 있지만, 젊은 안도에게는 그것을 뛰어넘어 일본을 재발견하는 것이 중요했다.

그때는 오타 히로타로(太田博太郎)의 『일본 건축사 서설(日本建築史序説)』을 손에 들고 돌아다녔다. 일본 건축사의 교과서격인 책으로, 당시 건축학과 학생 대부분이 읽었으며 1947년 초판부터 오늘날까지 쇄를 거듭하는 건축계의 숨은 베스트셀러이다. 철저한 실증주의를 신봉하여 이토 주타(伊東忠太) 등 선배건축사가들이 빠져들었던 기발하고 독특한 건축 진화론을 비판하며 일본의 전통 건축에서 모더니즘의 싹을 보는 오타의 역사관은 어떤 의미에서는 건전한 일본 건축의 흐름을 퇴행시킨다. 『일본 건축사 서설』은 소책자이지만 일본 건축의 주요한 주제를 담고 있으며, 그중에서도 불교 건축에 대한 식견은 당시로서는 참신하였다. 훗날 안도는 사원 일을 여럿 진행하는 동시에세계 박람회 등에서 일본의 전통 양식 해석을 시도하는데, 그때표출된 것이 원점으로써 오타의 일본 건축사이다. 송나라에서들어온 불교 양식에 사용되던 중국 양식, 인도 양식 따위의 예스러운 표현을 선종 양식, 부처 양식으로 정정하고, 불교 사찰조도도(浄土堂)에 다시 한번 의미를 부여한다. 안도가 싸구려일본 풍류에 빠지지 않고 독자적인 역사관으로 전통과 대결할수 있었던 것은, 이 무렵에 기본적인 일본 건축에 대한 이해를키웠기 때문이다.

민가에 대한 식견도 키웠다. 기후현의 다카야마와 시라카와고를 돌아다니면서 사람들이 공동체와 함께하며 계 모임을 통해 민가를 보존하고 있는 것도 알았다. 그리고 그런 건축의 강력함에 깊이 감동했다. 그 무렵 민가 연구의 일인자는 오타 히로타로의 제자인 이토 데이지로 알려져 있었다. 이소자키 아라타의 절친한 벗이자 후타가와 유키오의 대작 『일본의 민가』 텍스트를 담당하여 민가의 재평가를 추진했던 건축사가이다. 이토가 훗날 「스미요시 나가야」를 신문 지면에서 칭찬한 것은 일본인의 주거에 대한 깊은 이해와 우려가 있었기 때문이다.

스물두 살의 젊은이가 이해할 수 있었는지는 모르지만, 안도가 방문한 건물은 1950년대에 시작된 〈전통 논쟁〉을 끌어내어 당시 최전선의 건축가나 저널리스트들이 벌인 논쟁의 표적이었다. 단게 겐조의 「가가와현 청사」(1958)나 「히로시마 평화 기념 자료관」(1955), 시라이 세이이치(白井晟一)의 「신와 은행 오하토 지점」(1963) 등은 가느다란 선의 스키야적인 건축과는 달리 고풍스럽고 힘이 강한 조몬(繩文)*적인 가치관의 표출로 위치 지어져, 세계적인 근대 건축 속에서 일본 건축의 새로운 방향성을 제시한 것으로 평가되고 있었다. 개개 건축의 의미 부여는 그렇다치고, 당시 발흥하던 일본 모더니즘의 정수에 이를 수 있었다는 점에서 안도에게는 커다란 자극이었다.

이 전통 논쟁은 세계적인 문맥에서 이루어지기도 하여 일본 모더니즘의 새로운 국면을 열어젖힌 반면, 실증적인 일본 건축 연구를 뛰어넘어 약간 이데올로기적인 일본 건축 이해를 진행시켰다는 점에서 공과 과가 절반씩이다. 이세 신궁이나 닛코의

---

* 기원전 13000년경부터 기원전 300년경까지 존재한 일본의 선사 시대. 중석기에서 신석기에 이르는 시기로, 일본 역사의 큰 기초를 이룬다.

도쇼구궁과 교토의 가쓰라리큐궁에 대한 브루노 타우트Bruno Taut적인 관점이 과장되어 해외에서 일본을 이해하는 데 좋지 않은 편견을 제공한 것도 지적하고 싶다. 그건 바로 〈일본의 주택이 평균 20년 만에 재건축되는 것은 이세 신궁을 본받은 것이다〉라는 식의 일본론이다.* 이런 편견이 훗날 외국인이 안도를 이해하는 데에도 영향을 미쳐 상식적인 일본인이 보기에는 요점이 빗나간 안도론이 상당히 나오게 되는데, 그 점에 대해서는 뒷장에서 살펴보기로 한다.

풍토를 알다

여기서 다시 한번 안도 다다오의 〈대여행〉이 어떤 뜻을 갖는지 생각해 보자. 이렇게 따져 보는 것은, 안도의 여행이 단지 한 젊은이가 미래를 향해 날개를 활짝 펴는 계기를 만들었다는 것뿐만 아니라, 여행 자체가 안도에게 창조의 원동력이 되어 근현대사 속에서의 새로운 가치관 형성에 깊숙이 관련된 느낌이 들기 때문이다.

안도와 대비할 만한 사람은 철학가 와쓰지 데쓰로이다. 그의

* 독일의 건축가 브루노 타우트는 1933년 일본으로 이주하여 3년간 거주하였다. 『일본미의 재발견(日本美の再発見)』(1939)에서 그는 〈이세 신궁에는 지극히 절제되고 세련된 정제미와 간소미가 흐르고 있다. 그런데 더 흥미로운 것은 이 신궁의 양궁을 비롯한 모든 신전과 보물들이 20년에 한 번씩 주기적으로 새로 조영되고 교체된다는 사실〉이라고 밝혔다. 타우트는 이세 신궁과 닛코의 도쇼구궁이 모던 디자인의 미적 기준을 전형적으로 보여 준다고 보았다. 그리고 아이러니하게도 일본은 타우트라는 이방인의 눈으로 자신들의 전통을 새롭게 인식하게 된다.

저작은 문명론으로도 읽혀 왔지만, 동시에 오늘날 환경 철학에 대한 기본적인 관점을 제공했다는 점에서 명저『인간과 풍토』(1935)가 해낸 역할은 대단히 크다.

와쓰지 데쓰로가『인간과 풍토』를 쓰게 된 계기는 쇼와 시대 초기인 1927년 2월부터 1928년 7월까지의 유럽 유학이었다. 오가는 데 배로 각각 5주씩 걸렸으므로 유럽에 머문 기간은 정확히 15개월이다. 기본적으로 유학지인 베를린에 머물렀고 유럽을 두루 돌아다닌 것은 3개월 정도이며 이탈리아를 주로 돌아다녔다. 그 경험을 토대로『이탈리아 고사 순례(イタリア古寺巡礼)』(1950)를 쓰게 된다. 배로 유럽에 오간 경험도 세계의 거대함을 아는 데 크게 한몫했다. 동남아시아, 인도와 스리랑카, 중동의 항구 도시에 상륙함으로써 이런 문화를 직접 접할 기회를 얻었고, 그것이 기후와 인간성, 예술 표현의 방식을 고찰하는 밑바탕이 되었다고 해도 될 것이다.

교토 대학교 조교수라는 직함에 문부성 유학생으로 여행길에 오른 와쓰지와 아르바이트로 모은 푼돈으로 배낭여행을 떠난 안도는 애초에 조건이 다르다. 돌아오는 길에 같은 마르세유에서 출항한다고 해도 수에즈 운하를 거치는 항로로 1등 선실을 독차지하고 호화로운 음식을 제공받았던 와쓰지와 남아프리카 공화국의 희망봉을 도는 화물 여객선으로 배 밑바닥 8인실의 다단식 침대 신세를 졌던 안도 사이에는 하늘과 땅 정도의 차이가 있다. 후에 도쿄 대학교 교수가 된다고 해도 이때의 안도는 건축가를 지망하는 일개 청년에 지나지 않았다. 와쓰지는

37세, 이미 유럽에 대해서 풍부한 지식이 있고, 훗날 도쿄도 미술관 관장을 지내게 되는 다나카 도요조 등 독일이나 프랑스에서 그를 기다리고 있는 문화인도 적지 않았다.

안도는 24세, 몇몇 서적과 잡지에서 유럽의 건축 상황을 겉핥기식으로 예습하고, 지인이라고 해봤자 구타이 관계 아티스트 몇 명이 파리에 있는 정도였다.

그런데도 이 두 사람이 갔던 궤적을 보면 상당히 비슷하다. 고전 시대나 유럽 미술에 조예가 깊은 와쓰지는 로마의 판테온(고대 로마), 라벤나의 산 비탈레 성당(비잔틴), 파리의 노트르담(고딕) 등 각 시대의 걸작에 찬사를 아끼지 않는다. 거기에 더해 이런 문화를 낳은 토양과 시대 정신에까지 이르러, 표현의 형식이 만들어지는 과정을 추체험하려 한다. 한편, 와쓰지로부터 약 40년 뒤 안도의 출발점은 이미 융성해 있는 근대 건축이며, 특히 르코르뷔지에에 대해서는 작품집을 통해 그의 건축을 줄줄 외고 있었다. 그 기세로 모더니즘이 해낸 역할을 적확하게 확인하고, 더 나아가 과거가 지닌 무게를 피부로 느낀다. 판테온이나 산 피에트로 대성당 등의 건축, 미켈란젤로나 팔라디오 등의 건축가와 직접 맞서고, 그 압도적인 힘에 몸을 맡겼다.

여행을 통해 사색한다는 점에서는 두 사람은 동전의 앞뒤, 또는 양과 음의 관계에 있다고 말할 수 있다. 지나친 섬세함 탓인지 베를린에서 향수병에 걸리면서도 유럽 각지에서 주요한 마을과 건축을 열심히 둘러본 와쓰지. 복싱으로 단련된 몸을 무기로 마을이란 마을은 모조리 돌아다니면서 그곳의 인상을 스케치북에 집요하게 그려 가는 안도. 긴 뱃길 여행 도중에 두 사람은 기후 풍토가 다른 문화와 인간을 눈으로 보고, 문명이란 무엇인지를 다시금 묻는다. 그리고 몇 달이라는 기간이 정해진 여행을 마치고, 두 사람 모두 〈봐야 할 것은 보았다〉는 생각에 사로잡히는데, 젊은 안도는 오사카로 돌아와서 그 경험을 검증하고 〈여기만은 봐둬야겠다〉 하고 다시 여행길에 나선다.

원래는 독일 관념론을 기반으로 하던 와쓰지 데쓰로가 여행을 통해 얻은 것은 각각의 토지에 흐르는 공기나 습기를 직접 피부로 느낀 것이며, 온몸을 덮쳐 오는 한기나 열기가 사람의 삶에 강력한 영향을 준다는 인식이었다. 집들이 빽빽이 들어서고 높은 성벽으로 둘러싸인 마을에서는 싸움을 멈추지 않는 인간의 천성을 감지했고, 시칠리아의 그리스 신전에서는 돌을 완전히 정복하여 생명을 불어넣은 고대인의 예지를 보았다.[24] 그 기억을 실마리로 삼아 와쓰지는 귀국 후 곧바로 잡지에 연재를 시작하여 〈풍토〉라는 개념을 세상에 물어본 것이다. 그에 비해 안도의 반응은 더 직접적이다. 돔에서 비쳐 드는 빛의 다발에 환희를 느끼고, 지하 깊숙한 곳으로 사람을 이끄는 암흑 공간에 몸이 떨린다. 베네치아에서는 좁은 길거리를 돌아다니다가 갑자기 눈앞에 펼쳐지는 물의 풍경에 깜짝 놀라고, 고즈넉한 알람브라의 중정에서는 햇살이 반짝이는 한줄기 물의 흐름에도 형용할 수 없는 현기증을 느낀다. 두 사람 다 예민한 신체 감각을 가졌기에, 인간의 오감이 건축과 어떻게 관계하여 예술 표현에 이르는지를 몸으로 깨닫는다.

와쓰지의 유럽 견문을 생각할 때, 복선으로 알아야 하는 것은 그에 앞서 나온『고사 순례(古寺巡礼)』(1919)이다. 와쓰지가 29세에 방문했던 나라의 불교 사찰이나 미술 작품에 관한 기행문인데 그리스, 인도, 중국을 두루 살피는 장대한 불교 미술론이 전개되어 있다. 당시 유행하던 간다라 미술론의 영향을 강하게 받았으며, 뛰어난 안목으로 개개의 불상을 비평하고 유라시아 규모에서 문화의 교류와 융합을 그 배경으로 파악하고 있다. 거기서 키운 건축이나 미술에 대한 식견을 유럽 체재에 살리고 있으며, 그 구도는 안도의 〈졸업 여행〉과 〈대여행〉 관계와 닮은 꼴이다. 일본 각지의 사찰이나 민가, 근대 건축을 둘러보지 않았다면 유럽에서 이렇게까지 밀도 높은 건축 순례는 할 수 없었을 것이 분명하다. 심지어 안도에게는 오사카의 〈나가야〉라는 원점이 있으므로, 와쓰지와는 달리 지중해 도시의 압축된 거주 환경에 묘한 친밀감을 느꼈을 것이다. 생활을 중심에 두고 생각하는 건축이라는 점에 대해서는 역시 안도가 한 수 위이다.

안도 다다오의 「롱샹 성당」스케치.

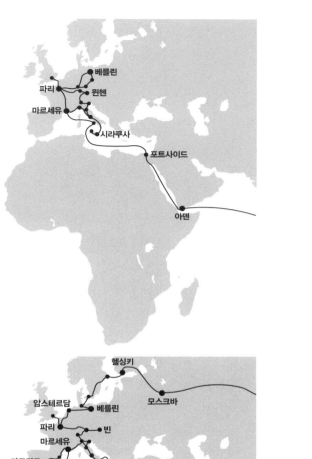

(위) 와쓰지 데쓰로의 유럽 여행 루트(1927~1928년).
왕복 모두 수에즈 운하를 경유하는 항로였다.
(아래) 안도 다다오의 유럽 여행 루트(1965년). 갈 때는
시베리아 철도, 돌아올 때는 아프리카를 도는 항로였다.

안도 다다오의 르 토로네 수도원 스케치(1982년).

제6장 기하학과 빛

트라스 레귤라퇴르

안도 다다오의 건축 특징은 기하학성에 있다고들 한다. 정사각형이나 원 등의 도형을 많이 사용하며, 앞에서 언급한 「기도사키 주택」은 기하학을 이해하지 못하면 그 공간을 파악할 수 없다. 일본에서는 낯설지만, 유럽 건축가들은 일상적으로 지오메트리(기하학)라는 언어를 사용하며, 안도의 건축 작품도 그런 관점에서 이해하려고 노력하는 것처럼 보인다. 유럽의 오랜 건축 역사를 보면 안도의 방법이 그들에게 강한 호소력을 가졌을 것이다. 그 의미를 알기 위해 여기서는 공간과 형태에 관한 안도의 생각을 읽어 보자.

건축과 기하학의 관계에 관한 언급은 기원전 1세기의 건축가 비트루비우스Vitruvius의 『건축 10서』로 거슬러 올라간다. 건축의 구성을 규정하는 것이 심메트리아라고 이름 붙여진 비례 관계에 있는 것으로 보며, 피타고라스나 플라톤 등 그리스 현자들을 끌어와서 도형의 본질을 논한다. 현대인이 아무 의심 없이 사용하는 직각이나 원에 대해서도 그것을 작도하는 방법, 예를 들면 각 변의 비가 3:4:5가 되는 피타고라스 삼각형이나 컴퍼스의 회전이라는 조작을 통해 이해하려 했다. 인도에서 0(제로)이 발견된 것과 같은 정도의 의미가 있다. 유럽에는 비트루비우스에서 시작된 기하학적 사고가 축적되어 있으며, 르네상스 이후 고전주의자의 건축 이론에서는 물론이고, 중세 고딕의 석공조차 이런 종류의 형태에 관한 법칙을 음으로 양으로 잘 사용해 왔다.

건축가에게 기하학이란 도형이나 공간을 해석할 뿐만 아니라 형태 자체를 만들어 가는 원리이다. 계산에 따라 끌어내는 대수 값으로 길이나 크기가 정해지는 것이 아니라, 어디까지나 도형적으로 풀어야 한다. 기준으로 삼는 것은 전통적으로 〈신체척(身體尺)〉이라고 불리는 인체에서 산출해 낸 치수 체계이며, 야드파운드법이나 척관법도 그것에 해당한다. 기준 단위를 6등분, 12등분 하여 세부를 정해 가는 것은 인치나 척 등을 보면 알 수 있다.

르코르뷔지에는 형태를 생성해 가기 위한 원리로 〈트라스 레귤라퇴르tracés régulateurs〉라는 개념을 제시했다. 기준선 또는 기준 도형이 되는 것으로, 물론 르코르뷔지에 이전부터 일반적으로 사용되던 작도의 개념이다. 건축의 평면이나 정면을 디자인할 때 삼각형이나 원, 분할선이나 부채꼴 등 어떤 것을 기준으로 삼아 형태와 크기를 정해 가는 것이다. 모눈종이의 눈을 이용하여 즉물적으로 형태를 만드는 것이 아니라 도형을 개입시켜서 다이내믹한 움직임 속에서 형태가 탄생하는 것이기도 하다. 중세 크리스트교 사원은 건물 전체의 정면이나 평면부터 기둥 하나하나의 세세한 부분에 이르기까지 이런 종류의 도형 원리가 작동하고 있으며, 르코르뷔지에뿐만 아니라 많은 건축가나 건축사가들도 그 점을 인정하고 있다. 창조성이라는 관점에서 보았을 때 중요한 것은 그것을 순식간에 꿰뚫어 보는 직관력이며, 뛰어난 건축가라면 머릿속에서 바로 기준 도형이 만들어지고, 판테온이나 노트르담의 공간에서 그 원리를 찾아낸다. 설계할 때 어떤 기준 도형을 정하고 그것을 점점 업그레이드시켜 자신이 추구하는 형태와 공간에 정착시켜 가는 것이다.

이 숨은 도형으로서의 〈트라스 레귤라퇴르〉가 있어야만 독자적인 미학이 생겨난다. 그런 선이나 도형은 최종 형태가 정해지는 단계에서 필요 없어지므로 모습을 감추지만, 기둥 분할이나 공간 비례라는 형태로 흔적을 남긴다. 그것의 전형이 황금비인데, 도형적으로는 정오각형이나 오각별(펜터그램)에서 쉽게 구해지지만, 결과적으로는 거의 1:1.618 비율이 된다. 그리스의 건축이나 조각이 이런 비례에 토대하고 있으므로 서양 미학의 기본으로 간주한다. 르코르뷔지에는 이 개념을 발전시켜 〈모듈러Modulor〉라는 개념을 만들어 냈다. 게의 집게발처럼 한쪽 팔을 치켜든 인체상으로 알려진 구도로, 「롱샹 성당」의 개구(開口) 배치는 모듈러에 의해 정해졌다.

물론, 이런 종류의 비례 관계나 도형은 유럽의 전매특허는 아니다. 페르시아에서 인도나 중국, 일본과 아시아 여러 나라에서도 오랫동안 계승되고 있는 것도 사실이다. 다만, 이들 지역에서는 종교 건축에서 신성 비례 등의 밀교적인 규범이나 장인들끼리의 내밀한 약속처럼 되어 있기는 했지만, 유럽처럼 플라톤주의적인 흐름을 계승하는 아카데믹한 논의에는 이르지 못했다. 그 때문인지, 대학에서 모더니즘 교육을 받은 건축가는 그런 숨겨진 규범을 모른다는 함정이 있다. 일본에서도 그렇다. 일반적으로 대학에서는 그런 내용을 가르치지 않으며, 교수들도 그런 부분은 잘 모르는 경우가 많다. 그 점에서 안도 다다오는 행운이었다. 니시자와 후미타카처럼 장인 기질이 있는 건축가가 교토의 고건축 실측에 안도를 초대하여 철저하게 치수 체계를 일러 주었다. 안도가 「스미요시 나가야」에서 사용한 천장 높이 2,250밀리미터는 인체에 입각한 7척 5촌을 미터법으로 바꾼 숫자로, 그 바탕에는 니시자와의 강력한 조언이 있었다.

안도 다다오는 그런 종류의 직관적인 번뜩임을 가진 건축가임이 틀림없다.

지오메트리의 변화

나가야를 모델로 한 가늘고 긴 상자는 안도의 가장 기본적인 모델이다. 이것을 틀로 삼아 주택을 구상하던 그가 지오메트리를 크게 변화시킨 것은 1970년대 후반부터 10년 정도이다. 이 무렵부터 가늘고 긴 상자 프레임이 등장하고 정육면체에 의한 공간이 정립된다.

프레임은 입체 격자(그리드)라고 바꿔 말해도 된다. 실질적

인 구조적 필연성에 기초를 둔 라멘 구조와는 달리 개념적인 단위이며, 동일한 입체가 3차원으로 자유자재로 증식할 수 있다. 뒤에서 이야기할 「롯코 집합 주택(六甲の集合住宅)」(1983)은 그런 생각을 응용한 것으로 대단히 알기 쉽다. 원래 〈개념적 그리드conceptual grid〉라는 건 1960년대에 등장하여 보편성을 널리 나타내는 기하학적인 도구로 이용되었다. 이탈리아의 개념 건축가 그룹인 슈퍼스투디오Superstudio가 제안했던 것처럼 도시나 전원 등 모든 것이 끝없이 확장되는 격자 벽으로 뒤덮이는 드로잉이 한 시대를 풍미하고 있었다. 1968년 전후의 문제 제기 분위기가 가득한 가운데, 오히려 〈사랑〉이라는 보편적 가치에 의해 세계를 구원하는 사상으로 여겨졌으며 그런 점에서는 존 레넌과도 통하는, 절반은 몽상적인 비전으로 받아들여졌다. 그런 움직임을 눈여겨보면서 프레임이라는 사상을 입체 격자로 (건축적으로) 확립한 사람이 이소자키 아라타이며 「군마 현립 근대 미술관」(1974) 등의 프로젝트를 통해 프레임에 의한 공간 구성을 대대적으로 주장하여 세계적으로 주목받았다. 구조나 평면 계획 등 물리적, 사회적 요소를 일부러 무시하고 형식 자체를 자율화하는 것에 모든 것을 쏟아부었다. 건축은 지형이나 역사적 문맥에서 벗어나야 하며 황금비의 속박에서도 해방되어야 한다는 것이다.

안도는 세계 동향을 파악하기 위해 촉각을 곤두세우는 타입은 아니지만, 이소자키의 저작은 많이 읽었으며 오피니언 리더로서 하는 이소자키의 발언도 강하게 의식하고 있었음이 분명하다. 안도가 프레임에 의한 공간 구성을 시작한 것은 이소자키의 「군마 현립 근대 미술관」 직후이며, 시기적으로 보아도 이소자키의 영향을 배제할 수 없다. 그러나 안도의 프레임은 이소자키처럼 형이상학적인 경사(傾斜)에는 이르지 않고, 현실적인 의미도 갖추고 있었다. 안도의 프레임 개념이 궁극적으로 제시된 것은 1980년에 시카고 트리뷴의 공모전(1922)에 대한 오마주로 제작된 〈새로운 시카고 트리뷴 아이디어〉일 것이다. 6미터를한 변으로 하는 정육면체를 단위로 일률적인 프레임을 구성하여, 지상 102미터까지 솟아오른 흔들림 없는 형태에서 안도의확고한 자세를 간파할 수 있다.

이 프레임에의 경사가 한쪽 방향이라면 또 하나의 방향은 근원적인 형태의 철저한 채용이다. 정사각형, 원, 정육면체, 원통같은 기하학 도형이 커다란 역할을 한다. 플라톤의 저작 『티마이오스』에 기록되어 있어 〈플라톤적 입체〉라고 불리는 정다면체는 입체 기하학의 기초 도형이며, 그것들을 표준으로 한 사고는 중세에서 르네상스로 유럽의 지하 수맥 역할을 하며 오랫동안 계승되어 왔다. 르코르뷔지에와 루이스 칸도 16세기의 팔라디오를 거쳐 플라톤주의를 20세기에 계승하고 있다.

그러나, 안도가 서 있는 위치는 미묘하게 다르다. 르코르뷔지에가 파리나 알제의 프로젝트에서 기존의 도시적 문맥과는 전혀 관계없는 새로운 건축군을 기하학적으로 배열한 데 비해 안도는 토지와 풍경을 중시하고, 그것의 중요성을 건축이 계승하는 길을 선택하고 있다. 정육면체나 구체가 건축적 실체로 핵심적인 의미를 갖는 것은 변치 않았지만, 안도는 토지를 완전히 탈바꿈시키지 않고, 근원적인 도형을 어떻게 토지에 정립시키고 풍경과 일체화할 것인지를 고심한다. 그 방법으로는 벽으로 둘러싸거나 긴 어프로치*에 의한 회유(回遊) 공간과 하나로 묶거나 땅속에 묻는 등 다양하며, 그런 다이내믹한 공간 구성이 안도 건축의 참맛이기도 하다. 그야말로 플라톤적 입체와 풍토성의 대립과 융합을 질문하는 것이다. 어려운 과제인지라 처음에는 조심스럽게 작은 규모로 도전했다. 1980년대 후반에 몇몇 주택에서 시도했는데, 앞에 나온「기도사키 주택」, 도쿄 미나토구의「사사키 주택(佐々木邸)」(1986), 오사카 돈다바야시의「요시다 주택(吉田邸)」(1988)이 대표적이다. 모두 주택으로 한정된 도심의 대지 안에서 외부 세계와 명쾌하게 경계를 짓고 높은 벽으로 둘러싸는 등 정육면체인 안채와의 사이에 정원을 만들고 보이드void(빈 공간)의 완충 공간으로 전체를 제어한다. 작지만, 그래서 긴장감이 있는 공간 구성이다.

마침내 이런 시도를 커다란 스케일이 허용되는 공공 건축에서 전면적으로 전개하여 크고 육중한 정육면체의 조작이 뚜렷하게 보이게 된다.「히메지 문학관(姫路文学館)」(1991)에서 시작하여, 히메지 시립 아동 시설인「어린 왕자관(星の子館)」(1992), 다카하시시의「나리와 미술관(成羽美術館)」(1994),「마키노 도미

---

* 건축 공간을 구성하는 요소 및 기본 어휘 중〈접근〉에 해당하는 것으로, 건축물 또는 건축물 내부의 특정 공간에 들어가는 과정을 의미하거나 화단, 정자, 연못 등을 연계해 주는 길을 뜻하기도 한다.

타로 전시실(牧野富太郎展示室)」(1997)에서 기하학적 공간이 주위와 녹아들어 풍경화된다. 기본적인 개념은 먼저 대지를 결정하고, 그것에 따라 지오메트리를 정한 다음, 주변 환경과의 관계에 따라 그것을 조작해 간다는 것이다.

오카야마현 산속에 있는 「나리와 미술관」은 무엇보다도 대지 선정이 중요했다. 기존 건축은 지역 화가로서 창설기의 오하라 미술관의 회화를 사들이는 데 온 힘을 기울인 고지마 도라지로의 컬렉션을 수장, 전시하기 위한 미술관이었는데, 지역 활성화 사업을 이용하여 낡은 건물을 근현대 미술관으로 재건축하게 되어 1980년대 말에 프로젝트가 시작되었다.

클라이언트였던 나리와초(당시) 마을은 오하라 미술관 관장인 후지타 신이치로의 소개로 안도를 만나, 옛 미술관 대지를 전제로 새 미술관 계획을 진행했는데, 현지를 찾아간 안도가 산을 따라 서 있는 나리와한 병영터야말로 미술관에 걸맞다고 조언하여 대지가 변경되었다. 에도 시대의 돌담이 잘 보존되어 있고, 남쪽은 급경사를 이룬 가쿠슈산의 녹음이 고스란히 정원이 된다. 거기서 그려진 것이 핵심이 되는 정육면체와 그것을 관통하는 접히고 구부러진 면(벽)이며, 이것이 기본적인 지오메트리가 되었다. 토지와 풍경의 관계에서 이 기본 구도에 변경이 더해지고, 정육면체를 일부 프레임으로 변환하고, 거기에 더해 그 형태를 허물어 간다. 산 쪽으로는 상록수가 군생하는 비탈이 칸막이처럼 건물을 가로막고 있어서 노출 콘크리트 건물이 그 안에 한 폭의 그림처럼 멋지게 들어선다. 거기에다 산과 건물

사이에 수면을 설치해 주변 풍경을 비추게 함으로써 시각 효과를 이중 삼중으로 증폭한다. 정육면체 내부에도 중정 형태의 연못이 설계되어 실내에 깜짝 놀랄 정도의 스케일감이 생겨난다.

정육면체 등의 근원적인 도형이 그대로 유지되면 기하학의 절대성은 흔들리지 않는데, 안도는 지오메트리와 풍토성 사이에서 절묘한 균형을 잡는다. 르코르뷔지에 같은 플라톤주의 계승자들과의 차이가 거기서 드러난다. 대지를 읽는 수준을 훌쩍 뛰어넘어, 대지의 배후에 있는 지형, 문화, 기맥(気脈) 같은 것을 몸으로 느끼는 것이다.

원과 원주(실린더)

유클리드 기하학의 세계에서는 정사각형과 원을 완벽한 도형으로 여긴다. 두 도형을 서로 같은 면적으로 치환할 수 있는지를 묻는 원적문제는 근세를 통해 최대의 기하학적 설문의 하나로 팔라디오 등 당시 건축가에게 큰 영향을 미쳤으며, 그의 최고 걸작 가운데 하나로 일컬어지는 비첸차의 「빌라 로톤다」(1591)는 원적문제를 관통하는 건축으로 일컬어진다. 사실, 외부의 네모진 형상과 내부의 둥근 방의 조화가 어딘지 해답 불가능한 문제를 들이대는 것 같기도 하다. 르코르뷔지에는 파리 교외에 「빌라 사보아」를 설계할 때 「빌라 로톤다」를 참조했는데, 평면 형식을 정사각형으로 특화해 원의 문제는 사라졌다. 그런데, 안도는 자신의 지오메트리 형태를 만들 때, 다시금 원점으로 돌아가서 원과 오방형 두 가지를 모두 쓰거나 병존시키고 있다. 특히 1980년대 후반 이후에 그것이 두드러진다.

원을 입체화하면 원주(실린더), 원뿔, 구체 등 세로 방향을 어떻게 취하느냐에 따라 다른 입체가 된다. 처음에 안도는 콘크리트 벽을 두른 원주형에 집착했다. 원주, 또는 원통은 그대로 탑을 연상시킨다. 유럽에서는 성곽의 원탑, 중앙아시아에서는 모스크의 첨탑, 페르시아에서는 조로아스터교의 〈침묵의 탑〉 등에서 원형을 볼 수 있으며, 모두 돌이나 벽돌에 의한 조적식 구조로, 직선을 기본 단위로 하는 목조에서는 이런 예를 좀처럼 찾아볼 수 없다. 위쪽으로 솟아오른 모습은 종교성을 깨우치게 하여 정육면체 이상으로 강한 상징성을 지닌다. 처음에 안도는 되도록 곡면을 피했지만, 이 무렵에는 일부러 이런 모습을 도입하여 공간의 부드러운 연속성을 거침없이 표현했다. 그것의 효시라고 말할 수 있는 것이 미완으로 끝난 1985년 시부야 프로젝트이다.

이 프로젝트는 도큐 부동산이 추진했던 시부야의 상업 시설인데, 하마노 상품 연구소와 공동으로 계획하여 지하를 공공 장소로 적극 이용하는 방향으로 진행되었다. 지상에서 지하 20미터까지 대계단이 마련되고, 그 앞에 원통이 세워진다. 인도의 계단 우물에서 영감을 얻은 땅속 강하라는 주제와 천상으로의 상승감을 꾀한 원탑이 공존한다는, 전례 없이 대담한 아이디어였다. 안도는 지하를 향해 층을 이루는 층상으로 공간이 구성된다는 의미에서 이것을 〈지층(地層) 건축〉이라고 불렀다. 설계는 순조롭게 진행되었고 허가 확인 신청도 완료했지만 클라이언트의 사정으로 중단되었다.

한 가지 모티브가 떠오르면 다듬고 또 다듬으면서 만족할 때까지 발전시키는 태도는 모든 건축가에게 공통된다. 하지만 안도의 경우는 스케치를 보면 알 수 있듯이, 다른 사람들보다 훨씬 집착이 강하다. 원통형이라는 근원적인 형태에 확신을 품은 것은 1985년 전후인데, 거기서부터 진가를 발휘한다. 임시 건물로 지은 유리 실린더, 오사카의 「덴노지 공원 식물 온실(天王寺公園植物温室)」(1987)을 시작으로 몇 번의 시도를 하는데, 도쿄 도심 지하를 뚫는 것이 머릿속에서 떠나지 않는다. 그리고 마침내 오모테산도의 상업 시설 「콜레지오네Collezione」(1989)에서 시부야 프로젝트를 설욕했다. 지층 건축이라는 생각을 가다듬은 것으로, 프레임으로 전체적인 볼륨을 만드는 동시에 프레임에 겹치는 형태로 내부에 원탑이 들어선다.

이 지층 건축의 종착지가 세토나이해의 나오시마에서 시작한 「베네세 하우스 뮤지엄Benesse House Museum」(1992)이다. 봉긋한 언덕 중턱에 자리한 지형을 이용하여 자연스럽게 지하를 절개하여 열었다. 입구부터 긴 어프로치 끝에 바로 눈앞에서 열리는 거대한 원통형 창문, 그리고 벽을 따라 서서히 바닥으로 내려가서 위에서 쏟아지는 빛 속에 있노라면, 마치 침묵의 탑 밑바닥에 내려서서 천상 세계에 몸을 맡기는 느낌이 든다. 경외와 공포감이 덮쳐 오고 신성함이 주위에 떠돈다. 미술관이므로 공간의 자유도가 넓어서 이런 대담한 구성이 가능했다.

원이나 다각형을 평면으로 만든 공간은 교회 건축에서는 예전부터 집중식이라고 알려져 있다. 중심성을 갖고 방사상으로 공간이 넓어지는 구도로, 한 점에 집중한 전례나 의식을 수행할 수 있으므로 순례 교회나 묘지 성당에 많이 사용되었다. 그런 생각을 규범으로 따른 것이 파리의 유네스코에서 의뢰받은 「유네스코 명상 공간UNESCO Meditation Space」(1995)이다. 국제 공모전 결과, 마르셀 브로이어Marcel Lajos Breuer의 설계로 만들어진 유네스코 본부(1958) 50주년 기념 사업으로 계획되어, 앞뜰에 두 장의 콘크리트 벽 사이에 원통을 배치하는 형태로 실현되었다. 순수 기하학과 육중한 소재, 그리고 둥근 고리 모양의 슬릿에서 쏟아져 들어오는 빛을 통해 공간의 순수성을 강조한다. 안도에게는 유네스코에서 반드시 실현하고 싶은 것이 있었다. 모든 종교를 초월한 기도의 장소에 피폭당한 히로시마의 돌을 히로시마시에서 양도받아 깔고 물을 흐르게 하는 것이었다. 친하게 지냈던 당시 히로시마 시장 히라오카 다카시로부터 히로시마 돌을 기증받아 그 목표가 실현되었다.

　종파를 따지지 않는 신성 공간이라는 의미에서는, 휴스턴에 있는 마크 로스코Mark Rothko의 작품 「로스코 예배당」(1971)과 대결할 수 있다. 똑같은 명상 장소이긴 하지만, 로스코가 팔각형 평면을 자신의 추상 회화로 둘러싼 반면에 안도는 원형 평면을 채용하고 회화 작품은 두지 않아 순수 공간 그대로를 지향했다. 모더니즘의 문맥을 따르면서 「니시다 기타로 기념 철학관(西田幾多郎記念哲学館)」(2002)에서 시도할 〈공(空)〉의 경지를 여기에 드러냈던 것이다.

집중식 극장을 짓다

안도의 집중식 건축 공간을 논할 때, 「시타마치 가라자(下町唐座)」(1987)를 빼놓을 수 없다. 때마침 「기도사키 주택」으로 새로운 평판을 얻을 무렵이었는데, 오랜 지인인 연출가 가라 주로한테 새로운 공연을 위한 가설 극장 설계를 의뢰받았다. 가라 주로는 신주쿠에서 〈붉은 텐트〉라는 연극 운동을 이끌었으며, 과격한 연출로 종종 경찰이 출동하는 해프닝이 벌어질 정도로 임팩트가 강했다. 그러나 1980년대에 들어서자 연극 활동은 거의 접고 소설에 역점을 두어 카니발리즘*을 주제로 한 작품으로 단숨에 1983년 아쿠타가와상을 받았다. 그래서 그가 설립한 상황 극장은 1986년 「소녀 가면」 공연을 마지막으로 해산했지만, 잠깐의 침묵 후 1988년에 〈시타마치 가라자〉라는 이름을 내걸고 다시 활동하기 시작한다. 그때 전면적으로 협력한 사람이 안도 다다오였다.

설계 이야기는 상황 극장 해산 이전부터 있었으며, 이동식 연극 무대를 원한다는 가라의 염원에 프로듀서인 고이케 가즈코가 동조하여 그것을 안도에게 의뢰한 것이었다. 가라 주로의 아이디어는 〈서커스 무대처럼 계절이 바뀔 때마다 불쑥 찾아오거나, 사람들이 좋아할지 어떨지 예측할 수 없는 신출귀몰한 장치〉이며, 그것에 대해 안도는 〈전국 시대의 까마귀성(烏城)처럼 비현대적이고 비일상의 건축 분위기와 일본의 전통적인 축제

---

* 인간이 인육(人肉)을 먹는 습속. 종족 간의 전쟁, 종교 의례 따위에서 유래한 것으로 알려져 있다.

의 미학에 있는, 검정과 빨강을 주조로 한 선명한 색감〉으로 가자고 제안한다.[25] 언제나처럼 직접 장소를 물색하여 시노바즈 연못에 떠 있는 극장 등 몇 가지 생각이 떠올랐다가 사라진 끝에, 최종적으로 아사쿠사에서 열기로 했다.

설계가 완성된 단계에서 대지와 자금 문제에 부딪혔다. 그것을 막아 준 사람이 세종 그룹의 쓰쓰미 세이지였다. 안도와는 이십년지기였던지라 머리를 맞댄 결과, 센다이에서 열리는 전시 「미래의 도호쿠(未来の東北博覧会)」(1987)에서 세종 그룹의 파빌리온으로 「시타마치 가라자 세종 해상 의관(下町唐座セゾン海像儀館)」을 세우고, 박람회가 끝난 후에 해체하여 도쿄에 이동 설치하자는 계획을 세웠다. 대지 역시 다이토구가 개입하여, 두 달 이내라는 조건으로 구립 스미다가와 공원을 제공하기로 했다.

이리하여 완성된 것이 지름 34미터의 정십이각형 극장으로, 6백 석 규모였다. 건축 공사 기반용 파이프를 이용하여 25칸으로 조립이 끝났다. 상연작은 「떠돌이 제니」, 가라 주로는 물론 미도리 마코, 이시바시 렌지, 에모토 아키라 등 쟁쟁한 배우들이 무대에 올랐으며, 연못으로 설정된 수조에 뛰어들기로 되어 있었는데 실제로 뛰어든 사람은 행동파인 가라 주로뿐이었으며, 다른 배우들은 따라 하지 않았다. 안도의 말에 따르면 〈기껏 연못을 만들었는데 뛰어드는 것을 싫어하다니, 가라자 녀석들도 의외로 약해 빠졌다〉고. 4월 공연이었으니 도쿄는 아직 추웠다.

일본의 건축가와 연극 그룹은 다양한 관계를 맺고 있을 것 같지만 실제로는 그렇지도 않다. 예외적으로 와세다 소극장(극단 SCOT)을 이끄는 스즈키 다다시가 이소자키 아라타와 연극론을 공유하고 극장 설계를 의뢰하는 정도였다. 이소자키는 스즈키 다다시나 셰익스피어 학자인 다카하시 야스나리 등과 오랜 친분을 유지하고 있으며, 연극에 대해서는 일가견이 있었다. 실제로 스즈키를 위해 도야마현 도가무라에 「도가 예술 공원 야외극장」(1982)이나 「국제 무대 예술 연구소」(1988)를 설계하고, 도쿄에서도 셰익스피어의 글로브 극장을 본떠서 「도쿄 글로브 극장」(1988)을 완성한다. 그런 예가 있으므로, 안도의 「시타마치 가라자」는 이소자키와 비교되곤 하는데, 설계 콘셉트는 커다란 차이가 있다.

「시타마치 가라자」는 가설극장이지만 구성이 견실하고 전형적인 집중식 건축으로, 붉은 텐트의 비잔틴 성당 버전 같은 분위기를 풍긴다. 거기에 무지개다리를 놓았는데, 실제로 공연을 보았던 건축사가 니시 가즈오(西和夫)는 〈조립식 가설극장에서 무지개다리를 건너 관객을 맞이하고, 멋지게 피안(彼岸)으로 관객을 배웅한다〉면서 안도의 다리 장치에 환호를 보냈다.[26] 아마도 안도의 머릿속에 있었던 것은, 같은 가설극장으로 1979년부터 다음 해에 걸쳐 베네치아 비엔날레 회장으로 만들어졌던 「세계 극장」이었을 것이다. 알도 로시Aldo Rossi가 설계한 250석 극장으로, 거룻배 위에 조립되어 바다를 항구로 끌어들일 수 있게 되어 있다.

안도 역시 뗏목이 스미다강에 떠 있는 아이디어를 냈을 정도이니, 상당히 강하게 의식하고 있었음이 틀림없다. 알도 로시의 「세계 극장」은 직육면체 위에 팔각형 탑과 돔을 올렸는데, 카날 그란데(대운하) 끝에 있는 푼타 델라 도가나(바다의 세관)에 접안하여 공연하는 것을 상정하고, 그것과 같은 구체를 올린 돔을 디자인하였다. 구조는 「시타마치 가라자」와 마찬가지로 공사 현장용 쇠 파이프이며, 그것을 나무판자로 덮었다.

「세계 극장」이라는 명칭은, 시선 집중이라는 의미에서의 〈극장=해부학 교실〉을 암시한 르네상스적 우주관을 가리키며, 세익스피어의 〈글로브 극장=지구〉에 대응하고 있다. 게다가 로시는 자신의 저서 『과학적 자서전 A Scientific Autobiography』에서 〈극장은 건축이 끝나고 상상력의 세계, 그리고 불합리의 세계가 시작하는 장소〉라고 단언한다. 「시타마치 가라자」 계획은 안도가 입체 도형의 기하학으로 방향을 틀었던 시기에 대응하여 그런 개념을 대담하게 내세운 예인데, 명쾌한 기하학성과 극장 특유의 은유성이 겹쳐 있다는 점에서 「세계 극장」과 공통된 부분이 많다. 거기에 인생 유전(방랑)이라는 가상성(仮象性), 다리 건너가기라는 통과 의례가 더해져 일본 특유의 연극 극장으로 자리잡는다. 그로부터 30년 뒤에 안도는 묘하게도 푼타 델라 도가나의 전면적인 개장과 더불어 그라시 궁전에 인접한 극장 「테아트리노 Il Teatrino」(2013)에 손을 대게 되어 이탈리아 연극 세계에 본격적으로 진입한다.

쏟아지는 빛

건축에서 빛의 역할은 동서고금을 통해 다양한 건축가의 논의 대상이자 분석 대상이었다. 많이 인용되는 것이 로마의 판테온인데, 그 정상에 있는 원형 개구부에 뚫린 구멍(오쿨루스)에서 내리쬐는 빛에 형용할 수 없는 흥분을 느끼는 체험은 안도 다다오뿐만 아니라 많은 건축가나 예술가가 자서전에 쓰고 있다. 알도 로시, 스티븐 홀Steven Holl 등 일일이 셀 수 없을 정도이다. 고딕 대성당의 장미창을 둘러싼 스콜라 철학 논쟁, 또는 서방정토의 빛을 둘러싼 정토교의 가르침 등 빛의 형이상학은 옛날부터 하나의 학문으로 건축과 나란히 언급되어 왔다.

다만, 안도는 잘난 척하지 않는다. 빛의 고마움을 알게 된 것은 어슴푸레한 나가야에 살던 소년 시절, 증축 공사를 하면서 집의 지붕이 벗겨졌을 때인데, 그 순간 방안에서 올려다본 푸른 하늘을 잊을 수가 없다고 한다. 그 무렵의 실내 조명은 기껏해야 유백색 전등갓에 60와트 백열전구였으며, 전기 요금을 아끼기 위해 완전히 캄캄해진 다음에야 전기를 켜는 것이 일상적이었다. 빛이란 인공적인 조명, 그 이상의 어떤 것도 아니었다. 소설가 다니자키 준이치로가 말하는 음예(그늘) 공간을 예찬하는 세계는 스키야까지는 아니더라도 일본식의 단아한 정취가 갖춰져야 비로소 체험할 수 있는 것이며, 전후 일본인은 대부분 그럴 여유가 없는 하루하루를 살고 있었다. 이런 일상에 젖어 있던 안도가 앞에서 말한 빛의 초월적인 체험에 이르기 위해서는 국내외에서 몇 가지 단계를 거쳐야 했다. 빛의 고마움을 알게 되는 것뿐만 아니라, 마음에 울려 퍼지는 체험이 필요했던 것이다.

그가 소년 시절을 보낸 1950년대에 미국을 방문한 일본의 기업 경영자나 건축가들은 반짝이는 빛의 소용돌이에 감싸인 뉴욕의 야경에 깜짝 놀랐으며, 그 반짝임을 일본에도 들여와야겠다고 결심했다. 르코르뷔지에가 1935년 처음 체험한 뉴욕도 마찬가지였다. 그러나 안도가 추구하는 것은 인공조명이 아니라 보잉 B-29 폭격기가 날아다니지 않게 된 한여름의 눈이 시리게 푸른 하늘, 적도 바로 아래의 배 위에서 온몸으로 느낀 통증이라고밖에 말할 수 없을 정도로 찌르는 듯한 태양빛, 그런 감각이 시간을 들여 서서히 그의 신체에 스며들어 30대가 될 무렵에는 더욱 본능적인 빛에 전율하게 되었다.

때때로 빛은 위험하며 살의를 품고 인간을 덮친다. 〈하늘에서 쏟아지는 한여름의 빛에서〉 눈부심을 참지 못하고 아랍인을 살해하는 알제리의 백인 청년(카뮈의 『이방인』), 대서양 위를 표류하는 조난자에게 사정없이 내리쬐어 온몸을 괴롭히는 태양(가브리엘 가르시아 마르케스의 『어느 조난자 이야기*Relato de un náufrago*』), 남방의 섬에서 〈수상한 섬광, 남쪽에서 불어오는 피비린내 나는 굶주림〉을 향해 출격 대기 중인 특공대장(시마오 도시오의 「출고도기」) 등 빛에 찔린 사람들의 희비극이 영원한 문학적 주제가 되기도 한다. 적어도 젊은 시절 안도는 이와 비슷하게 충동적으로 빛을 추구하고, 빛을 멀리하고 있었다. 이런 경험도 있다. 백야의 핀란드에서는 어슴푸레한 빛 가운데 거리에 인기척이라곤 없는 조르조 데 키리코적인 세계를 엿보고, 1주일의 버스 여행 끝에 도착한 밤의 이스탄불에서 모스크의 둥근 지붕에 달빛이 비쳐 들어 어둠 속에 창백한 구체가 둥실 떠 있는 것 같은 환상적인 풍경에 몸을 맡긴다. 유럽에서 돌아와 다시금 일본 건축사란 무엇인지를 배우기 위해 고베와 가까운 오노시로 발걸음을 옮겨 조도지 절의 조도도를 방문했을 때, 덧문 너머로 비스듬히 비쳐 드는 석양에 빛나는 아미타여래상의 장엄한 모습에 처음으로 서방정토란 무엇인지를 깨달았다.

암흑도 필요했다. 르코르뷔지에가 『동방 여행』에서 말한 빌라 아드리아나에서의 동굴 체험은 〈환영을 보는 죄수들〉이라는 플라톤의 동굴 비유를 고스란히 연상시키며, 플라톤주의자로서의 르코르뷔지에가 서 있는 위치를 말하는 것 같기도 하다. 하지만, 습기를 품은 오사카의 땅은 지중해와 결정적으로 다르다. 안도가 소년 시절 뛰어놀던 이마이치의 호류사 절은 한밤중이 되면 녹나무가 만들어 내는 거대한 나무 그늘이 칠흑 같은 세계를 비추며, 온갖 도깨비가 출몰하는 암흑 공간으로 모습을 바꾼다.

이런 경험을 해온 안도가 빛을 다루는 방식은 대단히 미묘하고 섬세하다. 아시야시의 오쿠이케에 완성한 「고시노 주택」을 방문한 건축 비평가 세르주 살라Serge Salat는 그 광경에 감동하여 다니자키 준이치로의 『음예 예찬』에 롤랑 바르트의 『기호의 제국』을 중첩하여 이렇게 논평한다.

실내에 발을 들여놓는다. 벽이 평행하게 여러 개 겹쳐서 투사되는 그림자에 농담이 생긴다. 벽은 빛을 흡수하여 바깥 세계의 소리가 소멸한다. 굳게 침묵을 지키는 실내에서 시간이 정지한다. 스며 나오는 그림자는 신비한 느낌을 휘감은 침묵의 두께로 모습을 바꾼다. 가늘고 긴 슬릿을 통해 흘러 들어와 떨어지는 빛이 투명한 층으로 순화되어, 방 전체를 밝히지 않고 벽에 흡수되어 간다.[27]

빛의 현상학이라고도 말할 만한 광경이다. 이런 안도의 빛에 대한 언급은 그대로 형태와 공간 문제에 도달한다. 안도의 기하학 도달점은 근원적인 형태에서 그것들이 변형하고 분산하는 구도를 이루고 있다. 산일(散逸)된 구조, 아니면 성좌(별자리)라고 불러야 할 구조에 이르러 있다. 플라톤의 우주 생성론에 따르면, 세계를 구성하는 질량으로써의 삼각형이 발호하는 세계이다. 그들 도형은 스카이라이트*로서 빛의 통과점이 된다. 사반세기가 넘는 긴 세월에 걸쳐 만들어 낸 나오시마의 미술관과 부속 시설들이 그런 가장 대표적인 예이다.

* 천장에 낸 채광창.

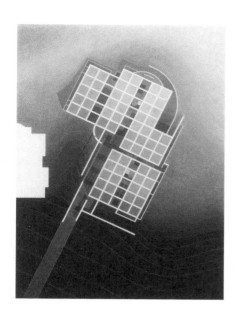

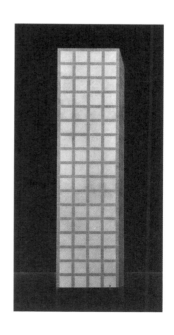

「롯코 집합 주택 II」(고베시, 1993년)의 평면도.

시카고 트리뷴 공모 설계안(1980년).

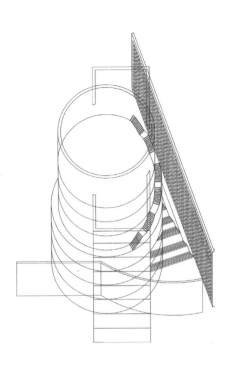

시부야 프로젝트(1985년)의 부등각 투영도.

「유네스코 명상 공간」(파리, 1995년) 안에 자리한
기도의 공간 내부를 올려다본 모습.

「시타마치 가라자」(도쿄 다이토구, 1988년)의 외부 모습.

「지추 미술관」(나오시마, 2004년)의 삼각 코트.

제7장 다시 태어나는 상업 시설

상업 시설과 씨름하다

안도 다다오는 상업 시설에 대해 독특한 감이 있으며, 오사카 사람으로서의 자부심을 담아 그것이 선천적 자질임을 인정하고 있다. 안도 다다오의 됨됨이, 그리고 작품의 특성을 알기 위해서는 이 부분을 확실히 파악하지 않으면 본질을 놓칠 가능성이 있다. 모더니스트 사이에서는 상업 시설이 유행에 민감하고 변화가 심하다는 이유로 공공시설보다 한 단계 아래로 보는 경향이 있었다. 르코르뷔지에나 미스 반데어로에, 단게 겐조 등은 손도 대지 않았다. 그러나 상업 공간이야말로 도시성을 나타내는 데 필수적인 건축이라고 생각한 안도는 쇼핑센터나 패션 몰 등을 새롭게 개척해야 할 영역이라며 과감하게 뛰어들었다.

안도의 자서전이나 다른 책에서는 다루고 있지 않지만 그는 상당히 이른 시기부터 전문 잡지에 상업 시설 작품을 싣고 있었다. 『재팬 인테리어 디자인』의 단골 필자였던 것으로 미루어 보면, 당시에는 인테리어 디자이너 취급을 받았다. 우메다 지하상 가의 카페 등 소품이라도 매달 잡지 지면을 장식했지만 마음 한 구석에는 응어리를 느끼고 있었다. 마침내 그는 그 응어리를 〈불협화음〉이라는 말로 표현하게 되었고, 그것을 역이용하여 디자인의 원리로 삼아 갔다.

> 나는 도시 안에서 건축이나 환경을 만들 때 불협화음을 하나하나 던져 나가고 싶다. 불협화음이란, 도시 전체를 근본적으로 사고하라고 강요하는 듯한 문화와 역사, 지역성과 인간성 등 모든 것에 문제를 제기하는 것 아닐까. (……) 불협화음을 던지면 거리가 조금 더 재밌어지지 않을까.[28]

동생 기타야마 다카오의 존재가 꽤 크다. 그는 1960년대 중반부터 하마노 야스히로가 설립한 하마노 상품 연구소에서 다양한 상품 제작이나 매장 기획 등을 하면서 건축가로서 안도를 합류시켰다. 오사카 이상으로 고베에서 일거리가 많았다. 고베는 당시 시장이었던 미야자키 다쓰오가 〈주식회사 고베시〉로 일컬어질 정도로 대규모 도시 개발을 추진하여, 앞바다를 메워서 세운 새로운 임해부 계획으로 주목받고 있었다. 그중 하나인 포트 아일랜드는 대형 컨테이너 부두로써, 매립하고 정비한 인공 섬에 도시 기능을 겸하게 한 것인데, 마스터플랜을 미즈타니 에이스케가 맡았던 적도 있어서 안도는 처음부터 계획의 세세한 부분까지 잘 알고 있었다. 하마노 상품 연구소가 그 한 구획에 패

션 거리를 구상하여 안도에게 디자인을 의뢰한 것은 필연적인
흐름이었다.

패션 거리란, 포트 아일랜드 남단에 지어지는 컨벤션 기능을
겸한 의류와 액세서리 등 패션 산업을 위한 복합 건물 거리이
다. 고베는 전체 취업자의 20퍼센트가 이 분야에 집중되어 있으
며, 업계를 총동원하여 임해부에 하나의 거리를 조성하여 새로
운 고베의 얼굴로 만드는 것이 목적이었다. 그래서 산노미야로
이어지는 중심 노선, 입체적인 광장, 계단과 데크, 셋백 건축, 교
차 다리 등 유럽의 최신 재개발 사례를 참조한 다양한 공간 기
법을 구사하여 젊은이들이 모여드는 녹색이 넘실대는 이국적
인 거리라는 청사진이 제시되었다. 이 제안서를 받아 든 고베시
는 같은 해에 〈패션 도시 선언〉을 미래 지향적인 프로젝트로 발
표하지만 제안서 자체는 보류되고 말았다. 다만, 여기서 수행한
다양한 작업, 그리고 최첨단 패션이라는 콘셉트가 하마노나 기
타야마, 그리고 훗날 안도가 보여 줄 고베에서의 건축 토대가
되었다는 점에서 이 구상이 미친 영향은 무시할 수 없다.

「로즈 가든Rose Garden」이 거리를 바꾸다

「스미요시 나가야」를 준공한 다음 해인 1977년 봄, 안도의 탁
월한 디자인의 힘을 보여 주는 또 하나의 건축 작품이 완성되었
다. 고베의 기타노 지구에 세워진 상업 복합 건물인 「로즈 가든」
이다. 완만한 비탈에 위치하여, 길을 따라 벽돌 벽을 보여 주는
지하 1층, 지상 3층짜리 복합 빌딩으로, 중정을 통해 스킵 플로

어가 된 두 개의 동이 마주 보는 것이 특징이다. 대지 규모로는 120여 평(420제곱미터)이므로 소규모 프로젝트지만, 그 임팩트는 일본 전역에 미쳤다.

이 빌딩이 화제가 된 데는 이유가 있다. 고베의 기타노 지구는 지금은 이진칸(異人館)이 들어선 관광지로 알려졌지만, 당시에는 모텔과 싸구려 아파트가 늘어서서 상업 지구와는 거리가 멀었을 뿐만 아니라 여성이 혼자 걷는 것도 위험할 정도였다. 그러나, 메이지에서 쇼와 초기에 걸쳐서 고급 주택으로 개발되어 수많은 외국인이 거주했던 이진칸은 나름대로 역사 유산이 되어 관광지로써 잠재력이 있었다. 하마노 야스히로는 그렇게 진단하고, 이 장소를 대상으로 한 패션 거리라는 콘셉트를 당당히 제시한다. 이른바 〈뒷골목 사람들의 생활에 가까운 곳에 주택가 근접형 상업 시설〉이 있다면 기타노 지구는 다시 태어난다는 것이다. 게다가 이 주변은 언덕 중턱이라 바다 전망도 좋은 곳이었다. 옛날 주거 분할이 그대로 남아 100~150평 면적으로 토지가 구획 지어져 있었다.

프로젝트 배경에는 화교계의 움직임이 있었다. 고베 화교 총회 회장인 유력자 린도슌을 통해 그의 딸 부부를 클라이언트로 소개받은 하마노는 그 자리에서 이 아이디어를 시행에 옮겼다. 건축은 물론 안도가 맡았다. 그 시점에서 건축주, 프로듀서, 건축가는 모두 30대 전반, 무엇보다도 패기만만했다. 기본적으로 속도감이 달랐다. 이렇게 민간이 지혜를 모아 새로운 비즈니스 모델을 만들어서 파손된 거리를 고품격 건축으로 재탄생시키는 일이 주변을 번창하게 만드는 가장 좋은 길이다. 용적률이 2백 퍼센트밖에 안 되므로 작은 대지로는 큰 바닥 면적을 얻을 수 없다. 얼마나 콤팩트하게 디자인하느냐가 관건이었다.

새로운 시설에는 최첨단 브랜드를 모아서 임대하고, 그 집중도와 영향력을 통해 부가 가치를 높이는 일이 추구되었다. 몇 년쯤 전에 도쿄의 파르코 백화점이 시작한 새로운 업태였는데, 자본이 뒷받침되지 않는 고베의 황폐한 거리에서 그것을 수행하려면 상당한 전략과 실력이 필요했다. 린도슌의 사위인 와카야마 하루히로가 회사를 세우고 사장에 취임하는데, 그가 취한 방침은 이른바 임대 회전율로 돈을 버는 방식이 아니라 문화성을 기본 축으로 한 새로운 비즈니스 기획으로, 원래 안도가 제안한 방식이다. 사업비는 임대인이 지급하는 권리금을 베이스로 염출하는 방식이었다. 권리금은 평당 1백만 엔, 임대료를 평당 1만 엔으로 높게 책정하면 평당 60만 엔 정도로 맞춘 건설비를 충분히 감당할 수 있는 예산이었다. 그러기 위해서도 실력 있는 임대인을 모아야 한다. 최종적으로 이세이 미야케, 꼼데가르송 등 스물일곱 개의 최신 브랜드가 모였다.

설계자의 책임은 막중하다. 고베는 안도가 어렸을 적부터 동경한 장소이기도 했다. 초등학교 소풍 때 고베까지 간 적이 있었는데 그때 〈정말 멋쟁이 마을이다, 살고 있는 사람들이 다르구나〉 하고 느꼈으며, 고베의 미즈타니 에이스케 밑에서 일하던 몇 년 동안 고베로 출퇴근하는 것이 너무나 즐거웠다고 한다. 당연히 〈엘리베이터가 딸린 네모난 빌딩〉은 피하고 이 토지에 어울리는 디자인을 하겠다고 별렀는데, 평범한 점포로는 새로운 콘셉트를 만들어 낼 수 없었다. 심지어 건축사가이자 고베의 역사적 건축물에 정통한 고베 대학교 교수 사카모토 가쓰히코(坂本勝比古)로부터는 이진칸이 자아내는 이국적인 분위기를 망가뜨리지 말아 달라는 요청까지 받는다. 역사 지구, 풍경, 그리고 사람이 모여드는 장소. 이 조건을 맞추기 위해 안도가 쓴 방법은 매우 간단했다. 대지를 두 개의 평행한 벽돌 벽으로 구획 짓고, 그것을 환경 장치 삼아 그 틈새에 점포 공간을 전개하는 방식이다. 여기서는 노출 콘크리트를 전면에 내세우지 않고 역사성을 따르는 기와 벽에 강한 의미를 부여한다.

이 건축을 보러 온 니시자와 후미타카는 벽돌 벽을 보고 다음과 같이 논평한다.

이 벽돌 벽은 영식(英式) 쌓기*를 정식으로 쌓아 올린 것처럼 보이지만, 얇은 콘크리트 벽에 양쪽에서 안쪽 절반의 벽돌을 쌓아 올린 것이다. (……) 동과 서 양쪽 끝부분에 몇 개의 벽을 남북 방향으로 세우고, 이들 벽 사이에 RC 노출 들보를 걸쳐서 들보 밑을 자유롭게 하고, 유리를 넣어서 동과 서를 가로막고 남과 북을 완전히 터서 바다를 향해 열고, 남과 북으로 바람이 통하는 듯한 느낌으로 마무리한다.[29]

* 마구리면과 길이면이 보이도록 교대로 쌓는 방법으로, 벽돌 쌓는 방법 중 가장 튼튼하다.

벽돌 쌓기는 영미권에서는 아주 흔한 공법이지만, 일본에서는 간토 대지진 때 벽돌 건물이 무너진 후로는 건설이 금지되었다. 그래서 메이지·다이쇼 시기의 역사적 건축물의 개조를 제외하고 건축가가 벽돌을 다룰 기회가 별로 없었다. 물론 벽돌 타일은 보기 좋다는 이유로 여기저기서 사용되었지만, 어차피 타일이라서 표면 마감에 한정되었다. 가구물(架構物)* 로 벽돌을 사용한다면, 그것을 쌓는 방식이 중요하며 안도는 영식 쌓기라고 불리는 마구리면(횡단면)과 길이면을 한 단씩 번갈아서 쌓는 방식으로 이것을 처리하고 있다. 단, 벽돌로 구조 벽을 만드는 것은 법적으로 허용되지 않으므로, 구조체는 콘크리트로 하고 그 앞뒤를 벽돌 면으로 한다. 거기에 더해 벽돌 벽으로 열린 개구부에 콘크리트 인방** 을 삽입하여 디자인적으로도 세련되고 보기에도 아름답다. 니시자와는 안도의 이런 디테일에서 보이는 진짜 같은 느낌을 칭찬한 것인데, 그 배경에는 2년 전에 준공하여 호평받은 야마시타 가즈마사의 「프롬 퍼스트 빌딩」이 벽돌 타일을 진짜처럼 보이게끔 말끔하게 처리하지 못했기 때문이다.

「로즈 가든」에 점포를 낸 임대인은 독자적으로 인테리어 디자인을 했다. 예를 들면 이세이 미야케는 구라마타 시로에게 의뢰하여 알루미늄판으로 된 벽과 커다란 유리로 근미래적 디자

* 낱낱의 재료를 조립하여 만든 구조물.
** 기둥과 기둥 사이, 또는 문이나 창의 아래나 위로 가로지르는 나무나 돌로 된 수평재.

인을 했으며, 유르겐 렐 매장은 건축가이자 제품 디자이너인 구로카와 마사유키(黒川雅之)에게 맡겨졌고, 구로카와는 차분한 집성재*로 디스플레이 공간을 만들었다. 각각의 점포가 패셔너블하고 최첨단 디자인이 되어, 그것만으로도 많은 고객의 마음을 설레게 했다. 심지어 그해 가을에는 기타노에서 성공한 독일인 제빵사를 모델로 한 NHK 아침 드라마 「풍향계」가 시작되었고, 그것이 일본 전역에서 팬들을 기타노로 끌어들였다.

〈모노즈쿠리〉를 아는 건축주를 만나다

「로즈 가든」에 손을 댄 이후, 기타노 지구는 안도에게 특별한 추억의 장소가 되었다. 이 건물을 계기로 10년 동안 잇따라 상업 시설을 완성시켰다. 「기타노 아이비 코트Kitano Ivy Court」(1981)(현재는 그랜드 스위트 기타노) 등 8건의 상업 시설과 주택을 취급하게 되었기 때문이다.

「로즈 가든」이 문을 연 지 반년 후에, 안도는 거기에서 대지 하나만큼을 두고 또 하나의 복합 상업 단지인 「기타노 앨리(北野アレイ)」(1977)를 완성시킨다. 이것은 정면의 폭이 좁고 안쪽에서 넓어지는 대지라서 정면을 도드라지게 할 수는 없었지만, 그런 만큼 안쪽으로 들어가면 상하좌우로 샛길alley이 펼쳐지는 형태를 취했다. 좁은 대지이지만 기하학 입체를 서로 관통시킴으로써 그것이 가능해진다. 이번 건의 클라이언트는 부동산 회사 고요였으며 오너는 전 스미토모 신탁 은행의 행장이자 니

* 두께 2.5~5센티미터의 판자를 길이 방향으로 접착하여 가열·압축한 목재.

시노미야 일대의 대지 소유주인 시바카와 집안의 데릴사위가 된 시바카와 아쓰시였다. 그다음 해에는 니시노미야에 안도의 설계로「고토 앨리(甲東アレイ)」를 오픈했다.

「로즈 가든」의 성공을 지켜본 린도슌은 자택을 겸하고 있던 상업 시설 설계를 안도에게 의뢰했다. 그의 이름을 따서「린즈 갤러리Rin's Gallery」(1981)라고 이름 붙였다. 린은 푸젠성 출신인데, 쇼와 초기에 돈을 벌기 위해 먼저 일본으로 건너온 아버지를 따라 일가족이 고베로 왔다. 산노미야의 철교 아래서 의류 노점상으로 푼돈을 모으고, 그것을 밑천 삼아 무역과 부동산으로 자수성가한 사람이었다. 언제나 부드러운 미소를 잃지 않는 린도슌은 고베의 화교 사회에서 상호 부조와 신용으로 인망을 쌓았고, 화교 총회의 부회장과 회장을 역임했다. 중국이나 동남아시아와의 비즈니스에 손을 대는 한편, 고베에서 건실한 부동산업을 운영하고 있었다.

화교 사회에서도 기타노 지구 보전에 힘을 쏟았다. 고베 화교 총회는 이진칸 중에서도 규모가 크고 1909년에 지어진 구(旧) 겐센데이를 사들여서 화교 총회 본부로 사용한다. 〈우리는 부모님이나 조상들의 은혜를 입었으므로 선조들이 쌓아 올린 것은 더욱 소중히 여긴다는 화교 정신〉으로 그렇게 했다고 한다.[30] 목조 2층 건물의 양옥인 구 겐센데이는 대지를 둘러싼 영식 쌓기 벽돌 벽이 특징으로 안도의「로즈 가든」에 참조가 된다. 이국적인 문화의 향기 가득한 구역을 일족의 새로운 보금자리로 삼은 린도슌이 거리를 활성화하고 말끔하게 새로 단장하는 것은 지극히 당연한 일이었다. 화교로서의 정체성을 지키려면 이 지역을 유지하는 일이 중요했다. 2009년 11월에 린도순이 85세로 세상을 떠났을 때, 안도는 맨 먼저 야마테의 관제묘(関帝廟)에서 거행된 장례식에 달려갔다.

안도의 말을 빌리면, 사람과의 만남을 소중히 여기고 낭비하지 않는 화교적 합리주의와 오사카적 합리주의는 궁합이 잘 맞았으며 그래서 많은 화교계 실업가와 친교를 맺게 되는데, 최근에는 아만 그룹 총수이자 인도네시아계 화교인 아드리안 제차와 자주 얼굴을 맞대고 있다. 딱히 함께 일하는 건 아니라도 안부를 묻는 정도의 이야기로 충분히 서로를 이해하는 것이다.

안도 다다오와 마을 만들기로 돌아가서, 그는 미즈타니 에이스케 밑에서 일해 본 경험으로 도시 계획 문제를 상당히 깊이 이해하고 있던 것 같다. 관이 주도하는 도시 계획은 상명하복식의 위압감이 있다며 거기서 벗어나고자 한다. 중요한 것은 주민과 동등한 관계에서 마을을 창조해 가는 것이다. 의사 결정은 늘 대면 방식으로 한다. 토지 소유권자들과 당당히 논의하면서 프로젝트의 승낙 여부를 묻고, 소규모 개발을 온 마을로 확장하여 네트워크를 만들고 운동으로써의 마을 만들기를 수행한다. 그의 진정성에 공감해 준 사람도 많아서 〈간사이에는 아직 그것을 알아주는 건축주와의 만남이 있다〉라고 안도 스스로 인정하였다. 안도와 토지 소유권자들이 단순히 건축가와 건축주의 관계를 뛰어넘어 대등한 입장에서 사태를 해결해 가는 것이다. 심지어 오사카 사투리가 커뮤니케이션 도구로 엄청난 힘을 발휘하며, 지칠 줄 모르고 계속 말하는 안도에게 누구나 호감을 품었다.

기타노의 마을 만들기와 관련하여, 절반인 네 개 동이 완성된 단계에서 안도는 제36회 고베 신문 평화상(1982)을 받았다. 지역에서 출자한 상업 시설이면서 공유 감각으로 지탱되어 온 공공 공간을 만든 동시에 기타노의 거리 풍경 역사와 토지의 기억을 미래로 계승하는 역할을 했다고 평가받았다. 지역에서 주는 상이지만, 지역 주민들이 기뻐해 준 것이 가장 좋았다.

한신칸에서는 더 많은 일이 기다리고 있었다. 그중에서도 주목받은 것이 한큐의 롯코역과 가까운 경사지에 만든 소규모 빌딩 「올드/뉴OLD/NEW」(1986)이다. 레스토랑과 카페 등이 들어선 복합 상업 시설로, 여기서는 기타노와는 다른 공간 디자인을 펼쳐 보였다. 세종 그룹이 환경에 어울리는 식문화를 전개하고자 기획한 곳으로 네 개의 레스토랑과 카페 공간을 만들고, 2층은 완만한 곡선을 그리는 궁륭이라 전체적으로 아주 스마트한 디자인이다. 인테리어 디자이너 이지마 나오키와 공간 디자이너 스기모토 다카시가 세운 슈퍼포테이토가 인테리어를 맡고 그래픽 디자인 계획은 다나카 잇코가 맡았으며 세종 그룹의 디자이너들도 투입되었다.

「올드/뉴」 계획에서는 안도가 오랫동안 마음속에 품고 있던 수목의 보존과 함양이라는 주제가 크게 드러났다. 대지 안에 있던 세 그루 녹나무는 고베 스미요시의 「마쓰무라 주택」과 마찬가지로 적극적으로 보존한다. 그것만이 아니었다. 고베 대학교 캠퍼스가 대지에 이웃해 있었는데, 「올드/뉴」 바로 옆에는 전쟁 직후에 생겨난 〈판잣집〉이라고밖에 볼 수 없는 건물이 있어서 아주 볼썽사나웠다. 그래서 고베 대학교로 뛰어가서 〈민폐를 끼치는 건물이니 대학이 책임을 져라〉는 식으로 문제를 제기하여 경관 문제도 해결했다. 실제로 건물을 부술 수는 없었으므로 바로 앞에 나무를 심어 그것을 차단하자고 제안한 것이다. 안도의 〈오지랖〉 덕분에 반농담으로 건넨 말이 진담이 된 경우이지만, 환경 개선을 위한 이런 노력은 고베 대학교 내부에서도 좋은 평가를 받았다. 공적 기관이 지저분한 건축물이나 경관을 주위에 방치하는 것 자체가 문제라는 명쾌한 메시지를 던진 셈이다.

다카마쓰에서 시도한 것

1990년대 초까지 고베를 비롯한 일본의 지방 도시는 활기가 넘쳤다. 오늘날 같은 저출산이나 고령화 문제는 존재하지 않았고, 우상향 성장은 계속되었으며, 도시의 몰락은 누구도 생각하지 않았다. 기타노에서 참신한 도시 만들기 아이디어를 내고 그것을 실현한 하마노 상품 연구소의 평판은 전국적으로 알려졌고, 새로운 시대의 디자인을 지향하는 마을 만들기를 추구하여 다양한 오퍼가 들어왔다. 그중 하나가 가가와현 다카마쓰시의 계획이었다.

당시, 오카야마현과 가가와현 사이에 혼시 가교(혼슈 시코쿠 연락교, 통칭 세토 대교) 공사가 시작되어 10년 후에 다리가 완공되면 다양한 경제 효과가 일어나리라는 기대감이 높아지고 있었다. 그런 분위기 속에 다카마쓰 중심가에서 사업가 한 사람이 목소리를 냈다. 그의 이름은 헨미 야스오. 의류업의 새 시대를 예측하여 다카마쓰시 마루가메마치에 있는, 선대부터 내려온 맞춤복 가게 헨미 양장점을 전환하여 신사업을 펼치려 했다. 에도 시대부터 가게가 있던 토지를 재개발하여 참신한 쇼핑 시설로 만들겠다는 것이었다.

규모를 보면 「로즈 가든」처럼 140평 정도(466제곱미터)의 작은 토지에 지나지 않지만, 입지가 아케이드에 면한 중심가라서 잘만 하면 손님을 끌어들이는 커다란 장치가 될 수 있다. 상업 지역으로 지정되어 용적률은 5백 퍼센트로 여유가 있었고, 바닥 면적도 크게 확보할 수 있었다. 하지만, 건폐율이 80퍼센트라서 토지의 20퍼센트는 외부 공간으로 해야 한다. 거기서 생각한 것이 전체는 5미터를 단위로 한 프레임으로 덮고, 그 한가운데를 절개하여 열린 공간으로 만들고 거기에 대계단을 배치하여 지상 4층까지 올라간다는 구도이다. 사람들의 발길이 그대로 건축 내부로 빨려 들어가 연속된 계단을 통해 위로 올라가므로 건물 명칭은 「스텝STEP」(1980)으로 정했다.

기타노에서 그러했듯이 여기서도 〈평행한 두 개의 벽〉 원리를 이용하여 벽은 외부에 대한 자기표현이 된다. 노출 콘크리트는 피하고, 석기질(炻器質)* 타일로 벽을 만들고, 검은 화강암 바닥으로 단단하고 굳은 성질을 드러낸다. 또한 지방의 새로운 쇼

* 점토를 재료로 빚어서 설구이하지 않고 단번에 구워 낸 도자기로, 자기와 도기의 중간쯤이다. 일반적으로 유색이며 투광성이 없다.

핑 구역을 발견하여 소규모로 개발할 수 있다는 장점을 최대한 살려 보고자 했다. 빌딩 안에는 고베와 마찬가지로 임차인을 모집해(19개 매장) 이세이 스포츠, 유르겐 렐 등이 들어왔다. 인테리어도 구라마타 시로, 구로카와 마사유키(유르겐 렐), 미쓰하시 이쿠요(이세이 스포츠) 등 역시 당시 가장 뛰어난 디자이너들에게 참여를 부탁했다.

헨미 양복점에서 탈바꿈한 주식회사 헨미는 단숨에 다카마쓰의 브랜드 숍으로 주목을 모아 마루가메마치에 많은 젊은이를 끌어들였다. 산책이라는 의미에서도 중심가의 활성화에 한몫했다. 1988년에는 혼시 가교가 완성되는데, 반대로 시코쿠의 교통망은 다카마쓰에서 서쪽으로 옮겨 가버려 생각만큼 경제 효과는 없었다. 그로부터 몇 년 뒤 일본 경제 전체가 거품이 꺼지면서 체력이 약한 지방 도시에는 단숨에 그 여파가 미쳤다. 매출 감소와 임차인의 퇴거가 이어졌다. 헨미는 업태 변경을 꾀하기로 한다. 안도가 세종 그룹의 쓰쓰미 세이지에게 적극 요청하기도 하여 헨미는 가가와현에서 무인양품 브랜드 판매권을 따내 프랜차이즈를 열게 되었다. 이것이 성공을 거두어 고치현, 아이치현, 시마네현에도 매장을 냈지만, 헨미 야스오는 본거지인 마루가메마치의 상점가를 활성하고자 본사 빌딩을 재건축하기로 결심했다. 2006년, 옛 「스텝」은 해체되고 다시 한번 안도의 설계로 새로운 「스텝」이 완성되었다.

오키나와의 구멍 뚫린 블록, 나하의 「페스티벌Festival」

오키나와 나하의 중심부에 계획된 「페스티벌」역시 이 시기 안도의 상업 시설에 관한 생각을 나타내는 데 반드시 참조되는 사례이다. 규모나 업태 면에서도 그때까지의 상업 시설과는 한 획을 그으며, 거의 백화점급 규모였다.

오키나와는 1972년에 본토로 복귀했으며, 그 후 나하의 도시 개발이 진행되었다. 오키나와 전쟁으로 철저히 파괴된 거리도 서서히 부흥했는데, 본토처럼 고도 성장의 축복은 받지 못해 30만 명이 사는 도시임에도 어수선한 모습 그대로였다. 미쓰코시 백화점이나 다이에 대형 마트 등 몇몇 대형 점포가 지역 주민에게 편의를 제공하고 있을 뿐이었다. 모두 나하의 중심지인 고쿠사이 거리를 따라 늘어서 있었다.

이런 거리 풍경에 더욱 인간적인 매력을 불어넣는 동시에 상업적 잠재력을 높이는 것을 목표로 「페스티벌」계획은 1980년에 시작되었다. 본토박이 부동산 개발 회사인 오키나와 선라이즈 개발이 클라이언트로 개발 사업을 수행했다. 고쿠사이 거리 중간쯤에 대형 쇼핑 시설을 세우기로 하고, 하마노 상품 연구소에 기획을 맡겼으며, 그래서 설계는 안도가 맡게 되었다. 하마노에 따르면, 연구소 개설 이후 경험을 총동원하여 이 프로젝트에 착수했다고 한다. 규모 역시 지상 8층, 지하 1층, 대지 면적은 1천6백 제곱미터 정도, 총면적 약 8천 제곱미터로 백화점에 버금가는 최대 규모의 상업 시설이었다.

그 지역 설계 사무소인 구니켄의 사장이 선라이즈 개발의 임원이기도 해서, 구니켄이 오키나와 측 공동 설계자로 참가했다. 구니켄의 스태프들과 함께 오키나와를 둘러보던 안도는 꽃 벽돌을 발견했다. 전후에 주택이나 시설을 건설할 때 미군이 벽돌식을 장려했으며, 그래서 채광성이 높은 구멍 뚫린 벽돌을 생산하게 되었다. 오키나와의 강한 햇살을 조절하고 보기에도 아름다운 문양이 나오도록 꽃 모양을 많이 채용하여 꽃 벽돌이라는 이름이 붙여졌다. 〈이걸 쓰면 섬세한 빛 조절이 가능하겠다〉고 직감한 안도는 곧바로 벽돌을 이용한 디자인을 시작했다.

　강한 기하학성이 필요했다. 어수선한 거리 풍경에 대항하듯이, 정연한 콘크리트의 균등 프레임을 도입하고, 프레임 자체를 한 변 36미터 정육면체로 구성한다. 프레임 사이는 거푸집 블록과 꽃 벽돌로 메워 가는데, 한 변이 20센티미터인 가로세로 아홉 개의 정사각형을 한 단위로 한다. 건물의 기본 콘셉트는 오키나와 특유의 풍토가 고스란히 입체적으로 표현된 것으로, 시시각각 변하는 빛과 바람을 온몸으로 느낄 수 있게 만들고자 했다. 전체 콘크리트는 차가운 오브제가 아니라 그 틈새에 짜여 들어간 꽃 벽돌 면을 통해 비쳐 드는 빛, 그리고 그사이를 통과하는 바람 등 자연 요소가 가득 찬 곳으로 완성하고, 지상 수준까지 바람이 지나가는 대공간에서 빛의 우물을 느끼며 생명의 숨결을 전달하려고 했다. 공기 조절기는 설치하지 않았다. 오키나와 건축가 스에요시 에이조(末吉栄三)는 이 건물을 방문하여 〈콘크리트 노출 프레임이 만드는 견고한 질서와는 대조적으로, 피부로 느끼는 감각에 호소하여 공간을 다양하게 연출해 가는

것이 콘크리트 블록이다〉라고 설명한다.[31]

이렇게 완성된 「페스티벌」은 기존의 상업 공간에서 벗어나 이른바 야외의 입체 시장 공간으로 자리매김하고, 남국의 공기를 마실 수 있는 열린 공간이 된다. 게다가 용수(榕樹)를 다룬 방식이 절묘했다. 난세이 제도 고유의 수목인 용수는 우산처럼 옆으로 퍼지는 가지나 뿌리가 복잡하게 얽힌 기묘한 모습 때문에 영력(靈力)이 깃든 나무로 숭배된다. 그 나무를 맨 위층에 심어서 건물 전체를 그 나무 그늘에 집어넣자는 아이디어를 냈다. 그러고는 나하 시내에서 이미지에 맞는 수종을 발견하여, 한밤중에 나무를 건물 안에 옮겨 심었다. 안도의 스케치 중에 프레임의 기하학성을 뚫고 무성하게 잎이 자라난 세 그루 용수를 정성껏 그린 것이 남아 있어서 원래의 강한 이미지를 알 수 있다.

「페스티벌」에는 68개 점포가 들어오고, 오픈 당시에는 매일같이 수많은 사람으로 북적였다. 하지만 1990년대로 들어서자 대형 슈퍼가 마을 근처로 진출하고, 반대로 고쿠사이 거리는 관광 명소가 되긴 했지만 토박이 손님들의 발길이 멀어졌다. 결국 1996년에 OPA 그룹에 영업을 위탁하여 업태를 변경한다. 이 무렵부터 고쿠사이 거리의 백화점이 차츰 사라지기 시작하여 오키나와 OPA도 폐점했고, 2013년에는 건물을 돈키호테에 양도했다.

폭탄 세일이 장점인 할인점 돈키호테로서는 대만이나 중국에서 일본을 찾아온 관광객을 겨냥하여 대용량 압축 진열을 할 수 있다는 장점이 있었다. 무라노 도고의 걸작으로 일컬어지는 도쿄 유라쿠초의 「소고 백화점」(1957)이 2000년에 요도바시 카메라에 넘어간 것과 같은 이유이다. 시대는 변해 버렸다.

강을 바로 옆에서 느끼는 공간, 「타임즈TIME'S」

안도 다다오의 상업 시설 중에서 가장 세련되며 가장 매력적으로 평가받는 것은 교토의 「타임즈」일 것이다. 오사카 사람인 안도에게 교토의 문턱은 높았다. 주택을 몇 채 짓고 소규모 뮤지엄도 만들었지만 오사카나 고베만큼 깊은 관계는 아니었다. 상업 시설도 몇 건뿐인 것은, 오사카와 교토가 비즈니스 관습이 상당히 다르기 때문일지 모른다. 노포(老舖) 문화에 젖어 있지도 않고, 하물며 찻집을 드나드는 습관 따위가 전혀 없는 안도가 뜨내기손님 취급을 받은 것일 수도 있다.

그러나 「타임즈」에 착수했을 때, 그는 명백하게 시류를 타고 있었다. 계획의 시작은 1982년, 교토에서 백화점 등을 전개하는 마루요시로부터 산조코바시 옆에 있는 토지를 정비하여 상업 시설로 만들고 싶다는 의뢰를 받은 것이었다. 이세이 미야케로부터 소개받았다며 〈안도 씨, 고베에서 하신 것처럼 교토에서도 잘 부탁합니다〉 하고 정중하게 의뢰가 왔다.

그의 일은 우선 현장에서 시작된다. 다카세강에 세워진 산조코바시라는 자리에서 대지의 잠재적인 힘을 직감했다. 〈다카세강의 물결은 무심코 손을 물속에 담그게 될 정도로 맑다〉라고 감탄했다.[32] 평범한 임대 빌딩 형태로 브랜드를 모으는 것은 의미가 없다. 이곳에 갖춰진 역사성, 주변성, 토지성 등 모든 것을 고려하여 여기에만 있는 것을 만들자. 키워드는 〈다카세강〉이었다.

에도 초기에 교토와 후시미를 잇는 물류용 운하로 뚫렸던 다카세강은 교토의 중심가를 남북으로 관통하여 사람들의 발길이 끊이지 않으며, 벚나무 가로수를 동반한 강변 풍경은 계절마다 분위기를 바꾼다. 애초에 교토는 물의 네트워크가 마을을 형성하고 있었다. 정원을 적시는 용천수와 비와호의 새로운 수로 등이 사람들의 생활을 지탱하고 있는데, 20세기의 도시 계획은 그것을 이용하지 않고 잊어버리는 방향으로 거리를 만들어 왔다. 바로 그런 이유로 물을 되돌리는 계획이 필요했다. 오래된 빌딩의 재활용이 아니라 친수성(親水性)을 동반한 새로운 도시 공간을 만드는 것이 무엇보다 중요했다.

법률적으로는 상당히 번거로운 작업이 필요했다. 이 대지에는 도시 계획법이 정한 계획 도로가 다카세강을 따라서 지나고 있어, 기존 도로의 폭을 넓힌다는 전제 아래 큰 빌딩으로 재건축하는 것은 불가능했다. 3층 건물이 최대한이며 심지어 재료는 해체가 간단한 것, 즉 철골, 벽돌, 목조 따위만 허용된다. 강은 강대로, 작은 강임에도 불구하고 1급 하천으로 지정되어 물길을 변경하거나 제방을 만드는 것 등이 금지되어 있었다. 이런 조건을 모두 걸러 낸 후 산조 거리에서 계단 모양으로 강의 수면까지 내려가는 형태로 지상 2층, 지하 1층짜리 복합 시설을 생각해 보았다. 지하에 해당하는 부분은 다카세강을 향해 열리고, 수면에서 20센티미터 위쪽에 산책로를 만든다. 시냇물을 바로 옆에서 느끼면서 안도는 〈폰토초 골목과 서양적인 광장이 입체적으로 겹치는〉 회유 공간을 떠올린다. 점포와 자연이 어우러지도록 연구한 것이다. 심지어 공공 공간으로 24시간 개방한다.

이 아이디어는 더욱 높은 벽에 가로막힌다. 안도의 제안은 강의 수면까지 건물을 내리게 되므로, 통상의 안전 기준으로는 처리할 수 없었다. 교토시와의 교섭이 상당히 까다로웠다. 담당자로부터 〈난간은 설치 안 합니까?〉, 〈어린이가 물에 빠지면 누가 어떻게 책임을 질 겁니까?〉, 〈물이 넘칠 때는 어찌합니까?〉, 〈심야의 관리는 누가 합니까?〉 등의 질문이 이어진다. 옛날 어린이들이라면 일상적으로 경험했을 물놀이도, 행정적 관점에서 보면 사고 위험이 커지는 것에 지나지 않는다. 안도는 〈그런 말이나 하고 있으니 어린이한테서 자연과 어울릴 기회를 빼앗는 거지〉 하고 생각하면서도 끈기 있게 하나하나 성실하게 설명했다. 결국 담당자도 안도에게 넘어가 애초의 안으로 진행한다.

업무 면으로 보면, 「타임즈」는 기타노의 「로즈 가든」과 같으며, 디자인성을 특화한 〈문화 산업〉에 의한 장소 만들기와 비슷하다. 디자이너 브랜드 14곳이 들어와 건축, 인테리어, 상품을 잇는 디자인의 순환이 생겨났다. 구라마타 시로가 인테리어 디자인을 맡은 이세이 미야케의 점포가 전형적인 예이다. 「타임즈」의 이미지는 다카세강을 따라가는 풍경과 일체가 되어 홀로 서기를 시작한다.

이런 일이 있었다. 1986년 파리의 퐁피두 센터에서 「전위 예

술의 일본1910~1970 Japon des avant-gardes 1910~1970」전
이 열렸는데, 그것과 전후하여 교토에서 일본과 프랑스 문화 디
자인 회의가 열렸다. 프랑스의 문화 후원자들이 대거 교토에 모
여들었다. 당시 파리의 지식인 여성들 사이에서는 이세이 미야
케의 패션이 크게 유행하여, 교토를 방문한 여성들도 당연히 이
세이의 팬이었으며, 심지어 부자들이었다. 〈문화 산업〉이 무엇
인지를 알기 위해서는 안도가 설계한 건물에 가보면 되고, 거기
에 이세이의 매장이 있으므로 회의 도중에 틈만 나면「타임즈」
에 모여서 쇼핑했다. 심지어 요즘으로 말하면 〈싹쓸이 쇼핑〉으
로, 그야말로 선반 위에 있는 것을 휩쓸어 가는 구매 방식이었
다. 덕분에 하룻밤 사이 재고가 없어져서 서둘러 도쿄에서 상품
을 받았지만, 다음 날도 똑같은 일이 일어났다.

　「타임즈」에서도 〈안도의 오지랖〉이 유감없이 발휘된다. 첫
번째 프로젝트가 끝난 단계에서, 남쪽 옆에 있는 60평 정도의
대지에 새로운 계획도를 그려서 소유주인 중식당 주인에게 보
여 준 것이다. 그때는 〈부탁도 안 했는데 멋대로 이런 짓을 한단
말이오〉라고 따끔한 소리를 들었지만, 3년 후에는 〈그래서 그
계획은 어떻게 되고 있소?〉라는 말을 들었다. 이웃에 있는「타
임즈」의 인기를 곁눈질하면서 생각이 달라진 것이다. 그리고서
용지 취득과 설계 등을 거쳐 1991년에「타임즈 I」과는 약간 취
향을 달리한 3층짜리 빌딩「타임즈 II」가 준공한다.

　안도의 상업 시설에 대한 방침은 〈일반적으로 상업 건축이라
고 하면 무너지기 쉬운데, 그것이 무너지지 않도록 강건한 의지

를 작동시키는〉 것이 중요하며 쉽게 타협하지 않음은 물론, 건축 영역을 지키면서 새로운 문화 산업이 꽃피도록 클라이언트와 함께 적극 나서야 한다는 것이다.

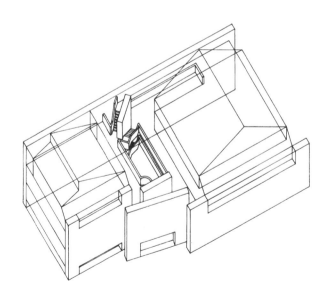

「로즈 가든」(고베시, 1977년)의 정면 입구.

「로즈 가든」의 부등각 투영도.

「올드/뉴」(고베시, 1986년), 오하시 도미오 사진.

지상 4층까지 이어지는 「스텝」의 대계단(다카마쓰시, 1980년).

용수 세 그루를 꼭대기에 심은 「페스티벌」(나하시, 1984년).

다카세강 건너편에서 보이는 「타임즈 I」(교토시, 1984년).
1991년에는 안쪽에 인접하여 「타임즈 II」가 준공했다.

「타임즈 I」과 「타임즈 II」의 조감.

제8장 종교 공간에 대한 통찰

종교 건축에 깊숙이 관여하다

〈선종의 절과 시토회 수도원을 합친 건축〉.[33] 프랑스의 건축 비평가 프랑수아 샤슬랭François Chaslin의 안도에 대한 평이다. 일간지 『르 몽드』 건축 담당 기자에서 국립 건축 뮤지엄인 프랑스 건축 연구소IFA 전시부장으로 변신한 그는 안도의 열렬한 팬이며, 1982년 IFA에서 안도 다다오 전시회를 열었다.

샤슬랭의 이 말에서 제시되었듯이 안도의 건축은 종교 건축에 비유되는 일이 많다. 선종과의 관련성은 그나마 알겠지만 시토회는 일본인이 이해하기 힘들다. 중세 로마네스크 시대에 금욕과 정결을 내세워 장식을 배제하고 오롯이 돌로만 건축한 수도회를 말하며, 남프랑스에 남아 있는 토로네 수도원은 르코르뷔지에의 「라 투레트 수도원」의 모델로, 건축계에서는 상당히 유명하다. 안도는 안도대로, 20대 중반의 첫 유럽 여행에서 마르세유와 가까운 세낭크 수도원을 방문한 적이 있어 일찍부터 접점이 있었다. 그가 시토회적이라고 일컬어지는 것은 그런 경험이 있어서가 아니라, 그의 건축 기본을 이루고 있는 콘크리트가 시토회의 돌처럼 확실한 구조와 아름다운 마감, 둘 다를 겸비한다고 본 것이다. 중요한 것은 안도는 르코르뷔지에의 재림이 아니라 중세 석공이 그대로 우리 앞에 나타난 것 같은 임팩트를 준다는 것이다. 그는 마에카와 구니오처럼 건축 스타일에서 복장과 행동거지까지 르코르뷔지에를 추구해 온 사람과는 달리 원래 금욕적이라 글자 그대로 시토회 수도사 같은 생활을 해왔다. 샤슬랭이 안도를 〈건축승〉이라고까지 잘라 말하는 이유도 그것이다.

위그노(칼뱅파)의 피를 이은 르코르뷔지에가 가톨릭 성당인 「롱샹 성당」이나 「라 투레트 수도원」에 손을 대게 된 것은, 당시 아르 사크레(신성 예술) 운동을 주도했던 도미니코회 수도사인 쿠튀리에 신부의 설득 때문이었다. 그 무렵 가톨릭교회는 교황 요한 23세의 주도로 제2회 바티칸 공회를 열고 전례를 포함한 교회의 존재 방식에 거대한 개혁의 시기를 맞이하고 있었다. 그 기운이 세계 각국에 전달되어 브라질 건축가 오스카르 니에메예르Oscar Niemeyer가 지은 「브라질리아 대성당」(1958), 또는 일본에서도 단게 겐조의 「도쿄 성 마리아 대성당」(1964) 같은 참신한 디자인의 성당이 건립된다. 단게는 노년에 가톨릭 세례를 받았지만, 당시에는 기독교의 교파와 교회를 하나로 통합하려는 에큐메니즘(세계 교회주의 운동)의 확장 속에서 종파와 관계없이 뛰어난 예술을 교회에 채용하려는 움직임이 두드러졌으며, 특히 프랑스에서는 유대인 마르크 샤갈이나 공산당원인 페르낭 레제 같은 예술가도 교회 예술의 한쪽 날개를 담당하고 있었다.

안도도 기독교 신자는 아니지만, 상당수의 교회 건축에 손을 대고 있다. 기독교인 건축가로는 러시아 정교회 신자인 우치이 쇼조(內井昭蔵), 가톨릭 신자인 고야마 히사오(香山壽夫) 등이 교회 건축에서도 뛰어난 작품을 남겼다. 하지만 안도는 딱히 종파에 얽매이지 않는다. 오히려 「유네스코 명상 공간」처럼 종파를 초월한 공간이 안도의 사상을 잘 보여 주는 듯하다. 종교 공간이라고 하면 일반적으로 전례나 의식의 이상적인 방식, 공간의 히에라르키(성직자의 세속적인 지배 제도) 등에 크게 좌우되는데, 안도는 오히려 순수성이나 초월성을 추구하며 의식에는 크게 집착하지 않는다. 굳이 말하자면 종교적이기보다 철학적인 공간이라고 하는 것이 좋다.

개신교 교회는 어떨까. 제2차 세계 대전 후의 교회 건축의 흐름을 돌아보면, 핀란드 건축이 단연 수준이 높다. 복음파 개신교 교회가 국교회로 보호받고 있으며 자금 면에서도 우대받고 있는 데다, 나라가 새로우므로 과거의 양식이라는 속박이 없다는 것도 도움이 되어, 알바르 알토Alvar Aalto, 카이야와 헤이키 시렌Kaija y Heikki Siren으로부터 오늘날의 유하 레이비스카Juha Ilmari Leiviskä에 이르는 뛰어난 교회 건축의 흐름을 만들어 왔다. 개신교는 가톨릭처럼 성사(미사)와 그에 따른 제단이라는 개념이 없으므로, 교회는 오히려 집회를 위한 회당 형식이 된다. 안도가 손을 댄 것은 오히려 이런 형식이 많으며, 간사이나 간토에서 일본 크리스트교단 등의 개신교 교회를 설계하고 있다.

불당도 여러 건 설계한다. 당연하게도 절이나 신사, 불각 등이 일본인에게는 익숙하다. 안도 자신도 어린 시절의 기억을 더듬어 보면 가까운 절이나 신사의 경내에서 놀았던 적이 많으며 법회나 신사의 제사 같은 의식보다는 그 지역을 지키는 〈수호신의 숲〉 같은 장소를 잘 기억하고 있다고 한다. 거기에 더해, 건축에 뜻을 두고부터 실제로 둘러본 교토나 나라의 고건축에 큰 영향을 받고 있으며, 료안지(竜安寺)나 다이토쿠지(大徳寺)의 정원, 도다이지(東大寺)나 도쇼다이지(唐招提寺)의 대가람* 등이 머릿속에 선명하게 각인되어 있다. 요즘은 중국으로부터도 가람** 의뢰가 들어와서 일본과 중국을 횡단하는 불교 공간의 이상적 형태란 무엇인지도 많이 생각하게 되었다.

찢어진 십자가와 「빛의 교회(光の教会)」

종교 건축을 다룰 때 중요한 것은 신도들을 대하는 방식이다. 정교 분리가 확실한 일본에서는 일부 윤택한 사찰을 제외하고 종교 단체는 신도들의 커뮤니티로 유지하고 있다. 그런 점은 불교나 크리스트교도 마찬가지다. 면세가 된다고는 해도, 불당이나 성당 등 교당을 새롭게 하기 위해서 단가***나 신자들의 정성

* 가치가 높거나 규모가 큰 절.
** 승려가 살면서 불도를 닦는 곳.
*** 절에 시주하는 사람이나 그 집을 의미한다.

을 모아서, 그야말로 쥐어짜는 노력을 해야 하므로 건축가도 고달프다. 실제로 안도가 맡았던 교회나 사찰 역시 비슷한 형편이었던 예가 적지 않으며, 조금이라도 비용을 줄이기 위해 엄청난 노력을 하고 있다.

오사카의 북쪽, 이바라키에 있는 「빛의 교회」는 그런 형편에서 계획되기 시작했다. 지금은 국제적으로 대단히 유명해져서 전 세계에서 순례객이 모여들지만, 실제 건축에 이르는 과정을 보면, 안도 다다오라는 건축가가 종교 공간을 어떤 식으로 이해하고 그것을 실현하는지 보여 주는 좋은 예이다.

논픽션 작가 히라마쓰 쓰요시는 이 교회의 설계부터 시공을 세세하게 조사하여 『빛의 교회: 안도 다다오의 현장(光の教会: 安藤忠雄の現場)』(2000)을 썼다. 히라마쓰는 구조 설계 출신이라는 특이한 이력의 작가로, 건축 현장을 잘 알고 시공 기술도 마스터하고 있기에 이 교회에 대해서도 건설의 일부 과정을 생생하게 묘사하고 있다. 열심히 취재한 결과, 안도는 물론이고 클라이언트인 일본 크리스트교단 이바라키 가스가오카 교회의 가루코메 목사부터 시공사인 다쓰미 건설의 이치야나기 사장 등 주요 인물의 일거수일투족을 상세하게 서술한다. 공사 현장에서 작업하는 장인의 이마에서 방울방울 흘러내리는 땀, 설계를 변경하면서 지우개로 선을 지우고 그리기를 반복하는 사무소 스태프들의 연필 등 마치 슬로 모션으로 영화를 보는 듯한 기분으로 읽어 내려갈 수 있다.

안도에 대한 성격 묘사도 적확하다. 길을 걷고 있을 때도 이런저런 아이디어를 다듬는 데 골몰하느라 수도 없이 차에 치여 죽을 뻔한 이야기, 준공 후 1년 뒤에 암으로 세상을 떠난 이치야나기 사장에게 마음으로부터 경의를 담아 〈최후의 최후까지 칭찬받을 수 있는 것을 만들었다〉고 절절하게 말하는 모습 등 대단히 인간적이고 꾸밈이 없는 글은 때때로 오사카적인 블랙 유머를 섞어 가면서 사람의 마음속으로 거침없이 파고든다. 무엇보다 건축주, 건축가, 시공자의 삼박자가 갖추어져야 비로소 좋은 건축이 완성된다는 것에 공감하게 된다.

콘크리트 상자가 된 이 교회에는 볼거리가 크게 두 가지 있다. 하나는 정면 벽에 펼쳐진 십자가 위의 슬릿이며, 다른 하나는 상자 모양의 골조에 비스듬히 관통하는 콘크리트 벽이다. 둘 다 현대 미술적 과제인 동시에, 크리스트교의 기본을 이루는 신학적 명제와도 깊은 관련이 있다.

십자가가 크리스트의 십자가 형벌과 인류의 구원을 나타내는 가장 중심적인 도상이라는 것은 널리 인식되고 있지만, 관통하는 벽(선)이라는 테마는 여러 가지로 해석된다. 그리스도의 마음을 나타내는 심장과 그것을 꿰뚫는 화살, 예수의 몸을 찌른 로마 병사의 창, 또는 더 일반적으로 교회와 그것을 파괴하는 권력에서 암시되는 순교. 그 직설적인 표현 때문에 다양한 생각이 교차하지만, 정면의 십자가를 통해 들어오는 빛과 함께 보면 순교를 둘러싼 장대한 상징성이 이 교회에 깃들게 된다.

독실한 가톨릭주의자였던 가우디Gaudí는 거대한 「사그라다 파밀리아」 성당을 화려하게 장식함으로써 순교라는 주제를 드러내려 했는데, 안도는 이 작은 교회에서 그것을 미니멀리즘적으로 나타내기로 했다. 안도가 의식했는지는 별개로 하고, 이것이 전 세계의 크리스트교 관계자를 경악시키고 감동하게 한 것은 사실이다. 히라마쓰의 책에서는 다루고 있지 않은 신학적인 테마가 숨어 있다는 것을 다시 한번 확인해 두고 싶다.

이 교회의 십자가를 두고 유리가 필요하다, 필요 없다 논쟁이 벌어져 지금까지 계속되고 있다. 안도의 마음에는 20대 시절에 경험한 루치오 폰타나의 면을 찢는 격렬한 조형이 깃들어 있으며 다양한 곳에서 그것이 표출된다. 십자가는 수난의 표상이라는 점에서는 격렬함도 내포하고 있으므로 찢어진 십자는 십자가를 메고 형장까지 끌려가는 예수의 고난과 사람들의 비탄을 그대로 표현하는 수난도(受難圖)의 세계로 통한다.

신학을 촉발하는 안도 다다오의 교회

안도 다다오의 손을 거친 교회 건축은 준공 순서로는 롯코의 「바람의 교회(風の教会)」(1986), 홋카이도 유후쓰군에 있는 「물의 교회(水の教会)」(1988)이며, 그다음 해인 1989년에 「빛의 교회」가 완성된다. 안도가 중시하는 자연 요소가 이름 앞에 붙어 있으므로 삼부작처럼 보이지만, 앞의 두 곳은 교단이 있는 종교 시설이 아니라 호텔에 딸린 결혼식을 위한 웨딩 공간이다. 그래서 이 교회에 소속된 신도도 없을뿐더러 종교 법인도 아니다. 이용자는 결혼식을 올리는 커플과 그들의 가족이나 친구들이며, 결혼이라는 인생의 한 단락을 성취하기 위한 의례적인 장소이다.

　적어도 「빛의 교회」가 완성되기 전까지 안도의 교회는 그저 아름다운 건축이었으며 신학적인 의미로는 이해되지 않았다. 「바람의 교회」는 롯코 오리엔털 호텔의 부속시설인데, 안도에게 설계를 의뢰한 것은 결혼 시장에 진입하기 위해 다른 호텔보다 경쟁력 있는 예배당 같은 웨딩 공간이 필요했기 때문이다. 그저 상업 시설의 논리이다. 「물의 교회」 역시 홋카이도의 대규모 리조트 개발인 알파 리조트 도마무의 한 켠에 호텔에 딸려서 지어졌다. 다만, 이번 건은 건설에 이르는 과정이 특이했다.

　1987년 5월에 오사카의 나비오 미술관에서 「안도 다다오 ─ 건축의 현재(安藤忠雄 ─ 建築の現在)」전이 열렸다. 그때, 이미 준공된 롯코의 교회에 더해 언빌트unbuilt 설계안인 가상의 교회도 전시되었다. 고베의 바닷가를 상정하여 바다로 흘러내리는 물의 정원을 만들고, 그 앞에 예배당이 서고, 물의 정원에 우뚝 선 십자가가 예배당에서 바라볼 때 전망의 중심이 되게 배치하였다. 드로잉뿐만 아니라 모형도 전시했는데 워낙 구상이 강해서 우연히 이 전람회를 찾았던 알파 리조트로부터 〈이 교회를 우리에게 지어 달라〉는 의뢰를 그 자리에서 받았다. 그다음 날에 안도는 홋카이도 지토세까지 날아가서 도마무의 현장을 방문했다. 전광석화 같은 전개였다.

　이 무렵, 안도는 십자가 문제에 몰두해 있었다. 「물의 교회」가 실제 프로젝트로 움직이기 시작한 바로 그때 「빛의 교회」 의뢰가 들어왔다. 그 탓인지, 다른 큰 프로젝트를 여러 건 진행하고 있으면서도 교회라는 주제가 머릿속에서 떠나지 않았다. 안도의 건축에 십자가 등장하는 것은 그보다 조금 전이었는데, 기하학을 주제로 할 때 자연스럽게 십자형이 등장한다. 그것의 가장 두드러진 예가 「기도사키 주택」이며 기본 구조인 정육면체에 나타나는 정사각형을 분할하는 십자, 또는 짜 맞춰진 개구부에 나타나는 십자의 중간 선대(창문의 중간에 세로로 세워 댄 부재) 등 교회 관계자의 집으로 착각할 정도로 십자가 드러나 있다.

　　그러나 교회 건축에서 십자가는 결정적인 의미를 갖는다. 금교 시대에 후미에(踏み絵)*로 사용되었을 정도로, 그 형태가 갖는 신성은 강력하며 두려움, 비탄, 자애 등을 모두 포함한 표상으로 정립되어야 한다. 가우디가 몸을 바친 순교의 십자가, 파리 교외 르랑시에서 오귀스트 페레Auguste Perret가 제시한 스테인드글라스의 신성함, 게다가 숲을 등지고 우뚝 선 시련의 야외 십자가. 각각 형태도 의미도 다르지만, 십자가는 겹친다. 이것들에 대비해 안도가 보여 주는 것은 철저히 미니멀하게 응축된 십자의 표현이다. 「물의 교회」에서는 무덤 앞에 세우는 표시처럼 우리를 마주 보는 네 개의 십자가를 빠져나와 예배당 안으로 들어오게 되며, 거기서 다시 물의 정원에 우뚝 선 십자가를 바라보게 된다. 반대로 「빛의 교회」에서는 성당 정면에 벽을 찢고 빛이 된 십자가 출현한다. 전자가 행진에 의한 죽음과 재생의 의식이라면, 후자는 현현(顯現) 그 자체이다.

　* 에도 시대에 기독교도를 색출하기 위해 사용된 물건으로, 그리스도나 성모 마리아상 등 기독교 성인을 새긴 널쪽.

흥미로운 프로젝트가 있다. 1996년에 가톨릭 로마 교구가 모집한 기원 2000년 기념 성당 설계 공모에서 안도가 로마로 보낸 안이다. 밀레니엄을 기념하여 로마의 주변부인 토르 트레 테스테 지구에 소교구 교회를 건설하기로 하여, 리처드 마이어 Richard Meier, 피터 아이젠먼Peter Eisenman, 산티아고 칼라트라바Santiago Calatrava 등과 함께 안도도 설계 공모에 초대받았다. 종파에 관계 없이 자유로운 조형을 기대하여 건축가가 선정되어 유대계 3명, 가톨릭 2명, 일본인 1명, 합쳐서 6명이 지명되었는데, 어쩐 일인지 본토박이 이탈리아인은 없었다.

해외에서 더 유명한 기도사키 히로타카가 아니라 안도에게 제안이 온 것은 바로 「빛의 교회」가 압도적인 평가를 얻었기 때문이었다. 안도에게는 성당, 소교구 센터, 사제관을 포함한 계획을 요구했다. 그는 교회 시설을 주변 풍경과 철저히 차단함으로써 내부의 긴장감을 높이는 쪽으로 가닥을 잡았다.

이 무렵 교회에 대한 안도의 자세는 훨씬 급진적으로 되고, 심지어 중세 원리주의로 회귀하는 것 같았다. 직사각형 회랑을 매몰하고 거기에 부속하는 기능을 전부 붙여 버리는 수법은 그야말로 중세의 수도원 방식이다. 반대로 성당은 직사각형 상자 형태에서 삼각형으로 바뀌고, 동쪽을 향해 강한 지향성을 보인다. 그 동쪽 면의 끝부분, 그리고 지붕면에 십자 형태로 슬릿을 넣었다. 폰타나적인 격렬함으로 천정에 드러난 갈라진 틈은 고요함에 감싸인 시토회의 공간 원리를 넘어서 천상 세계를 향해 빨려 들어가는 듯한 상승감을 동반한 영혼의 고양을 낳는다.

최종적으로 공모에서 1등을 차지한 사람은 리처드 마이어였으며, 완만하게 구부러진 곡면의 벽으로 반개방적 공간을 만들어서 길거리에 피어난 꽃처럼 화려한 인상을 준다. 커뮤니티와의 대화를 중시한 안이다. 그것에 대비해 안도의 안에서는 성당에 이르기 전에 침묵에 감싸인 순간을 거쳐서 영혼을 정화하고, 거기서 찬란하게 쏟아져 내리는 빛의 공간으로 상승한다. 이 공간 원리는 지극히 신학적이며, 중세의 신학자 보나벤투라가 설파한 은총으로 가득한 빛의 세계, 더 나아가서는 시토회의 베르나르두스에게 이끌려 하느님이 머무는 천국에 도달하는 단테의 『신곡』 끝부분과도 비슷하다.

이 설계 공모안처럼 이상형을 추구하는 것은 아니지만 삼각형의 구성 원리는 도쿄 히로오에 있는 「21세기 크리스트 교회(21世紀キリスト教会)」(2014)에서 실제로 시도된다. 가톨릭이 아니라 정령(精靈) 운동의 흐름을 이어받은 신흥 프로테스탄트 교파로, 2012년에 갓 창설된 교회의 이미지 쇄신을 위해 안도에게 설계를 의뢰했다.

별로 알려지지는 않았지만, 안도는 「빛의 교회」 이후 고베에 개신교 교회인 「니시스마 후쿠인 루터 교회(西須磨福音ルーテル教会)」(1993, 현 시오야 기타후쿠인 루터 교회)를 설계했다. 직육면체에 비스듬한 벽이라는 점에서 「빛의 교회」를 답습하고 있으며, 규모 면으로는 안도의 주택 건축에 가깝다. 여기에는 빛의 십자가 같은 드라마틱한 연출이 없으므로 가슴이 뛸 만한 이야기는 없지만, 슬릿을 통해 들어오는 빛을 정교하게 다루고

있어 훌륭한 교회라는 것은 분명하다. 건물 밖에 심어진 느티나무도 원래부터 이 대지에 있던 것으로, 재건축할 때도 보존되어 건물 사이에 멋지게 배치되어 있다.

밀엄정토를 응축한 본당

안도 다다오가 최초로 설계한 불교 사원은 아와지섬에 생긴 혼푸쿠지(本福寺) 절의 「미즈미도(水御堂)」(1991)이다. 개신교 교회에 대해서는 앞에서 언급했듯이 몇몇 설계 실적이 있고 언빌트 계획도 세웠을 만큼 깊이 생각했지만, 절의 설계는 제안이 들어온 다음에야 비로소 진지하게 생각했다는 것이 사실이다.

절은 그 지역의 토박이 절 목수가 짓고 보수하는 것이 일반적이라 건축가에게 의뢰가 오면 말 못 할 속사정이 있는 것 아니냐고 의심받기도 한다. 전통적인 양식이 강하게 지배하는 불교 가람에는 모더니즘이 파고들 여지가 별로 없으며, 상황을 속속들이 알고 있는 절 목수와 일하는 것이 훨씬 편하다. 실제로 단게 겐조, 마키 후미히코, 이소자키 아라타 등 대가로 일컬어지는 건축가들은 크리스트교 교회는 설계해도 불교 사찰류는 거의 손을 대지 않았다.

안도에게 절의 설계에 관한 이야기를 갖고 온 이는 산요 전기 회장인 이우에 사토시였다. 「롯코 집합 주택」을 건설할 때 이우에 집안의 자산 관리 회사가 클라이언트였던 인연으로 얼마 전부터 알게 된 사이였다. 이우에 집안은 아와지섬 출신으로, 섬의 동쪽인 히가시우라초에 본가가 있다. 이우에는 진언종 닌나지(仁和寺)파인 혼푸쿠지의 신도 대표를 맡고 있었으며 본당 신축 건으로 일부러 안도에게 연락하였다. 「빛의 교회」를 완성한 1989년의 일이었다. 원래 짓고 있던 본당은 공수간(절에서 음식을 만드는 곳)과 이어져 있어서 비좁았으며, 한눈에 보기에도 시골의 절이라는 인상을 피할 수 없었다. 거품 경제가 한창이던 시절이었으므로 신도들의 주머니 사정도 나쁘지 않아 당장 재건축하기로 하고, 주지 스님인 우치다 유젠은 절의 대지 뒤쪽의 논을 사들여서 새로운 본당 용지로 삼았다. 그리고 단골 절 목수에게 설계도를 받았는데 그것을 본 이우에가 고개를 저으며 자기가 알고 있는 건축가에게 부탁해 보겠다고 한 것이었다.

안도의 설계 행위는 대지를 살펴보는 데에서 시작한다. 훌쩍 아와지섬을 찾아간 안도는 주위를 둘러보고 〈이 절에는 연못이 없으니 이번에 만들자〉라고 말했다. 주지 스님은 유네스코 세계 유산인 불교 사원 뵤도인(平等院)의 연못을 떠올리고는 〈좋은 생각〉이라며 무심코 승낙해 버렸다. 그리하여 완성된 설계안을 보니 분명히 연못은 있지만 정작 중요한 불당이 없었다. 〈불당은 어디에 만드는 거냐〉고 묻자 〈연못 아래〉라는 대답이 돌아왔다. 연못을 지붕으로 한 당우(당의 처마)가 분명히 그려져 있기는 했다.

안도가 생각한 것은 타원형의 연꽃 연못을 만들고, 그 아래에 본당을 둔다는 아이디어였다. 전체는 콘크리트로 만들고, 원과 사각형을 짜맞추어 내진과 외진을* 넣었다. 칸막이로는 주홍색

* 내진은 벽이나 기둥을 겹으로 두른 건물의 안쪽 둘레에 세운 칸이고, 외진은 바

격자가 들어갔다. 진입로는 연꽃 연못 한가운데를 절개하듯이 계단을 설치하여 땅속으로 하강하듯 당우로 들어간게 된다.

문제는 이런 기상천외한 본당 아이디어를 신도회가 승인할 것인지였다. 절은 종교 법인으로 의결권은 신도 회의가 쥐고 있다. 말하자면 이사회 격이며, 주지 스님 혼자 결정할 수 없었다. 예상대로 반대 의견이 빗발쳤으며 신도 대표인 이우에도 입장이 난처해졌다. 그렇다면 고승의 의견을 들어 보기로 하여, 총본산인 닌나지와 다이토쿠지의 고승들에게 의견을 구했다. 그 결과, 당시 다이토쿠지의 다치바나 다이키 화상으로부터 〈연꽃 연못을 통해 본당에 들어가다니 참으로 훌륭한 생각이다〉라는 평과 함께 총본산의 낙점을 받아 냈다.

고승들의 견해에는 나름대로 일리가 있다. 정토교 성전인『관무량수경』에는 극락의 풍경을 상기하는 관법으로 16관(觀)이 제시되며, 태양이 저무는 풍경을 떠올리게 하는 일상관에서 시작하여 물의 풍경과 대지의 풍경을 거쳐 수목(보물 나무), 펼쳐지는 연못(보물 연못), 뒤쪽의 당우(보루), 부처님의 대좌인 연꽃을 연상시키는 모습이 서술되어 있다. 뵤도인을 비롯한 정토교의 정원은 그런 관법에 맞게 꾸며져 있다. 그에 비해 안도의 안은 더 콤팩트한 대지에서 연못의 물이 흘러서 연꽃 사이로 부어지고 나무 위를 찾아들어 떨어진다. 그 소리는 미묘하게 퍼져서, 고(苦), 공(空), 무상(無常), 무아(無我), 여러 바라밀(波羅蜜)

끝쪽 둘레에 세운 칸을 말한다. 절에서는 절의 본당에서 신체나 본존을 모신 곳을 내진으로, 절의 건물 내부에서 사람들이 앉아서 배례하는 곳을 외진으로 구분한다.

을 설한다. 그 안에서 중생이 피안으로 건너가려는 모습을 본당의 건축 속에 응축하고 있다.

물론 혼푸쿠지는 진언종이므로 염불을 중시하는 정토교와는 가르침이 다르지만, 중세에 들어와 정토교의 영향으로 극락에 대한 강한 시각적 이미지가 형성되어 왔다. 진언종의 가르침의 핵심은 만다라에 있으며, 서방정토는 밀엄정토(만다라적인 정토)로 나타난다. 안도가 용의주도하게 준비한 본당의 공간 구성은 원과 정사각형을 짜 맞춘 만도라적인 구도를 이루고 있으며, 고승들은 이런 가치를 꿰뚫어 본 것이었다.

다채로운 빛이 가득 차고, 수많은 연꽃이 떠 있고, 수목을 따라 흐르는 물소리가 들려와서 마음이 편안하다. 그 바로 앞에 내진과 외진을 칸막이한 본당이 있다. 신도들은 안도의 아이디어는 이해했지만 그의 솜씨를 확인하고자 홋카이도 도마무의 「물의 교회」를 방문한다. 불교 가람을 위해 크리스트교 예배당을 시찰한다는 건 약간 이상하지만, 그것은 제쳐 두고 모두 안도의 확실한 솜씨에 감탄하고 그때부터는 모든 것을 일임했다.

1년 후, 완성의 시기를 맞이했다.

드디어 낙성 법요 때, 처음으로 여러분을 안으로 안내했습니다. 계단을 내려가서 모두 본당의 붉은 미닫이문 앞에 섰을 때, 갑자기 서쪽에서 태양 빛이 쓰윽 비쳐 들어 부처님의 후광처럼 빛났습니다. 그것을 보고 모든 이가 저절로 두 손을 모아 합장했습니다.[34]

4년 후, 한신·아와지 대지진이 발생했다. 규모 7.3, 진원은 혼푸쿠지에서 서쪽으로 불과 5킬로미터 지점이었다. 단층에서 1미터가 수평으로 어긋나긴 했지만, 다행히 절은 금 하나 가지 않았으며, 연못의 누수도 없었다. 지진에 대비하여 지붕 부분의 철근 양을 기준치의 1.5배로 하고, 타원형 연못의 양쪽 끝을 피아노 줄로 당기고 있던 것이 천만다행이었다.

물이 솟는 연못에 목재 당우를 만들다

안도 다다오의 불교 사원에서 나무를 사용했다는 점에서 다른 평가를 받는 것이, 시코쿠 사이조시에 있는 난가쿠산의 「고묘지(光明寺)」(2000)이다. 에도 초기에 이 땅에 창설된 정토진종의 절로, 사이조에 진종은 이 절 하나뿐이다. 원래 시내에 있다가 1949년에 현재 있는 곳으로 이전했고, 전쟁이 끝나고 얼마 안 되어 건축되었으므로 노후화가 심해서 재건축이 필요했다. 건설 위원회가 꾸려지고, 신도 가운데 한 명인 에히메현 회의원이자 수의사인 호시카 시게미가 위원장에 취임했다. 절 목수 말고 건축가에게 의뢰하자는 의견이 나와서, 때마침 호시카의 친척이 마쓰야마의 골프장(엘리에르 골프 클럽 마쓰야마)의 게스트 하우스 설계를 안도에게 의뢰하고 있던 참이라, 마쓰야마에서 안도가 일을 마치고 돌아가는 길에 들러 달라고 부탁했다. 1998년이었다.

주지 스님인 이리에 가즈히로가 절의 개축 이야기를 꺼내자 안도는 〈아와지섬에 혼푸쿠지를 짓고 있으니 한번 해보겠다〉

하고 그 자리에서 승낙했다. 주지 스님이 혼푸쿠지가 어떤 건축인지를 조사해 보았더니, 연꽃 연못 아래 본당이 있는, 불전이라고는 믿어지지 않는 건축이라 깜짝 놀랐다. 그래서 새로운 절은 〈지상에 목조로, 그리고 밝게 지어 달라〉고 간곡하게 부탁했다.

한참 후에 안도 사무소에서 설계안이 완성되었다는 연락이 왔고, 안도가 스태프들과 함께 모형을 들고 사이조에 나타났다. 본당은 정사각형에 평지붕, 주위를 나무 장살(문살 가운데 세로로 세워서 짜는 살)로 둘러싼 것이었다. 요구 조건을 충족하는 건 분명하지만 평평한 지붕은 절의 이미지와는 너무 거리가 멀었다. 그때부터가 큰일이었다. 문도 총대회 회원 120명에게 의견을 물었더니 80퍼센트 정도가 반대했다. 전통적인 절의 스타일에서 벗어나기는 정말 힘든 것이다. 이래저래 설득을 거듭하다가 〈세계적 건축가인 안도 다다오의 예술 작품〉이라고 강조하여 겨우 이해를 얻어 냈다. 당시 안도는 도쿄 대학교 교수에다 언론에도 자주 노출되었으며 명백하게 세계적인 건축가였지만 실제로 만나 보면 붙임성이 좋고 고압적인 면이 전혀 없다. 결국에 가서는 인품이 효력을 발휘한다.

낡은 절 건물을 전면적으로 재건축할 예정이었지만, 종루는 원래대로 남겨 두기로 했다. 대지 안에 공수간을 겸한 객전(손님 맞이 건물), 본당, 그리고 봉안당의 세 개 동을 짓고, 본당만 목조로 하고, 나머지는 RC를 기본 구조로 한다. 절의 중심인 본당은 분명 전통 양식에서는 벗어나 있지만 정토진종의 기본적인 계획(내진, 외진, 툇마루)과 장엄*은 나름대로 반영하고 있다.

한마디로 말하면, 내부의 다부진 구조체와 그것을 덮고 있는 듯한 가벼운 격자 모양 피막의 짜임새가 빼어나다. 4기(基)의 기둥군(4개의 기둥으로 이루어진다)이 3단의 우물 정(井) 자로 짜인 나앉은 도리(돌보)**로 지붕틀을 밀어 올리고, 그 주위를 세로 격자와 수평 수목을 짜 맞춘 외피가 둘러싼 것이다. 평면은 7×7칸의 정사각형, 양쪽 한 칸이 넓은 툇마루가 되어 외진을 둘러싼다. 지붕틀은 평지붕이지만 수평 수목을 4단으로 겹쳐서 처마를 만든 것은 절 건축의 상식을 거꾸로 이용하여 반격한 방식이다.

당 안에 들어가면 묘한 약동감이 덮쳐 온다. 내진과 외진은 다다미의 높이를 바꿈으로써 구분하고, 툇마루는 기둥 바깥쪽에서 마루를 구성한다. 사원의 본전 정면에 불상을 모셔 두는 금색의 수미단이 뒤쪽 벽을 등지고 내진 중앙에 놓여 있는 것은 진종의 배치법에 따른 것이다. 실내는 아주 밝다. 세로 격자 틈새로 눈부시게 빛이 쏟아져 들어오며, 동시에 연못, 당우(종루), 수목의 풍경이 한눈에 들어오는 것은, 작기는 하지만 『관무량수경』 풍경 그대로다. 오래된 종루를 남겨 둠으로써 그 의미가 더욱 깊어졌다. 사이조는 서일본 최고봉인 이시즈치산 기슭에 위치하여 지하수가 풍부하다. 그래서 좋은 술의 산지로도 이름을 날리고 있으므로, 안도는 정토의 풍경을 만드는 데 물을 풍부하

---

* 향이나 꽃 따위를 부처에게 올려 장식하는 공간.
** 까치발 등과 같은 내민 부재의 끝에 걸친 도리.

게 사용하여 마을 이미지를 〈솟아나는 물〉로 재현하려고 시도
했다.

이 건축은 집성재를 사용함으로써 새로운 나무질의 가능성
을 열어젖히고 있다. 동시에 나무의 구법(構法)으로도 단순하면
서도 혁신적이다. 가마쿠라 시대 초기에, 도다이지의 권진* 승
려였던 조겐이 불에 타 내려앉은 도다이지를 재건할 때 송나라
양식을 전달하여 인방으로 삽주목(揷肘木)이라는 수평재를 강
조한 구법을 채용하여, 당시로서는 상당히 첨단 디자인을 선보
였다. 안도의 수평과 수직을 정교하게 짜 맞춘 나무 구조에 8세
기 전의 방식을 겹쳐 보면 이해가 된다. 안도는 세비야 세계 박
람회의 「일본관Pabellón de Japón」(1992)에서 이것의 토대가
되는 나무 가구를 시도하며, 나무를 다루는 데 있어 일본인답지
않은 큼지막한 디자인을 제시한다. 굳이 말하자면 송나라 방식,
즉 대륙적인 역동감을 잉태한 건축이라고 할 수 있을까. 그래서
인지 중국에서도 크게 화제가 되고 비슷한 디자인이 등장하여
매스컴을 떠들썩하게 했던 일이 기억난다.

* 절을 짓거나 불사를 위하여 신자들에게 보시를 청함.

「빛의 교회」(이바라키시, 1989년)의 내부, 마쓰오카 미쓰오
사진.

「물의 교회」(홋카이도 유후쓰군, 1988년)의 전경.

십자가를 정면으로 바라보게 되는 「물의 교회」. 마쓰오카
미쓰오 사진.

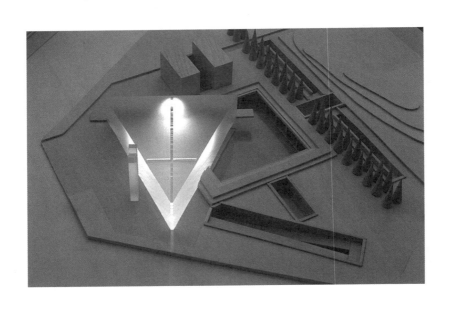

로마 사교(司敎)구 교회의 국제 공모 설계안(1996년)의 모형.

진언종 혼푸쿠지 절의 「미즈미도」(아와지시, 1991년).

난가쿠산 「고묘지」(사이조시, 2000년)의 본당. 마쓰오카 미쓰오 사진.

제9장 비판적 지역주의의 기수로

일본 건축의 국제적 수용, 세 단계를 거치다

안도 다다오가 국제적으로 알려지게 된 것은 1970년대부터 1980년대에 걸쳐 일본의 건축 미디어가 그를 빈번히 다루고 해외 미디어가 그 내용을 주목한 것이 크다. 일본어 기사만으로는 해외에 알려질 기회가 적지만, 다행히『신건축』은 영문판『일본건축*Japan Architect*』을 발간하여 국제적으로 알리고 있었다. 후타가와 유키오가 편집하는『*GA*』에 등장하게 되고부터 안도의 노출 빈도가 잦아졌는데, 후타가와가 직접 찍은 솜씨 있는 사진이 안도의 작품에 관한 관심을 단숨에 높였다. 그 결과, 안도 사무소에 해외로부터 문의가 잇따르게 된다.

모더니즘 건축은 유럽에서 태어나 20세기 중반에는 전 세계적으로 전개된다. 그런 움직임 속에서 보면 일본 건축은 후발 주자이자 변방 중의 변방이었다. 초창기 모더니즘을 지배했던 진보 사관에서 보면 일본 건축을 구성하는 전통적인 목수 조직이나 사찰, 스키야의 흐름이 오랜 봉건제의 유물이라며 상대해

주지 않았고, 아카데미즘으로 유지되어 온 건축학과가 유일한 모더니즘으로 인증받고 있었다. 거기에는 짝사랑 같은, 서양 건축을 향한 일방적인 동경이 있었다. 르코르뷔지에를 예로 들면, 자신의 사무소에 마에카와 구니오나 사카쿠라 준조 같은 뛰어난 일본인 직원이 있었음에도 일본 건축에는 전혀 관심이 없었고, 전후 「국립 서양 미술관」 설계를 맡았을 때도 간단한 도면 9장을 보내왔을 뿐이었다. 나중에는 도쿄에 거주하는 일본인 제자들에게 일을 맡기고 있다는 이야기가 오랫동안 입방아에 올랐다.

물론, 일본에 깊이 관여한 모더니스트 건축가도 있었다. 열렬한 우키요에(浮世繪) 수집가이기도 했던 라이트는 자신의 드로잉 기법에 우키요에적인 구도를 채택했으며 자포니즘의 열렬한 추진자이기도 했다. 나치에 쫓겨 일본으로 와서 상공성(현 통상 산업성)의 촉탁직으로 3년을 지낸 브루노 타우트는 일본 건축을 깊이 관찰하여 니체의 아폴로/디오니소스를 규범으로 가쓰라리큐궁/도쇼구궁 등 이원론적인 일본 건축론을 펼치는 등 큰 역할을 했다. 당시 일본인에 의한 현대 건축은 국제적인 관심을 거의 끌지 못했다.

전후가 되자 일본인들이 세계를 향해 다양한 표출을 하게 된다. 가장 커다란 사건이 『신건축』 편집장인 가와조에 노보루가 마련한 〈전통 논쟁〉이었는데, 여기서도 조몬/야요이라는 이원론으로 규정하고, 일본의 전통을 잘라 낸다. 논쟁은 알기 쉬워지는 반면, 중간 영역에 있는 다양한 가치를 버리게 될 우려가 있고, 이후 일본론에 등장하는 모호성이나 양의성(兩義性) 등 일본 건축 특유의 측면에 눈을 돌리지 못한다. 어쨌든, 이 논의는 단게 겐조 등 새로운 건축가 세대를 오스카르 니에메예르 등의 힘이 강한 조형과 나란히 논할 때 설득력이 있었다. 와타나베 요시오나 이시모토 야스히로 등 모던 디자인을 배운 사진가들이 찍은 이세 신궁이나 가쓰라리큐궁 등의 산뜻한 사진이 현대 건축과 고전을 잇는 역할을 한 점도 높이 평가할 만하다. 그리하여 단게 겐조를 선두로 하는 일본의 모더니스트들이 명쾌한 이론을 동반하여 세계적인 건축 상황에 데뷔하게 된다.

일본 건축에 대한 논의가 가속화되는 것은 1970년대 후반 들어서였다. 그 이전부터 세계 여기저기에 일본 문화를 수용하는 문화 회관 따위가 등장하여 쾰른 일본 문화 회관(1969), 뉴욕의 재팬 하우스(1971) 등이 설립되는데, 주로 전통 예술을 소개했으며 건축 프로그램은 시기상조로 여겨졌다. 그런 풍조를 단숨에 뒤집겠다는 듯이 기획된 것이 이소자키 아라타가 기획한 전시 「마: 일본의 시공간 MA Espace-Temps du Japon」(1978)이었다. 파리 장식 미술관에서 개최되어 일본 건축을 문화론의 틀에서 본격적으로 소개했다. 프랑스 쪽 위원으로는 롤랑 바르트나 미셸 푸코 같은 유명 인사가 이름을 올렸으며, 오랜 세월에 걸친 프랑스의 일본 연구를 바탕 삼아 당시 아방가르드의 최첨단을 달리던 이소자키를 초청하는 전람회가 되었다.

이소자키의 노림수는 일본 문화의 정수와 서양을 전략적으로 대비시키는 것이었으며, 공간과 시간이 혼연일체가 되어 존재하는 상황을 〈마(間)〉라는 개념을 이용하여 설명했다. 전시 형식은 일본의 공간을 전통과 현대를 대비시키는 형태로 하고 스기우라 고헤이, 구라마타 시로, 이세이 미야케, 사진작가 시 노야마 기신 등의 크리에이터, 다나카 민이나 아시카와 요코 등 의 무용수 등을 끌어들여 완전히 새로운 타입의 전람회를 열었 다. 이 전람회는 대성공을 거두었고, 프랑스어로 〈마MA〉라는 새로운 철학 용어를 정착시켰다. 같은 해에 오시마 나기사 감독 의 충격적인 영화 「감각의 제국」이 프랑스에서 무삭제판으로 상영되기도 하여 일본의 현대 문화에 대한 관심이 비약적으로 확대되었다. 이 전람회는 다음 해에는 뉴욕을 순회하고 그 후 스톡홀름, 헬싱키를 돌면서 붐을 일으켰다.

이소자키의 전시 이전까지 일본의 근현대 건축은 폐쇄적인 전문 집단의 영역으로 간주되었고, 평범한 일본인들은 건축을 모른다며 배제하였다. 당시 가장 이름이 알려진 사람은 NHK 해설 위원으로 방송 출연이 잦았던 구로카와 기쇼였으며, 다른 건축가는 대중적 인지도가 거의 없었다. 도쿄 대학교 교수이기 도 했던 단게 겐조는 건축계에서는 존경받고 있었지만 막상 바 깥 세계에 나오면 해외의 문화인은커녕 일본인 외교관이나 기 업가 사이에서도 이름 없는 존재였다. 겐조라는 이름은 파리에 서 고급 기성복 매장을 열었던 디자이너 다카다 겐조가 더 유명 했다. 「마: 일본의 시공간」에 동반한 이소자키 아라타의 파리 강 연회에서도 일본 대사관이 〈전직 국철 총재인 이소자키(사토 시)가 오는 거냐〉고 문의했을 정도로, 일본의 건축계와 경제계는 거리가 멀었다.

이런 단계를 거쳐서 세계적 지위를 획득하고, 세 번째 단계로 세계의 일류 주자를 지향하여 이륙한 일본 현대 건축의 상황을 알아두면, 안도가 서 있는 위치를 잘 이해할 수 있다. 선배이기도 한 이소자키 아라타, 절친한 벗인 후타가와 유키오 등의 활약이 커다란 디딤돌이 된다.

미니멀리즘 건축가로 높은 평가를 받다

안도 다다오의 첫 번째 해외전은 헝가리 부다페스트에서 열렸다. 당시 도쿄 대학교 대학원에 적을 두고 있던 헝가리 건축가 팔피 죄르지Pálffy György가 기획한 것으로, 1979년 10월에 헝가리 건축가 협회에서 개최되었다. 팔피는 문부성 유학생으로 일본에 와서 처음에는 오사카 외국어 대학교에서 일본어를 배웠는데, 그 무렵 안도 사무소를 드나들면서 그를 알게 되어 타고난 기획력으로 자국에서 전람회를 열게 되었다. 50점 정도의 패널에 제본된 도면 모음이라는 소박한 전람회였지만 강연회에는 지역의 건축가 등 4백여 명이 모여들었다.

강연회를 위해 안도는 친구인 후루야마 마사오 등과 부다페스트에 갔다가 파리에 들러 퐁피두 센터를 방문했다. 2년 전에 막 문을 연 퐁피두 센터 안에는 건축과 디자인을 다루는 산업 창조 센터CCI가 있었으며, 큐레이터인 알랭 기외는 당연히 안도의 건축에 대해 알고 있었다. 그때는 막연히 〈언젠가 전람회를 열 수 있으면 좋겠다〉는 이야기를 주고받는 데 그쳤다.

그로부터 2년 반 후, 1982년 봄에 건축가 앙리 시리아니Henri Ciriani가 파리에서 일본을 찾아왔다. 시바우라 공업 대학교 초청으로 그 대학에서 강연하기 위해서였는데, 실제로 오사카에서 안도를 만나 파리 전람회를 준비하는 것이 숨겨진 임무였다. 시리아니는 페루 출신으로 대학 졸업 후 파리로 건너가 절친한 벗인 폴 셰메토프Paul Chemetov와 공동 설계 사무소를 차리고 에콜 데 보자르 제8건축 분교 교수를 겸하고 있었다. 예전의 에콜 데 보자르는 1968년 5월 혁명 결과 9개 분교로 해체되었으며 제8분교는 모더니즘 노선을 계승한 개혁파 학원으로 인지되고 있었다. 시리아니는 열렬한 르코르뷔지에주의자였고 마에카와 구니오를 존경했으며 신인인 안도 다다오에게서 새로운 모더니즘이 나아갈 방향을 간파하여 파리에 새로 생긴 국립 건축 전시 시설인 프랑스 건축 연구소IFA에서의 전시를 강력하게 밀어붙였다.

IFA는 그 전해인 1981년에 좌안의 뤽상부르 공원 가까운 한편에 국립 건축 뮤지엄으로 갓 창설되었으며 전직 『르 몽드』 기자인 프랑수아 샤슬랭이 전시 부문 책임자였다. 개관 기념 전람회는 아랍 문화 연구소 설계 공모를 둘러싼 전시이자, 우승자인 장 누벨을 세상에 내놓은 전람회이기도 했다. 1982년 가을에 「안도 다다오, 미니멀리즘Tadao Ando, Minimalisme」 전시가 기획된 것은, 시리아니의 추천뿐만 아니라 평론가이기도 한 샤슬랭이 안도에 관해 상당한 연구를 축적하고 있었던 점도 크게 작용했다. 파리에서는 「마: 일본의 시공간」 이후인 1979년에 건축가 협회

SADG에서 「시노하라 가즈오 일본 건축: 30개의 주택Kazuo Shinohara Architecte japonais: 30 maisons contemporaines」전이 열렸으며 그에 따른 심포지엄이나 출판을 통해 일본의 현대 건축에 대한 전망이 널리 인식되었다.

안도전은 모형과 도면, 그리고 스케치를 중심으로 구성되었다. 시노하라 가즈오의 작품에 언어를 뛰어넘은 순수성과 거칢의 교착을 보았던 프랑스인들은 안도의 작품에서는 한없는 정밀함 속에 응축된 정념을 느꼈다. 프랑수아 샤슬랭은 이것을 절찬하여 〈금욕의 환희와 거친 다정함〉을 갖춘 주택이라고 평한다. 서구에서는 보통 있을 수 없는 노출 콘크리트에 감싸여서 사는 모습은 시토회 수도원을 연상시켰고, 그 콘크리트가 나무나 종이처럼 다루어지는 점에서 건축가의 다정함을 본 것이다. 그때까지의 일본을 이해하는 데 흔했던 이른바 자포니즘(일본 취미)이 아니라, 일본의 고유성을 인정하면서 20세기라는 시대에 요구되는 세계적인 가치를 만들어 냈다고 이해하게 된다.

시리아니는 시리아니대로, 로버트 벤투리Robert Venturi나 마이클 그레이브스Michael Graves 등 장식이 과도한 앵글로·색슨적 포스트모던 풍조를 〈건축의 퇴화〉라고까지 단언하며, 근대 건축 운동을 재평가한 후에 금욕적인 안도의 건축에서 모더니즘이 나아가야 할 방향을 읽어 내려 했다.

전시는 9월 후반에 시작하여 두 달간 계속되었다. 전람회 카탈로그를 겸해서 엘렉타 모니투르에서 『안도 다다오: 미니멀리즘』(1982)이 출판된다. 내용으로 「고시노 주택」까지 정리하고

있으며, 이탈리아 건축가 비토리오 그레고티Vittorio Gregotti
와 샤슬랭의 비평문과 함께 기본적으로는 주택 작품에 한정해
서 다루고 있다. 이 책이 안도의 첫 번째 해외 단행본이며, 영어
가 아니라 프랑스어였다는 것이 특징이다. 이후 프랑스의 미술
관과 평론가들은 안도 다다오를 평가할 때 언제나 앞장서게
된다.

안도는 핀란드에도 불려 갔다. 다음 해인 1983년에는 건축가
유하니 팔라스마Juhani Pallasmaa가 안도를 이위베스퀼레 여
름 예술제에 초대했다. 이위베스퀼레는 지방의 소도시였지만
알바르 알토의 고향이라 그의 작품을 소장한 건축 박물관이 세
워졌으며 1956년부터 해마다 여름에 성대한 예술제를 열고 있
다. 핀란드는 유럽의 변두리이지만 수준 높은 근현대 건축을 낳
고 건축에 관한 이벤트나 연구 프로그램도 적극 개최하고 있다.
팔라스마는 그런 행사의 기획자로 국제적으로도 유명하며, 그
무렵에는 건축 박물관 관장을 맡고 있었다. 일본과의 교류에도
적극적이어서, 그가 기획한 알토 순회전이 다음 해인 1984년
7월에 도쿄의 일본 건축 학회에서 개최되었다.

이위베스퀼레에서의 안도에 대한 평가는 대단히 좋았고, 많
은 전문가 사이에 연줄이 생겨났다. 그 기세를 몰아 팔라스마는
1985년의 알바르 알토상에 안도를 추천한다. 세계적으로 뛰어
난 건축가를 선정하여 몇 년에 한 번 표창하는 것으로, 그 전회
는 3년 전에 「시드니 오페라 하우스」를 지은 건축가 예른 웃손
Jørn Utzon이 수상하였다. 심사 위원은 팔라스마 이외에 덴마

크의 헤닝 라르센Henning Larsen과 프랑스의 롤랑 슈바이처 Roland Schweitzer 등이었다. 안도에게 핀란드는 예전에 유럽을 홀로 배낭 여행했을 때 소비에트 연방을 나와서 최초로 발을 들여놓았던 땅이자, 알토의 명작으로 일컬어지는 오타니에미에 있는 대학교 건물들을 보기 위해 헬싱키 시내에서 왕복 15킬로미터를 걸었던 기억이 남아 있는 곳이다. 전람회로부터 2년 후, 수상식에 참석하기 위해 부인 유미코와 함께 이위베스퀼레를 다시 방문한 안도는 얼마나 기뻤을까.

이소자키 아라타에게 P3에 가자고 권유받다

미국에서 열리는 안도의 전시는 약간 늦춰지는데, 다른 이유에서 상당히 이른 단계에 미국에 가보기는 했다. 이소자키 아라타가 권유했던 것이다. 1982년 초가을, 파리에서 돌아와서 얼마 지나지 않아 이소자키로부터 〈버지니아 대학교에서 필립 존슨 Philip Johnson 등이 모여서 회의한다고 오라는데, 안도도 초대하겠다〉는 전화를 받았다. 참가자들 이름을 물어보니 피터 아이젠먼, 찰스 젱크스Charles Jencks, 렘 콜하스Rem Koolhaas 등의 이름이 나왔으며, 이소자키는 안도 다다오, 그리고 이토 도요오와 함께 갈 작정이었다.

그래서 그해 12월에 샬러츠빌로 날아가서 버지니아 대학교의 유서 깊은 강당에서 열린 〈P3〉라는 제목이 붙은 회의에 참석했다. P3는 퍼블릭 프라이빗 파트너십Public Private Partnership을 약칭한 것으로, 별다른 의미는 없다. 출석자는 각각 프레젠테이션하고 새로운 건축 방향에 대해 논의하기로 했다. 참석자 대부분은 당시 유행하던 포스트모던파들이었으며 젱크스는 『현대 포스트모던 건축의 언어』를 출간하여 포스트모더니즘의 선두 주자로 평가받고 있었다. 그는 〈파리 전람회에 모였던 사람들과는 사고방식도, 디자인 방식도 완전히 다른 사람들이다〉라고 생각했지만, 이미 때는 늦었다.

안도는 신작 「구조 상가(九条の町屋)」(1982)에 대해 프레젠테이션했다. 방식은 파리에서와 같았다. 그런데 반응이 달랐다. 프레젠테이션이 끝나자 참가자 가운데 한 명인 레온 크리에 Léon Krier가 천천히 손뼉을 쳤다. 그것도 비아냥을 담아, 끈질기게 3분 동안. 그리고 마지막에 〈이건 교도소다!〉라고 딱 한 마디를 했다. 이 〈박수〉에 관해 깊게 읽으면, 구약 성서의 『애가』한 구절에 있는 파괴된 도시(예루살렘)를 앞에 두고 손을 때려서 슬픔을 표현하는 예언자의 모습과도 겹친다. 독실한 유대교라면 그 정도는 알고 있지만, 신자도 아닌 크리에가 그렇게까지 심오하게 사고했는지는 분명하지 않다. 물론 안도의 눈에는 단순히 야유하는 것으로만 비쳤다. 레온 크리에는 룩셈부르크 출신의 건축가로, 역사주의적인 아이콘을 인용한 도시 공간의 생성을 신도시주의로 주장하며, 일본인 눈에는 러브호텔처럼 보이는 건축물을 진지하게 만들려 하고 있었다. 당연히 안도의 생각과는 극과 극이다.

계몽주의의 표상인 〈자연과 이성〉을 체현한 토머스 제퍼슨의 전당에서 열린 이 모임의 실체는 미국 건축계의 지도자인 필립 존슨을 우두머리로 하는 포스트모더니즘의 궐기 대회이며, 계획된 회합의 장이었던 것은 분명하다. 이소자키의 본마음은 어디에 있었을까. 안도가 보기에는 자신은 그 자리와 맞지 않았을 뿐만 아니라 억지로 끌려가 젱크스의 책에 실리기까지 했다. 하지만 전혀 다른 방향으로 평가가 바뀌었다. 〈저항의 요새〉로서의 「구조 상가」를 제시하여, 한 획을 그었던 것은 결과적으로 정답이었다.[35]

이토 도요오 역시 「실버 헛」 설계안이 엄청나게 혹평받아 혼쭐이 났다고 한다. 그래도 미국 여행이 즐거웠는지 지금까지도 그때를 그리워하며 말한다. 「회의 후 뉴욕에 갔는데 돈이 없으니 사흘간 안도 씨와 같은 방에서 잠을 잤습니다. 그런 경험이 있으니 설계 공모에서는 경쟁하더라도 어딘지 용서가 되는 동료 의식이 지금도 있어요.」

비판적 지역주의를 대변하다

P3 회의에서 안도의 존재는 거의 무시당했다고 해도 좋다. 아이젠먼 등은 나중에 안도의 팬이 되지만, 포스트모던의 문맥에서는 잘 전해지지 않았다. 이런 것과 대비하여 안도의 등장을 역사적 필연으로 간주하고 새로운 건축적 가치의 창출로 설명한 이는 케네스 프램튼Kenneth Frampton이다. 영국에서 태어나 컬럼비아 대학교에서 교편을 잡고 세계의 건축 현장을 돌아다니는 행동파 근현대 건축사가이다. 모더니즘 사이에서 지배적인 존재인 니콜라우스 페브스너Nikolaus Pevsner와 지크프

리트 기디온 이후 미국과 유럽 중심의 건축사관을 수정하여 20세기 후반에 세계 각지에서 일어난 건축적 노력을 담은 내용으로 세계적인 건축 동향을 통합하려 한다.

근대 건축사를 쓰는 방식을 보면, 고전주의에 지배되었던 19세기적인 〈제국〉의 건축과 도시 계획의 존재에 대해 시민 사회로의 교체, 또는 사회주의 혁명이라는 정치적 변동 속에서 모습을 드러내는 근대 건축 운동이 서서히 승리를 거두어 간다는 도식을 이룬다. 안도가 젊었을 적에 참조하던 기디온의 역사관이 대표적이며, 그는 르네상스 이후 〈우주〉를 나타내는 개념이었던 스페이스를 〈공간〉으로 바꿔 말하며, 건축은 공간이라는 테제를 전면에 내세웠다. 이후, 모더니즘은 새로운 사회의 구조에 지지된 공간 추구 등의 기본 원리를 갖추고 내용이 치밀해진다. 그리고 모더니즘 제3세대가 두각을 나타내며, 다양한 건축 미디어가 그 움직임을 뒷받침한다. 1960년대 후반을 맞이할 즈음에는 성장의 한계, 세계의 다양화, 문제 제기 등이 커다란 과제가 되어, 기존 진보 사관의 대대적인 수정이 요구되었다.

그런 의미에서 문화의 다원성이야말로 존중되어야 하며, 그러기 위해서도 토지, 기후, 지역의 재료 등을 중시한 건축 방식이 평가되어야만 한다. 그런 문제의식에서 세계 각지의 새로운 방향을 파악하려 했던 이가 프램튼이었으며, 그의 출발점은 알토에 있었다. 그리고 그것을 계승한 듯한 멕시코의 루이스 바라간Luis Barragán, 인도의 찰스 코레아Charles Correa, 포르투갈의 알바루 시자Álvaro Siza 등 지역을 대표하는 건축가들이 떠오르며, 안도 역시 그 흐름 속에서 평가된다. 프램튼은 이런 흐름을 〈비판적 지역주의〉로 규정하고, 지역에 뿌리내린 기존 모더니즘에 비판적 태도를 보이는 건축가의 총체를 담아서 역사를 생각한다. 변방성을 동반한 주변인 건축가가 앞무대에 섰던 것이다.

중요한 것은 균일화하는 세계의 동향에 항거하는 〈저항하는 건축〉이며, 그 점에서 안도의 초기 메시지는 알기 쉽다. 다른 한편으로, 프램튼은 아이콘화된 양식이나 형태의 조작으로 내달리는 포스트모던적 경향에 비판적이었다. 그래서 당시 한창 인기를 끌었던 벤투리, 그레이브스, 홀라인 등 장식성을 동반한 건축가들에 관해 단절했다. 비판적 지역주의를 둘러싼 논의는 1983년에 처음으로 제기되는데, 그때는 아직 안도의 건축을 거론하지 않았다. 그러나, 다음 해에 프램튼은 「롯코 집합 주택」과 「페스티벌」을 방문하고, 당시 안도의 방법론에 크게 공감하여 〈유럽 근대 운동의 유산에 힘입은 부분이 있지만, 그의 건축은 이른바 인터내셔널 스타일의 실증주의적 세계주의와는 다른 곳에 있다〉면서 자신의 장대한 이야기에 안도를 집어넣게 된다.[36] 마침내 안도는 프램튼에게서 주역의 지위를 얻는다.

프램튼과 정면으로 대립하는 찰스 젱킨스는 1977년에『현대 포스트모던 건축의 언어』초판을 발표하고, 그 뒤로 6판(1991)에 이르기까지 내용을 계속 수정하면서 출간한다. 프램튼은 포스트모던의 융성에 물을 끼얹는 방식으로 자신의 논리를 펼쳤고, 파리의 시리아니 등이 크게 동의하였다. 다만 프램튼의 방법론에는 다양한 비판이 있다. 기본적으로 모더니즘을 옹호한다는 태도를 고수하지만 수정과 확대 해석으로 그 정당성을 호소하고 있어 〈수정주의〉로도 일컬어지며, 정통 모더니즘에서는 채 걸러 내지 못한 〈변방성〉을 더하여 그 저변을 확대했으므로 모더니즘의 〈재고 처리〉라고 평하는 이들도 있다.

프램튼의 언명은 건축을 낳는 지형이나 기후를 중시한다는 점에서 풍토론을 채택한 것으로도 보이지만, 논리 구성 자체가 〈이 건축가는 이 건물을 이렇게 만들었다〉라는 형태이므로 개개의 장소에 내재한 강한 정신, 문화적 축적, 생활을 향한 희구(希求) 등이 흐릿해진다. 건축가라는 창조자가 그 지역에 뿌리 박은 디자인이나 소재를 사용했다는 것에 치우친 나머지, 건축주나 주민, 그리고 장인 등 건축을 만들어 내는 다양한 주체에 대한 시선이 모자란다. 심지어 최신 기술이나 디자인에 다양한 개혁을 시도하면서 최적의 답을 추구하는 기술자를 향한 관점이 경시되고 있어, 그 토지와 사람들에게 실제 무슨 일이 생기는지 알기 힘들다.

프램튼의 비판적 지역주의론은 분명히 안도가 서 있는 위치를 세계적 문맥으로 옮겨 가서, 알바르 알토나 루이스 바라간의 후계자로서의 지위를 부여하는 데 성공했지만, 안도 자신이 잠재적으로 가진 풍토론의 틀, 그리고 거기에서 파생하는 토지에 대한 강한 기억 따위는 끄집어낼 수 없었다. 실제로 1990년대에 들어서면 안도의 건축은 명백하게 프램튼의 문맥을 뛰어넘어 새로운 차원을 열게 된다.

환경과 철학, 오귀스탱 베르케의 관점

이처럼 건축가로서의 안도 다다오의 세계적인 자리매김은 영미권에서 다양한 형태로 이루어져 갔다. 그 결과로 그에 관한 상당한 수의 책이 출판되게 되는데, 주로 작품집이 많으며 사상에 관해 본격적으로 논하는 것은 의외로 적다. 게다가 많은 외국인 저자가 영어로 번역된 안도의 텍스트만을 참조하며, 엄청난 일본어 문헌은 건드리지 않아서 관점 역시 제한된다. 안도가 참조하는 일본의 전통 건축에 대한 이해도 틀에 박힌 것들이 많다.

안도 다다오의 사고를 파악하는 것은 의외로 어렵다. 그는 오사카 사투리의 입말 표현, 표준어로 하는 쓰기 언어, 그리고 끊임없이 그려 내는 스케치라는, 서로 다른 〈발화(發話)〉 수단을 갖고 있는데, 그 모든 것을 알지 못하면 그의 사고 과정을 추체험할 수 없기 때문이다. 더욱이 사고의 최종 표현으로 작품을 만들어 내고 있다. 그런 의미에서, 프랑스 철학자 오귀스탱 베르케의 관점은 대단히 흥미롭다.

베르케는 유럽 언어는 물론이고 일본어와 중국어도 자유자재로 구사하며, 한자의 어원으로 돌아가서 일본어를 생각할 수 있는 몇 안 되는 전문가이다. 일본과 중국 고전에도 조예가 깊다. 이런 그가 안도 다다오에게 초점을 맞추고 그의 말을 꼼꼼하게 분석한 다음 현대 사상과 정면으로 논쟁하려 하므로, 그 부분을 소개해 본다.

베르케는 안도가 품고 있는 토지나 자연에 대한 감성에 착안하여 와쓰지의 풍토론과 공통된 견해를 갖고 있다고 설파한다. 즉 안도는 독자적인 풍토에 관한 생각을 지녔으며, 그것을 바탕삼아 장소와 환경에 대해 나름의 관점을 형성해 왔다는 것이다. 안도가 역설하는 〈눈에 보이지 않는 것, 예를 들면 일본인이 오랜 세월에 걸쳐 기른 자연관이나 감수성 또한, 우리의 시야 안에 집어넣어야 한다〉는 주장에 공감하고, 안도가 말하는 〈서구적인 초월적 시각〉에 대한 의문을 더욱 밑바닥으로 돌아가서 되묻는다. 그런 다음에 〈근대 사회가 잃어버린 물리적이지 않은 장소나 환경을 파악하는 방식으로의 회복〉을 꾀하기 위해, 베르케 특유의 환경 사상을 끌어와서 안도의 사고방식을 부연한다.

안도는 현대인이 토지나 자연의 혜택에서 벗어나 눈에 보이는 환경만을 이해하면서 생활하는 것에 경종을 울린다. 그리고 현대 사회의 병리는 〈서구적인 초월적 시각이라는 병의 말기 증상〉이라고 잘라 말한다. 근대 사회가 성립하는 과정에서, 가장 빨리 근대화를 이룩한 서구 사회의 가치관이 우선시되고, 원래 토지에 갖춰져 있던 것을 보고 느끼는 일을 소홀히한다는 것이다. 〈눈에 보이는 것〉에만 의존해서는 안 된다. 이에 대해 베르케는 하이데거와 플라톤을 끌어와서 이렇게 쓴다.

안도가 지적하는 〈병리(서구적인 초월적 시각)〉란, 하이데거가 말한 건축 작품이 〈공간을 만드는〉 것을 거부한다는 점에서 근대적인 공간 개념이 빠져서 헤어나지 못하는 수탈, 바꿔 말하면 환경이 파괴되는 것과 같다. (……) 환경milieu이란 가시적으로 건물이 정립하고 물리적으로 확장되는 가운데 계측할 수 있는 대상으로 한정되지 않는다. 실제로 작품이 장소를 만들고 장소를 부여한 이후의 물질적, 비물질적 관계의 총체를 품고 있다. 건축에서 〈여기에 있는il y a〉에서 〈여기y〉를 가리키며, 〈여기〉는 진짜로 존재하는 환경이다. 즉, 토포스 안의 계측 가능성에서뿐만 아니라, 그 코라chora의 넓고 아득한 확장 속에 있는 것을 가리킨다. 토포스의 안쪽mi-topos과 코라의 안쪽mi-chor, 이것이 장소의 안쪽mi-lieu이라는 의미에서의 환경이다.[37]

난해한 문장이지만, 기본적으로는 〈장소인 토지를 어떻게 볼 것인가〉 하는 논의이다. 여기서 사용되는 〈코라〉란 플라톤의 『티마이오스』에서 제시된 삼라만상이 생겨나는 장소 같은 곳으로, 현대 철학자 자크 데리다가 즐겨 사용하는 개념이다. 베르케는 〈안에 있는 것〉을 강하게 내세우며, 장소나 토지의 내부에서 솟아 나오는 것을 중시해야 한다고 말한다. 그는 서양 고전학과 동양의 풍경론을 통합하여, 동양적 사유 위에 새로운 환경론을 세우자고 주장하고 있다. 그런 생각을 몸으로 보여 주고 있는 이가 안도 다다오이며, 그의 건축은 그것 자체가 장소의 안쪽=환경mi-lieu이라는 생각을 드러내려 한다. 쉽게 말하면, 안도가 건축을 세워야 하는 토지를 방문해서 〈여기다!〉 하고 소리쳤을 때, 그가 〈여기〉에서 무엇을 읽어 내고, 무엇을 끄집어내려는지를 생각하면 되는 것이다.

안도 자신은 철학적 논의를 잘하지 못한다. 건축 수업 시기에 교토 대학교 건축학과를 엿보고, 거기에 만연하는 현학적인 분위기에 질렸던 적도 있으며, 오히려 직접 몸을 놀려서 토지를 깊이 연구하는 것을 신조로 삼았다. 신체에 축적된 〈보이지 않는 것을 보고 느끼는 힘〉이야말로 원래 의미에서의 환경을 만드는 것으로 생각하고, 그 힘에 근거한 자신의 행위와 작품을 세상으로 내보낸다. 거기에서 우리는 사상의 표현자로서 안도의 모습을 볼 수 있다.

파리의 IFA 안도 다다오 전시에서 열린 기자 회견(1982년).

P3 회의 참가자와 함께(가운뎃줄 왼쪽에서 두 번째).

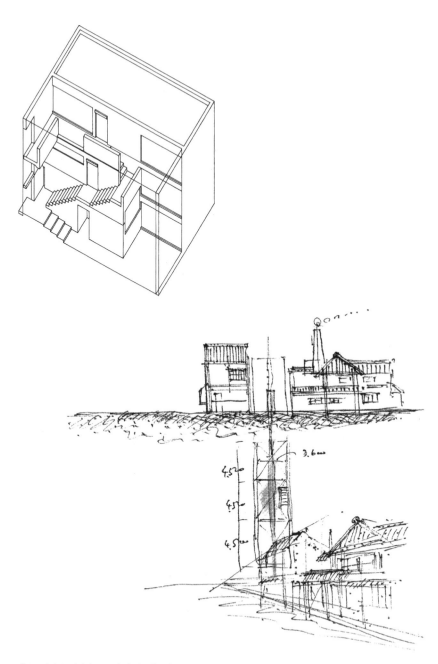

「구조 상가」(오사카시, 1982년)의 부등각 투영도.

「스미요시 나가야」의 스케치.

제10장 지속적인 집합 주택을 찾아서: 롯코의 집합 주택

입체 그리드에 의한 집서체, 미완의 오카모토 하우징

형이상학에서 다시 형이하학의 세계로 돌아와, 여기서 다시 한번 〈산다〉는 것을 생각해 보자. 살아가는 데 가장 기본적인 행위가 개개에서 다수가 되어 〈함께 산다〉는 것이 되었을 때, 안도 다다오는 어떻게 할까. 그의 집합 주택에 대한 접근에 초점을 맞춰 보자.

안도는 나가야를 모델로 한 작은 주택으로 건축을 시작했고, 사람의 주거에 대해 계속 사색하며 실천하고 있다. 그의 〈집합〉 주택에 관한 대응을 보면, 개인 주택에서의 시행착오를 거쳐 단숨에 「롯코 집합 주택」이라는 고상한 주거에 도달한다. 이 프로젝트는 기념비적인 의미가 있으며, 오늘날까지 4기에 걸쳐 지속되어 왔다는 사실을 포함하여 일본 집합 주택의 이상적인 방식에 한 획을 그었다.

일본의 도시형 주택으로써 오늘날과 같은 형태의 철근 콘크리트 집합 주택이 등장한 것은 다이쇼 초기, 해저 탄광을 파기 위해 인공적으로 조성된 나가사키 근해의 하시마섬에서 시작된 것으로 알려져 있다. 제2차 세계 대전 후에 공단 주택을 중심으로 집합 주택에 관한 관심이 높아졌지만, 현재는 아주 일반적 거주지로 인식되는 민간 집합 주택인 아파트는 1960년대에 시작되었으며 그 역사가 아직 반세기밖에 되지 않는다.

안도가 최초로 민간 집합 주택에 착안하기 시작한 1970년대는 아직 아파트의 여명기였다. 지금은 아파트 수가 일본 전체 주거의 10퍼센트 정도(10.6퍼센트)까지 늘었지만, 「롯코 집합 주택」 계획이 시작된 1978년에는 2퍼센트에 지나지 않았다. 당시 건축계에서 집합 주택은 공단 주택이 주류였으며 각지에서 시작되던 뉴타운 조성도 공단이 중심이 되어 움직였다. 다만, 안도에게는 공단의 일거리가 들어오지 않았다.

현재의 UR 도시 기구 전신인 일본 주택 공단은 전시 체제 중에 설립된 주택 영단*을 모체로 한다. 이곳은 전시 경제를 떠받치는 노동자에게 집을 공급하기 위해 도준카이(同潤会)**를 개조하여 급히 설치한 노동자 주택 기관이며, 전후의 집합 주택을 이끈 건축가 니시야마 우조(西山夘三) 등의 젊은이가 거기서 일하고 있었다. 전후 부흥의 시기를 맞이하여 집합 주택 건설이 중요한 과제가 되자, 간사이에서는 교토 대학교의 니시야마 우

* 국가의 정책에 따른 공익사업을 수행하기 위하여 정부와 민간인이 각각 반 정도씩 자본을 대어 설치하는 특수 재단.

** 1923년 간토 대지진 후 도쿄 지역에 철근 콘크리트 집단 주택을 제공하기 위해 설립된 법인.

조, 간토에서는 도쿄 대학교의 요시타케 야스미(吉武泰水) 등 국가와 공단이 손을 잡은 〈과학적〉 건축가들이 시설 계획을 선도한다. 일본의 건축 연구는 학계든 관청이든 사회주의 국가로 오해받을 정도로 사회 계획을 중시하고 있었고, 디자인은 〈무슨 쓸모가 있는가〉라는 말을 들을 정도로 저평가되었다. 그렇기에 도쿄 대학교의 단게 겐조는 건축가로서 높은 지명도에도 불구하고 학교에서는 방계 분야에 만족하고 건축학과에서 분리된 도시 공학과로 이적해서야 비로소 조교수에서 교수가 되었다. 50세를 넘긴 나이의 승진으로, 정년까지 겨우 10년이 남았을 때였다. 이와 관련한 사정은 훗날 안도가 도쿄 대학교 교수가 될 때 중요한 복선이 된다.

전후 부흥이 일단락되고 1960년대가 되자 뉴타운이나 도시 재개발이 커다란 과제로 떠오른다. 안도를 키운 미즈타니 에이스케는 그 핵심적인 일을 수행하고, 안도 역시 그를 통해 이 문제에 깊숙이 관여한다. 안도 자신도 사무소를 열고 얼마 되지 않았을 무렵, 재개발 설계 공모에서 우승하는 등 원래라면 공영 주택에 깊숙이 관여해도 좋았겠지만, 일거리가 주어지지 않았다. 공단 관련 일은 거의 계열화되어 있어서 학계와 인연이 없는 안도에게는 설 자리가 없었다.

안도가 본격적으로 집합 주택을 생각하게 된 계기는 1976년, 롯코산 기슭에 집합 주택의 설계 의뢰를 받으면서부터였다. 고베시 히가시나다구의 오카모토, 롯코 산계가 바다 쪽으로 밀려나와서 택지를 다시 밀어내듯이 급경사의 녹지대가 툭 튀어나와 있었고, 그 경사지에 17채의 주택을 지어야 했다. 안도는 갑자기 힘이 솟았다. 이 주변은 고베에서 손꼽히는 고급 주택지이며 예전에는 매화나무 숲의 명소로 알려져 있었다. 산 쪽에는 신사가 자리 잡고 있어서 더 성령스러웠다. 안도는 롯코와 이웃한 아시야나 니시노미야에서 그때까지 자신이 수행해 온 주택에 관한 생각을 집합 주택으로 변환하여 새로운 모델을 만들 수 있을지를 생각했다. 그가 지향하는 것은 녹색, 태양, 풍경, 거리가 일체가 되어 공단 주택이라는 표준화된 거주에서는 만들 수 없는 〈어디에나 있고, 어디에도 없는 토포스=유토피아〉이다. 작지만 거주의 즐거움을 누리는 장소, 이탈리아나 그리스의 구릉 도시를 보면 그런 거주지가 수없이 많다.

이 집을 만들기 위해 생각한 것이 6미터의 입체 그리드를 통해 경사지에 계단 모양의 집합 주택을 배치하는 방식이다. 지형(구상)과 프레임(추상)이 충돌함으로써 요철, 빈 공간(보이드), 계단 등 예기치 못한 공간이 생겨났다. 디자인적으로는 잘 정리되었지만 복잡한 구조체라서 견적 비용이 커졌다. 흙막이는 일단 돈이 들며 예산 면에서 도저히 형편이 안 되어 클라이언트도 깨끗하게 포기하고 말았다. 나중에 안도는 이 프로젝트를 〈집서체(集棲体)〉라고 부르며, 〈하나에서 집합으로 ― 일상적인 것과 비일상적인 것의 틈새에〉라는 부제를 붙여서 발표한다.[38] 언덕의 도시인 고베에 어울리게, 비탈진 면에 사는 것이 오히려 거주의 기쁨을 낳는다는 강한 메시지를 집어넣었다.

「롯코 집합 주택」

「롯코 집합 주택」은 아베노구에 있는 부동산 회사 홈 아이디어가 고베시 나다구에 분양 집합 주택의 설계를 의뢰한 데에서 시작했다. 오카모토 하우징이 좌절된 지 1년쯤 지난 1978년의 일이었다. 장소는 한큐 롯코역 북쪽, 롯코 산계의 산등성이가 주변보다 높은 평지 위에 도드라진 한 구획으로, 간사이 지방 사람들에게는 롯코 학원과 나가미네 공원 묘지에서 시작하는 녹색의 높은 평지가 남쪽으로 쭉 펼쳐진 곳이라고 하면 약간은 머릿속에 이미지가 그려질 것이다. 걸으면 숨을 헐떡일 정도의 급경사면을 지나면 높은 평지에 도착한다. 고베항을 내려다보므로 전망이 좋고 주위에 멋진 집들도 많다. 클라이언트는 절벽을 배경으로 한 앞쪽의 대지*를 건설 용지로 생각하고 있었다. 면적은 80평 정도로 소규모 아파트에 딱 맞았다.

오카모토에서의 경험이 있었기 때문인지 안도의 관심은 녹색의 비탈로 향한다. 클라이언트는 예상치 못한 일이었다. 대지를 둘러보던 안도가 갑자기 절벽을 오르기 시작하더니, 절벽 위에서 〈여기다 지으면 최고의 주택이다!〉라고 소리쳤다. 물론 토지는 클라이언트 소유이므로 이론적으로는 가능하지만 이런 곳에 과연 공사할 수 있을까. 그런 우려를 뒤로하고 안도는 지도를 보면서 〈여기라면 토지도 단연 넓고, 대충 봐도 6백 평이나 된다〉라고 호언장담했다. 안도의 머릿속에는 오카모토 하우징 이미지가 점점 확장되었던 것이다. 규모는 오카모토와 크게

---

* 주위보다 고도가 높고 넓은 면적의 평탄한 표면을 가지고 있는 지형.

다르지 않지만, 문제는 급경사면으로 오카모토에 비할 바가 아니었다. 여기에 안전한 구조체를 건축하려면 사방 댐 같은 튼튼한 구조가 필요할 수도 있다. 클라이언트로서는 난데없는 제안이었지만, 안도의 제안을 받아들여도 괜찮을 것 같다고 생각한 듯하다. 구조에 관해서는 별로 걱정하지 않았다.

고베는 안도에게 동경의 땅이었으며, 롯코산은 고베의 상징이기도 하다. 현재는 짙은 녹음에 뒤덮여 있지만, 에도 시대부터 땔감 등을 목적으로 남벌이 횡행하여 메이지 중기의 사진을 보면 산 전체가 민둥산이었다. 나무가 없어서 겉흙이 황폐화되기 시작하였고, 그래서 재해에 취약하다고 판단되어 메이지 말기부터 사방림을 조성하기 시작했다. 거의 1백 년이 걸려서 현재의 녹색을 회복한 것이다. 산의 녹색이 겨우 정비된 1938년에 롯코 산계 전체를 경관 지구로 지정하는 조례가 제정되어 오늘날까지 유지되고 있다. 정확히 말하면 이번 집합 주택 예정지 주변은 대지 위에 롯코 학원의 학교 건물과 운동장, 그리고 고베 제강의 기숙사 등이 들어서 이미 시가지화가 진행되고 있었고, 제2종 경관 지구였으므로 규제는 약간 느슨했다.

안도가 착안한 것은 대지 아래쪽의 택지와 위쪽의 학교 용지를 가로막는 언덕 지대로, 이 아래쪽에 계단 형태의 집합 주택을 끼워 넣어서 새롭게 토지를 이용하려는 것이었다. 경사각은 65도, 위에서 보면 거의 절벽이다. 고층 주택이라고 생각하면 아무것도 아니지만, 경사면에 달라붙어서 일해야 하므로 기초를 포함해 번거로운 구조 예산이 필요하다. 그래서 당시에는 아직 낯설었던 컴퓨터를 오바야시구미 건설 회사로부터 빌려와서, 구조 해석부터 진행하기로 했다. 일단 이 작업에 시간이 걸렸다. 게다가 건축 기준법과 도시 계획법 등 법규적으로도 다양한 전략이 필요했다.

용도 지역으로 말하자면 이 구역은 제1종 주거 전용 지역이며, 거기에 제2종 경관 지구의 규제를 더하면 건설 가능한 높이는 최고 10미터, 건폐율 40퍼센트, 녹지율 40퍼센트 이상을 지켜야 한다. 그래서 생각해 낸 것이 급경사의 비탈면에 맞춰서 건물의 레벨을 계단 모양으로 올려서, 법규적으로는 지상 2층, 지하 1층으로 신청하는 것이었다. 기발한 생각이었다. 구청에서도 고개를 갸우뚱했다고 하는데, 〈주식 회사 고베시〉답게 건설 행정에 익숙했는지 교토시만큼 까다롭게 굴지는 않았다. 이론적으로는 확실했고 현실적으로도 미비한 점은 없다고 하여, 시간이 걸리기는 했지만 최종적으로 승인이 떨어졌다. 여기까지 3년이 걸렸는데 클라이언트의 인내심도 대단했다.

안도의 기하학은 이러했다. 오카모토보다는 약간 작아진 5.8×4.8미터 그리드로 프레임을 만들고, 그것을 비탈면에 맞춰 이동시키면서 층을 쌓아 올려 총 10층을 형성한다(10층 건물은 아니다). 주택 타입은 복층으로 이뤄진 메조네트 타입을 기본으로 하여 총 18호가 되고, 한 호당 평균 면적은 27평이다. 그리 큰 주거는 아니지만, 한정된 면적을 보완하기 위해 앞집의 지붕을 테라스로 이용한다. 다양한 주거 타입을 채용하여 테라스로 건너가는 데 다리를 걸치는 등 입체감 있는 거주 방식을 제시했다. 가장 큰 매력은 고베항이 보이는 전망이었다.

난항을 겪은 것은 시공 회사를 찾아내는 것이었다. 절벽에 가까운 대지에 건축 공사를 하다니, 생각도 할 수 없다며 대형 건설사들은 꽁무니를 뺐다. 〈이런 골치 아픈 일은 못 한다〉고 수없이 거절당한 끝에 작은 토박이 건축 회사가 겨우 요청을 받아 주었다. 이 고마운 회사인 다이쿠 건설은 그때까지 이런 큰 공사를 해본 적이 없었지만 젊고 패기만만하여 안도 사무소 직원들과 호흡이 아주 잘 맞았다. 현장에는 20대 젊은 사원 둘이 꼭 들러붙었다.

공사는 처음부터 목숨을 걸고 덤벼들었다. 젊은 건설팀은 무서운 것이 없다는 듯이, 거침없이 굴착 작업을 진행했다. 대지 정상에서 고저 차 35미터 정도까지 왔을 때는, 나도 눈을 돌리고 싶어졌다. (……) 그러나 공정대로 일을 진행해 가는 젊은 현장 감독과 함께하는 동안에 차츰 불안이 사라졌다. 그들은, 각 공정에 들어갈 때까지 열심히 연구하고 치밀하게 준비한다. 어중간한 경험치로 일하는 베테랑 감독보다 훨씬 성실하고 듬직하다.[39]

길었던 설계 기간에 비해 공사 자체는 1년 반 만에 끝났다. 작은 건축 회사에는 무모한 프로젝트로 보였지만 용의주도하게 준비하고 공사에 들어가 예정대로 작업을 마쳤다. 의뢰를 받고부터 5년이라는 시간이 걸렸다.

구릉 도시에 대한 추억과 현실

「롯코 집합 주택」은 30년에 걸쳐서 4기로 나뉘어 건설되었다. 클라이언트도 다르고 건설에 이르는 과정도 다르지만 안도가 강하게 밀어붙여서 주택지로서의 정책은 일관된다. 4기로 나뉘므로 편의상「롯코 I」, 「롯코 II」라는 식으로 번호가 붙어 있지만, 뒤로 갈수록 프로젝트 규모가 커지는 점이 재미있다. 「롯코 I」은 대지 규모 560평이었는데, 30년 이상 뒤인「롯코 IV」에서는 8천여 평으로 비약적으로 확장되었다.

민간의 지속적인 집합 주택 만들기라는 점에서는 마키 후미히코의「다이칸야마 힐사이드 테라스」를 반드시 언급해야 한다. 도쿄 다이칸야마의 고급 주택지에 1969년부터 오늘날에 이르기까지 반세기에 걸쳐서 집합 주택을 계속 만드는 중이다. 이 부근 일대의 땅을 소유한 아사쿠라 집안에 의한 부동산 개발이 느린 속도로 진행되고, 마키가 설계와 디자인, 그리고 코디네이션을 총괄하고 있다. 옛 야마테 거리에 면한 한 구획을 상업 용도도 포함하여 개발하고, 절제된 휴먼 스케일을 중시한 건축군을 만들어서 패셔너블하고 품격 있는 거리를 만들어 냄으로써 전 세계에서 찬사받고 있다. 건축주와 건축가가 게이오 대학교 동문이라는 인연에서 시작되어, 기존 시스템의 권력이 있기에 가능한 여유로운 일 처리이기도 하다.

안도의「롯코 집합 주택」은 다이칸야마로부터 약 10년의 세월을 두고 시작되는데, 그 방식이 너무나 안도다워서 처음에는 게릴라적으로 작은 프로젝트에 관여하고 그 일을 통해 범위를 넓혀 간다. 재미있는 것은 〈안도의 오지랖〉이 여기도 등장한다는 점인데, 그것을 통해 주위 사람들을 끌어들이고, 결국에는 큰 프로젝트가 되어 버린다. 일관된 것은, 거리에 관한 명쾌한 비전과 성실한 업무 처리이다.

「롯코 I」은 그런 의미에서 안도의 원래 비전을 상당히 구체적으로 전달한다. 공간적으로 보면 비탈을 따라 위쪽에서 중앙 계단이 중심선이 되고, 거기에서 골목 형태로 샛길이 생기고, 그것이 각각의 주거로 접근하는 길이 된다. 주거 타입이 다르므로 각각의 볼륨이 다르고, 다리나 쉼터 같은 시설도 아주 보기 좋다. 프램튼이 이 공간 구성을 분석할 때 마키 후미히코가 주장한 〈내재적 깊이〉 개념을 이용하는 것이 흥미롭다. 마키가 주장한 것은 도쿄 대학교의 자기 연구실에서 골목으로 대표되는 에도/도쿄의 도시 공간을 연구한 결과이며, 도쿄 스타일에 집중하고 있어 간사이 문화를 나타내고 있지는 않다. 하지만 그런 세세한 부분은 중요하지 않다. 안도의 뇌리에 떠오른 것은 일본으로 말하면 세토나이해의 오노미치 언덕 마을, 해외로 말하면 그리스 산토리니섬이나 토스카나 구릉 도시의 고저 차가 있는 거리이다. 프레임의 기하학을 통한다는 점에서는 고도로 추상화되어 있으며, 그와 동시에 끼워 넣은 골목이나 계단에 따라 사람의 움직임이 나타났다가 사라지곤 하는 점에서는 인간적이다.

녹음 문제에 대해서도 다루어야 할 것 같다. 사실 롯코 산계의 녹지는 매우 골치 아픈 문제를 안고 있다. 현재 울창한 산의 녹음은 대부분 메이지 말 이후에 사방 식림된 이차림이며, 땅

표면에 불안정한 곳도 많아서 식림의 성과가 나타나야 할 오늘날에도 종종 토사 재해가 발생한다. 그래서 급경사(법적으로는 30도 이상)를 어떻게 할 것인지가 언제나 커다란 문제였다. 고베는 1967년 7월의 홍수로 산사태가 나서 많은 토석류가 덮쳤던 쓰라린 경험이 있으며, 이 재해를 계기로 1969년 〈급경사지 붕괴에 의한 재해 방지에 관한 법률〉이 만들어져 전국적으로 급경사지 붕괴 방지 시설의 정비, 즉 흙막이, 옹벽, 둑 등을 만들어 붕괴를 막는 방책이 진행되었다. 자연 식생의 힘도 중요하므로 삼림 정비도 게을리할 수 없다. 급경사면에는 키가 작은 수종이 적합하다. 중요한 것은 인공물과 식생을 산비탈에 균형 있게 배치하는 것이다.

안도가 롯코의 계획에 착수했을 때, 눈앞의 급경사지는 몇 십 년이 된 졸참나무, 굴참나무, 상수리나무 등 저림(低林)식*으로 덮여 있었는데, 지반이 취약하여 산사태 피해를 예방하기 위해서라도 인공물(사태막이)과 식생이 모두 있는 것이 바람직하다. 현재 이웃한 대지에 거대한 흙막이벽이 만들어져 있는 것을 보아도 그것을 알 수 있다. 하지만 흙막이벽은 풍경 면에서 보면 지저분하다. 「롯코 집합 주택」 건설은 방재를 목적으로 시작된 것은 아니지만, 계획을 거듭 변경한 결과, 집합 주택 자체가 일체 구조를 이루는 동시에 어스 앵커**를 대량으로 경사면에 박

* 큰 나무를 잘라 내고 움을 키워서 새로운 숲을 만드는 방식.
** 흙 속에 구멍을 내고 피시 강선 따위를 넣은 뒤에 모르타르를 주입하여 인발 저항을 갖도록 만든 흙막이.

아 두어 대규모 붕괴를 방지하는 시설이 되었다. 매끄러운 노출 콘크리트 표면이 경관적으로도 보기 좋다.

이 주택이 유지되는 것은 주위 식생과의 관계가 역전되었다는 뜻이다. 앞서 말했듯이, 안도의 신체에는 건축의 시간과는 다른 또 하나의 시간, 즉 몇십 년에서 1백 년이라는 자연의 변화에 필요한 시간이 흐르고 있으며, 롯코의 자연에 대한 경의로 집합 주택 계획에 처음부터 입력되어 있었다. 공사가 끝나고 사람이 살기 시작하여 50년이 지난 무렵이 되자, 주위의 식생이 원래 힘을 되찾아 건축물을 삼림으로 뒤덮는 듯한 상태가 되었다. 그것이 안도의 시나리오이자 꿈이기도 하다.

지난 2018년 롯코 뒤쪽에 있는 시노하라다이에서 토석류가 일어나 많은 주택이 무너졌다. 안도가 제기했던 경사지 문제는 사실은 일본의 많은 도시에 내재한 방재 문제와 깊은 관련이 있으며, 그것도 〈안도의 오지랖〉을 통해 방재성을 높인 지속적인 환경 장치를 실현한 셈이 되었다. 계획 당초에 환경 관계자들은 경사면 녹지를 파괴한다며 안도를 비판하기도 했지만, 시간이 지남에 따라 집합 주택의 풍경이 바뀌어 울창한 녹음에 감싸인 경사면 주택의 모습이 눈앞에 나타나자 안도의 목소리가 제대로 들리게 되었다.

이웃한 토지에 새로운 집합 주택을, 「롯코 집합 주택 II」

1983년 5월에 「롯코 집합 주택」이 준공하자마자 기다렸다는 듯이 새로운 일거리가 들어왔다. 이웃한 대지에 더 큰 규모의 집합 주택을 만들고 싶다는 것이었다. 산요 전기의 이우에 회장의 동생인 이우에 사다오의 오퍼였다. 그는 이우에 집안의 자산 관리 회사인 시오야 토지 사장을 맡고 있었다. 시대는 거품 경제기를 향해 움직이기 시작해, 모든 기업이 부동산 개발에 열을 올렸다. 안도는 〈이웃한 대지에 옹벽 같은 집합 주택이 생겼는데 완성도가 상당하니 우리도 해보자는 생각에 방재용 옹벽 대신으로 의뢰한 건 아닐까〉 하고 추측한다. 그래도 오퍼 방식이 호방하다.

「안도 씨, 주변 토지를 조정하면 2천4백 평 정도가 되는데 한 번 도전해 보지 않으시렵니까?」

상당히 넓은 대지라는 것은 알겠지만, 넓이로 대결하는 건 아니었다. 이 일을 하는 의미는 뭘까 곰곰이 생각하고 있자니, 〈혹시 용기가 없어진 거냐〉는 말을 듣고 자신도 모르게 화가 치밀어올라 〈하겠다〉고 대답해 버렸다. 이젠 물러설 수 없다. 안도를 도발하는 건 의외로 간단하다.

그 무렵 안도는 나하의 「페스티벌」이나 교토의 「타임즈」 최종 단계를 맞이하고 있었으며, 바빴을 뿐만 아니라 자기 일이 갖는 사회적 영향력에 대해서도 상당히 의식하게 되었다. 그래서, 이 일도 고베에서 하나의 본보기가 될 수 있게끔 해야 했다.

새로운 대지는 주변보다 높은 평지를 위아래로 잇는 형태였다. 그 점에서는 1기와 크게 다른 조건이다. 구릉 도시적인 개념을 덧붙여서 아래쪽 평지 부분에 급경사면을 따라 14층이나 되는 계단형 집합 주택을 생각해 보았다. 고저 차는 50미터가 넘어서 절벽 전체를 뒤덮어 버리게 되었다.

「롯코 집합 주택 I」에서의 피드백도 반영하였다. 「롯코 I」에서는 옥상 테라스를 많이 만들고 거기서 휴일을 즐기는 주민을 가정했는데, 막상 입주자들의 실태를 보니 바쁜 샐러리맨들이라 테라스를 별로 사용하지 않았다. 그래서 「롯코 II」에서는 생각을 바꾸어 모두를 위한 공간으로 전환했다. 즉 주민의 건강 증진이나 스포츠에 유의하여 실내 수영장이나 체육관, 어린이 공원 같은 공용 공간을 충실하게 배치해 보자는 것이었다. 평소 얼굴을 마주칠 일이 없는 주민들이 함께함으로써 공공성이 높아진다. 클라이언트는 쓸데없는 것이 너무 많다고 했지만 건축 규모가 1기에 비해 4배 가까이 커져서 30세대를 수용하게 되므로 이런 공간도 충분히 들일 수 있었다. 반대로 규모가 너무 커지는 바람에 법적인 문제도 1기와는 크게 달라졌다. 무엇보다 안전성이 중요했고, 그것을 충족시키는 데만 5년 이상 걸렸다. 대지 가운데에 물길이 나 있어서 좌우 지반의 특성이 다르며, 구조상 좌우를 잘라서 분리해야만 했는데 워낙 넓어서 피난로도 만들어야 했다. 이런 문제를 시의 안전 심사 위원회에서 통과시키는 데 그만큼의 시간이 필요했다.

기하학은 「롯코 I」에서 이용했던 입체 프레임이라는 개념을 그대로 적용하여 만들었는데, 단위를 약간 올려서 「페스티벌」에서 사용했던 5.2미터 정육면체 프레임을 세 개의 그룹으로 나누어 배치했다. 두 그룹 사이의 골짜기 부분이 메인 축인데, 이곳 지하에 투수층(透水層)을 만들어 지하수가 지나가게 하고,

골짜기는 일직선으로 큰 계단을 이루고 있다. 또한 부채꼴 모양의 테라스와 반은 옥내인 광장 등 명쾌하고 공공성 높은 요소들이 골격을 이룬다. 주거는 표준화를 피해 2DK(82제곱미터)부터 6DK(327제곱미터)까지 모두 달리했다. 주거 공간들 틈새에는 공용 공간을 설치하여 멀리서는 도드라지지 않는다. 실제로 이 안을 걸어 보면, 대단히 섬세하게 공간을 처리했음을 알게 된다. 녹지대 역시 중요하여 바로 옆 「롯코 I」과의 사이에 조성하였다. 50년 후에는 전체가 녹음에 감싸이는 것을 목표로 했는데 실제로는 20년 만에 그 상태에 이르렀다.

법 규제를 모두 충족하는 데 5년이 걸리고, 드디어 시공 회사를 정하는 단계에 들어간다. 이번에는 대형 건설 회사가 나섰다. 「롯코 I」 때는 손사래를 쳐서 중소 건축 회사에 미루더니, 잘 되는 것을 알게 되자 언제 그랬냐는 듯이 달라붙었다. 이해타산적이라고 생각하면서도 싫은 내색 하지 않고 서로 격려하는 것이 이 업계의 관행이기도 하다.

건설 공사 자체는 3년 반이 걸렸고, 마침내 1993년 봄에 준공했다. 10년이 걸린 거대 프로젝트였다. 시기적으로는 거품 경제 시대의 종말에 이르고 있었지만 그래도 몇 채를 빼고는 많은 입주자가 임대로 거주했으며 그중 3분의 1은 외국인이었다. 고급스러운 느낌이 감도는 넉넉한 공간과 고베항이 보이는 전망 덕분에 주민의 평가는 대단히 좋다. 703호 거주자는 이렇게 말한다. 「통층 구조인 거실도 중정의 녹음도 모두 마음에 들지만, 다다미방이 하나 있어서 마음이 차분해지는 것이 좋아요. 늘 쾌적

하게 지내고 싶고, 좋은 공간을 유지하고 싶다는 마음이 들게
해주는 집이에요.」[40]

1990년대가 되자 일본의 주택 상황도 크게 달라져서 이른바
공단 주택 시대도 종말을 맞이한다. 일본 주택 공단도 사명을
다하고 도시 재생이나 재해 부흥 지원으로 전환하여 UR 도시
기구로 명칭을 바꾸었다. 민간에 의한 주택 공급이 일반화되고,
대형 부동산 회사가 대규모 집합 주택지를 계획한다.「롯코 집
합 주택」은 그런 의미에서 새로운 모델을 내세운다.

재해 부흥 주택으로서의「롯코 집합 주택 III」

「롯코 집합 주택 II」공사가 진행됨에 따라 롯코에 대한 안도
다다오의 생각은 더욱 확장되었다. 〈롯코의 새로운 비전을 세워
보자〉는 마음으로「롯코 I」과「롯코 II」에 이어 그 옆의 대지에
계획도를 그리게 되었다. 1991년의 일이었다.「롯코 집합 주택
II」의 동쪽 옆 언덕에 고베 제강의 사원 기숙사가 있었는데, 그
토지의 재건축을 스케치하고 도면까지 만들었다. 프레임에 의
한 유닛을 여러 개 배열하여, 녹지 안에 전개하는 것이다. 그 제
안서를 들고 당시 고베 제강의 회장이던 마키 후유히코에게 만
나자고 했다. 안도의 이름은 이미 간사이 일대에서는 잘 알려져
있었으며, 다음 해에 개최된 세비야 세계 박람회의「일본관」설
계자로도 선정되어 있었으므로 재계 사람도 무시할 수는 없었
다. 마키 회장은 안도를 정중히 맞이하여 세상 돌아가는 이야기
로 시간을 보낸 다음, 〈멋진 아이디어이니 좀 더 생각해 보자〉

하고 완곡하게 거절했다.

이 무렵이 되면 안도의 이런 활동은 〈오지랖〉의 영역을 훨씬 뛰어넘어 새로운 기획자로서 커다란 도시의 비전을 제시하게 된다. 사실 안도 자신도 고베 제강의 사원 기숙사 계획을 실현할 수는 없더라도 하나의 아이디어로 세상에 던져 본다고 생각했는데, 이 프로젝트는 생각조차 못한 방향에서 실현으로 움직이기 시작했다.

계기는 1995년 1월 17일의 한신·아와지 대지진이었다. 이 지진으로 사원 기숙사 건축 구조는 눈에 띄는 피해는 없었지만 설비 계통이 파손되어 그것을 수리하는 데 엄청난 돈이 들게 되었고, 전면 재건축을 할 수밖에 없었다. 그런데 바로 옆 대지의 「롯코 집합 주택」은 아무 피해도 없고 경사면도 붕괴되지 않았다. 역시 안도는 대단한 건축가이다. 마키 회장 이하 직원들은 4년 전 안도의 제안을 퍼뜩 기억해 냈다.

「안도 씨가 설계할 수 있을까요?」

지진 후 상황이 일단락된 어느 날, 안도 사무소에 이런 전화가 걸려 왔다. 사무소는 고베 복구 계획을 포함해 눈코 뜰 새 없이 바빴지만, 안도를 믿고 들어온 의뢰에 의협심이 솟구쳤다

「해봅시다!」

피해를 본 사원 주택을 재건축할 때는 부흥 주택 특별 융자 형식으로 지진 피해의 부흥 주택으로 보조금을 신청할 수 있지만, 공영 주택 수준으로 비용을 낮춰야 하며 면적도 제한된다. 해당 대지가 언덕 위의 1만 2천 제곱미터의 완만한 경사지라서

흙막이 공사가 경사면 주택보다 쉽고 비용도 저렴해지는 점은 괜찮았다. 안도와 고베 제강의 조정을 통해 174세대를 짓기로 했다. 재해 이전에 안도가 생각하던 것보다 더 많은 숫자이다.

주어진 조건이 다르므로 주거의 배치 형식도 바꿔야 했다. 밀도를 높일 수밖에 없으므로 고층 동이 필요하여 전체적으로 세 동의 고층 동을 열쇠 모양으로 배치하고, 그 앞에 저층 동과 중층 동을 배치하는 형태가 되었다. 「롯코 I」과 「롯코 II」와 비교하면 육중하며, 최상부에 지상 7층 고층 건물(A, B, C)을 벽처럼 세우고 언덕 위를 한 일(一) 자 모양으로 가로로 잘라 낸다. 옥상 녹화에 힘을 쏟아 중저층 동 옥상에는 원칙적으로 나무를 심기로 했다. 주민이 모이는 수영장 설치 등 공용 공간에 충실해야 하는 것은 필수 과제였으며 자연 산책로, 중정, 계단 등의 디자인에 세세하게 공을 들였다. 「롯코 I」의 지상 면부터 헤아리면 고층 동의 옥상 면까지 77미터, 녹색에 감싸인 구릉 도시로서의 풍모를 갖출 수 있었다.

「롯코 집합 주택」은 계속된다. 「롯코 I」 근방에 7천8백 평의 토지를 가진 큰 병원이 있었는데, 이것을 세콤이 사들여 노인 의료를 동반한 종합 의료 시설로 만들게 되었다. 고베 가이세이 병원 두 동이 전면에 세워지고, 뒤쪽 언덕 위에는 실버타운인 「컴포트 힐즈 롯코(コンフォートヒルズ六甲)」(일반 주거 111실, 간병실 58곳)가 버티고 있다. 「롯코 프로젝트 IV」(2009)로 완성한 이 건축을 통해 40년여에 걸쳐 롯코의 경사면에서 규모를 확대해 간 집합 주택의 진화 흔적을 볼 수 있다. 적어도 일본에서

는 이런 예를 달리 찾아볼 수 없다. 안도의 집념이 새겨진 기념비적인 집합 주택지이다.

오카모토 하우징 프로젝트(1976년)의 모형.

「롯코 집합 주택 I」(고베시, 1983년)의 공사 도중 모습들.

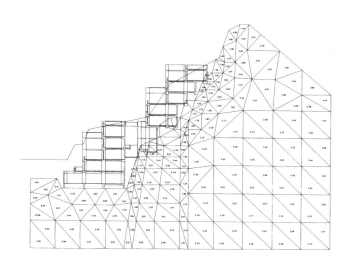

「롯코 집합 주택 I」의 단면도.

「롯코 집합 주택 II」(고베시, 1993년)의 중앙 계단.

「롯코 집합 주택 I +II +III」의 전경을 조감한 모습. 마쓰오카
미쓰오 사진.

제11장 나무 건축을 지향하다

프로듀서 사카이야 다이치도 복서 출신

안도 다다오는 작업 스타일 때문에 콘크리트 건축가로 간주되는 경우가 많은데, 사실은 더 유연하게 소재를 선택하며 나무나 철골을 주체 구조로 하는 경우도 상당하다.

그가 작업한 나무 건축 가운데 맨 먼저 떠오르는 것은 스페인의 세비야 세계 박람회 때 건설된 「일본관」일 것이다. 「롯코 집합 주택 Ⅱ」에서 고생하던 와중에 설계자 선정을 위한 설계 공모가 있었으며, 나무를 대담하게 채용한 안도의 안이 선정되었다. 1988년의 일이었다. 「일본관」의 종합 프로듀서는 사카이야 다이치였으며, 그를 만남으로써 많은 일이 벌어지므로 세계 박람회 내용을 소개하기 전에 사카이야와 안도의 관계에 대해 잠시 이야기해 두자.

사카이야는 관료 출신으로 작가이자 프로듀서, 그리고 장관까지 지낸 희귀한 인재이다. 통산성(현 경제 산업성) 관료로 1970년 오사카 세계 박람회를 실현했으며, 세계 박람회에 관해서는 견줄 사람이 없다고까지 일컬어졌다. 무엇보다 이벤트에 대단히 강하다. 오사카 태생이며, 전쟁 때 소개(疎開)로 나라 지역으로 옮겨 갔지만, 오사카에서 고등학교에 다니고 이때 복싱부 활동도 했으므로 안도와는 처음부터 마음이 맞았다. 체육인 출신으로 강인하고 근성이 강한 성격이라는 것도 공통점이다.

고베에서 「로즈 가든」을 만들고 있을 무렵에 사카이야가 고베의 주택을 견학하고 싶다고 연락하여 안도가 안내를 하면서 인연을 맺었다. 사카이야가 통산성을 그만두고, 프로듀서로의 일도 궤도에 오른 1980년대 중반에 안도는 그의 자택 겸 사무실인 「TS 빌딩」을 짓는다. 도지마강에 면해 덴진 민속 축제를 볼 수 있는 건축을 원한다는, 그야말로 이벤트를 좋아하는 사카이야다운 소망을 실현한 작품이다. 세비야 세계 박람회 설계 공모에 응모한 것도 사카이야가 강력하게 추천했기 때문이다.

이 설계 공모 전후에 오사카에서 열린 「국제 꽃과 초록의 박람회(国際花と緑の博覧会)」(1990)의 전시 파빌리온 설계 제안이 들어왔다. 나고야의 다이코쿠 전기의 전시관 프로듀서가 된 사카이야가 도자기판에 그린 명화를 전시하는 파빌리온을 설계해 주기를 요청한 것이었다. 다이코쿠 전기는 파친코 등 유흥업계의 대형 회사인데, 새로운 문화 산업 이미지를 추구하여 다빈치 등 동서 고금의 명화를 도자기판에 전사한 작품을 전시하겠다는 기획이다. 오사카의 건축 자재점인 오즈카오미 도업의 세라믹 기술을 보여 주는 것으로, 일본 도예의 진화한 모습을 어필하겠다는, 사카이야다운 아이디어였다. 안도는 사카이야

의 의도에 맞게 물이 넘치는 정원, 프레임에 의한 공간 구성, 기하학적으로 배치된 콘크리트 각기둥이라는 형태로 반옥외 파빌리온을 만들고, 〈명화의 정원〉이라고 이름 붙였다. 소품이긴 하지만 훗날 해외 프로젝트의 원형이 되는, 다양한 시도가 응축된 작품이다. 꽃 박람회가 끝나고 부수어 버리기 아깝다고 하여 교토에 만들어진 「교토 부립 도자기판 명화의 정원(京都府立陶板名画の庭)」(1994)으로 옮겨졌다. 이 아이디어도 사카이야가 다듬고 안도가 설계를 맡았다.

꽃 박람회의 파빌리온 설계를 보고 사카이야는 안도에게서 일본의 톱 주자의 자질을 보았다. 일본인의 정형적인 사고방식을 뛰어넘어 일하는 안도에게 자신의 꿈을 던진 것이다.

안도 다다오라는 사람은 일본적인 건축학 단계를 밟지 않고 등장했습니다. 그 점이 좋아요. 그가 〈건축가냐, 예술가냐〉 묻는다면 예술가입니다. 모든 의미에서 표현력이 풍부한 예술가죠. 문장이 좋고, 이야기가 재미있고, 풍모도 좋지요. 한마디로 표현한다면 〈사상의 표현자〉이지요.[41]

세비야 세계 박람회 「일본관」의 성공

세비야에는 콜럼버스의 묘가 있다. 1992년 콜럼버스의 신대륙 발견 5백 주년을 맞아 세비야 세계 박람회는 〈새로운 시대의 발견〉을 주제로 잡았다. 너무 유럽 중심적인 역사관을 내세웠다는 의견도 있었지만, 결국 이 주제로 결정하고 「일본관」도 그 선에서 내용을 생각하게 되었다.

세계 박람회 파빌리온은 가설 건축이어야 하며, 테마는 일본과 서양의 만남을 나타내자는 조건에 맞게 사카이야는 일본 문화가 가장 무르익었던 아즈치 모모야마 시대*를 상정하고 그에 걸맞는 거대한 목조 건축을 떠올렸다. 이리하여 안도의 아이디어는 점점 확장되어 간다. 설계 공모 전해에 도쿄 아사쿠사에 만들었던 「시타마치 가라자」를 세계 규모로 펼쳐 보고 싶다는 의욕이 솟구쳤다. 세계 박람회라는 유흥 공간인 만큼 가건물을 거대한 볼거리로 만들자고 생각했다. 나무를 이용한 구조체로, 하늘 높이 솟아오른 기둥과 들보를 뒤덮듯이 나무로 된 얇은 막을 씌웠다. 천막 대신 나무 막이라는 점이 특징이다. 갤리온선을 타고 찾아온 이방인 앞에 거대한 볼거리 가건물이 우뚝 솟아 있는 남반에(南蛮絵)**를 떠올려 보면 좋을 것이다. 가건물 안은 이계이며, 그곳에 들어가려면 아치형 다리(홍예교)를 통해 피안으로 건너간다. 일본식 건축이라는 자포니즘은 회피하고, 소재에 이미지를 맡겨서 직설적으로 건축화하는 것이 안도의 방식이다.

그런 이유로 나무를 쓰는 방식에도 고집이 있다. 여기서는

* 일본 역사에서 오다 노부나가와 도요토미 히데요시가 천하를 장악했던 시대. 16세기 말에서 17세기 초까지의 약 30여 년을 이르며, 정치·문화적으로 중요한 전환기이다.

** 모모야마 시대 전후에 포르투갈인이나 스페인인이 전해 준 서양화, 또는 그것을 모방해서 그린 크리스트교적인 소재의 회화나 서양 풍속화.

〈생성〉을 기본으로 착색되지 않은 맨 상태의 나무 질감을 드러 낸다. 파빌리온의 휘어진 벽면을 뒤덮은 미늘 판자가 전부 그렇게 처리되고, 그것만으로도 나무 느낌이 가득하다. 중요한 것은 구조로, 네 개의 기둥을 짜서 한 기(基)로 한 기둥군을 5기씩 두 줄로 세우고, 그 상부를 직교하는 들보로 연결한다. 들보가 위로 갈수록 좁아지는 이 방식은 가마쿠라 초기에 송나라에서 전해진 불교 양식에서 아이디어를 얻었다. 건물 중심축 위에 기둥을 두는 것은 전통 건축에서 보면 법도인데, 그것을 의도적으로 채용하여 새로운 공간을 만들어 낸 것도 안도답다. 여기서 만들어 낸 새로운 나무 구법이 나중에 「고묘지」의 기본이 된 것은 앞에서 이야기했다. 목재는 집성재를 사용하여 일부러 전통 목조와 거리를 두었다.

「일본관」의 또 하나의 특징은 제작에서 시공까지의 과정을 거쳐 목질 기술의 개발과 공유화를 추진하게 되었다는 점이다. 목재의 조달에 더해, 각국에서 모여든 장인들 사이에서 기술을 공유하게 하여 번거로운 공사를 수행해 간다. 안도는 팀워크를 만드는 방식이 상당한 수준에 이르렀다고 자부한다.

6개월의 공정을 거쳐 「일본관」이 완성되었다. 가로 60미터, 세로 40미터, 높이 24미터, 당시로는 세계 최대급 규모를 가진 목조 현대 건축이었다. 지붕 소재로 선택한 테플론Teflon 막에서 비쳐 드는 뽀얀 빛이 전시실에 가득 차고, 안달루시아 특유의 건조한 공기 속에 나무의 온기가 묘하게 아늑하다. 176일 동안 520만 명이 찾아왔다.

「일본관」에 대한 평가는 건축가 구니히로 조지(国広ジョージ)가 〈이 내부 공간에 더 이상 전시물은 필요 없다〉라고까지 단언한 것을 포함하여 독창성을 칭찬하는 것이 대부분이다.[42] 거기에 이의를 제기한 것이, 우치이 쇼조처럼 〈프레임을 짜 맞춘 방식에 허약함이 느껴지는 것은 유감이다〉라는 신랄한 비평이다.[43] 당시 건축계의 논객 노릇을 하던 우치이는 장식성을 동반한 과도한 건축을 사랑하는 경향이 있었으며, 그때까지도 이토 도요오나 이시야마 오사무 등과 〈건강 논쟁〉을 벌이고 있었다. 1941년 세대의 전위성이 건축에서 건강한 정신을 박탈하고 있다고 생각하여 쓴소리했다가 오히려 이토 등으로부터 비난받았다. 안도의 미니멀리즘에도 뭔가 부족하다고 느꼈는지 『신건축』에 도발적인 글을 싣기도 했지만 당사자인 안도는 전혀 신경 쓰지 않았던 것 같다.

사카이야가 프로듀싱한 꽃 박람회 파빌리온과 세비야 세계 박람회 「일본관」은 자동차의 두 바퀴와 같은 관계이다. 전자가 콘크리트를 사용하면서 물과 빛이 교차하는 부드러운 공간을 이루는 데 비해, 후자는 나무의 촉감과 공간감을 최대한 살린 커다란 세계이다.

이축에서 시작된 「나무의 전당(木の殿堂)」 계획

세비야 세계 박람회 「일본관」은 흥행에서도, 건축에서도 대성공을 거두었다. 결과에 만족한 프로듀서 사카이야 다이치는 이 파빌리온을 어떻게든 보존하여 일본으로 옮기고 싶다고 생각하여 여러 방법을 모색한다. 사상 최초의 런던 세계 박람회 (1851)에서 수정궁이 런던 교외에 이축된 이야기는 유명하며, 1970년 오사카 세계 박람회에서도 스칸디나비아관이 홋카이도의 이시카리시로, 산요관이 캐나다의 밴쿠버에 이설된 예가 있으며 수요만 있다면 당장이라도 가능했다.

거기서 효고현 북쪽 무라오카초(현 가미초)로 이축하자는 이야기가 등장한다. 1994년에 무라오카초에서 열리게 된 제45회 전국 식수 축제를 계기로 삼림과 임업에 관한 전시 시설을 세우려는 구상이 세워졌다. 그 결과, 건설 위원인 우메하라 다케시의 소개로 사카이야와 안도에게 의사를 타진했다. 그래서 무라오카초의 대지를 조사해 보고 법규나 구법(構法), 예산 등을 따져 보았더니 아무래도 규모가 너무 크고 스페인에서는 통했던 허가 신청도 여기서는 어렵다는 결론이 나오고 말았다.

그렇다면 새로운 안을 작성하자. 숲을 상대로 한다면 만사 제쳐 놓고 안도가 해보고 싶다고 하여 완성된 안이 현재의 원형 플랜 전시 동이다.

1950년에 시작된 국토 녹화 운동의 최대 행사인 전국 식수 축제는 전국 지자체를 차례로 도는데, 일왕과 왕비가 나무를 심으므로 왕실 행사적인 색채가 강하다. 이 축제는 도쿄와 가나가와현을 제외하고 전국을 한 번 돌고, 효고현이 제2라운드 출발점으로 선정되었다. 그래서 다지마 지방이 중점 정비의 대상이었다. 이 구역은 가파르고 험준한 산악 지대로, 얼핏 보면 울창한 삼림으로 둘러싸여 있지만, 전후에 삼나무와 노송 등을 많이 심어 예전부터 있던 상록수의 다양성이 두드러지지 않는다. 이 삼림 자원을 어떻게 활용하고 나무를 어떻게 이용할 것이냐가 지역의 커다란 과제였다. 그 상징적인 의미를 담아서 무라오카 초 서쪽의 주코쿠 고원 일대를 〈자연과 어우러지는 숲〉으로 정비하고, 그 중핵 시설로 「나무의 전당」이 건설된다.

이웃한 우와노 고원에는 1967년부터 효고현 청소년 본부 연수 시설로 현립 우와노 고원 야외 교육 센터가 발족하여 숙박 시설과 식당, 체육관을 거느린 자연 학교를 운영하고 있었다. 「나무의 전당」을 포함한 주코쿠 고원의 숲도 이 야외 교육 센터에 통합되어 청소년의 건전한 육성을 신조로 널리 일반에게 개방된 연수·교육 시설로 운용한다.

안도의 아이디어는 난항에 부딪힌 세비야 세계 박람회 「일본관」의 이축안을 바탕으로 한다. 다만 여기서는 삼림 한가운데 위치하며 건설 용지도 제한되므로 전체를 집중식(정32각형)으로 중앙에 중정, 그리고 그 주위를 고리 모양으로 나무 막을 두르는 형태로 했다. 구조는 세비야처럼 네 개 한 조의 기둥군 16기를 고리 모양으로 두르고, 그 상부에 들보를 걸친다. 이리하여 완성된 구조체에 나무 막을 고리 모양으로 씌워서 지름 46미터의 도넛 모양 전시관을 완성한다. 가공하지 않은 삼나무 판자를 미늘 판자로 덧댄 것도 세비야와 같은 방식이다. 그 지방의 삼림에서 솎아 낸 삼나무로 만든 집성재를 이용하여 지역성을 강조한다.

이 건축의 구성 질서는 자연과의 연관에서 끌어내고 있다. 대지 일대에 숨은 기하학으로써 정사각형을 연속시키고, 그 안에 건축물로서 〈원〉을 드러내고 있으므로, 멀리서 보아도 굉장히 가지런한 배치로 보인다. 그 전해에 준공한 「롯코 집합 주택 Ⅱ」에서는 정사각형(프레임)을 겉으로 드러내고 원을 숨기고 있으므로, 반대 수법이다. 식생(숲)과 인공물(전당)의 대비는 완벽하다고 해도 될 정도였으며, 거기를 관통하는 한 줄의 선(통로)이 강렬한 인상을 주는 것은, 폰타나적인 일필휘지가 살아 있기 때문일까. 그래도 「시타마치 가라자」나 세비야 세계 박람회 「일본관」에서 나타났던 유흥용 가건물이 갖는 가상성의 이미지가 사라져서 더욱더 추상적이다. 아치형 다리 대신에 전당을 관통하여 동쪽의 비탈면을 똑바로 올라가는 여정에 자연계로 여행을 떠나는 의식을 겹쳐 볼 수 있을 것 같다.

「나무의 전당」은 자연과의 대화가 주제이다. 땅을 이루는 것은 주위에 빽빽하게 자란 삼림이며, 그 속에서 소재의 순환을 나타내듯이 목재로 만들어진 원당*이 떠오른다. 이 전체가 멋진 환경 장치가 되는 것이다. 내부에는 세계의 목조 민가, 민예품, 나무쪽 세공 등이 전시되어 있으니 그야말로 나무로 가득 찬 건축이다. 이곳을 찾아온 어린이들에게는 어려운 생태학 이야기보다 안도의 건축이 주변 숲과 하나가 되어 빚어내는 〈토토로〉적인 정경이 훨씬 마음속에 남을 것이 분명하다.

* 원형 또는 타원형 평면에 내부 공간을 갖춘 건물.

중학교는 목조 건물로

오늘날 일본의 공공 건축은 목재 지향이 뚜렷하다. 선진국에서는 국가 차원에서 정책적으로 순환형 사회를 지향하는 삼림 보존과 목재 이용을 촉진하여 공공 건축에서도 목재 사용이 늘고 있다. 일본에서도 〈공공 건축물 등에 있어서 목재 이용 추진에 관한 법률〉(2010)이 책정되어 공공 건축의 목조화·목질화가 권장되고 있다.

특히 학교 건축에 중점을 두어 문부 과학성은 1985년부터 목조 이용을 장려해 왔다. 현재는 연간 건설되는 초중학교의 약 3분의 2가 목조·목질(내장)이며, 안도에게도 피할 수 없는 과제이다. 안도의 철학으로 말하면, 문부 과학성의 그런 지침에 속박되는 것은 떳떳하지 않다. 어린이들이 있을 만한 장소를 만드는 것이야말로 건축가로서의 사명이라고 느낀다. 불가사의한 일이지만, 안도가 초중학교를 짓게 되는 것은 1990년대 중반부터로 상당히 늦다. 그 이전에 대학 시설은 몇 번이나 설계했음에도 불구하고 말이다. 효고현의 「하리마코겐 히가시 초등학교(播磨高原東小学校)」(1995)와 「하리마코겐 히가시 중학교(播磨高原東中学校)」(1997)인데, 이것은 하리마 과학 공원 도시 안에 설치된 실험적인 학교이며, 만드는 방식도 테크노폴리스 스타일이다.

이시카와현의 두 학교에 주목해 보자. 가호쿠시(옛 우노케마치)의 「가나즈 초등학교(金津小学校)」(1995)와 가가시의 「긴조 중학교(錦城中学校)」(2002)이다. 모두 토착성을 중시하고 있으므로 목질의 새로운 경지에 도전하는 셈이었다. 우노케마치는 안도가 존경하는 니시다 기타로가 태어난 곳으로, 나중에 「니시다 기타로 기념 철학관」을 설계하게 되는데, 「가나즈 초등학교」 재건축 제안이 들어왔을 때는 아주 순수하게 그곳 어린이들과 어울렸다. 높은 평지에 자리한 경사지인 학교 건물 예정지를 방문하여 주변의 숲이 자아내는 풍경에 강하게 매혹되어 그 자리에서 자신 있게 말했다. 「일본의 학교 건축의 모범이 될 만한 숲의 학교를 만듭시다.」 우노케마치는 안도를 활기차게 만드는 영적인 기운 같은 것이 숨어 있는 듯하다.

지형이 중요하다. 땅과 가까워지고 숲과 어우러지는 것을 지향하여 〈일부러 평지에 조성하지 않고, 비탈면을 살린 학교 건물, 그리고 가르침의 장이 아니라 생각하는 어린이를 키우는 장으로서의 학교〉가 될 수 있도록 빛, 바람, 소리 등 자연의 혜택을 어린이들이 몸으로 느끼는 장소를 만드려고 한다. 높은 평지 위에 서 있는 교실 동은 콘크리트로 했지만, 한 단 내려간 체육관에는 커다란 목조 프레임을 도입한다. 전체적으로 불룩한 볼륨이 되고, 그것을 집성재로 만든 비스듬한 V자 기둥, 변형 버팀대angle brace(약간 구부러진 버팀대), 천장 아치를 짜 맞춘 프레임으로 구성한다. 콘크리트 공간에서는 생길 수 없는 불가사의한 기하학이며, 직선으로 처리하는 경우가 많은 안도의 목조 건축 중에서도 이색적이다. 이리하여 〈작은 새가 지저귀고 벌레들이 날아다니고, 바람이 상쾌하고 햇빛이 가득한 숲속 학교〉(「가나즈 초등학교」 홈페이지에서)가 완성되었다.

「긴조 중학교」는 1996년에 창립 50주년을 맞아 학교 재건축이 결정되어 목질화 구조로 설계를 진행한 것이다. 재건축할 때 1999년에 새 시장으로 선출된 오사카 진은 이전 시장이 진행하던 콘크리트에 의한 새 교사(校舍) 계획을 뒤엎고 〈목조 교사가 갖는 온기와 부드러움이 성장기 아이들의 몸과 마음에 좋은 영향을 준다〉고 주장하여 목조·목질화 노선으로 전환한다. 물론 문부 과학성의 보조 사업으로 진행하는 만큼, 그렇게 하는 것이 현실적이다. 그래서 안도와 의논하여 목조를 전제로 설계를 진행하게 된다.

중학교 용지는 조카마치의 다이쇼지(大聖寺) 서쪽, 산기슭의 한편이다. 한 학년이 140명 정도이므로 규모가 크지 않은 학교이지만 대지는 자연이 풍부하여 환경도 좋다. 안도의 머릿속에는 교실 동을 긴 타원으로 하고, 거기에 직사각형의 구역 개방 동을 비스듬하게 교차시키는 안이 떠올랐다. 두 개의 서로 다른 볼륨이 맞물려서 역동적인 스페이스가 만들어질 것 같다. 중학생이 이 교사와 대지를 충분히 즐기는 데는 공유 공간이 중요한 역할을 한다. 그래서 긴 타원의 가운데쯤을 공용 공간으로 바깥 둘레를 따라 교실(일반실/특별실)을 배치한다. 공용 공간은 2층의 통층이며, 양쪽 옆에 계단을 만든다. 천장 가운데 톱 라이트가 설치되어 빛이 공간 가운데쯤에 비쳐 든다. 전교생이 이 공유 공간에 모여들어 장소의 일체감은 더욱 강해진다. 외부 공간도 중요하다. 뒤쪽의 산을 경관으로 교정이 펼쳐지며, 그 주위에 벚나무를 심기로 한다.

여기서 한 가지 문제가 생겼다. 실내 공간을 단순하고 드넓게 만드는 구성으로 안정시키는 데 목재의 구조 강도는 충분하지 않았다. 세비야 세계 박람회 「일본관」에서 「고묘지」에 이르는 불교적인 구성은 중학생들의 공간 이용 패턴과 어울리지 않는다. 체육관 같은 큰 프레임도 안 된다. 그래서 주체 구조에 철골을 도입했다. 철골을 집성재로 덮은 둥근 기둥을 만들고 들보도 철골과 집성재로 짜 맞춘다. 이리하여 건축 규정 신청상으로는 철골조가 되었다. 그러나 내장과 외장 모두 나무를 사용했으며 철은 보이지 않는다. 문부 과학성 규정이라는 〈목조화〉 건축으로 수렴되어, 보조금 사업으로도 어려움 없이 인허되었다.

그런데 실시 설계 단계에서 지역 신문이 〈긴조 중학교, 철골화 되다〉라고 크게 보도하는 바람에 시의회에서 언쟁이 벌어졌다. 의원 대부분은 창고 같은 철골 건물을 머릿속에 그린 듯하며, 시장의 정책이 일관되지 않다면서 격렬한 논쟁으로 이어졌다. 당시 교육 관리국장이 2001년 9월에 작성한 답변이 남아 있다.

긴조 중학교의 개축에 대해서는, 실시 설계 단계에서 안도 사무소로부터 지반의 강도와 피난 건물로서의 강도를 확보할 필요를 고려한다면 사용 부재로 철골을 채용하는 것이 좋을 것 같다고 제안받았다. 그래서 내부적으로 여러 번 회의한 결과, 목조 교사 건축에서 이념의 기둥인 나무가 가진 특성을 훼손하지 않으면서, 더 많은 목재 사용 면적을 확보할 수 있다는 결론을 얻었기에 사용 부재를 철골로 한다는 제안을 받아들이게 되었다.

그 말 그대로이기는 하지만, 너무 관료적인 답변을 들은 의원들은 어찌 된 영문인지 알 수 없었을 것이다. 어쨌든, 오사카 시장의 강한 의지로 간신히 시공에 들어갔다. 대의명분이 된 목재 이용에 관해서는 그 지역산 삼나무 목재를 사용했고, 교육 위원회가 삼림 조합에서 직접 구매하여 시공업자에게 지급하는 형태를 취했다. 1년 후에 준공한 중학교 교사는 의원들의 예상을 배반했다. 부드럽게 흐르는 듯한 외관과 나무의 온기가 고스란히 느껴지는 확 트인 내부 공간에 모두가 찬사를 보냈다.

목조에 집념을 불태운 가시모무라

임산 지역의 목질화 사업에 깊숙이 관여한 것이 기후현 가시모무라(현재는 나카쓰가와시에 합병)이다. 안도는 2003년 이 마을에서 진행하는 「가시모 어울림 커뮤니티 센터(加子母ふれあいコミュニティセンター)」(2004) 프로젝트에 관여하게 된다.

가시모무라는 전형적인 임업 마을로, 도노 히노키* 산지로 알려져 있다. 마을 안에는 이세 신궁에 노송을 공급하는 신궁림(神宮林)이 있으며, 에도 시대부터 내려오는 임업 가구들이 마을을 지탱해 왔다. 그중 한 명인 촌장 가유카와 신사쿠는 열정적으로 목질화 사업을 추진하여 지역재(목재, 집성재)를 사용

* 기후현 도노 지방에서 생산되는 고급 노송나무로, 건축이나 가구업계에서는 최고급 목재로 친다.

한 교류 센터와 급식 센터 등 중간 규모 공공 건축을 목조로 건설했다. 그다음 단계로 내진성이 낮은 중학교 재건축을 생각하여 안도 다다오에게 연락했다. 대단면(大斷面) 집성재를 이용한 대형 건축물을 생각해 주기를 바란다는 내용이었다.

노송으로 유명한 가시모에서 온 의뢰에 안도의 호기심이 자극받아 촌장과 절충을 계속했는데, 예산 문제가 있어 중학교는 내진 보강을 하여 존속하기로 했다. 촌장은 그것을 대체하는 안으로, 지역의 복지 센터 설계를 제시하였다.

인구 3천여 명의 작은 마을이지만 좋은 목재가 자라는 숲과 고급 목재로 유지되어 온 커다란 전통이 있고 지시바이(地芝居)*가 번창하여 메이지 중기에 건립된 가부키 극장도 있다. 지역 주민들은 자부심이 강했고 나무 기술을 철저히 탐구하려는 의욕도 가득했다. 〈진짜로 나무에 살고 나무에 죽는 사람들이다〉라며, 이 마을이 마음에 쏙 들었던 안도는 새로운 방식으로 복지 센터 아이디어를 키웠다.

체육관 같은 큰 공간은 필요 없다. 사회 복지 협의회나 데이서비스 센터 기능을 넣기 위해 단층의 직사각형 박스를 세 개 준비하고, 그것들을 비스듬하게 교차시키고 그 위를 큰 지붕으로 덮는다. 구조적으로는 V자형 기둥을 세워서 벽면을 만들고, 상부에서 들보를 연결하는 형태가 된다. 가호쿠시의 「가나즈 초등학교」 체육관에서도 V자형 기둥을 시도했는데, 여기는 커다란 공간이 아니므로 기둥 사이 간격을 더 넓힐 필요가 없으며

* 지역 축제일 등에 공연하는 아마추어 연극.

비스듬하게 삐져나오는 버팀대 따위도 필요 없으므로 깔끔한 공간 처리가 가능하다. 안도의 혁신적인 점은 이 V자형 기둥과 큰 지붕으로 축을 어긋나게 한 것이며, 그 결과 여백의 스페이스를 외부 공간으로 나무 줄기둥을 세워 칸막이한다.

이 공사는 지역 토박이인 나카시마 공무점(工務店)이 담당했다. 1956년에 창업하여 사장인 나카시마 노리오 이하 직원들이 전국적으로 실적을 높여 왔다. 목조에 집념을 불태워 가시모 목장 학원이라는 목조·목질 전문가 육성 조직을 만들어 전국에서 젊은이를 모으고 있다. 안도와의 협업에 의기 충만한 나카시마 사장은 마을의 제재소, 프리컷 가공,* 집성재 공장, 조작 공장 등을 모아 완결된 목재 공급 시스템을 만들었다. 안도가 전체의 지휘자라면 생산자(임업 가구)에서 목재 시장과 제조 공장, 그리고 시공까지를 나카시마가 맡고, 마을은 마을대로 임야청 업무를 보조하는 등 행정 사무를 담당했다. 소소하지만 밀도가 높은 일이다. 이 프로젝트는 안도에게 신선한 자극이 되었으며 젊은 시절에 체험했던, 신체 깊숙한 곳에서 뿜어 나오는 열정을 느낄 수 있었다.

* 목조 건축물에 사용하는 기둥보 따위의 주요 건축 부재를 미리 공장에서 가공하는 일.

「교토 부립 도자기관 명화의 정원」(1994년)의 모습.
마쓰오카 미쓰오 사진.

세비야 세계 박람회 「일본관」 앞에 선 안도 다다오(1992년).

효고현 「나무의 전당」(미타카군, 1994년)의 남서쪽에서
조감한 전경, 마쓰오카 미쓰오 사진.

이시카와현 「긴조 중학교」(가가시, 2002년)의 공용 공간,
후지즈카 미쓰마사 사진.

「가시모 어울림 커뮤니티 센터」(가시모무라, 2004년)의
정면, 마쓰오카 미쓰오 사진.

제12장 공해의 섬을 재생시키다: 나오시마에서의 실험

도깨비섬에서 보물섬으로

세토나이해에 떠 있는 작은 섬에 지나지 않는 나오시마는 현재 〈아트 투어리즘〉 열풍으로 연간 40~70만 명의 방문객을 끌어당기고 있다. 아마도 가가와현에서 가장 많은 사람이 찾아드는 곳이리라. 이렇게 인기가 있는 것을 보면 반대로 과거가 궁금해진다. 나오시마를 포함한 나오시마 제도는 일본인이라면 누구나 아는 옛이야기 『모모타로』에 등장하는 도깨비섬이었다는 설이 뿌리 깊게 남아 있다. 나오시마의 남쪽, 메기시마섬이 도깨비의 소굴이라는 것이다.

이런 종류의 도깨비 퇴치 이야기는 젊은이가 성인이 되기 위한 통과 의례이며, 악귀와 싸우기 위해 길을 떠나고 금은보화를 얻어 집으로 돌아온다는 패턴은 북유럽의 용 퇴치 이야기와 비슷한데, 정작 메기시마섬 사람들 처지에서는 억울하기 짝이 없다. 세토나이해의 오시마섬은 해적 소굴이었다는 편견까지 있었다. 이렇게 무시당하던 나오시마가 불과 몇 년 만에 도깨비섬

오명을 벗고 보물섬이 되어 가는 역전의 드라마에서 안도 다다오는 결정적인 역할을 하고 있다.

세토나이해는 복잡한 해안선과 섬들의 조합이 빚어내는 절묘한 경관이 명승지로 인정받아 쇼와 시대 초기인 1934년에 국립 공원이 되었다. 덕분에 쇼도시마, 센스이지마, 스오오시마, 인노시마 등의 섬들이 관광지가 되어 사람들을 불러 모았다.

그런데 나오시마는 혜택을 누리기는커녕 역효과만 났다. 그리고 섬이 쇠락한 결과 다이쇼 시대에는 일본 각지에서 공해 문제를 일으키고 있던 구리 제련소를 울며 겨자 먹기로 받아들였다. 섬의 북쪽에 미쓰비시 합자 회사(현재 미쓰비시 머티어리얼) 제련소가 가동을 시작하자 각지에서 많은 종업원이 모여들어 인구와 세금 수입은 늘었지만 동시에 광석을 녹일 때 발생하는 유황 산화물에 의한 심각한 연기 피해가 발생했다. 그래서 나오시마와 주변 섬들에서 수목이 말라죽기 시작하여 순식간에 민둥산이 되어 버렸고, 공해를 억제할 기술조차 없던 시대라 미관을 해쳤을 뿐만 아니라 환경 자체가 악화 일로를 걷게 되었다.

마을 주민 가운데 하치만 신사의 신관인 미야케 지카쓰구는 선견지명이 있었다. 1959년 읍장 선거에서 처음 당선되어 1995년까지 36년에 걸쳐 9기 읍장을 지낸 인물이다. 50세에 읍장이 되었는데, 다행히 어떤 연줄도 없이 정계에 입문하여 풍부한 재정을 바탕으로 스스럼없이 섬의 미래를 챙길 수 있었다. 공해 문제가 커다란 국내 문제가 된 1960년대부터 환경 문제 극복, 생활 기반의 충실, 관광업 진흥 등을 내걸고 새로운 방향을 제시하고 장기 집권하면서 환경 개선을 위해 노력하였다.

미야케 읍장은 건축가 이시이 가즈히로(石井和紘)를 키워 낸 인물로도 알려져 있다. 학교 건설을 위해 도쿄 대학교 건축학과 교수인 요시타케 야스미(吉武泰水)를 찾아갔는데 1968년 학원 투쟁이 한창이어서 만나지는 못했다. 그때 요시타케 밑에서 대학원 박사 과정 중이었던 이시이가 지원하여 마을 진흥 계획에 참가하였다. 이 계획의 연장으로 이시이가 설계한 「나오시마 초등학교」(1970)는 요시타케 스타일을 계승한 디자인으로 호평받아 미야케의 신뢰를 얻었다. 그 후 이시이는 미국으로 〈통근 유학〉을 하면서 나오시마의 공공 건축 설계에 관여한다. 특히 「나오시마 주민 센터」(1982)는 포스트모던의 영향을 받아 교토 니시혼간지(西本願寺) 절의 히운카쿠(飛雲閣)와 비슷한 디자인으로 건축계를 놀라게 했다. 지금은 디자인의 좋고 나쁨보다도 나오시마를 널리 알렸다는 점에서 더 평가를 받는다.

미야케 읍장은 그 무렵 나오시마 관광 자원의 활용을 두고, 알음알음으로 다양한 기업과 접촉하고 있었다. 맨 먼저 손을 든 기업은 후지타 관광으로, 섬 남쪽에 토지를 사들여 해수욕장을 열었지만 석유 파동으로 철수하고 말았다. 뒤늦게 나타난 것이 오카야마에 본사를 둔 후쿠타케 서점으로, 1985년에 사장인 후쿠타케 데쓰히코가 나오시마를 찾아와 미야케 읍장에게 섬의 남쪽 일대를 문화 구역으로 개발하고 싶다고 제안했다. 우연히 읍장의 조카인 미야케 가즈요시가 후쿠타케 서점의 사장실에서 실장으로 일하고 있어서 그가 두 사람의 회합을 주선한 것이었다. 이것이 후쿠타케 서점, 훗날의 베네세 코퍼레이션의 나오시마를 향한 전개의 시작이었다.

이 시점에서 안도 다다오는 아직 무대에 등장하지 않는다.

후쿠타케 소이치로의 〈나오시마 메소드〉 실험

1986년 4월에 미야케 읍장을 놀라게 하는 뉴스가 전해졌다. 후쿠타케 데쓰히코가 심부전으로 갑자기 세상을 떠났다는 것이었다. 후쿠타케 서점 창업자인 데쓰히코는 교육의 한길을 걸었던 사람으로, 학습 교재 출판에서 시작하여 입시 학원을 성공시켜 회사를 비약적으로 키운 것으로 주목받았다. 다음 단계는 지역에 뿌리내린 문화 산업으로 회사를 키우는 것이었다. 데쓰히코의 죽음으로 장남인 소이치로가 급히 도쿄에서 불려 와서 새 사장에 취임했다.

후쿠타케 소이치로는 속전속결형 인간이다. 나오시마에 대한 아버지의 생각에 깊이 공감하고, 나오시마 일은 아버지의 유지를 받들어 자신이 진행하겠다고 읍장에게 알리고, 자기 나름의 사업 계획을 만들어 낸다. 다음 해인 1987년에는 예전에 후지타 관광이 리조트 개발을 위해 소유했던 남부 일대의 약 165만 제곱미터(약 50만 평)를 일괄 양도받아 장대한 〈나오시마 문화촌 구상〉을 내세워 지역의 협력을 구했다. 자연과 역사, 현대 예술과의 융합이 커다란 주제였다. 그리고 그것을 실현할 사람으로 안도 다다오를 섬에 불러들인다. 후쿠다케 소이치로는 후쿠타케 서점으로 옮기기 전에 오카야마의 토목 회사인 마쓰모토

구미에 다녔다. 그래서 안도와 알고 지내던 미야케 의원이 그를 안도 사무소로 데려간 것이 첫 만남이었다. 그 후, 사카이야 다이치의 주택 겸 사무실을 공개하는 날에 후쿠타케가 오사카에 나타나서 안도에게 나오시마에 협력해 달라고 요청했다. 안도는 이시이 가즈히로 건축가를 추천했지만 후쿠타케는 〈도쿄의 건축가는 믿을 수 없다〉면서 받아들이지 않았다. 안도는 당시를 이렇게 술회한다.

> 후쿠타케에게 이끌려 1988년에 처음으로 나오시마를 방문했을 때 그곳은 아직 민둥산이었다. 그렇게 황폐한 섬을 앞에 두고 후쿠타케는 〈여기를 세계 최고 예술가들이 자신의 예술을 펼치는 장으로 삼아 방문객이 감성을 갈고 닦을 수 있는 문화의 섬으로 만들고 싶다〉고 했다. 처음에는 이해하기 힘들었다.[44]

최초로 만들어진 것은 나오시마 국제 캠핑장이며, 이것은 오히려 아버지 데쓰히코의 생각에 가깝다. 몽골에서 사 온 이동식 전통 가옥 게르를 해변에 세우고 공부만 파고들던 아이들을 자연의 품에 풀어 놓는 체류형 캠프장을 선보였다. 나오시마 남쪽은 북부의 공장 지대와 산으로 분리되어 있어 해변에서의 리조트 생활을 특징으로 삼을 수 있다. 이 리조트 스타일을 더욱 발전시킨 것이 미술관과 호텔의 복합 시설이며, 그것을 견인하는 역할을 한 사람이 안도 다다오이다.

그런데, 왜 반드시 안도 다다오여야 했을까?

후쿠타케는 〈도쿄 사람은 싫다, 건축 일을 부탁한다면 오사카의 안도 다다오밖에 없다고 생각한다〉며 확고했다. 사장이 되기까지 그는 도쿄에서 후쿠타케 서점 일을 하고 있었는데, 갑자기 오카야마로 옮겨 오면서 심경이 크게 달라진 것 같다. 후쿠타케는 잡지 인터뷰에서 〈그때까지는 매일 밤 도심에서 마시고 놀았으니 처음에는 힘들었다. 하지만 취미 삼아 유람선으로 섬들을 돌아보는 동안에 멋진 자연과 더불어 사는 삶, 뿌리 깊은 역사와 문화를 알고는 반대로 도쿄가 잘못된 것을 깨달았다. 정보와 즐길 거리가 많지만 그만큼 스트레스도 많다. 그리고 해외를 모방한 문화, 아카사카 영빈관조차 베르사유 궁전을 모방한 것들, 그런 게 싫다〉고 밝혔다.[45]

고향의 자산인 세토나이해의 아름다움에 눈을 뜨고, 근대화나 도시화의 희생양이 되어 뒤처진 상황에 문제의식이 커졌다. 그리고 예전의 아름다움을 회복하기 위해 나오시마를 〈문화적 레지스탕스의 아지트 같은 곳으로 만들고 싶다〉고 생각하기 시작했다. 68세대이자 예전의 도시 게릴라, 안도의 메시지와 같은 발상이다. 심지어 〈과도한 근대화와 도시화의 상징인 도쿄와의 투쟁〉을 전면에 내세우고, 안도에게서 그런 힘을 본다.

안도 다다오와 이야기를 나눠 보면 그는 정말 인간미가 넘치는 사람이다. 더욱이 복서 출신다운 전투적인 건축가의 건축, 그 가장 전투적인 건축 속에서 이제부터 자연과 예술의

패기 넘치는 대결이 시작될 것이다.[46]

안도는 나오시마의 전략적 가치에 대해서 충분히 연구한 것 같다. 외딴섬이기는 하지만 우노 항구와 아주 가깝고 문제가 되는 미쓰비시 공장은 섬 북쪽에 있으며, 남쪽은 바다가 펼쳐져 풍광이 빼어나다. 지역은 인구 감소의 조짐이 보이긴 하지만 읍장과 주민들 모두 의욕이 넘친다. 공장도 환경 오염의 오명을 벗고 환경 친화로 움직이기 위해 리사이클 등 새로운 기술 혁신을 진행하고 있다. 따라서 협조를 구하고 섬의 자연 회복에 역점을 두면 된다. 부족한 것은 종합적인 비전과 리더십인데, 안도는 자신의 역할이 바로 그것이라고 인식한다.

장소의 잠재력을 이렇게 간파하고, 나오시마초나 미쓰비시 공장의 대처 방식을 참고삼아 새로운 전략을 세운다. 기본은 예술을 통한 지역 회복이었다. 그런 전략에서 미술관으로 최초로 완성된 것이 바로 「베네세 하우스 뮤지엄」이며, 이후 다양한 별관이 완성되어 체류형 미술관 체제를 갖추었다. 후쿠타케 서점이라는 회사명도 베네세 코퍼레이션으로 바꾸어 기업 이미지마저 전환했다.

뮤지엄 계획이 매끄럽게 진행된 배경에는 현대 미술 컬렉터로 상당한 컬렉션을 수집했다는 점도 있다. 후쿠타케는 아버지를 닮아 탁월한 감정가이기도 하여, 나오시마의 아이콘이 된 구사마 야요이를 비롯해 눈여겨보아 둔 아티스트를 나오시마로 초대하여 아트 워크를 제작하게 함으로써 장소 특정적sitespecific 예술 작품을 잇달아 배치한다.

앞서 제시했듯이 나오시마는 이제는 세계가 주목하는 지역이며, 독창적인 현대 미술 경영에 토대하여 지역의 부흥을 꾀한다는 점에서 〈나오시마 메소드〉로 명명되고 있다. 스페인의 「빌바오 구겐하임 미술관」(1997)이 프랭크 게리Frank O. Gehry의 강렬한 건축 덕분에 연간 1백만 명 이상의 관람객을 불러들이면서 어느새 〈빌바오 메소드〉라고 불리게 된 것과 비슷하다. 단, 나오시마는 아트 워크가 환경 재생의 기초가 되고 지역 주민이 깊이 관여한다는 점에서 독자적인 영역을 열어 젖혔다. 보물섬의 비결은 여기에 있다.

「베네세 하우스 뮤지엄」

나오시마에서 안도 다다오의 역할을 다시 한번 생각해 보자. 안도는 최초의 시점부터 후쿠타케 소이치로의 조언자이자 파트너인 동시에 당연하지만 건축가이다. 평소라면 안도가 상황을 이끌어 가는데, 여기서는 후쿠타케가 앞장서고 안도가 흠칫 놀라면서도 그에게 공감하여 프로젝트에 전력투구하는 것이 대단히 흥미롭다. 〈설마?〉 하는 생각이 드는 발상을 할 수 있는 기업인으로, 그런 존재가 일본의 현대 문화를 건강하게 만든다고 말해도 좋을 것이다.

나오시마의 안도 시리즈는 크게 세 그룹으로 나뉜다. 제1그룹은 「베네세 하우스 뮤지엄」으로 시작하는 체류형 미술관, 제2그룹은 1999년부터 시작해 지금까지 이어가는, 거리의 오래

된 민가 등을 활용한「집 프로젝트(家プロジェクト)」, 제3그룹은 남서부의 언덕에 매몰된「지추 미술관(地中美術館)」(2004)에「이우환 미술관(李禹煥美術館)」(2010)이 더해져서 크고 작은 뮤지엄과 갤러리 등 총 8건의 건축이 섬 남쪽에 자리한다. 나오시마에 가면 과거 30년에 걸친 안도의 작업 추이를 눈으로 볼 수 있다는 점에서도 추천할 만하다.

「베네세 하우스 뮤지엄」은 처음에는 〈나오시마 현대 미술 뮤지엄〉이라는 이름으로 오픈하여 안도 최초의 본격적인 뮤지엄이 되었다. 세토나이해의 복잡한 지형을 의식하여 산맥 속에 산등성이를 구성하듯이 정교하게 배치하여 외부에서는 그 존재를 알 수 없다. 방문자는 바다에서부터 접근하여 입구까지 비탈길을 올라간다. 부두로 시작되는 드라마틱한 길에 펼쳐지는 경관의 변화를 즐기면서 미술관에 대한 기대를 조금씩 높여 가는 수법이 절묘하다. 꼬불꼬불한 비탈길을 지나 입구에 이르면 이번에는 언덕에 절반쯤 묻힌 기하학의 공간이 모습을 드러낸다. 입구 바로 앞에 있는 거대한 원통형 전시실이 압권인데, 땅속에 이렇게 커다란 공간이 열려 있다는 것에 놀라면서 단숨에 땅속으로 하강하는 느낌을 맛보게 된다. 위에서 쏟아지는 햇볕이 포근하다. 그 앞에 있는 것은 직육면체 전시실이며, 정면의 분지 정원(주변 땅 높이보다 낮은 공간에 만든 정원)과는 십자 모양을 낸 창문으로 구분되어 있고, 측면의 전망창으로는 장대한 세토나이해의 풍경이 눈에 들어온다.

이 공간의 구도는, 앞에서 이야기했듯이 미완의 시부야 프로젝트나 「콜레지오네」 등의 상업 공간에서 시도했던 땅속 공간을 나오시마에 맞게 변형한 것으로, 토지의 기복을 교묘하게 이용하여 정(靜)과 동(動), 명(明)과 암(暗)의 대비를 만들고 시간과 더불어 변화하는 빛의 다이너미즘을 완전하게 실현했다.

아티스트는 폴록, 라우센버그 등 현대 미술의 고전에서 시작해 브루스 나우먼, 조너선 보로프스키 등의 중견 세대, 가와마타 다다시, 스기모토 히로시 등 당시에는 신진 세대에 이르기까지 두루 선정하여, 현재 호평받는 현대 미술관의 조류를 앞서갔다고 보아도 될 것이다. 체류형 미술관이라는 이름을 내세우고 있는데 이것은 아티스트에게도 적용되어 장소 특정적이라는 이념을 추구하기 위해 이곳에 일정 기간 머물면서 작품을 제작하는 일이 요구된다. 작품을 구매하는 것이 아니라 아티스트에게 제작을 의뢰한다는 뜻에서 커미션 방식이라고 부른다. 처음에 후쿠타케 컬렉션은 수가 한정되어 있었는데 이런 방법으로 나오시마 특유의 아트 워크를 점점 늘려간다.

때로 안도의 공간은 전시물을 훨씬 능가하는 임팩트가 있으며 세계 박람회 파빌리온에서는 그런 점이 분명하게 드러났다. 그러나 나오시마에서는 현대 미술 아트 워크와 일정한 긴장 관계를 맺고 적절하게 계산된 배치를 연결하고 있다. 건축 자체가 장식성을 거부하며, 아트 워크가 콘크리트에 의한 날것의 바탕 위에 하나하나 떠올라서 안도가 중시하는 회유(回遊)하는 구도에 따라 순차적으로 감상자의 눈에 들어온다. 그것의 최초가 되는 나우먼의 「1백 개의 삶과 죽음One Hundred Live and Die」

(1984)은 거대한 콘크리트 공간에 네온 글자판이 점멸하는 오브제 하나만 달랑 설치하여, 대공간에서 번쩍이는 네온 광채가 압도적인 느낌을 준다. 후쿠다케가 〈그 작품은 옥션에서 한 번 져서 사지 못했던 작품인데, 1년쯤 뒤에 10퍼센트인가 20퍼센트인가 웃돈을 주고 사들였다〉라고 말할 정도로 집착했던 작품이다. 그러니 오로지 그 작품만을 위해 유일무이한 공간을 마련한 것이다.

나오시마에 머물면서 세토나이해의 풍광과 아트 워크를 즐길 수 있도록 이 뮤지엄에는 숙박 시설이 갖춰져 있다. 뮤지엄 동 위에 숙박 동이 비스듬히 얹혀 있으며 객실은 열 개이다.

4년 후, 산 위에 새로운 숙박 시설인 「오벌oval」(1996)이 안도의 손에 의해 완성되었다. VIP의 숙박을 염두에 둔 것으로 객실 수는 여섯 개이고 객실 하나당 면적이 32~65제곱미터로 넓으며 각 객실에 테라스가 딸려 있어 그곳에서 세토나이해의 전경을 충분히 즐길 수 있다. 이름에서도 알 수 있듯이 타원형 평면으로 구성하여 타원으로 된 물의 정원을 둘러싸고 객실이 배치되어 있다. 땅속에 매몰한다는 콘셉트는 일관되며, 옥상은 녹음으로 뒤덮여 산줄기에 융화되어 있다.

이 「오벌」에는 많은 고객과 함께 작가들도 숙박한다. 안도가 들려준 재미있는 이야기로, 영국인 예술가 리처드 롱의 일화가 있다. 예술가들은 그림을 그리거나 조각하는 등 본능적인 충동이 있는데, 거기에 그림 재료가 있으면 그 충동을 이기지 못해 거의 무의식적으로 작품을 만들어 버린다. 후쿠타케의 지시로 호텔 측이 롱의 객실에 그림 재료 세트를 두었더니 며칠 후 벽면에 롱 특유의 둥근 고리가 그려져 있었다는 것이다.

낙서이므로 딱히 보수를 지급할 필요도 없지만, 객실은 그것 자체로 아트 워크가 되어 부가가치가 생긴다. 「후쿠타케는 대단한 사람입니다. 이렇게 해서 그의 컬렉션은 점점 커지는 거지요.」 안도를 놀라게 할 정도이니 후쿠타케가 한 수 위이다.

나오시마를 찾아오는 방문객은 그 후로 점점 늘어갔다. 체류형 뮤지엄이라 해도 객실 수가 한정되어 있어 방이 없다며 뮤지엄 측은 즐거운 비명을 질렀다. 그래서 2006년에는 해안 쪽에 목조 숙박 시설 두 동과 레스토랑 전용 건물을 새로 지었다. 각각 〈파크〉, 〈비치〉, 〈테라스〉라고 이름 붙여졌으며 안도가 모든 것을 설계했다.

거리로 파고 들어간 「집 프로젝트」

나오시마는 본섬을 중심으로 한 몇 개의 섬으로 구성되어 있으며, 그 각각에 크고 작은 마을이 있다. 본섬인 혼무라가 중심이며 주민 센터도 거기 있다. 「집 프로젝트」는 이 혼무라 거리에 현대 미술을 넣는 콘셉트로, 오래된 민가나 사찰 등을 이용하여 아티스트가 각각의 아트 워크를 만들어 낸다. 이른바 뮤지엄이 밖으로 나와서 사람들의 생활 속으로 들어간다는 얘기이다. 인구 감소의 바람이 불어닥친 지역의 활성화를 꾀하기 위해 빈집을 이용하여 거리 자체를 예술 공간으로 삼는 것이다.

혼무라에는 빈집이 1백 채 가까이 있는데, 물론 그것을 전부

이용하는 것은 아니다. 예술에 걸맞는 개성 있는 건축을 차례대로 골라서 베네세가 사들인다. 첫 번째 프로젝트로 낙점된 것은 1780년대에 건립된 다테이시의 집으로, 당시에는 사람이 살지 않은 채 황폐해져 있었다. 합각지붕에 밭 전(田) 자 모양 평면으로 저잣거리 장사꾼의 집과 아주 비슷하지만, 상인방과 앞뜰이 있다는 점에서 에도 시대 관리가 살았던 곳으로서의 품격이 엿보인다. 1997년 봄에 베네세는 주민 센터에서 이 집을 소개받아 장소와 건축 모두 더할 나위가 없어 구매를 결정한다. 복원해야 했으므로 지역의 건축 사정에 훤한 다카마쓰의 건축가 야마모토 다다나가(山本忠長)에게 작업을 의뢰했다. 약간 늦게 현대 미술가 미야지마 다쓰오가 합류하여 그의 베니스 비엔날레 출품작을 여기에 다시 한번 설치하기로 결정하였다. 밭 전 자를 이룬 거실 부분 전체에 물을 채운 풀을 만들고, 그 안에 디지털 카운터를 배치하여 아트 워크 「시간의 바다 98 Sea of Time 98」를 완성했다. 이 건축은 다테이시 집안의 옥호(屋号)를 사용하여 〈가도야(角屋)〉로 불린다.

「가도야 프로젝트」는 외장까지 포함하여 햇수로 2년이 걸렸다. 그동안에 마을 주민들과 함께 워크숍도 열고 의견 교환도 하여 지역과의 거리감을 줄이고 마을 사람들의 기대감도 점점 높아졌다. 안도 역시 일련의 프로젝트에 흥미가 솟구쳤다. 〈「가도야 프로젝트」가 재미있던데, 나도 해볼까〉 하고 무심코 프로듀서인 미술 평론가 아키모토 유지에게 말했다. 그 한마디가 제2탄이 되는 「미나미데라(南寺) 프로젝트」(1999)의 시작이다. 안도의 요청에 후쿠타케도 당연히 찬성한다.

거기서부터가 다이내믹하다. 아직 대지도 아티스트도 아무것도 정해지지 않았으므로, 첫 번째 작업은 장소를 찾아내는 것이었다. 언제나처럼 안도는 직접 혼무라를 돌아다니면서 가능성 있는 건축을 샅샅이 살펴보았다. 그리고 가도야보다 더 안쪽에 있는 신사 소유의 땅인 지쇼치(寺社地)에 들어가서 멈춰 섰다.

하치만 신사를 품은 하치만산 일대는 지쇼치이지만, 에도 시대에는 신불 혼효*로 신사 안에 사찰을 여럿 거느리고 있었는데, 메이지 유신에 동반한 불교 배척 운동으로 폐불 훼석(廃仏毀釈)이 있어서 사원은 폐지되어 신사에서 모습을 감추었다. 안도가 멈춰 선 곳은 눈앞까지 비탈이 지고, 당시에는 평범한 목조 건물이 집회소로 사용되던 한 구획으로, 예전에는 간논인(観音院)이라는 사원이 있었다. 이 주변은 세 개의 사원이 남북으로 늘어서 있었는데, 그중 둘이 없어지고, 한가운데의 고쿠라쿠지(極楽寺) 절만 오늘날까지 전한다. 이 지역에서는 예전에 북쪽에 있던 고겐지(高原寺)가 기타데라, 남쪽의 지조지(地蔵寺)가 미나미데라라고 불렸다. 미나미데라 옆에 있는 집은 하치만 신사의 신관인 나오시마 미야케 집안의 본가로 전임 읍장인 미야케 지카쓰구가 살고 있었으며, 오래된 토담이 말끔하게 보존되어 있었다.

토지를 읽는 감각이 탁월한 안도가 예전에 간논인 경내였던 그 토지의 잠재력에 이끌려서 거기서 새로운 프로젝트를 시작

* 일본 고유의 신과 불교가 결합된 신앙.

한 것은 우연이 아니다. 잃어버린 과거의 부흥에 이끌려 아트워크를 성취해 보자고 생각하여 덤벼든 것이 「미나미데라 프로젝트」이다. 후쿠타케와 아키모토에게 그런 이미지를 전달하자 곧바로 〈빛의 마술사〉로 일컬어지는 제임스 터렐을 소개받았다. 이것이 바로 터렐이 일본에서 한 첫 작품이다.

사원과 빛의 예술. 이 조합은 아와지섬의 「미즈미도」와 사이조의 「고묘지」 등에서 실험해 온 주제이지만, 여기서는 모체가 되어야 하는 사원이 이미 소멸했으므로 안도와 지역 사이에 공유되는 가상의 사원을 축으로 자유로운 발상이 가능하며, 문화적 배경이 완전히 다른 아티스트를 끌어들여도 큰 문제가 되지 않는다. 집회소를 철거하는 것을 전제로 여기에 세울 절의 이미지는 극단적으로 간결한 상자 같은 건축이다. 목조이지만 완만한 금속 지붕을 얹어서 두 겹이 된 처마가 거대한 것은 「고묘지」와 같고, 통상적인 기둥과 대들보 구조로 특수한 기법은 사용하지 않는다. 이 지역의 민가와 같은 질감을 갖게 하려고 세토나이해 일대에서 많이 쓰는 불에 그슬려 나뭇결을 돋보이게 한 삼나무 판자로 전체를 덮는다. 불교 사찰이라면 내진이 있고 본존이 있는 것이 일반적인데, 여기서 그 역할을 맡은 것은 터렐의 빛/어둠의 공간이다.

미야케 집안의 오래된 토담이 공간의 긴장감을 만들어 내는데 커다란 의미를 지녔다. 방문자는 처마 밑을 걷게 되는데, 그 옆에 토담을 따라 칸막이가 된 돌 정원이 펼쳐진다. 심지어 안쪽으로 들어감에 따라 점점 오므라지므로 원근법이 강조된다.

그리고 칠흑 같은 어둠이 기다리는 당 안으로 초대받는다. 마침 내 시간이 지나 눈이 어둠에 익숙해지면 실내로 새어 드는 약간 의 빛에 몸이 감응한다. 혼푸쿠지의 「미즈미도」에서 실현했던 서방정토의 신성한 빛이 아니라, 소소하게 변화하는 미세하고 우주 방사선 같은 빛이다. 얼핏 작은 건축물에 작은 전시 공간 이지만 터렐이 이 작품을 「달의 뒷면Backside of the Moon」이 라고 이름 붙인 데에서도 알 수 있듯이, 무한한 어둠에 감싸인 장대한 우주의 장면이 여기에 재현되고 있다.

「집 프로젝트」는 지금까지 8건의 아트 워크를 세상에 내놓았다. 그것의 마지막을 장식한 것이 「안도 뮤지엄ANDO MUSEUM」 (2013)이다. 메이지 중기의 민가 안에 콘크리트 상자를 삽입하여 지하의 명상 공간으로 유도하는 것으로, 소품이지만 공간 체험을 음미하는 장으로 구상되었다.

새로운 기하학의 탄생, 「지추 미술관」

2000년대에 들어와서 베네세에 의한 나오시마의 예술 공간 확대는 더욱 박차를 가했다. 일본 내에서도 인기가 치솟고 해외 방문객도 늘어나 세계적으로 내세울 수 있는 뮤지엄을 지향한 다. 덴마크의 「루이지아나 미술관」이나 네덜란드의 「크뢸러 뮐 러 미술관」 등 풍경과 하나가 된 뮤지엄이 알려져 있는데, 그것 들을 능가하는 환경형 미술관으로 가고자 했다. 「베네세 하우스 뮤지엄」의 바닥 면적은 3천5백 제곱미터 정도이므로 「루이지아 나 미술관」 규모로 하려면 새로운 공간이 더 필요했다. 그래서 계획된 것이 「지추 미술관」이다. 안도에게는 기하학이라는 점에서 커다란 전환점이 되는데, 그것에 대해서는 다음 장에서 이야기하자.

「지추 미술관」을 건설하게 된 계기는, 후쿠타케 소이치로가 이른바 〈화이트 큐브〉로서의 미술관이 아니라 장소 특정적으로 예술가가 그 토지와의 대화 속에서 만들어 가는 새로운 형태의 뮤지엄을 본격적으로 생각하면서 비롯했다. 이미 작품이 「베네세 하우스 뮤지엄」의 컬렉션이 되어 있는 월터 드 마리아, 미나미데라에서 협업했던 제임스 터렐, 두 사람에 더해 인상파의 거장 클로드 모네가 그 대상이 되었다. 앞의 두 사람은 현재 활동중인 현대 미술의 기수이므로, 나오시마에서 그들이 실제로 제작하는 것은 문제가 없지만, 진작에 세상을 떠난 모네가 포함된 것에 대해서는 약간 설명이 필요할 것이다.

후쿠타케는 1998년에 「보스턴 미술관」에서 모네의 「수련」 연작을 볼 기회가 있었다. 작품의 대단함에 감동하면서 소장 욕구가 솟구쳤다. 훗날 그것을 사들인 다음, 인상파 특유의 빛을 다루는 방식에서 영감을 얻어 나오시마에 모네를 위한 빛의 공간을 만들기로 결심했다. 지베르니의 모네 아틀리에에서 제작된 「수련」 연작은 크고 작은 것을 합쳐 3백 점이나 되며 대부분 파리의 「오랑주리 미술관」 특별 전시실에 전시되어 있다. 후쿠타케의 구상은 산란하는 빛의 소용돌이가 화폭 가득 퍼지는 「수련」 연작 5점을 아름다운 자연광을 통해 더욱 잘 느낄 수 있도록 하는 것이었다. 건축가에게는 대단히 어려운 주제이다. 심지어 〈모네의 수련이 파리의 오랑주리보다 아름답게 보이는〉 장소로 만들어야 한다는 점에서, 안도 역시 크게 자극받는 동시에 고민도 되었을 것이다.

후쿠타케의 구상은 더욱 확장한다. 〈모네의 수련을, 종교적인 것을 뛰어넘는 개념의 만다라 같은 상징으로 하고 싶다. 커다란 모네를 본존이라고 가정하고 만다라 양쪽 옆에는 월터 드 마리아와 제임스 터렐 작품을 두면 어떨까〉라는 후쿠타케의 말에 안도는 〈재미있다〉라고 대답했는데, 두 아티스트는 자아가 대단히 강한 사람들이었으므로 그것을 조정하는 것만으로도 엄청난 작업이었다.

대지는 계단 모양의 염전 터였는데, 후쿠타케가 이미 점찍어 둔 장소였다. 나오시마에서 가장 전망이 좋고 경관적으로도 최고라고 일컬어지는 대지이다. 이리하여 안도가 세 명의 아티스트를 위한 뮤지엄 설계를 시작했다. 여기서도 주제가 지하 공간이 되고, 이 땅을 호령했을 신들이나 원령을 떠올리면서 대지를 도려내고 각각의 예술 공간을 땅속에 흩뿌리듯이 전개했다. 분지 정원이 된 중정과 터널 모양의 통로를 매개로 각 공간이 연결된다. 중정은 파쇄한 석회암과 양치식물인 속새 등으로 덮어, 지하의 미궁은 더듬어 찾게 된다. 상공에서 보면 정사각형, 직사각형, 정삼각형이 얼핏 아무렇게나 배치되어 있는데 기본은 정육면체, 직육면체, 삼각뿔 같은 입체 도형이 산일하여 배열된 것이다. 「베네세 하우스 뮤지엄」과 다른 점은 아티스트와의 사이에 철저하게 〈타협 없는 대화〉를 하여 형상과 규모를 정해 갔다는 점이다.

두 아티스트는 밀리미터 단위의 오차도 허용하지 않는 완벽주의자였으며 아트 워크 설치 방법, 빛이 들어오는 방식, 계단 크기 등이 늘 아슬아슬한 지점에서 정해졌다.

드 마리아의 「타임/타임리스/노 타임Time/Timeless/No Time」(2004)을 바라보자. 이 아트 워크는 그의 아이콘 격인 오브제이기도 한 까만 구체(球体)와 207개의 금박을 입힌 목재 오브제로 이루어져 있으며, 그것을 안도의 공간에 배치하는 것으로 완결된다. 검은 화강암 구체는 16단의 계단 위에 놓이고, 그 뒤쪽에 다시 16단이 이어진다. 상승하는 계단은 안도의 트레이드마크이며 드 마리아에게 있어서는 제의(祭儀)의 표출이다. 상부의 세로로 긴 천창에서 들어오는 햇빛이 시간에 따라 변화하는 것은 매크로 코스모스의 마이크로 코스모스에의 반영이다. 고대 그리스의 피타고라스 교단을 연상시키는 수치(数値)에 대한 철저한 집착, 광학 기기의 정밀도로 다듬어진 구체가 티끌만큼의 오차도 없이 놓여 있는 모습은 흡사 계몽주의 시대의 〈이성의 신전〉 같은 분위기이며, 아티스트가 사제가 되어 〈감각을 사고로, 사고를 감각으로〉라고 암송하는 듯하다.

모네의 스페이스는 오롯이 빛을 산란시키고 흡수시키는 것에 힘을 쏟았다. 인상파의 점묘법을 연상케 하는 바닥은 사방 2센티미터의 대리석을 촘촘하게 깔아 마감하고, 거칠게 옻칠한 벽면, 다실의 호라도코(洞床)*와도 닮은 둥그스름한 모서리 처리 등 모네의 그림을 철저하게 공간으로 번역하여 그 공간을 상부의 슬릿에서 간접 광으로 들어오는 하얀빛으로 가득 채워 간다.

베네세 아트 사이트 나오시마, 후지즈카 미쓰마사 사진.

「베네세 하우스 뮤지엄」 공사 현장에서 후쿠타케 소이치로와
함께.

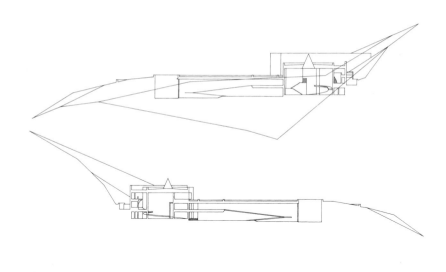

「베네세 하우스 뮤지엄」(가가와군, 1992년)의 단면도.

「오벌」(가가와군, 1995년)의 전경, 후지즈카 미쓰마사 사진.

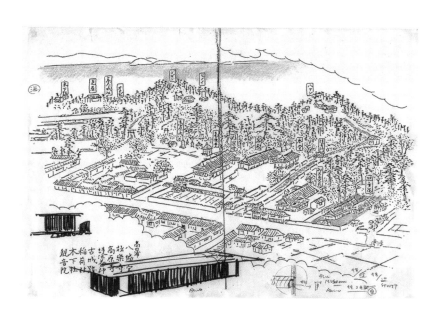

나오시마 혼무라의 고지도에 그려진 미나미데라 스케치.

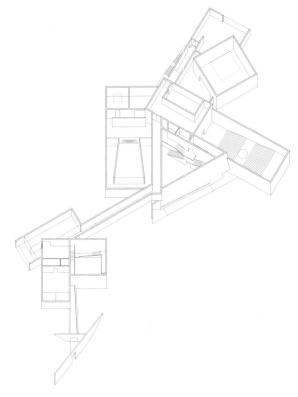

「지추 미술관」(가가와군, 2004년)의 전경.

「지추 미술관」의 부등각 투영도.

제13장 뮤지엄 건축가로

사지 게이조와 「산토리 뮤지엄Suntory Museum」

나오시마의 「베네세 하우스 뮤지엄」은 안도 다다오가 최초로 완성한 본격적인 미술관 건축이다. 그런데 사실은 나오시마보다 약간 빨리 산토리 사장 사지 게이조로부터 회사의 근원인 오사카 덴포잔에 디자인 뮤지엄을 만들어 달라는 제안이 있었다. 1988년의 일이었다. 우연한 인연으로 「스미요시 나가야」를 안내했던 것이 마음에 들었던 것일까. 규모를 물어보자 4천~5천 평 정도가 좋다고 했다. 그런 규모의 미술관 경험이 없어 망설였더니, 〈야박하게 그러지 말고 불만 있으면 완성한 다음에 말하고, 그저 좋을 대로 하게〉라는 질책 반 격려 반인 말을 듣고 마음을 다잡아 프로젝트에 돌입했다.

산토리는 양주 회사에서부터 성장했는데, 디자인에 특화된 기업 뮤지엄을 구상하게 된 계기는 3천8백 점에 이르는 포스터를 품은 영국의 그랑빌 컬렉션을 구입하여 회사가 소장한 컬렉션과 합쳐서 세계의 포스터 8천 점을 소유하게 된 것이었다. 산토리의 전신인 고토부키야 시대부터 광고 홍보에 힘을 기울여 가이코 다케시 작가나 야나기하라 료헤이 일러스트레이터를 고용하여 포스터는 물론, TV 광고 등에도 적극적으로 나서고 있었다. 홍보부의 유산을 바탕으로 사내 컬렉션을 늘렸으며, 음악 활동을 지원하는 메세나 기업으로도 열정을 쏟았다. 1986년에 도쿄 롯폰기에 산토리 홀을 개설하고 저명한 연주자를 초청하여 훌륭한 연주회를 열기도 했다. 기업 이익의 3분의 1은 문화 활동으로 돌린다는 것이 사지 게이조의 방침이었으므로 주변에 많은 문화인이 모여들었다.

사지는 간사이 지역의 재계 인사들 가운데서도 전설적인 사람이었다. 아버지 도리이 신지로가 세운 양주 회사 고토부키야를 물려받아 위스키 회사에서 종합 생활 문화 산업으로 키워 〈산토리 문화〉를 만들어 낸 인물로 알려져 있다. 좋은 가정 환경에서 자랐고 화술이나 태도도 세련되어 오사카 사람들에게 사랑받는 존재이며, 인간 관계도 정·재계 사람들부터 문화인까지 폭이 넓다. 반면에 입이 가벼운 것이 흠이라 실언으로 물의를 빚었던 적이 있었다. 1988년 2월의 공개 심포지엄에서 센다이 천도와 관련하여 도호쿠 지방 사람들을 〈구마소(熊襲)〉*라고 불렀다가 사람들의 반감을 사서 전국적으로 산토리 불매 운동이 벌어졌다. 당시 일본 개발 은행 오사카 지점장이자 도호쿠의 아키타현 출신인 곤 히데타로가 이 발언에 격노하여 일본 개발 은

---

* 고대 일본의 신화 민족으로 소규모의 왕국을 세웠으나 야마토 민족에 의해 일본에 흡수, 동화되었다. 〈곰 사냥꾼〉이라는 뜻이기도 하다.

행 오사카 지점에 관련된 산토리 제품을 모조리 거래 정지시킨 일화가 도시 계획 관계자 사이에서 입방아에 오르기도 했다. 때마침 산토리 홀 공연을 위해 지휘자 카라얀이 일본을 찾아왔지만, 사지는 도호쿠 지역을 돌면서 사죄해야 했기에 만나지 못하고 말았다.

「산토리 뮤지엄」 설계를 의뢰받은 것은 이 사건 직후였으며, 산토리는 한동안 비상 체제에 돌입했다. 심지어, 산토리가 그때까지 일을 맡기던 곳은 야스이 건축 설계 사무소였는데, 사장이 독단적으로 안도에게 일을 맡기겠다고 결정해도 되느냐며, 회사 내부에서도 옥신각신했다. 최종적으로 산토리 문화 재단 이사장이었던 야마자키 마사카즈가 안도를 추천함으로써 사태는 마무리되었다.

대지는 오사카 난코의 덴포잔에 면해 있다. 전쟁 전에 고토부키야 공장이 있던 곳으로, 산토리의 발상지로 기념할 만한 장소였다. 이웃한 대지에는 가이유칸 수족관이 계획되어, 오사카의 해변 지대 개발로 기대되었던 일대이다. 이 무렵 뉴욕, 런던, 도쿄 등이 임해부 개발에 힘을 쏟아 새로운 공공시설이 잇달아 생겨나고 있었다. 오사카 난코는 항구에 면한 엔터테인먼트 지구로 위치 지어져 있었다. 사지의 바람은 단순했는데, 서쪽에 면한 이 덴포잔에서 저녁놀이 아름답게 보였으면 좋겠다는 것이었다.

「산토리 뮤지엄」은 디자인 컬렉션에 특화되어 있으므로, 나오시마처럼 현대 미술을 지향하는 미술관과는 성격이 근본적으로 다르며, 따라서 프로그램도 다르다. 아트 디렉터인 사카네 스스무가 기획을 진행하였고, 미술사계의 중진인 평론가 기무라 시게노부와 다카시나 슈지가 고문을 맡았다. 사카네는 이 뮤지엄에 3차원 영상 IMAX 극장 도입을 생각하여, 볼륨 면에서는 그것이 가장 커다란 공간을 차지한다. 극장은 구(球) 모양이 되므로, 이것과 전시 공간을 어떻게 조합시킬 것인지가 설계상 커다란 과제였다. 최종적으로 구 모양을 역(逆)원뿔 안에 삽입하여 바다를 향해 두 개의 직육면체(전시실)가 불쑥 튀어나온 형태로 뮤지엄 전체 구성이 정해졌다. 바다에 면해 있으므로 내후성*이 높은 스테인리스와 유리를 사용하여 안도의 기존 건축과는 다른 분위기가 되었다.

바다에 접한 외관을 처리한 방식은 참으로 안도답다. 뮤지엄을 해수면에 연속시키기 위해 친수(親水) 광장을 디자인한다. 해면을 향해 차츰 내려가는 것인데, 사실 그 대지는 시의 항만국과 정부의 운수성(현 국토 교통성)으로 관할이 나뉘어 있는 토지로, 원래라면 일개 민간 기업이 손댈 수 있는 장소가 아니었다. 여기서 롯코나 다카세강에서의 경험이 유용했다. 수변 디자인이 없으면 여기를 방문하는 사람들의 편의 시설을 확보할수 없다는 취지를 설명하여 마침내 설득에 성공했다. 실제로는 운수성을 설득하는 것이 훨씬 곤란했는데, 그 부분은 자신이 이미 처리해 두고도 안도에게 공을 돌리려는 사지의 배려였으며,

---

* 건축 재료를 옥외에서 사용할 때의 내구성. 태양광, 비바람, 온도 변화 등에 대해 변질이나 열화를 일으키지 않는 성질.

그런 부분에서도 예술과 문화를 소중히 여기는 산토리의 면모가 드러난다. 가로 1백 미터, 세로 40미터의 친수 공원인 머메이드 광장은 테라스, 계단, 열기둥 등을 거느리며, 오사카 꽃 박람회의 「명화의 정원」 해변판이라고 부를 만한 외부 공간으로 완성되었다. 조각가 신구 스스무의 움직이는 조각 「파도의 기억(波の記憶)」이 구색을 갖추고 있다.

이리하여 저녁놀과 바다를 주제로 한 「산토리 뮤지엄」이 완성된 것이 1994년 11월이었다. 오프닝 전람회는 「미녀 1백년(美女100年)」전이었으며, 사지가 좋아하는 테마였다. 그로부터 두 달 뒤 한신·아와지 대지진이 고베를 덮쳤고, 덴포잔은 고베로 가는 구호 물자 수송의 발착 기지가 되었다.

아사히 맥주와 「오야마자키 산장 미술관(大山崎山荘美術館)」

안도는 양주업계 사람 가운데 아사히 맥주 사장인 히구치 히로타로와도 친교를 맺는다. 히구치는 사지 게이조와는 달리 은행 출신 경영자였는데, 강경함과 유연함을 겸비한 사람으로 성급한 점에서는 안도와 닮았다. 경영 위기에 빠진 아사히 맥주를 다시 일으켜 세우고 도쿄 아사쿠사에 필리프 스타크가 디자인한 「슈퍼 드라이 홀」(1989)을 개관시킨 것으로 유명하다. 홀의 형태 때문에 속칭 〈황금 똥〉이라고 불리는데, 그것이 오히려 아사히 맥주 PR 효과를 높여 주목받고 있었다.

1991년 초에 그가 안도 사무소의 현관에서 〈아사히 맥주의 히구치라고 하는데 안도 씨 계시오?〉 하고 갑자기 찾아왔다. 이

것이 첫 만남이었다. 그때 히구치가 의뢰한 것이 「오야마자키 산장 미술관」, 정확하게 말하면 다이쇼 시대에 건설된 교토 교외의 서양관을 미술관으로 개장하는 것이었다. 물론 오래된 건물을 부수고 새로운 미술관을 짓는 것이 아니라 역사적 건축물을 이용하면서 새로운 미술관 공간을 덧붙여 달라는 의뢰였다.

이 프로젝트는 안도에게 첫 번째 고건축 보존 작업이었으며, 그 후 이탈리아나 프랑스에서 속속 착수하게 되는 일련의 역사적 건축물을 재활용하는 계획의 실마리가 되었다. 석조나 벽돌조 건축이라면 볼륨감이 콘크리트와 달라지지 않는데, 목조 주택은 작아지므로 조화가 어렵다.

오야마자키 산장은 실업가 가가 쇼타로의 별장으로 다이쇼 말기인 1922년에 건축된 튜더 양식인 고딕 건축 주택이다. 가가 쇼타로가 젊은 시절의 영국 유학을 떠올리면서 몸소 도면을 그려서 하프팀버* 집을 지었다. 1967년에 가가 집안의 손을 떠난 후, 소유자가 계속 바뀌어 당시에는 회원제 레스토랑이었는데 노후화가 진행되어 재건축 이야기가 나왔다. 이에 대해 지역 주민이 크게 반대하여 전문가들까지 동원되는 소동이 벌어졌다.

이처럼 환경 보호 목소리가 높아지자 교토부 지사 아라마키 데이이치가 나서서 교토부와 오야마자키초가 땅을 사들여 평생 학습 추진 사업으로 이 건축을 이용할 수 있도록 죽마고우인

* 집의 기둥, 들보 따위는 나무로 만들고 그 사이사이에 벽돌, 흙을 채워 메우는 건축 구조. 반목조(半木造) 건축으로 북유럽이나 영국에서 볼 수 있다.

히구치에게 메세나로 참여해 달라고 요청했다. 가가 쇼타로는 니카 위스키 창립자이며, 니카가 아사히 맥주의 자회사이기도 했으므로 건물을 사들여서 보존하기로 결심한 히구치가 안도에게 논의하러 온 것이었다. 「안도 씨, 당신 건축은 용감해서 흥미롭습니다」. 안도에게는 고마운 제안이었지만 산토리의 라이벌 회사로부터의 의뢰였으므로 안도는 우선 사지에게 예의를 갖췄다. 「아사히 맥주에서 일이 들어왔는데 맡아도 될까요?」 그런 다음, 히구치에게 〈일을 맡지만 산토리 쪽과 겹치기 작업을 하게 된다〉는 것을 거듭 확인했다.

미술관에서 무엇을 전시할까. 히구치가 머릿속에 그리고 있던 것은 일본의 민예 운동을 지지했던 버나드 리치와 하마다 쇼지 등의 도자기 컬렉션과 아사히 맥주의 소장품, 그리고 헨리 무어의 작품도 있으므로 그것들을 중심으로 새로운 미술관을 꾸리는 것이었다. 그는 안도에게 소장품을 보여 주고 전시 이미지를 확인했다. 다이쇼에서 쇼와에 걸쳐 개발된 오야마자키 별장에 딱 맞는 테마였으며 정원과도 잘 어울렸다. 안도는 즉석에서 승낙하고 바로 설계에 들어갔다. 오래된 산장은 보존 수복하기로 했으며 새로운 전시실도 필요했다. 〈당신에게 모두 맡길 테니 자유롭게 작업하라〉고 말하며, 히구치는 여러 가지 안을 생각할 수 있게끔 해주었다.

토지를 읽고 기하학을 정해 가는 것이 중요했다. 거기서 떠오른 것이 오래된 건물을 커다란 원형 안에 집어넣어 버리는 방식이었다. 산장 주위에 커다란 고리를 그리고, 제1안은 절반을 갤러리로 하고, 제2안은 고리를 땅속에 묻어 버리는 것이었다. 두 가지 안 모두 산장을 통과하여 갤러리에 접근하므로, 옛것과 새것의 연속성도 유지할 수 있다. 그러나, 이 고리 안을 본 히구치는 말했다. 「이렇게 하면 대지 경계를 벗어나게 됩니다. 자유롭게 한다고 해도 법률 범위 안에서 부탁드립니다.」 바로 옆은 교토부의 소유지였으므로 마음만 먹으면 어떻게든 해볼 수 있을 터였지만, 역시 은행가 출신인 히구치는 규칙에 엄격했다. 안도는 마지못해 새로운 안을 짜기 시작했다.

그는 과감하게 전체 구도를 바꿔 보았다. 고르지 않은 대지를 전제로, 산장과 새로운 건축을 완전히 나누는 안이었다. 새로 짓는 전시 동은 지름 12.5미터의 원통(실린더)을 땅속에 묻고, 산장에서 일직선으로 나오는 계단 통로로 둘을 잇는다. 이 안이 생각보다 잘 정리된 이유는 땅속으로 하강하는 수법에 더해 실린더 지름을 네모난 산장 평면의 내접원 크기로 하여, 그 원주에 대응하는 길이를 갖는 선(통로)으로 둘을 이어 주었기 때문이다. 크기가 같은 원과 정사각형이라는 도형적 처리는 르네상스의 원적법을 덧붙인 것으로, 그것이 일본의 근대 공간에서도 범용성이 있음을 제시하는 좋은 예가 되었다.

원적법적 주제는, 다빈치가 그러했듯이 언제나 약간의 수수께끼를 남긴다. 교토 교외의 일본식 정원에 이 요소가 들어가면 더욱 신비감을 띤 정원이 되며, 일본식 공간에 생겨난 〈원〉을 모티프로 한 기하학 정원이 뒤섞여서 신비한 매력을 만들어 낸다. 서양식 건축 분위기와 예술적인 느낌이 하나가 되며, 계절마다 정원의 색채도 바뀐다. 계절에 따라 매화, 왕벚나무, 단풍나무, 은행나무, 동백나무 등 상록수의 꽃들이 피고, 나뭇잎도 알록달록 물든다. 전시 동 예정지에는 북미 원산의 세쿼이아 종류인 희귀종 수목이 있었는데, 이것은 대지 안으로 옮겨 심어 소중하게 보존했다. 그런 매력에 이끌려 개관 초기에는 연간 15만 명의 방문자가 찾아왔고, 그 후는 10만 명 전후를 유지하고 있다.

안도와 아사히 맥주의 인연은 그 후로도 계속되어 가나가와현에서도 「아사이 맥주 가나가와 공장 게스트 하우스(アサヒビール神奈川工場ゲストハウス)」(2002)를 만들었고, 2012년에는 「오야마자키 산장 미술관」 반대쪽에 야마테관(山手館) 「꿈의 상자(夢の箱)」를 설계했다. 「오야마자키 산장 미술관」은 안도가 본격적으로 역사적 건축물을 보존, 복원하여 현대 건축과의 공존을 시도한 첫 번째 사례이며, 그 실물감이 압도적인 힘을 갖는 동시에 1990년대부터 착수하는 많은 역사적 건축물의 개보수 프로젝트, 특히 유럽에서 일할 때 적지 않은 식견을 마련하게 된다.

베네통을 위한 예술 학교

무대는 이탈리아로 날아간다.

북이탈리아의 트레비조에 본사를 둔 베네통의 사장 루치아노 베네통이 세비야의 호텔에 묵고 있던 안도 다다오에게 전화를 걸어 온 것은 1992년이었다. 트레비조에 예술 학교를 만들고 싶다는 것이었다. 베네통의 아트 디렉터인 올리비에로 토스카니가 중개 역할을 했다. 안도는 10년 전인 1982년 뉴욕에서 아트 디렉터 이시오카 에이코한테서 사진가로 토스카니를 소개받았고, 그 후 베네통으로 옮긴 토스카니가 만들어 낸 강렬한 광고들을 생생히 보아 왔다. 베네통과 토스카니 모두 세비야 세계 박람회 「일본관」을 방문했고 거대한 목조 건축의 박력에 압도되어 안도에게 연락한 것이었다.

베네통은 1965년 루치아노 베네통이 트레비조에서 설립했다. 세계적인 의류 기업이므로 밀라노를 기반으로 할 거로 생각하는 사람이 많지만, 트레비조를 떠나지 않고 일관되게 지역에 뿌리내린 활동을 하고 있다. 본사는 시 교외의 16세기 빌라를 개조한 것으로, 이탈리아를 대표하는 건축가 카를로 스카르파 Carlo Scarpa와 아들인 토비아 스카르파 Tobia Scarpa가 베네통 집안의 건축을 맡고 있으며 고품격 디자인으로도 유명하다.

안도에게 온 의뢰는 베네통 집안이 소유한 트레비조 교외의 빌라를 중심으로, 세계 각지에서 지원한 젊은이들에게 자유로운 배움의 장을 제공하는 것을 목적으로 한 국제적 디자인 연구 교육 기관을 설립하고, 거기에 베네통의 광고 부문을 집어넣어 미디어 디자인 학교로 정비한다는 내용이었다. 지금까지 키워 온 베네통의 노하우를 살린 소수 정예 교육을 하려면 높은 디자인성을 갖춘 시설이 필요하다. 토스카니는 안도에 대해 〈구로사와 감독의 영화에 나오는 배우 같은 눈을 갖고 있다. 카리스마적인 힘 같은 것, 강한 에너지를 느꼈다〉고 평가하며 크리에이터로서의 자질을 높이 사서 사장 루치아노에게 추천했다.[47]

멀리 떨어진 이탈리아에서 진행해야 하고 상당히 큰 프로젝트이기도 해서 안도는 잠깐 망설였지만, 팔라디오나 스카르파의 건축을 직접 접할 기회가 너무 매력적이어서 트레비조로 날아가기로 했다. 루치아노 사장과 만난 안도는 강한 신뢰를 얻었고, 현지 시스템도 제대로 작동하는 것에 안심하고 최종적으로 설계를 승낙했다. 오래된 건물을 바라보고 있자니 그 자리에서 이미지가 잇따라 솟구쳤다.

「파브리카Fabrica」의 토지를 보여 주었을 때, 그는 점심을 먹은 레스토랑의 냅킨에 설계안을 그렸다. 오래된 건물을 L자형으로 하고, 거기에 새로운 건물을 만들어 간다는 아이디어가 눈깜짝할 사이에 태어난 것이다. 실제로 만들어진 「파브리카」도 설계안 그대로였다.[48]

대지에는 17세기의 빌라와 마구간 등의 부속 건물이 지어져 있으며, 이 건축을 남겨 둔 채로 새로운 강당, 스튜디오, 도서실 등의 요소를 추가해 간다. 오야마자키 산장 때처럼 역사적 건축물을 보존, 복원하는 것이며 스케일은 훨씬 크다. 안도가 존경하는 스카르파는 그런 프로젝트를 여럿 맡고 있었다.

최초로 이미지화한 것은, 오야마자키 산장의 최종안처럼 기존 건물에서 비쭉 튀어나온 선(갤러리)과 그것에 접하는 원(지하 공간) 구도였다. 원, 즉 지하에 가라앉은 원통이 중심 역할을 하며, 거기에 각 방이 모이는 형태가 된다. 그 후, 원통은 타원통으로 변형하여 지하 8미터의 성큰 코트(주변 대지보다 낮게 지하 공간을 만들어 자연광을 유도하는 구조) 공간을 형성하고, 별도로 나선형 서고가 지하에 배치된다. 구부렁한 기존 건물의 형상을 〈숨은 기하학〉으로써 보조선을 긋고, 거기서부터 전체 배치를 정해 간다는 점에서, 얼마 뒤에 시작되는 「아와지 유메부타이(淡路夢舞台)」와 공통된다.

안도는 EU 바깥의 일본 건축가이므로 이탈리아에서 건축 설계를 하려면 현지 건축가(사무소)와 팀을 꾸려야 한다. 그들이 모든 신청(건축 허가 등)과 현장 감리를 수행한다. 심지어 복원에 관해서는 역사적 건축물 감독 사무소로부터 반드시 허가받아야 하며, 그러기 위한 복원용 도면도 그려야 한다. 그리하여 베네통의 건축 부문을 총괄하는 엔지니어 에우제니오 트란킬리를 중심으로 현지 건축가와 엔지니어를 모은 조직이 꾸려졌으며, 이 조직이 일본과 이탈리아의 공동 프로젝트를 진행하므로 안도가 현지 사무소를 개설할 필요는 딱히 없었다.

공사 기간은 기존 건축의 복원을 제1기, 신축을 제2기로 하여 진행되었다. 시공은 지역의 시공 회사 이보네 가르부이오가 담당하고, 그 밑에 다양한 장인들이 참여했다. 핵심 건축이 되는 빌라는 학교의 본부 기능이 들어가므로 복원하여 그대로 이용할 수 있지만, 부속 동에는 스튜디오 등을 넣어야 하므로 전면 개보수해야 했다. 재료의 열화가 심해서 지붕틀을 포함하여 상당한 재료를 교환했다. 공사를 시작했을 무렵에는 팀이 노출 콘크리트에 전혀 익숙하지 않았으므로 일본에서 온 안도 팀은 상당히 진땀을 흘렸다. 그 후 법규 문제도 있어서 〈유럽 사람들은 수명이 실로 영원하다〉는 마음으로 5년간 기다린 끝에 겨우 공사가 재개된다. 그동안에 다행히도 장인들의 솜씨가 향상되었다. 또한 그들이 열심히 개개의 기술을 익혀 최고 수준으로 완성하게 된다.

이 프로젝트에서 안도는 이탈리아가 보여 준 보존, 복원에 대한 열정과 충실한 사회적 시스템을 배웠다. 역사적 건축물은 어디에나 있으며 그것을 복원하는 것은 일상적인 일이다. 장인의 솜씨는 뛰어나며 열정과 자부심을 느끼고 일한다. 문화재로 지정된 건물은 물론이며, 그렇지 않더라도 역사 지구에 세워진 건축이라면 필요한 복원 계획에 따라 석공, 목수, 미장이, 가구 장인 등이 교대로 일한다. 그 장인들이 일하는 방식이 일본과 같으며 도제식이라는 점에서는 좋은 의미에서 옛것이 남아 있다. 안도는 이탈리아의 가업이 존재하는 방식에 감명받았다.

공동화한 세인트루이스 중심가에 미술관을

베네통보다 앞선 1990년 가을에 안도는 미국에서 작업 의뢰를 받았다. 「시카고 미술관」의 관장 제임스 우드의 소개로, 세인트루이스에 사는 퓰리처 부부의 컬렉션을 전시할 미술관을 지어 달라는 의뢰였다. 우드 관장과는 동양관 일로 알게 되었다. 그때의 「시카고 미술관」 동양부장이 훗날 「효고 현립 미술관(兵庫県立美術館)」 관장이 되는 미노 유타카였다.

이 무렵 안도는 베네세의 일과 씨름하고 있었는데 아직 미술관 작품은 없었으며, 심지어 미국에서 큰 전시회가 열린 적도 없어서 이름조차 알려지지 않았다. 퓰리처 부부로서는 상당히 과감한 의뢰였다. 부부는 1년쯤 전에 친하게 지내는 아티스트 리처드 세라와 엘스워스 켈리한테서 일본에 〈안도 다다오〉라는 대단한 건축가가 있다는 이야기를 듣고, 그 후 관심을 두고 알아보았더니 작품이 아주 좋았다. 그래서 친구인 우드를 통해 안도를 소개받았다.

세인트루이스는 미국 중서부, 미시시피주에 면한 산업 도시였는데, 중심부는 공동화(空洞化)가 진행되어 주택이나 오피스 빌딩의 황폐화가 두드러졌다. 보도 문화를 표창하는 퓰리처상의 창설자로 이름 높은 조지프 퓰리처를 할아버지로 두고, 지역의 명문가로 다양한 공헌을 해온 부부는, 재개발의 일조로 자신들의 컬렉션을 전시할 미술관을 짓기로 결심했다. 규모는 그리 크지 않지만 근현대 미술의 걸작을 모은 고상한 미술관으로 도심부의 문화성을 되살리자는 구상이었다. 쇠퇴하는 지역의 재생을 목적으로 한다는 점에서는 후쿠타케 소이치로의 전략과 공통되는 부분이 있다.

안도에게 일을 의뢰한 반년 후, 남편 조지프가 타계한다. 아내 에밀리가 1994년에 대지를 변경한 후에 다시 설계 의뢰를 하여 본격적으로 설계를 개시한다. 새로운 대지는 미시시피 강변에서 북쪽으로 약간 떨어진 곳으로, 폐가나 공터가 많은 전형적인 이너 시티* 현상이 진행 중인 지구였다. 새로운 미술관으로

* 대도시의 도심 지역이 주택 환경의 악화로 야간 인구가 현격히 감소하고, 근린

이 거리가 활기를 되찾고, 사람들이 즐길 수 있는 장소가 되어야 했다. 애초에는 오래된 자동차 공장을 리노베이션하는 것으로 프로젝트를 진행하자는 말이 있었지만, 새로운 대지에서는 신축으로 진행하게 되었다.

벽과 상자가 커다란 주제가 되었다. 두 개의 높이가 다른 콘크리트 직육면체 박스를 배치하고, 그 사이에 물의 정원을 만든다. 입구 주위는 조각 공원을 만들고 콘크리트 벽으로 닫는다. 이리하여 닫힌 공간 안에서 물을 바라보는 회유 공간이 성립한다. 이 뮤지엄에서 중요한 것은 두 명의 예술가, 세라와 켈리의 커미션 워크(주문 제작), 즉 이 미술관에 맞춰 제작한 작품을 설치하는 것을 전제로 설계가 진행되었다는 점이다. 세라는 나선형으로 돌아가는 철제 오브제, 켈리는 직사각형 블루. 두 명의 개성 강한 아티스트는 안도를 상당히 쥐락펴락한 것 같은데, 최종적으로는 한 치의 오차도 없이 그들의 작품이 안도의 건축과 일체화한다.

도시 계획적인 시점에서 말하자면, 안도의 미술관이 해낸 역할은 대단히 크다. 퓰리처 재단의 컬렉션이 있음으로써 거리의 문화 수준 향상에 크게 이바지한다면, 안도의 건축은 규모는 작지만 그것 자체가 환경을 형성하여 거리를 구원한다. 강한 기하학적 형태 때문에 주위와 단절된 폐쇄적인 환경으로 여겨지기도 하는데, 그의 건축에 깃든 강렬한 생명력과 강인한 구축력으로 주위에 마을이 저절로 생성된다고 말해도 될 것이다. 르코르

관계 등의 붕괴로 행정 구역의 존립이 위기에 놓이게 된 도시.

뷔지에의 부아쟁 계획처럼 강압적이고 획일적인 재개발이 아니라 도드라지지 않고 절제된 영향력을 거리에 행사한다. 종종 〈비단 같다〉고 형용되는 부드러운 콘크리트 피막에다 심지어 높이를 억제하여 겉보기에는 진짜로 작은 건축 같지만 일단 안에 들어가면 안쪽으로 다시 이어지는 심원에서 드라마틱한 건축을 체험할 수 있다. 건축의 안과 밖을 분절함으로써, 거리의 스케일과 건축 내부의 스케일을 조정할 수 있다. 〈문지방〉을 통해 안과 밖을 나누는 수법이라고 해도 될 것이다.

그리하여 전통적인 파사드주의에서 비켜난, 비단 같은 콘크리트 표면을 드러내는 안도의 건축이 등장한다.

자연광은 종종 수면을 계속 반사하며 천정과 벽면, 그리고 바닥을 거쳐 간다. 밝고 드라마틱한 투영을 보이는 날이 있는가 하면, 흐린 날에는 고요하고 명상으로 이끄는 듯한 분위기를 자아내기도 하면서, 그 감상을 다양하게 변화시킨다.

큐레이터로서 경력을 쌓아 몸소 관장이 된 에밀리 퓰리처의 표현이다. 여기서는 자연의 초록이 아니라 이웃한 광장 건너편에 있는 신전풍의 거대한 프리메이슨 본부 건물이 차경으로 안도의 건축에 그림자를 드리운다.

2001년 10월「퓰리처 미술관Pulitzer Arts Foundation」은 오프닝을 맞이한다. 이를 위해 세인트루이스를 방문한 안도는 도중에 뉴욕에 들렀다가 9·11 테러 현장에 충격받는다. 같은 해

12월, 안도는 「퓰리처 미술관」을 포함하여 그때까지의 업적으로 미국 건축계의 최고봉으로 일컬어지는 미국 건축가 협회 AIA 금메달을 수상하며, 12월 6일의 수상식 참석을 위해 워싱턴을 방문한다. 현지 매체가 이날을 태평양 전쟁 개전 기념일, 즉 진주만 공격 하루 전이라고 굳이 쓴 것이 의미심장하다.

해가 바뀌어 2002년 1월, 안도는 뉴욕의 WTC 빌딩 붕괴 현장에 대한 메모리얼 안을 발표한다. 고분(古墳)에서 영감을 얻은 진혼비였다.

독일에서는 옛 NATO군의 미사일 기지 철거 계획을

뒤셀도르프 교외의 마을인 홈브로이히에 계획된 「랑엔 미술관Langen Foundation」도, 「퓰리처 미술관」처럼 설계에서 준공까지 10년이 걸렸다. 처음 안도에게 제안이 온 것은 1994년이었다. 설계는 금방 끝났지만, 규모가 워낙 커서 계획 조정이나 자금 조달 등 다양한 문제에 부딪혔다.

부동산 개발을 생업으로 하는 카를하인리히 뮐러는 현대 미술 수집가이자 환경 운동가이기도 했다. 환경 예술이야말로 지구를 구한다는 이념 아래 홈브로이히 땅에 드넓은 아티스트의 콜로니를 구상하고, 1987년에 라인강의 지류인 에르프트 강변의 습지대를 사들였다. 섬insel 모양을 이루고 있어서 〈인젤 홈브로이히 미술관〉이라고 이름 붙여진 23만 제곱미터에 이르는 일대에 갤러리, 아틀리에, 아티스트의 주거 공간 등을 배치하여 주위의 전원 풍경과 하나가 된 친환경 생태 공원을 만들어 냈다. 뮐러의 이념에 찬성한 조각가 에르빈 헤리히, 니시카와 가쓰히토 등이 이 구상을 추진하면서 〈망각된 지구의 한 귀퉁이〉에 환경 예술의 발자취를 새기고 있었다. 독일은 19세기에서부터 20세기의 산업화 과정에서 잃어버린 환경 회복을 중요한 과제로 인식하여, IBA 브란델부르크 등 환경 재생형 건축이 논쟁의 도마 위에 올랐다. 라인강 유역권을 형성하는 홈브로이히 땅에서도 같은 문제의식을 공유하는 사람들이 환경과 예술을 잇는 시도를 하고 있었다.

뮐러의 구상은 환경 사업으로 자리매김할 수 있는데, 주(州)나 민간의 자금을 투입하면서 예술가들이 자율적으로 커뮤니티를 운영하며 살아가야 했다. 1992년에는 인젤강에서 북서쪽으로 1킬로미터 정도 떨어진 옛 NATO군 미사일 기지였던 12만 제곱미터 정도의 토지 〈라케텐슈타치온〉을 취득하여 새로운 미술관군을 구상하기 시작했다. 그의 아이디어는 이 토지를 핵심으로 3백만 제곱미터 정도의 토지 전체를 환경형 커뮤니티로 나누고, 도시를 대체하는 새로운 공동체로 만들어 가자는 것이었다. 그리고 라케텐슈타치온의 중심으로 뮤지엄을 만드는 역할을 안도에게 의뢰하였다.

격납고 등의 건물이 철거된 후에도 라케텐슈타치온 대지에는 미사일 발사의 폭풍으로부터 몸을 보호하는 흙으로 쌓아 올린 방풍용 성채인 토루가 둘러 있었다. 옛 성터를 떠올리게 하는 기복(起伏)*이다. 안도는 언덕 모양의 토루를 유지하여 지형

* 지세(地勢)가 높아졌다 낮아졌다 함.

요소로 배치 계획에 넣자고 제안한다. 미술관은 두 개의 토루 사이에 끼워 넣고, 콘크리트 직육면체 두 개를 나란히 세워서 땅속에 묻고, 거기에 비스듬하게 유리 직육면체 하나를 붙인다. 후자의 형상은 기존에 없던 것으로, 정확하게는 안쪽 콘크리트의 가늘고 긴 상자를 유리 벽으로 완전히 바깥을 덮어 이중 피막을 이루고 있다. 이 방식은 1992년 브뤼셀의 보두앵 국왕 기념 재단에서 의뢰한 미술관 프로젝트에서 처음 시도한 것으로, 유리와 콘크리트에 낀 공간이 일본 가옥의 툇마루 같은 중간 영역 역할을 해냈다는 점에서, 그때까지 항상 콘크리트 벽에 갇혀 있던 안도에게는 새로운 계획안이었다. 밝고 경쾌한 인상을 주면서 빛을 좋아하지 않는 작품은 콘크리트 상자 안에 넣을 수 있다. 건물 전면에는 물의 정원을 배치하여 게이트부터 미술관 본체까지 물의 정원을 따라가는 구성으로 설계한다.

설계는 이른 단계에서 마무리되고, 우선 시험 삼아 게이트를 건설했다. 이것이 사업 개시의 신호였지만 실제로 자금을 모으는 것도 그때부터였으므로 게이트는 출자자에 대한 건축 본보기였다.

출자자는 쉽게 모이지 않았지만 6년 만에 역시 수집가였던 마리안 랑엔이 미술관 건설을 위해 자금을 낸다. 99세의 나이로 자신의 재단을 만들어 활동하던 마리안은 안도의 건축에 강하게 매혹되어 세상을 떠난 남편 빅토르와 함께 수집한 동양 미술과 현대 미술 컬렉션을 전시하는 조건으로 뮐러에게 사업 참가 의사를 전했다. 이리하여 마침내 2002년 가을에 공사를 재개하게 되었다.

동양 미술 작품은 이중 피막 안쪽의 가늘고 긴 갤러리에 전시한다. 이곳은 조명을 되도록 낮춘다. 반면에 현대 미술 작품은 커다란 공간을 갖추는 것이 좋다. 절반을 땅속에 묻은 2층의 통층 갤러리에 전시한다.

뮐러에게는 잃어버린 환경의 재생이라는 큰 뜻이 있었으며, 일본에서 같은 활동을 해온 안도는 문제의식을 공유하는 동지이기도 했다. 그래서 안도는 처음에 인젤 홈브로이히를 방문했을 때 느꼈던 〈예술의 낙원〉 이미지를 10년 동안 변함없이 품고 있으면서, 꿈을 실현하기 위해 쭉 기다려 왔다. 마침내 대지는 수목으로 뒤덮이고 미술관은 〈숲속에 고요히 숨을 쉬는 분위기 속에 뮐러와 랑엔 부인의 평생의 꿈이 담긴〉 건축으로 미래를 향해 각인된다.[49] 마리안 랑엔은 미술관이 오픈하기 6개월 전에 세상을 떠났다.

지명 설계 공모 우승으로 획득한 현대 미술관

텍사스주의 「포트워스 현대 미술관Modern Art Museum of Fort Worth」은 안도가 처음으로 지명 설계 공모에서 우승하여 그것을 실현시킨 사례로 기념할 만하다. 1997년에 열린 2단계 설계 공모에서 1차로 1백 개 팀 정도가 선정되고, 2차로 멕시코의 리카르도 레고레타Ricardo Legorreta, 워싱턴의 데이비드 슈워츠David M. Schwarz, 이소자키 아라타, 안도 등 6팀으로 압축되었다. 인터뷰에 이소자키는 출석하지 않았고, 유리와 콘크리트의 이중 피막 공간을 제안한 안도의 안이 수석을 차지했다. 근처에 루이스 칸의 불후의 명작으로 일컬어지는 「킴벨 미술관」(1972)이 있으므로 어떤 의미에서는 대단히 어려운 장소인데, 그만큼 값진 기회이기도 하다.

이중 피막의 등장으로 안도의 미술관 건축 이미지는 크게 달라졌다. 「랑엔 미술관」, 「포트워스 현대 미술관」, 「효고 현립 미술관」, 그리고 미완성으로 끝난 파리 교외의 피노 재단 미술관(설계 공모안, 2001) 등 대규모 미술관 건축에 대대적으로 응용하여, 기존과 다른 공간을 만드는 방식을 제시하게 된다. 「랑엔 미술관」을 완성하는 데 시간이 오래 걸린 탓에, 다른 미술관을 디자인한 다음에 랑엔에 도입된 것처럼 생각하곤 하는데, 사실은 보두앵 국왕 재단의 미술관 프로젝트를 실마리로 이 새로운 형식이 랑엔에서 최초로 시도되었다.

포트워스 설계를 공모한 해에 고베의 「효고 현립 미술관」 프로포절에서도 안도의 안이 선정되었다. 고베와 포트워스 모두 직육면체 상자를 늘어 세운 배치인데 안쪽이 콘크리트 상자, 바깥쪽이 유리라는 이중 피막이 되어, 외부의 빛으로부터 작품을 보호하고 보안 측면에서도 만전을 기한다. 또한 투명한 유리를 통해 공공 공간의 연장으로써 개방성을 유지하고 주변의 도시나 전원 풍경을 안쪽으로 들인다. 안도는 유리로 유도되는 이런 중간 영역을 일본의 전통 공간에 빗대어 툇마루라고 부르는데, 안도의 건축에 이런 상호 관입*적인 공유 스페이스가 정착해 온

* 내외부 공간 사이에 새로운 공간이 들어옴으로써 공간의 위치 관계가 서로 얽

것은 커다란 의미가 있다. 고베에서는 대지진으로 커다란 피해를 본 거리를 향해 열려 있으면서 동시에 항구의 전망을 품고 있지만, 포트워스에서는 주위의 드넓은 초록빛으로 넘치는 풍경이 내부로 날아 들어온다.

안도에게 가장 커다란 과제이자 압박이었던 것은, 역시 「킴벨 미술관」과 관계를 맺는 방식이었던 것 같다. 그 점은 안도가 남긴 일군의 스케치에서 뚜렷하게 엿볼 수 있다. 애초의 단계에서는 「킴벨 미술관」을 구성하는 여섯 개의 볼트(반원통형 천장)에 대비되는, 그것과 직교하는 듯한 여섯 개의 직육면체를 배열하여 루이스 칸에 대한 오마주를 드러내고 있었다.

배치 방식도 킴벨을 중심으로 한 축선(軸線)을 설정하고, 한 줄이 길게 튀어나오는 배치에서 서서히 변화하여, 퍼블릭 스페이스를 모은 두 개의 긴 직육면체로 한다. 최종안에서는 여섯 개에서 다섯 개로 바뀌고, 그것의 비례 관계도 5:3의 비율로, 칸의 황금비와 거의 같은 형식에 근접해 있다. 이리하여 두 개의 미술관으로 구성되는 이 토지 전체의 풍경을, 아담하지만 압도적인 긴장감을 풍기는 「킴벨 미술관」을 소실점으로 한 투시도적인 구도 안에 끼워 넣어, 바로 앞에 놓인 현대 미술관의 투명한 상자가 모두 안쪽에 있는 「킴벨 미술관」으로 모이도록 했다.

실제 공사는 애를 먹었다. 미국에서의 첫 대형 안건이었으므로 실시 설계, 착공 절차, 시공 감리 등등 잇따라 새로운 문제가 발생했으며, 두더지 잡기 놀이처럼 문제 하나가 터지면 해결하

혀 있는 상태를 말한다.

고, 또 다른 문제가 생기면 또 해결하는 식이었다. 지금까지도 강렬한 추억으로 남아 있다. 가장 놀라웠던 것은 미국의 비즈니스 관습에 따라 수많은 절차를 전부 변호사를 통해 해결해야 했기에 두어 달에 한 번씩 30여 명이 모여 전쟁터 같은 회의를 했다는 것이다. 그 정도의 인원이 이동하는 비용도 무시할 수 없다. 오사카식 상업 습관을 바탕으로 매사에 합리적이고 경제적으로 사고해 온 안도는 참기 힘들었지만 그런 말을 하면 미국에서는 살아남을 수 없다. 아무튼 그것을 넘어 간신히 준공에 들어갔다.

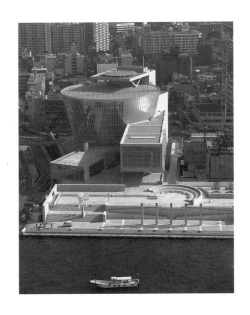

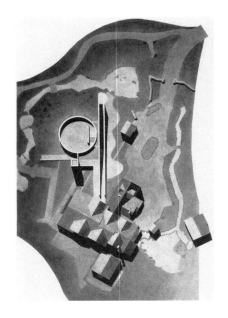

「산토리 뮤지엄」(오사카시, 1994년)의 전경, 오하시 도미오 사진.

「오야마자키 산장 미술관」(오토쿠니군, 1995년)의 평면도.

「파브리카」(트레비조, 2000년)의 모형.

세인트루이스의 퓰리처 부부 자택에서(1991년).

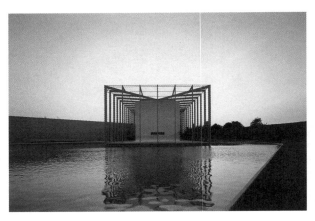

리처드 세라의 조각물이 강렬한 「퓰리처 미술관」
(세인트루이스, 2001년)의 뒤꼍, 로버트 페투스 사진.

홈브로이히의 「랑엔 미술관」(노이스, 2004년)의 정면.

물속에 잠긴 듯한 「포트워스 현대 미술관」(텍사스주,
2002년), 마쓰오카 미쓰오 사진.

제14장 한신·아와지 대지진을 넘어서

1995년 1월 17일

1995년 1월 17일 오전 5시 46분, 아와지섬을 진원으로 한 규모 7.3 지진이 고베를 덮쳤다.

한신·아와지 대지진, 사망자 6,434명, 중경상자 4만 3,794명, 전파 건물 10만 4,906동이라는 엄청난 재해가 인구 밀집지를 덮쳤다. 이른 아침, 아직 어두컴컴한 시간대이기도 하여 피해의 전모를 알기까지 시간이 걸렸다.

그때 안도 다다오는 런던에 머물고 있었다. 테이트 갤러리 현대 미술관 설계 공모에서 최종 심사까지 올라간 6팀의 건축가 그룹 가운데 하나로 인터뷰를 기다리고 있었다. 심사회는 1월 17일 아침으로 예정되어 있었지만, 시차가 9시간 있으므로 전날 밤에 전화로 일본에서 일어난 지진을 먼저 알았고 TV 뉴스를 보고는 깜짝 놀랐다.

아침 인터뷰를 마치고, 이후 모든 일정을 취소하고 일본행 비행기에 뛰어올랐다. 그 설계 공모에서 최종 팀 중 하나였던 렌조 피아노Renzo Piano는 간사이 공항 설계자였으며, 그 역시 지진 피해에 대해 걱정하고 있었다.

1월 18일 오전, 안도는 오사카에 도착해서 그길로 고베를 찾아가 피해 상황을 눈으로 보았다. 너무 참혹한 상황에 자신에 대한 분노와 무력감에 시달렸다. 일단 오사카로 돌아왔다가 다음 날 간사이 경제 연합회 회장이자 도요보 회장인 우노 오사무와 함께 덴포잔에서 배를 타고 고베의 메리켄 부두에 내려서 무너진 건물들 사이를 뚫고 산노미야까지 걸어갔다. 시청에서 사사야마 가즈토시 고베 시장, 현청에서 가이하라 도시타미 지사를 만나 상황을 확인했다.

그로부터 석 달간, 안도는 사흘에 한 번씩 고베를 다니면서 파괴된 마을을 구석구석 둘러보았다. 1월 26일에 안도 사무소를 방문한 『아사히 신문』 기자 마쓰바 가즈키요는 〈안도 다다오 역시 직원 가족을 잃기도 하여 노기 충천한 표정〉이라고 썼다.[50]

지진 후, 몇 달 동안은 사무소 업무를 전부 중단하고 때로는 홀로, 때로는 사무소 직원들과 함께 피해 지역을 걸으면서 살폈다. 그 지역에 지었던 건물의 피해 상황을 하나하나 눈으로 직접 확인하고 싶었고, 무엇보다도 그 참혹한 풍경을 마음속 깊이 새겨 두고 싶었다.[51]

먼저 건축가로서 자기 손으로 지은 주택이나 빌딩의 피해 상황을 파악하고 적절한 대응을 해야 했다. 급경사지에 지은 「롯코 집합 주택」은 대단히 걱정했지만, 실제로 방문해 보니 산사태나 건물 손상은 없었고, 오히려 수영장의 물이 단수 지역 주민들에게 유용하게 쓰이는 것을 보고 마음이 조금 누그러졌다. 마찬가지로, 진원에서 겨우 4.7킬로미터 떨어진 혼푸쿠지를 찾아가 보니, 수반(水盤)처럼 지은 지붕도 갈라진 곳이 없었고 역시나 수원(水源)으로 지역 사회에 쓰이고 있었다.

그러나 무너진 빌딩군이나 밀집 시가지의 불탄 흔적을 살펴보고, 일본의 도시가 안고 있는 취약성을 다시 걱정하였다. 파손된 빌딩은 모두 1981년의 새로운 내진(耐震) 기준 이전의 건축이며 심지어 나가타구에서는 오래된 목조 주택이나 소규모 공장이 빽빽하게 들어선, 이른바 목조 주택 밀집 지역이 불에 타 내려앉았다. 사무소로 돌아와서 앉아 있자니 강하게 치밀어 오르는 생각에 손이 저절로 움직여 부흥 주택을 스케치하고 있었다. 불탄 자리에 남은 사람들을 생각하며, 분노에 몸을 떨면서, 거리를 재건할 방법을 생각했다. 건축가로서 무엇을 해야 할까. 어떤 아수라장 속에서도 절대로 살아남는 것. 도시 게릴라의 기개가 머릿속에서 다시금 고개를 쳐들었다. 사람들을 질책하고 격려하고 손을 맞잡고 피해를 복구해야 한다.

훗날 「바다의 집합 주택(海の集合住宅)」이라고 이름 붙여진 프로젝트는 지진이 일어난 지 사흘 뒤인 1월 20일에 착수하여 1주일 만에 완성한 제안이다. 많은 빌딩이 무너진 산노미야의 수변 지역 이와야나미마치에 7천 호를 잡아 저층, 중층, 고층의 집합 주택을 배치하여 피해자에게 제공한다. 광장, 방재 구

역, 수변 공원, 그린벨트 등 지금까지 키워 온 노하우를 발휘하여 튼튼하고 심지어 수변 경계선을 도드라지게 한 주택지로 구성하는 것이다. 주택지에 이웃하여 〈바다 극장〉이라는 제목을 붙인 수변 공원도 계획한다. 그의 머릿속에는 물가에 펼쳐지는 이「바다의 집합 주택」에서 산 중턱의「롯코 집합 주택」까지 연속 구획으로 일체화하는 이미지가 있었으며, 그것이 고베 시가지에 대한 안도 나름의 해법이었다.

더 나아가 다카라즈카의 구릉 지대에 지을「언덕의 집합 주택(丘の集合住宅)」도 계획을 진행했다. 이쪽은 셋백한 중층 집합 주택으로, 7동 8백 호를 수용하고 심지어 초등학교를 추가한 것으로, 산속의 녹음 안으로 건축이 비집고 들어간다. 물론 이 주택들은 국가의 부흥 주택 기준으로 삼을 것은 아니며 안도 나름의 피해자에 대한 거주 제공을 스스로 정리한 것이지 특정 공공단체에서 의뢰받은 것이 아니다. 그리고 한신·아와지 대지진을 계기로 일본에서는 재해 자원봉사 활동이 최초로 조직화된다.

피해 지역 지원, 그리고 부흥 지원

전국에서 수많은 자원봉사자가 모여들어 지역과 협력하면서 도움의 손길을 내밀었다. 임시 주거지 제공이나 피난 시설 찾기에 많은 건축 관계자가 동참했으며 건축가 반 시게루(坂茂)의 출발점도 여기에 있었다. 그러나 부흥 주택에 대해서는 긴급성이 우선시되어 담대한 부흥 예산을 발동했음에도 불구하고 도시 계획이나 주택지 계획이라는 면에서 새로운 아이디어가 나오지 않았다. 새로운 플래닝 시스템을 바탕으로 방재 커뮤니티 계획이 시행된 것은 2011년 동일본 대지진 피해 복구 때였다.

그런 의미에서 안도의 부흥 계획은 건축가의 생각을 반영한 프로젝트이며, 지역 커뮤니티와의 논의를 거쳐 그려 낸 제안이 아니다. 자신이 축적해 온 경험에 미래의 비전을 더해 만들어졌다. 흥미로운 것은 롯코 등에서 시행해 온 그의 집합 주택이 비탈면의 옹벽에 버금가는 구조 강도를 갖는, 그것 자체가 강건한 덩어리 같은 건축임을 피해 현장을 방문했을 때 충분히 느꼈다. 디자이너 고시노 아야코가 〈댐 같은 집〉이라고 야유했던 점이 여기서는 오히려 플러스로 작용하고 있다. 「바다의 집합 주택」은 세상의 빛을 보지는 못했지만 방재 가구로 신속하게 재건축한다는 측면에서 대단히 독특한 프로토타입으로 이해할 수 있다. 모더니스트 건축가 중에서 이런 대담한 부흥 계획을 구상한 사람은 폭격으로 파괴된 르아브르의 부흥을 꾀한 오귀스트 페레 등 몇 사람에 불과하다.

묘하게도 그해에 안도는 건축계에서 가장 권위 있는 프리츠커상을 받았다. 일본인으로는 단게 겐조, 마키 후미히코에 이어 세 번째였고, 전년에는 절친한 벗인 크리스티앙 드 포르잠파르크가 수상했는데, 그런 것보다도 머릿속은 고베의 부흥 지원으로 가득 차 있었다. 5월 22일에 베르사유 궁전에서 열린 수상식에서 안도는 수상 강연을 하면서 고대 로마의 건축가 비트루비우스의 미venustas, 기능utilitas, 구조firmitas 이론을 인용하면서, 건축이 인간의 정신과 육체를 지키는 피난처인 이유를 역설

했다. 상금 10만 달러는 갓 만들어진 지진 피해 아동 교육 자금
에 전액 기부했다.

효고 그린 네트워크를 조직하고 30만 그루를 심다

대지진 직후 가이하라 지사와 면담하면서 혼자서라도 부흥
지원 활동을 하는 쪽으로 이야기가 진행되었고, 그 후 동료들을
모아 정기적으로 의견을 교환했다. 부흥의 방향성이 잡힌 7월
에는 한신·아와지 대지진 부흥 지원 10년 위원회를 설립하고
안도가 실행 위원장을 맡았다. 위원으로는 시모코베 아쓰시, 사
카이야 다이치 등 국토 계획 전문가를 필두로 재난 지역의 문화
인과 경제인 550명이 참가했다. 나이 지긋한 사람들이 많은 재
계인들 눈에 50대 중반의 안도는 아직 젊은이였으며, 위기에 맞
서는 행동대장으로 안성맞춤인 인재였다.

10년 위원회는 이름 그대로 부흥을 위해 10년 동안 활동하며,
목적은 다음 세 가지 임무를 실천하는 것이었다.

첫째, 지진으로 부모를 잃은 아동에 대한 지원. 부모를 잃은
4백 명 이상의 아이들이 대상이 될 것으로 예상되며, 장학금 절
차가 중요하다. 둘째, 피해 지역에 나무 심기. 부흥 주택에 대응
하여 수목을 심는다. 셋째, 문화와 거리의 부흥. 음악이나 예술
로 사람들에게 풍성한 문화를 제공하여 정신의 함양을 꾀한다.
이것들은 기본적으로 자원봉사 활동이었으며 재원은 전국에서
기부금을 모아 충당했다.

안도는 실행 위원장으로 전체 위원회를 이끄는 한편으로, 특

히 두 번째 목표인 나무 심기는 직접 나섰다. 원래 수목에 대해 강한 고집이 있으며, 삼림 보호나 식수를 솔선하고 있기도 했으므로 대지진으로 황폐해진 고베와 주변 도시에 나무를 심는 것은 자신의 사명이라고 느꼈다. 그래서 효고 그린 네트워크를 8월에 설립했으며 평론가 우메하라 다케시와 작가 세토우치 자쿠초 등이 참여했다. 이때 안도의 조직력은 단연 탁월하고 신속했다. 부흥 주택이 12만 5천 호로 산정되었으므로 한 호당 두 그루로 하여, 10년 동안 25만 그루의 나무를 심는 것을 목표로 했다. 누구나 자기 나무를 갖는 것이 좋다는 생각이 밑바닥에 깔려 있었다.

하지만 나무를 심어야겠다는 마음은 논리적으로는 약간 석연치 않다. 지진 후의 고베에서 배우자를 잃은 노부인이 안도의 눈을 바라보며 무심코 입 밖에 낸 〈봄이 올 때마다 피는 목련처럼, 할아범도 돌아온다면 좋겠다〉라는 말에 마음이 움직인 것이 솔직한 심정이다. 하얀 꽃은 진혼의 꽃이다.

목련과 미국 산딸나무 등 53종을 수종으로 선정하고, 170여 지자체에서 묘목을 제공받는 이외에 전국을 향해 묘목 모금을 호소했다.

왜 안도는 이렇게까지 수목에 집착하는 것일까.

안도가 상당히 이른 단계부터 환경론자로 건축과 도시, 그리고 자연환경을 종합적으로 다루고 있다는 것은 앞서 이야기했다. 세간에서는 콘크리트 상자의 건축가라는 이미지가 강하며, 그 부분에 제한해서 묘사되는 경우가 많지만, 그의 사고는 언제나 초록과 함께한다. 그것도 분재나 원예가 아니라 생명력을 가진 자연 자체에 대한 깊은 관심이다. 대지진은 사람들의 삶을 위협하고 파괴한다는 점에서 생명력을 짓밟고 파괴하는 심각한 재해이다. 전쟁으로 불탄 폐허에서 나무의 싹이 돋고 그것이 거대한 나무로 자라나듯이, 지진 후의 부흥도 나무를 통해 수행되어야 한다. 전쟁 부흥의 상징이기도 한 센다이의 느티나무 가로수가 좋은 예이다.

사람들은 봄이 오면 마을 한쪽에 피어나는 목련을 보고 세상을 떠난 사람들을 떠올리고, 전쟁 피해의 기억을 미래에 전달한다. 기념비나 건축물 같은 권위적인 오브제를 통해서가 아니라, 사람들의 마음에 스며드는 다정함이 필요한 것이다.

봄에 나라의 야마토지를 방문한 사람들이라면, 주구지(中宮寺) 절이나 아키시노데라(秋篠寺) 신사의 정원에 평론가 가메이 가쓰이치로가 표현한 〈냉혹할 정도의 고요함 속에, 하얀 목련꽃이 흐드러지게 피어 있는〉 모습을 볼 수 있다.

나무 심기 운동은 예상을 훨씬 뛰어넘어 퍼져 나갔고, 간사이 지역 일대는 물론, 일본의 모든 지자체에서 기부금이 모였다. 일왕과 왕비도 「아와지 유메부타이」를 방문하여 나무를 심는 등 국민적인 운동으로 바뀌었다. 그 결과, 식수 숫자도 원래 목표를 훨씬 뛰어넘어 10년 동안 30만 그루가 되었다. 노부인의 뜻은 충분히 전해졌다.

대폭 설계가 변경된 「아와지 유메부타이」

이 무렵 안도 다다오는 아와지섬에서 대대적인 프로젝트를 진행한다. 섬의 북동부에 광대한 토사 채굴장 철거지가 있는데, 버려진 그 토지의 재생 사업에 관여하고 있었다. 이 채굴장은 오사카 서쪽 베이 에어리어나 간사이 공항 매립을 위해 산을 통째로 잘라 내고는 그대로 버려둔 것이다. 1980년대 들어 환경 재생 운동이 확대되자 효고현의 주선으로 1988년 이 구역의 종합 계획이 책정되었다.

효고현의 구상은 아와지섬 전체를 〈가든 아일랜드〉로 위치 짓고, 경관을 중시하는 지역 정비를 한다는 것이었다. 토사 채굴장 철거지 140만 제곱미터는 그곳을 거점으로 아와지섬 국제 공원 도시를 이룰 예정이다. 황폐한 토지인 데다 비스듬하게 토사를 채취했으므로 재생에는 상당한 실력과 기량이 필요했다. 효고현의 산간부와 해안부 등에서 어려운 프로젝트를 여러 건 완수해 온 안도가 낙점되어 마스터플랜을 만들게 된다. 안도는 가이하라 지사에게 〈건축은 자라지 않지만 나무는 자라니 숲으로 거리를 뒤덮자〉고 녹지 회복을 강조했고, 지사 역시 크게 찬성했다.

그 결과, 대지 전체를 경사지(산록지), 중간부(아와지 유메부타이=컨벤션 센터), 해변부(국립 공원)의 세 구역으로 나누기로 하고, 안도는 「아와지 유메부타이」*의 설계를 맡는다. 산록지는 글자 그대로 잃어버린 녹지의 회복에 있으며, 안도는 깎여

* 유메부타이는 꿈의 무대라는 뜻이다.

나간 경사지에 50만 그루의 묘목을 심자고 제안한다. 병풍처럼 서 있는 인공 경사면에 계단식으로 식재 기반을 만들고, 묘목을 심어 가는 방식은 메이지 말부터 시작된 롯코산의 식수를 답습하고 있다. 1994년부터 4년에 걸쳐 현(県)이 주도하는 나무 심기가 시작되었다. 너도밤나무, 양매 등 주변 숲에서 생육하는 수종을 특별히 골랐다.

중간부의 「아와지 유메부타이」는 부지 면적 28만 제곱미터로 대학 캠퍼스 정도의 크기였다. 황폐한 토지의 재생이라는 점에서는 나오시마와 같지만 여기에는 경관으로 보존할 만한 풍성한 녹지가 없었다. 안도는 비탈을 이용한 구릉 도시적인 배치를 생각하고, 그 사이에 폭포처럼 흐르는 물의 정원을 추구했다. 실시 설계를 마치고 막 공사를 시작하려는데 1995년 1월 17일에 대지진이 일어났다. 그래서 모든 것이 중단되고 말았다.

이 부지는 진원이 된 노지마섬 단층까지 6.6킬로미터 지점에 자리하고 있다. 지반 조사를 다시 해보니 부지 내에도 활성 단층이 발견되어, 프로젝트 중지라는 고비까지 몰렸다. 하지만, 지사의 결단으로 프로젝트는 속행되었고, 방재 기준을 고치고 단층을 피하도록 대폭 설계를 변경했다. 당초의 구릉 도시 안은 포기하고, 오히려 직선으로 시설군을 연결하는 배치로 구성했다. 처음 설계안과는 이미지가 크게 달라졌지만 국제 회의장, 호텔, 점포, 갤러리, 온실, 야외 극장을 거느린 공원 도시가 완성되었다. 대지 한가운데에는 언덕 위에서부터 계단을 따라 폭포처럼 물이 흐르고, 이곳을 두고 대지가 남쪽과 북쪽으로 나뉜다. 물의 순환은 소량의 물을 지속적으로 공급하는 이스라엘의 점적 관수처럼 필요한 양만큼만 물이 흐르게 하도록 빗물을 이용하는 순환 시스템을 만들어 냈다. 덧붙여서, 경사지에는 〈햐쿠단엔(百段苑)〉이라고 이름 붙인 또 하나의 드넓은 계단식 화단이 만들어졌다.

형태적으로는 원, 타원, 정사각형, 직사각형, 삼각형 등 기하학적인 모양이 산재되고, 마감으로도 콘크리트 벽면뿐만 아니라 막쌓기* 방식으로 쌓은 돌벽, 아와지에서 만든 점토 타일인 아와지카와라, 가리비 등 다양한 질감을 시도한다. 훗날의 「지추 미술관」에 비해 이들 요소는 외부를 향해 표면화해 있으며, 안도의 건축 중에서는 상당히 번잡한 구성이다. 얼핏 보면 테마 파크처럼 인공적인 느낌이 드는 것은 안도 자신도 인정하고 있는데, 초기에 넣었던 수림이 10년 동안 자라나서 지금은 주변과 내부가 자연림처럼 울창한 초록으로 뒤덮여 있다.

압권은 〈햐쿠단엔〉이라고 불리는 테마 가든이다. 당초 계획에서는 비탈면에 「롯코 집합 주택」처럼 프레임으로 호텔을 세우려고 했는데, 이 부분에 활성 단층이 발견되어 저지대로 호텔을 옮겼다. 대신에 이곳에는 지진 희생자 추도를 위한 거대한 화단을 만들기로 하여, 호텔을 위해 준비했던 평면 계획을 이용하여 가로세로 4.5미터의 화단 1백 단을 만들게 되었다. 화단에 심을 식물은 국제 설계 공모를 실시하여 최우수상을 받은 환경 설계가 이노우에 요시하루의 안을 실행에 옮겼다. 이노우에의

---

* 크기가 다른 돌을 줄눈을 맞추지 아니하고 불규칙하게 쌓는 일.

안은 전 세계의 국화과 식물을 원산지별로 1백 종을 심는다는 것으로, 한신·아와지 대지진 희생자들에 대한 진혼이라는 의미로 국화과 식물을 골랐다. 효고현의 꽃이 백야국이라는 점, 국화과에는 코스모스나 해바라기 등 의외의 꽃도 포함되어 있다는 것도 참작되어, 안도 등 심사 위원들로부터 공감을 얻었다. 안도는 이 아이디어에 토대하여 1백 단의 화단 전체가 지진 희생자에 대한 헌화단이 되도록 디자인한다. 초봄에 피는 하얀 목련에 비해, 국화과 꽃들은 색이 다양하며 계절별로 색채가 바뀌는 드넓은 화단이며, 사람들 눈에는 희생된 이들에게 강렬한 작별 인사를 하는 것으로 비친다.

「아와지 유메부타이」는 인접한 국영 아카시 해협 공원과 함께 2000년에 열린 아와지 꽃 박람회의 주요 회장이기도 했다. 그래서 〈기적의 별의 식물원〉이라는 이름이 붙은 일본에서 둘째가는 규모의 온실이 여기 있으며, 온실 안에는 3천 그루의 화훼가 심겨 있다. 아와지 꽃 박람회는 원래 1998년에 열릴 예정이었는데 지진 때문에 2년 늦춰서 열렸다. 회장 안에는 150만 포기의 꽃과 45만 그루의 수목이 심겨 있는데, 그중 대부분이 안도의 제안으로 심긴 것임을 생각하면 감회가 새롭다. 기간은 3월부터 반년이었으며, 입장객은 695만 명에 이르렀다.

임해부의 「효고 현립 미술관」과 정령 지정 도시의 숲

고베시는 일본의 자치 단체 중에서도 도시 개발에 대단히 적극적이며, 임해부를 메워 포트 아일랜드 같은 인공 섬을 조성해 왔다. 그래서 예전에 공업 지대로 제철이나 조선업을 거느리고 있던 옛 임해부의 재개발이 필요해져서, 가와사키 제철과 고베 제강의 공장 철거지를 포함한 구역 120만 제곱미터를 동부 부도심(HAT 고베)으로 업무·상업 기능을 집적하는 계획이 진행되었다. 그런데 지진 때문에 이웃한 주택지를 포함하여 조업이 중단되어 있던 공장군 등 구역 전체가 피해를 보아, 방재성뿐만 아니라 부흥 주택의 공급이라는 관점에서 기존 계획을 대폭 수정하고, 부흥 계획에 따라 마스터플랜을 다시 그려야 했다.

한신·아와지 대지진에서 드러난 것은 목조 주택 밀집 지구의 취약성, 항만의 열화, 피난소의 미비 등이었는데, 동부 부도심은 그런 문제를 우선적으로 처리하고 국제화, 비즈니스 거점화, 고도화 등을 겸비한 종합 지구로 개발이 기대되었다. 재해 대책 기본법에 따르면 일정 범위에 광역 피난소를 의무적으로 지어야 했으므로, 고베시는 바다 경계선에 면한 수변 광장을 방재 거점으로 만들었다. 안도는 「바다의 집합 주택」 계획을 세우고 처음부터 여기에 합류했다. 방재 거점으로 방재 기구의 보관, 물 공급 등의 방재 인프라를 갖추어 나가면서 전체적인 바다 경관 등 공원 편의 시설도 정비할 필요가 있는데, 그런 점을 전부 해결하여 지진 직후에 그린 구상안이 거의 그대로 실현되었다. 폭이 5백 미터나 되며 인공물과 함께 수림의 역할도 중요하다.

새로운 부흥 마스터플랜 중에서, 이 수변 광장에 이웃한 구역은 문화 존으로 정비하기로 결정되었다. 그 핵심이 된 것이 「효고 현립 미술관」이며, 1997년에 공개 프로포절로 설계안이 공모된다. 바로 옆의 한신·아와지 대지진 기념관인 사람과 방재 미래 센터와 함께 임해부의 문화적인 핵으로 위치 지어졌다. 5건의 공모안 가운데 이 구역을 철저히 공부하고 있었던 안도의 안이 실행안으로 선정된다. 결과적으로 이 미술관과 수변 광장이 연속하게 되는데, 행정적으로 조정되어 그렇게 된 것은 아니었다. 안도는 어느샌가 현과 시를 이어 주는 마스터 아키텍트* 적인 역할을 하게 되었다.

고베의 수변은 녹지가 적다. 부두 같은 토목 구조물로 뒤덮여 있어서 나무를 심으려 해도 여유가 없기 때문이다. 부흥 계획을 세울 때 안도는 〈녹지Green Area〉 문제에 특히 힘을 기울인다. 그중에서도 크게 다루어진 것이 「정령 지정 도시의 숲(政令指定都市の森)」 구상이다. 약간 특이한 이름인데, 이것은 효고 그린 네트워크의 하나로, 전국의 정령 지정 도시에서 기부받아 나무를 심게 된 것을 기념하기 위해 이런 이름이 선정되었다. 50년 후, 1백 년 후에 이 숲을 방문한 시민들이 고베의 부흥에 일본 전역에서 의연금이 모였다는 사실을 상기한다는 것이다.

수종으로는 녹나무가 선정되었다. 효고현의 상징 나무이자 간사이 지방에서는 숭배와 공경의 대상인 수목으로 신사나 절에 많이 심겨 있으며, 안도 자신도 어린 시절부터 그런 신성함을 동경해 왔다. 고베의 생명력을 되찾자는 염원을 담아 녹나무

* 지구 건축가를 뜻하며, 공공 사업에서 설계 내용 전반에 대한 권한을 위임받아 사업 지구 전체의 경관적 통일성을 추구하고, 다양한 건축물이 건립될 수 있도록 설계를 조정하고 협력하는 건축가를 말한다.

식림을 머릿속에 그렸고, 수변 광장과 미술관 사이에 224그루를 심었다. 그런데 몇 년 뒤에 가보니 나무가 자라지 않았다. 해안부의 공장 지대여서 흙이 오염된 듯하여 전면적으로 흙을 갈아 주자 마침내 나무가 자라기 시작했다. 해안부의 숲이 커다란 그린 벨트를 형성하고 롯코까지 이어지는 것이 안도의 꿈이다.

「효고 현립 미술관」은 2002년에 오픈했다. 때마침 미국과 독일에서 몇몇 미술관을 작업하고 있을 무렵이었으므로, 구성적으로는 공통점이 많다. 돌 붙임stone pitching*으로 솟아오른 기단 위에 직육면체 상자가 나란히 배치된 형태를 취하며, 외견적으로는 외부를 유리, 내부를 콘크리트로 한 이중 피막 상자에 깊숙한 처마가 특징이다.

하지만 「효고 현립 미술관」은 그때까지의 안도의 건축을 특징짓고 있던 콘크리트 상자로부터 다음 단계로 이동하고 있다. 기단 부분에 전시, 스튜디오, 수장고 등 상당한 공간을 집어넣고 있으므로, 상부의 세 개 상자만으로는 규모감이 드러나지 않지만 안도가 관여한 미술관 건축으로는 최대의 바닥 면적(27,400제곱미터)이다.** 공간 장치로는 위아래를 연결하는 실린더나 큐브가 강조되는데, 이것은 나선이나 지그재그 모양의 계단을 끼워 넣으면서 빛의 우물light well***을 겸하고 있다.

* 비탈면을 보호하기 위에 비탈면에 돌을 깔거나 쌓는 것.

** 2022년 봄에 개관한 파리의 「피노 컬렉션 미술관Bourse de Commerce - Collection Pinault」의 바닥 면적(32,700제곱미터)이 최대 넓이가 되어 기록이 바뀐다.

*** 지붕에서 천장 면까지 통처럼 뚫어 놓아 그 안에서 반사율이 높아지도록 만든 지붕창.

가이하라 도시타미 지사는 〈외관은 롯코산의 빛을 받아 빛나고, 사케 명산지인 나다고고 여기저기에 흩어져 있는 술 곳간 같은 풍격을 갖춘 우아한 디자인이며 (……) 커다란 미술관이 고베의 풍경에 완전히 녹아든 것처럼 멋진 설계〉라고 기쁨을 감추지 않았다.[52]

네팔에 어린이 병원을 설계하다

한신·아와지 대지진 때 전 세계에서 지원의 손길을 내밀었다. 선진국뿐만 아니라 아시아, 아프리카의 개발 도상국에서도 의연금과 기타 지원이 도착했다. 1년쯤 뒤에 부흥을 향한 목표가 어느 정도 세워질 무렵 안도는 『마이니치 신문』이 지속해 왔던 아시아와 아프리카를 대상으로 한 난민 구제 캠페인의 하나로 지진 지원의 보답 프로젝트를 생각했다. 거기에서 선정된 것이 네팔의 어린이 병원이며, 국제 자원 봉사 조직인 아시아 의사 연락 협의회AMDA를 통해 어린이를 위한 병원을 짓게 된다.

AMDA가 네팔의 어린이 병원 설립에 관여하게 된 것은 지진이 나기 전인 1992년에 오사카의 의사 시노하라 아키라가 이곳에서 일하는 네팔인 의사를 만난 것이 계기였다. 네팔의 5세 미만 영유아 사망률은 인구 1천 명당 128명(1997)으로 선진국의 20배 정도였으며, 심지어 어린이를 위한 병원은 수도 카트만두에만 있었다. 〈일본으로부터 지원 범위를 넓힐 수 없을까〉 하는 생각에 오사카를 중심으로 두 사람이 캠페인을 시작했을 때 지진이 일어났다. 지진을 통해 사람들의 생명에 대한 의식이 높아졌을 때, 1996년부터 『마이니치 신문』에 네팔 어린이들을 다룬 기사 「내일을 살고 싶어요, 히말라야 기슭에서」를 연재했고, 그 것에 지진 피해자들의 보답하려는 마음이 겹쳐서 네팔에 대한 지원 활동으로 이어졌다.

시노하라는 건강이 악화되어 1996년 11월에 세상을 떠났지만, 그의 뜻은 많은 사람이 계승했다. 안도 역시 그런 한 사람으로 기꺼이 손을 들었다. 설계 일부를 무상으로 해주는 것이었으며, 그에 따른 다양한 절충과 조정 등도 맡았다.

병원 설립 장소는 비교적 인구가 조밀한 남부의 평원부가 바람직하다고 판단하여 석가모니의 탄생지인 룸비니에서 가까운 부트왈시로 정해졌다. 인구 10만 명 정도의 지역이다. AMDA 와 조정을 거쳐 병원 규모는 50병상 정도로 하고, 의사 몇 명이 상주하기로 했다. 이름이 알려진 안도가 전면적으로 관여한다는 점이 일종의 보증서처럼 되어, 네팔 쪽에서도 많은 사람과 기관이 참가했다. 토지와 인프라는 부트왈시와 그 지역 상공 회의소가 제공하기로 했고, 일본 측은 병원 건설비와 의료 기기를 맡기로 했다. 일본에서의 캠페인은 전국적으로 확대되었으며 지진 피해자들을 포함해 1만 명 이상이 기부해 주었다.

막상 건설 단계가 되면 다양한 제약이 생긴다. 네팔의 물가는 싸기는 했지만, 건설비는 충분하지 않았다. 비용을 줄이기 위해 건물의 골조는 단순한 것으로 하고, 재료도 현지에서 구할 수 있는 것으로 해야 한다. 지진이 많은 나라이므로 충분한 구조 강도도 필요하다. 그 결과 콘크리트 라멘 구조와 외벽을 벽돌로 덮는 디자인으로 정리되었다. 병동으로는 높이가 다른 직육면체 두 개를 세우고, 거기에 병원의 여러 기능을 배치했으며, 두 건물 사이에 생긴 비스듬한 공간은 안도의 사인처럼 남겼다. 병동 남쪽은 벽돌 기둥으로 테라스를 만들었다.

기하학적으로는 지극히 단순하지만 반대로 벽돌이 주는 묵직한 무게감이 존재감을 키운다. 구조적으로는 콘크리트조인데, 사람 힘으로 쌓은 벽돌 벽의 감촉이 안도의 인간적인 건축 방식을 드러내고 있다.

이런 이야기도 있다. 어느 날, 설계 단계 초기에 현지의 시공 스태프로부터 팩스가 왔다. 〈대지에 잘 안 맞으니 평면도를 반전하여 사용하겠다〉는 것이다. 살펴보니 평면도를 뒤집은 상태에서 도면이 만들어져 있다. 스태프는 말하자면 〈기능도 면적도 모두 같으므로 문제없다〉는 것이다. 이쯤 되자 천하의 안도도 힘이 빠졌다. 새삼스럽게 설계를 다시 논의할 생각조차 들지 않아, 단 한 마디, 〈말도 안 된다〉라고 답을 보냈는데, 아마도 현지에서는 〈안도 다다오는 너무 완고한 사람이다〉라고 생각했을 것이다. 건축 문해력을 공유하기란 이토록 어렵다.

그래도 건설 공사는 순조롭게 진행되어 1년 만에 준공했다. 1998년 11월, 개원식이 거행되었다. AMDA가 운영을 맡고 스태프는 네팔인 의사 2명, 일본인 의사 1명, 간호사 4명, 검사 기사 5명으로 꾸려졌다.

지역 주민뿐만 아니라 1백 킬로미터, 2백 킬로미터나 떨어진 지방에 사는 사람들도 많이 찾아온다. 그 후 신생아 집중 치료실을 병설하여 개원 5년 만에 연인원 66만 명이 넘는 산모와 아기의 생명을 구하게 되었다.

지진 피해 지역을 빈번히 방문했던 안도 다다오와
스태프들(1995년).

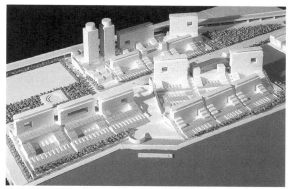

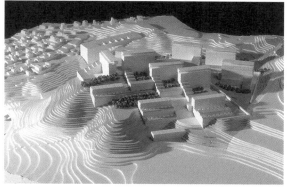

(위)「바다의 집합 주택」(고베시, 1995년) 모형.
(아래)「언덕의 집합 주택」(다카라즈카시, 1995년) 모형.

효고 그린 네트워크가 심은 목련.

「아와지 유메부타이」(고베시, 1999년)의 서쪽 경사면에
자리한 「햐쿠단엔」 전경, 마쓰오카 미쓰오 사진.

수변 광장 너머로 보이는 「효고 현립 미술관」(고베시, 2001년), 오가와 시게오 사진.

건설 중인 네팔의 어린이 병원 「싯다르타 어린이와 여성 병원Siddhartha Child and Women Hospitality」(부트왈시, 1998년).

제15장 도쿄 대학교 교수로

도쿄 대학교 교수로 초빙되다

안도 다다오가 도쿄대에 교수로 초빙된다는 말에 아내 유미코는 놀랐다. 그전에 미국 대학에 객원 교수로 갔던 적은 있지만 그것은 단기 집중적인 설계 수업이었으며, 이른바 풀타임 교원이 아니었다. 학자 경험이 전혀 없는 사람이 상아탑, 그것도 하필이면 도쿄대에 자리를 잡으려고 한다면 사람들이 뭐라고 수군댈지 알 수 없다. 장모까지 합세하여 〈자네와 어울리지 않는다〉고 강하게 반대했다.

가족 이외에 이런 이야기를 의논할 수 있는 사람은 인생의 스승으로 존경하고 있는 사지 게이조 정도뿐이었다. 사지를 찾아가서 솔직하게 물어보았더니 그가 이렇게 답했다. 「흥미가 있으면 가면 돼. 단, 자네는 오사카 사람이니 오사카에서 통근하게.」 그 말에 마음을 정했다. 사실은 사지도 약간 걱정이었다. 학력 따위의 문제가 아니라 〈진정한 자유인인 안도가 엄격한 도쿄 대학교의 관례를 지키면서 일할 수 있을까〉 하는 걱정이었다. 그래서 사지는 안도의 부임이 정식으로 결정된 후, 1월 10일의 도카에비스(十日戒)* 날에 번화가의 고급 음식점에서 안도의 환송회를 열었다. 도쿄에서 다나카 잇코와 이세이 미야케, 건축가인 스즈키 히로유키(鈴木博之)와 후지모리 데루노부(藤森照信) 등을 불렀고, 간사이의 재계 인사도 포함하여 농담을 던지며 응원했다. 「도쿄에 가면 안도 씨가 따돌림당하지 않을지 걱정입니다. 여러분, 이렇게까지 대접했는데 괴롭히지는 않으실 거죠!」

안도를 도쿄대로 부른 사람은 스즈키 히로유키였다. 건축사 교수로, 1974년에 전임 강사가 된 이후 20년 이상을 이곳에서 보낸 순수한 학자이다. 이 무렵 그는 건축학과의 학과 주임으로 인사권을 쥐고 있었다.

도쿄 대학교 건축학과는 1877년(메이지 10년)에 공부(工部) 대학교의 조가(造家)학과에 부임한 조시아 콘도르Josiah Conder가 시작한 건축 설계의 역사가 있으며, 다쓰노 긴고(辰野金吾), 호리구치 스테미(堀口捨己), 이토 주타 등 수많은 건축가를 배출해 왔다. 1893년 이후 강좌 제도가 도입되어 건축 설계, 건축사, 구조 등의 영역이 전문가 강좌를 통해 오늘날까지 이어지고 있다. 물론 안도는 건축 설계(건축 의장) 교수로 초빙되었는데, 학계와는 연이 없다고 여겨지던 안도가 무슨 연유로 그 강좌의 계승자로 지명되었는지, 그 배경을 포함하여 이야기해 보자.

전쟁 후의 도쿄 대학교에서 지명도가 높았던 설계 계열 교수

---

* 오사카 에비스에서 매년 1월에 사흘 동안 열리는 전통 축제로, 상업의 번성을 기원하는 상인들의 축제이다.

로는 단게 겐조가 맨 먼저 거론된다. 다만, 단게가 교수가 된 것은 건축학과가 아니라 신설된 도시 공학과로 옮긴 후이다. 기시다 히데토(岸田日出刀) 밑에서 오랫동안 조교수를 지낸 요시타케 야스미가 기시다의 후계자가 되었기에 승진이 더디었다. 기시다는 우치다 요시카즈(内田祥三)와 함께 야스다 강당을 설계한 것으로 알려져 있으며, 또한 전후 부흥기에 각지의 설계 공모 심사 위원을 역임하고 제자인 단게 겐조를 세상에 내놓은 사람이기도 했다. 그러나 건축학과의 주류는 기시다(건축 계획 제1강좌)가 퇴직한 후 요시타케 야스미(건축 계획 제2강좌)로 옮겨 가서 관청과 손잡고 시설 설계 데이터베이스를 구축하는 건축 계획학으로 전환하면서부터였다. 원래 의미에서의 설계는, 도쿄대 투쟁의 혼란을 거친 1970년에 새롭게 의장학 강좌가 개설되고 아시하라 요시노부가 교수로 부임한 이후부터 시작된다. 오늘날 다른 대학에서의 설계 교육과 연구에서 보면 낡아빠진, 19세기의 연장선상인 것 같은 느낌이 들지만 좋든 싫든 그것이 도쿄 〈제국〉 대학교의 특징이었다.

아시하라 요시노부는 1979년에 퇴직했고, 마키 후미히코가 뒤를 이었다. 그다음을 고야마 히사오가 물려받았다. 모두 도쿄대 OB이긴 했지만 미국 동부 해안에서 대학원 교육을 받은 미국 유학파였으며, 마키 후미히코는 도쿄 대학교보다 자신이 유치원부터 보냈던 게이오 대학교에 소속감이 있었다.

일반적으로 대학 인사에서 퇴직 예정자는 자기 자리의 후임에 관여하지 않는 것이 불문율이었으며, 남은 교수들끼리 후임을 정하고, 조교수(현재는 준교수) 이하는 관여하지 않는다. 고야마가 퇴직했을 때, 교수였던 이는 건축사의 스즈키 히로유키, 건축 계획의 나가사와 야스시(長澤泰), 건축 구조의 사카모토 이사오(坂本功) 등이었는데, 건축 설계학 강좌의 오노 히데토시(大野秀敏)와 건축 생산 강좌의 마쓰무라 슈이치(松村秀一) 등은 아직 조교수였으므로 인사에는 관여할 수 없었다.

스즈키 히로유키가 처음으로 안도를 만난 것은 1970년대 말, 이소자키 아라타가 설계한 주택 견학회에서였다. 그로부터 30여 년, 그는 당당한 건축 비평가가 되었으며 긴 평론 활동을 거치면서 자신과는 정반대 경력을 가진 안도 다다오를 경애하고 있었다.

안도의 시점은 명쾌하며, 그의 발언 역시 오해의 여지 없이 명료하다. 그의 건축은 그런 명쾌한 시점에서 생겨난 힘이 있다. 많은 사람이 그의 작품을 받아들이고 지지하는 것은 건축 속에 명확한 세계관이 깃들어 있기 때문이다.[53]

일반적으로 대학 교수 자격 요건에는 박사 논문이 필수이며 단게 겐조조차 교수 승진을 위해 45세에 박사 논문을 땄을 정도이다. 물론, 안도는 박사 논문 따위 쓰지 않았다. 도쿄 대학교보다 약간 빨리 교토 대학교에서 은밀히 교수직 제안이 왔지만 안도가 박사 학위를 갖고 있지 않고 가질 의향도 없어서 흐지부지되었다. 그러나 도쿄대는 1968년의 혼란을 거쳐 크게 개혁적으로 바뀌었고, 강좌 제도는 변하지 않았어도 인사에서는 다른 대학 출신을 많이 채용하고 업적에 대한 해석도 정해진 틀에 얽매이지 않았다. 설계자나 디자이너라면 〈예술성에서 일본 건축 학회상이나 예술원상 등을 수상한 특별한〉 작품이 있다면, 그것을 박사 논문과 동등한 업적으로 간주하였다.

스즈키가 치밀하게 사전 교섭해 둔 덕분에 안도의 의장 강좌 교수 부임은 문제없이 진행되어 학부 교수회에 상정된다. 대학에 다니지 않았다는 것에 놀라는 목소리는 있었지만 압도적인 업적과 화려한 수상 이력에 이의를 제기하는 사람은 없었다. 실제로 안도는 생존 건축가로는 세계에서 가장 많은 상을 받았다.

안도는 1997년 12월에 부임하여 그때부터 4년여간 교수로 지내는데, 이때 도쿄 대학교는 60세 정년을 연장하기 위한 경과 조치가 취해졌으므로 정년을 1년 연장하여 2003년에 퇴직한다. 햇수로 6년이었다. 안도의 후임이 난바 가즈히코(難波和彦)였고 그다음이 구마 겐고였다.

건축계의 악당 삼총사?

스즈키 히로유키는 2014년에 68세로 세상을 떠났다. 장수하는 사람이 많은 건축계에서는 너무 이른 죽음이었다. 와세다 대학교 교수를 지내고 있던 친구 이시야마 오사무는 추도문에서 〈스즈키와는 서로 말을 시작하면 남이 하는 말은 듣지 않고 자기 생각을 굽히지 않는 나쁜 버릇이 서로 통했다. 이후, 그것을 나무라던 안도까지 포함하여 《건축계의 악당 삼총사》로서의 신

넘을 굽히지 않았으며, 그럼으로써 절친한 벗이 되었다〉고 밝혔다.[54]

이시야마는 논쟁을 좋아하여 선배인 우치이 쇼조와 〈건강 논쟁〉을 벌이거나 이소자키 아라타의 사무소에서 열린 건축가 모임에서 젊은 건축가들을 거세게 몰아붙이며 윽박지르는 등 이런저런 일화가 많다. 하지만 실제로는 붙임성이 좋고 장인 집단이나 지역 집단 조직에 능하다. 그에 비해 안도는 생김새는 반체제 게릴라풍이지만 예의 바르며, 풍자적인 농담은 해도 사람을 대놓고 적대시하지 않는다. 와타나베 도요카즈, 모즈나 기코(毛綱毅曠)와 함께 〈간사이의 기인 3인방〉으로 불리던 시절도 있었다.

논쟁을 좋아하고 한 발짝도 물러서지 않는 스즈키의 자세는 이시야마와 공통점일지 몰라도, 이시야마의 말만큼 미움받는 사람은 아니었다. 태도도 부드러워 팬도 많았다. 그런 스즈키의 마음에 트라우마처럼 드리워져 있던 것이 대학원 시절의 씁쓸한 추억, 즉 1968년부터 다음 해에 걸친 도쿄대 투쟁의 경험이었다. 건축학과는 도시 공학과와 나란히 논섹트 래디컬nonsect + radical*이라고 불린 급진파 학생을 많이 낳았다. 스즈키도 그중 하나였다. 1969년 1월 18일, 19일의 학생과 기동대가 대치한 야스다 강당 공방전을 앞에 두고, 강당에서 농성을 계속할 것인지

* 〈급진적 무당파〉라는 뜻으로, 전학 공투 회의(전공투) 시대 이후 출현한, 특정 정파에 속하지 않은 좌익 활동가 및 그룹. 1960년대 대학 투쟁은 신좌파 정파들이 주도하여 진행되었지만, 후반에는 일반 학생들이 합류하여 전개되었다.

물러설 것인지를 두고 의견이 갈라졌는데, 스즈키는 후자였다. 농성한 그룹에서는 많은 학생이 체포되었는데, 〈기쿠야바시 101호〉라고 불린, 완전 묵비권을 행사한 여학생 등은 도리에 맞게 행동하여 학생들로부터 존경의 대상이 되었다. 이후 학계 경력을 쌓아 가는 와중에도 이 경험이 스즈키의 마음속 깊숙이 부채 의식으로 자리 잡고 있었을 것이다. 그 일 때문에 이소자키 아라타한테 기회주의자라고 야유받은 적도 있으며, 그 때문에 분위기가 험악해진 적도 있었다.

안도에게도 이 무렵의 기억은 강렬하며, 야스다 강당에서 농성을 벌였던 전공투(全共鬪) 학생들에게 강한 공감을 품고 있었다. 도쿄대생을 향한 메시지에서 〈대학의 존재 방식을 물으면서, 자신의 육체와 정신을 걸고 투쟁하는 젊은이들의 모습은 마음을 뒤흔들었으며, 직접 체험한 것처럼 느끼고 있다〉라고 열띠게 말하며, 학생들에게 행동할 것을 촉구했다.[55]

그런 이유로 안도 다다오의 존재는, 스즈키에게 분명 커다란 희망이었을 것이다. 도쿄대의 권위와는 거리가 먼 세계에서 실적을 쌓고, 행동하는 자세와 마음에 울림을 주는 건축은 스즈키가 추구하던 바로 그것이었다. 그는 안도에게 나라 시대의 포교승 교키의 모습을 겹쳐 보며, 발길 닿는 곳마다 공덕을 베풀고 다니는 도덕적인 자세에서 건축가 이상의 존재로 여기고 있었다. 그리고 도쿄 대학교 건축학과를 완전히 갈아엎을 각오로 새로운 인사에 임했다.

이리하여 결정된 안도의 교수 취임은 도쿄대의 많은 관계자에게는 〈안도 다다오라는 사건〉으로 놀라움을 주었고, 68년 세대에게는 도쿄대 투쟁의 슬로건이었던 〈제국 대학 해체〉 자체였다. 그러나 세간에서는 반대로 〈도쿄대의 자유주의〉, 〈학벌주의 배제와 철저한 실력주의〉, 〈국제화 시대를 향한 유연한 선택〉 등 찬사를 보냈다. 같은 해에 불문과 출신의 영화 평론가 하스미 시게히코가 총장으로 선출되어 안도의 등장과 더불어 〈도쿄대가 달라졌다〉는 인상을 준다.

안도는 정식 교수이므로 수업 이외에 회의나 시험 등 대학에서의 복잡한 책무를 지게 된다. 연구실도 갖추고 대학생과 대학원생 연구 지도도 해야 한다. 교수는 당연히 바빠야 하므로, 그것을 후원하는 체제가 중요하다. 도쿄대는 강좌(연구실)를 지원하는 형태로 전임 조교가 딸리는데, 안도 연구실에서는 5년 동안 지바 마나부, 우카이 데쓰야, 야마시로 사토루가 차례로 조교로 일한다. 지금은 각각 도쿄대 교수, 규슈 대학교 준교수, 시바우라 공업 대학교 교수가 되었으므로 당시에도 우수성을 인정받아 조교로 일했다.

처음으로 대학에 깊숙이 들어가 본 안도는 교수들의 생태를 자세히 관찰할 수 있었다. 그리고 〈도쿄대 교수는 존경받지 못하고 있다〉라고 한마디했다. 분명히 도쿄대 교수 직함으로 정부 위원회 등에서 구심점 역할을 맡지만 결과적으로는 관청에 이용당하는 모습을 보면 심부름 센터 직원으로밖에 보이지 않았다. 세상에서는 권위의 상징으로 여겨지지만 별로 권위에 의존하고 있지도 않으며, 소시민화되어 있는 사람도 많은 것 같고,

부려 먹기 좋은 모범생이라고나 할까, 안도는 오히려 의문이 많아졌다고 한다.

도쿄 대학교 건축학과에 새로운 바람을

안도의 도쿄대 임기는 겨우 6년이었지만 임팩트는 강렬했다. 퇴직한 다음 해에 신설된 특별 영예 교수 칭호를 받은 것을 보아도 그가 도쿄대에서 엄청난 역할을 했음을 알 수 있다. 이 칭호는 노벨상 수상자급 교수에 한정하여 수여되며, 과거 15년 동안 7명에게만 주어졌다.

그렇다면 안도는 도쿄대에 어떤 공헌을 했을까.

교수로 부임하면서 맨 먼저 기대를 모았던 것이 설계 교육과 설계론 연구였다는 것은 분명하다.

도쿄대 의장학 강좌 교수는 세계의 건축을 이끄는 탁월한 사람이어야 한다. 세간에는 그런 기대가 있으며, 단지 〈뛰어난 건축가〉이기만 해서는 그 임무를 맡을 수 없다. 그런 의미에서 마키 후미히코는 기대에 걸맞게 1979년부터 10년 임기 중에 상당한 공헌을 했다. 재임 중에도 화제작을 잇달아 세상에 내놓았고 연구실에서 공간론과 설계론을 집단으로 연구했다. 그리고 그 성과는 세계를 향해 내놓았다. 또한 유능한 젊은 건축가를 키워 내서 마키 스타일이라고도 불리는 일련의 건축가 그룹도 형성하였다.

안도는 마키처럼 하버드식 방법론을 바탕에 깔고 있지는 않지만 자기 경험을 통해 독자적인 방법을 구성한다. 그중에서도 전람회 제작과 연계한 디자인 연구는 상당히 독특하다. 안도는 1980년대부터 반복적으로 직접 전람회를 구상하고 그것을 각지에 순회시키고 있으며, 그런 경험이 체험적 디자인론에 크게 반영되어 있다. 전시물이나 회장 디자인뿐만 아니라 전람회의 목적과 수법을 철저히 생각하는 박물관학적인 사고가 필요하며, 머리와 손을 모두 움직이는 종합적인 학습이자 실천이다.

그가 학생들에게 제안한 것은 〈르코르뷔지에의 주택 연구〉였다. 모더니즘의 원조로도 일컬어지는 르코르뷔지에의 주택을 모조리 비교 검토한다. 시간순으로 모든 주택의 모형을 만들고 그 성과를 전람회에서 발표한다. 전시물을 제작하면서 전시 계획을 짜고 카탈로그도 만든다. 모형을 만드는 것만으로도 힘든데, 이것을 종합적인 전시회로 만들려면 상당한 지혜와 힘이 필요하다. 거기에 더해 조직 만들기, 공정 관리, 카탈로그 제작, 이벤트 운영 관리 등 건축의 실무 과정과 같은 수준의 작업이 필요하다. 이 모든 것에 대해 안도가 프로듀서 역할을 하며 공정을 진행하는 것이다. 학생들에게는 상당히 힘든 경험이지만 성과물에 도달했을 때의 충실감은 한층 더 크며, 얻는 것도 많다.

여기서 태어난 「르코르뷔지에의 모든 주택(ル·コルビュジエの全住宅)」 프로젝트는 갤러리 마(間)에서 열린 전람회(2001)가 되었고, 그 후로 일본 각지의 대학 등을 순회하고 완성된 모형은 최종적으로 파리의 르코르뷔지에 재단에 기증하였다.

건축가들의 도쿄대 강의 시리즈를 기획 운영한 것도 독특했다. 세계적으로 저명한 건축가가 일본을 방문하면 강연을 부탁했다. I. M. 페이Ieoh Ming Pei, 렌초 피아노Renzo Piano, 장 누벨, 프랭크 게리 등이 안도의 청을 받아들여 기꺼이 강연하여, 〈도쿄대에는 안도가 있다〉는 강한 인상을 남겼다. 이 성과는 『건축가들의 20대』(1999)로 발표했고 한국어와 중국어로도 번역, 출간되었다. 도쿄 대학교 출판회에서도 『연전연패』(2001) 등 두 권을 출간했는데, 건축계 출간물로는 드물게 10만 부가 팔려서 출판회로부터 감사 인사를 받았다고 한다.

졸업 설계를 장려하기 위해 새로운 상도 만들었다. 대형 건설 회사에서 자금을 조달하여 3천만 엔의 기금을 만들고, 졸업 설계에서 우수하다고 인정받은 학생 가운데 대학원에 진학한 학생에게 대학원 시절의 연수 여행에 30만 엔을 지급한다. 젊은 시절의 경험에서 〈여행만이 사람의 감성을 갈고닦는 동기 부여를 한다〉고 확신하고, 그러기 위해 아낌없이 상을 준다는 것이 취지이다. 상 이름도, 흔히들 그러듯이 제공자의 이름을 따지 않고 도쿄대 건축학과 최초의 설계 교관을 기념하여 〈콘도르 상〉이라고 이름 붙인 것도 정말 안도답다.

안도에게는 학생들이 사물의 가치를 체험적으로 깨닫게 하고, 동기 부여를 하는 것이 가장 큰 임무라고 인식하는 구석이 있다. 그래서 현장 방문이나 연수 여행을 적극 장려하고, 직접 현장에 얼굴을 내민다. 당시 혼고 캠퍼스에서 가까운 곳에서 진행되고 있던 우에노의 「국제 어린이 도서관(国際子ども図書館)」 현장은 최고의 연수 장소였다. 나오시마의 미술관이나 「아와지 유메부타이」도 모두 함께 방문했다.

2003년 3월에 야스다 강당에서 안도의 마지막 강의가 있었는데, 정원을 크게 초과한 입장자들이 몰려들어 수백 명이 입장하지 못하게 되었다. 예상치 못한 반응에 안도가 직접 마이크를 잡고 사정을 말하며 회장을 정리하자 입장하지 못한 사람들이 그제야 겨우 발길을 돌렸다. 강연 시간은 2시간. 강의 주제는 〈건축의 가능성을 말하다〉였다.

설계 강의에서 설계 공모를 논하다

안도는 특별 영예 교수가 될 즈음, 역시 세계 최고의 건축가로 비할 데 없는 작품을 세상에 내놓았다는 평가를 받고 있었다. 1990년대 중반까지 일본 각지에 수많은 건축 작품을 만들고, 해외에서도 독일의 「비트라 콘퍼런스 파빌리온Vitra Conference Pavilion」(1993), 「유네스코 명상 공간」(1995)을 완성하고, 미국이나 독일에서 여러 건의 미술관을 설계했다. 이 시점에서 안도는 세계의 흐름 속에 부동의 지위를 확립한다. 1995년 퓰리처상, 1997년 다카마쓰 노미야 기념 세계 문화상 등 수상 이력도 화려하지만, 나오시마로 대표되는 미술관 등을 통해 인터내셔널리즘에 대항하는 리저널리즘*의 대표로 일컬어지는 건축의 금자탑을 세우고 있었다.

이것에 이어 1990년대 중반에서 2000년대 중반에 걸친 10년은 다음의 새로운 스텝을 보여 주는 시기이기도 했다. 무엇보다

* 중앙 집권적인 정치 기구 안에서, 몇 개의 지방 자치 단체를 지역적 특성에 따라 구분한 새로운 행정 단위로 설치하려고 하는 사고방식.

도 해외 프로젝트가 늘어났고, 다른 조건에서 새로운 건축적 프로그램을 고안하고, 설계 기법을 만들어 나간 시기이기도 했다. 이 기간에 평생 가장 많은 설계 공모에 응모했던 것은 단순한 우연이 아니다. 도쿄대 교수 시대와 딱 겹치는 것을 보면, 자신의 디자인을 활짝 열린 세계에서 논의 대상으로 삼는 것, 바꿔 말하면 건축 교육을 포함하여 설계 이론으로 함께 생각하고 논의를 공유하는 데에도 설계 공모가 유효한 도구였을 것이다. 학생들에게 했던 질문을 강의록으로 정리한 『연전연패』는 교토역 개축 설계 경기(1991)에서 시작되는 일련의 설계 공모안을 통해 생각한 현대 건축론이다. 설계 공모는 단순히 일거리를 얻는 수단이 아니라 사색을 위한 중요한 기회이기도 했다.

국제 설계 공모에 지명 건축가로 최초로 가담한 것은 런던의 현대 미술관「테이트 모던」의 설계 경기(1995)였다. 이 설계 공모는 최종 심사 인터뷰 전날, 한신·아와지 대지진이 일어나서 인터뷰를 겨우 마치고 그대로 비행기에 올라 일본으로 돌아왔던 엄청난 기억으로 남아 있는데, 유감스럽게도 최종에서 헤어초크 앤 드 뫼롱Herzog & de Meuron에게 지고 말았다.

안도는 강의를 통해 이 패배를 심도 있게 분석한다. 인터뷰에 남은 건축가는 안도를 포함해서 모두 6팀이었는데, 당시 국제 설계 공모 경험이 적었던 안도는 심사 위원과의 질의응답에서 문제점을 깨끗하게 인정하여 끈기가 부족했다고 생각하고 있었다. 그가 반성하는 방식은 오늘날 취직 면접을 준비하는 대학생과 크게 다르지 않은데, 일본인에게 많이 볼 수 있는 진취성이 부족했다는 뜻인 듯하다. 달변인 유럽인 건축가들은 쉽사리 결점을 인정하지 않는다. 끈기 있는 자가 이기는 분위기에서 헤어초크 앤 드 뫼롱이 1등으로 선정된 것이다.

「테이트 모던」은 런던 주변부의 화력 발전소 건물을 남기고, 그것을 현대 미술관으로 만든다는 점에서 파리의 오르세 미술관과 비슷한 구도였다. 안도의 공모안은 오래된 벽돌조 건물에 유리 직육면체 두 개를 관입시켜 소재와 형태를 대비시키는 것이며, 그 후 일관되게 이어지는 순수 기하학과 구상적 형태의 대비라는 주제를 명확하게 드러낸 것이다. 강의 중에 안도는 자기 설계안의 논리적 구조를 재확인하면서 다른 공모안, 특히 1등을 차지한 헤어초크 앤 드 뫼롱을 객관적으로 분석하고 도시적 컨텍스트, 현대적 소재성의 과제 등에 대해 비판적으로 깊이 논한다.

안도가 처음으로 지명 설계 공모에서 우승하는 것은 1997년, 텍사스주의 「포트워스 현대 미술관」 설계 공모이다. 2단계 설계 공모를 거쳐 6명(팀)의 파이널리스트에 선정되고, 최종적으로 승리를 거두었다. 거기까지의 과정도 재미있지만 안도의 강의에서는 여기서부터가 흥미롭다. 설계론은 물론, 미국식 건설 공사에서 얻은 교훈을 충분히 들려준다. 콘크리트 타설에 실패한 업자와 옥신각신한 후, 클라이언트로부터 재작업을 요구받고, 안도 브랜드의 명예를 위해 그것을 부수고 다시 타설하게 되는데, 그 비용 부담을 놓고 엄청나게 다툰 이야기 등 설계 공모에서 우승하면 우승한 대로 발생하는 문제에 대해 자세히 이야기한다. 안도의 시점은 언제나 현장을 오가고 있으며, 궁극의 미학을 추구하는 한편으로, 상당히 촌스러운 현장 뒷이야기도 등장한다. 단순히 인간적인 것뿐만 아니라 비즈니스, 시공 체제, 현금 흐름 등 당연히 알아야 할 실무 이야기로 가득하여 학생들은 커다란 자극을 받는다.

1999년부터 2000년까지 안도는 여섯 개의 국제 설계 공모에 참가하지만 결과는 모두 낙선이었다. 지명도 때문에 지명 설계 공모에는 이름이 올라가지만 좀처럼 잘 풀리지 않았다. 마드리드, 파리, 안트베르펜, 슈투트가르트 등의 미술관이 대부분이었다. 안도는 국제적으로는 미술관의 대가로 인식되고 있지만, 1992년에 최초의 미술관 작업인 「베네세 하우스 뮤지엄」을 준공시키고, 아직 10년도 지나지 않았던 때였다. 단기간에 꽤 많은 미술관과 박물관을 일본 내에서 진행해 온 속도감이 사람들을 끌어당겼을 것이다. 지명 설계 공모는 물론 일정한 참가 보수비가 지급되지만 우승해서 안을 실현할 수 있는지 없는지는 하늘과 땅 차이이다.

2000년에 필라델피아 「칼더 미술관」의 설계 공모에서 우승하지만 이 프로젝트는 결국 무산되었다. 그러나 2001년에 파리 교외의 피노 재단 뮤지엄을 쟁취하고, 매사추세츠주의 「클라크 예술 복원 센터Clark Art Institute」의 설계 공모에도 입상한다. 특히 전자는 미술관의 규모, 국제적인 미술계의 동향과 얽혀 전 세계에서 주목받았다. 유럽 최대의 근현대 미술관이자 심지어 구겐하임적인 미술의 〈프랜차이즈〉에 대항하여, 중앙(국립 퐁피두 센터)에 대한 지방의 민간 뮤지엄이라는 점에서 새로운 미술의 동향을 이끄는 미술관이다.

안도는 강의에서 세계의 건축 동향을 생생하게 전달하고, 심지어 건축가로서 충분한 분석을 덧붙이면서 강의했는데, 이런 수업은 그때까지의 도쿄대 건축학과에는 없었다. 그런 건축가라 해도 검소한 점은 철저했다. 예전에 단게 겐조가 도쿄대에 올 때는 운전사가 모는 메르세데스를 타고 직원이 심부름꾼으로 따라왔는데, 지하철을 이용하고 작은 배낭을 한 손에 들고 홀로 나타난 안도는 완전한 형식 파괴자였다.

사지 게이조와 약속한 대로 오사카에서 도쿄 대학교로 출퇴근했는데 이동 패턴은 신칸센과 지하철, 그리고 걸어서였다.

혼고의 산주산겐도

안도 다다오가 도쿄 대학교에 남긴 유산으로 2008년에 완성한 「정보 학환 후쿠타케 홀(情報学環·福武ホール)」이 있다. 혼고 거리에 있는 학교 건물로, 베네세에서 기부받아 건설되었다.

도쿄대의 중심인 혼고 캠퍼스는 다이쇼에서 쇼와 초기에 걸쳐 지어진 네오고딕 양식으로 통일된 건축군으로 이루어져 있으며 핵심은 야스다 강당이다. 야스다 재벌의 기부로 도쿄대 교수인 우치다 요시카즈와 조교수인 기시다 히데토가 설계했다.

국립 대학의 경우, 캠퍼스 계획은 문부성(문부 과학성) 산하의 대학 시설 담당 부서에서 진행하는 것이 일반적이다. 건축계 교원이 직접 관여하는 경우는 적다. 그러나 도쿄대 건축학과는 교관이 꽤 많이 관여한다. 캠퍼스 계획 담당 교원이 따로 있을 정도이며, 그런 점에서는 우치다 요시카즈와 기시다 히데토의 전통이 이어지고 있다고 보아도 된다. 특히 돋보이는 사람은 단게 겐조이며 본부동(1979), 제2본부동(1976) 등 대학의 중추 기능이 되는 불후의 건축을 설계했다. 그 이후, 오타니 사치오(大谷幸夫)의 법학부 4호관(1987), 아시하라 요시노부의 고텐시타 기념관(1988), 고야마 히사오의 공학부 14호관(1993), 마키 후미히코의 법학부 로스쿨동(2004), 구마 겐고의 다이와 유비쿼터스 학술 연구관(2014) 등의 형태로 난바 가즈히코를 제외하고는 중단없이 이어지고 있다. 일본 국내를 포함하여, 세계 각국에서 대학 캠퍼스를 수없이 계획해 온 마키 후미히코가 도쿄대로부터는 상당히 뒤늦게 설계 의뢰를 받은 것은 약간 의외이다.

「정보 학환 후쿠타케 홀」은 도쿄 대학교 창립 130주년 기념 사업으로 계획되었다. 후쿠타케 소이치로는 철저한 〈안티 도쿄주의자〉로 원래라면 절대로 도쿄대에 기부하지 않겠지만, 안도를 위해 기꺼이 도와준 것이었다. 제공된 대지는 혼고 거리에 있는 녹지대로, 유서 깊은 아카몬 지역으로 이어지고 종합 도서관을 바로 앞에 둔 매우 역사적인 장소이다. 혼고 캠퍼스는 상당히 넓긴 하지만 이런저런 건물들이 들어차서 새로운 학교 건물 대지는 이런 장소밖에 남아 있지 않았다. 이 녹지대에는 길을 따라 거대한 녹나무가 늘어서 있어서 건축할 수 있는 세로 공간은 15미터밖에 안 되었다. 따라서 필요 조건을 만족하면 가로 1백 미터 정도의 가늘고 긴 공간이 될 수밖에 없다. 일본식

치수로는 33칸(間), 스즈키 히로유키는 이것을 〈혼고의 산주산겐도(三十三間堂)〉*라고 불렀다.[56]

안도는 지금까지 일본과 유럽 등지에서 역사 지구나 역사적 건축물에 관해 다양한 현장을 경험해 왔으므로 그런 것을 다루는 데는 익숙했다. 주요 부분을 지하에 묻고, 지상은 필요 최소한의 볼륨으로 구성하기로 했다. 나무에 역점을 두어 초록이 건물을 가리도록 했으며, 정면에 혼고의 상징 가운데 하나인 종합 도서관이 있으므로 거기와 적절한 대비를 이루는 것이 바람직했다. 이렇게 생각해서 완성된 것이 폭 95미터의 13스팬** 건물이다. 가로 일직선을 강조하고 치수는 고심에 고심을 거듭했다. 0.9미터를 기준 치수로, 높이 3.6미터 콘크리트의 자립 벽을 바로 앞에 두고 지상 6.3미터 지점에서 차양이 일직선으로 가로지른다. 폰타나적인 예리한 절개 면이 여기서도 재현되어 날카로움을 더욱 강조한다. 아카몬의 웅장한 느낌이 유지되도록 도드라지지 않을 것을 우선시한, 안도로서는 대단히 절제한 건축이 되었다.

* 〈산주산겐도〉는 교토에 있는 118미터의 총 33칸으로 이뤄진 사찰로 세계 문화유산이다. 본당 안에는 1,001개의 천수관음상이 세워져 더욱 유명하다.
** 다리, 건물, 전주 따위의 기둥과 기둥 사이. 또는 그 사이의 거리.

스즈키 히로유키와 안도 다다오의 다정한 모습.

도쿄 대학교 건축학과 제도실에서.

「테이트 모던」국제 설계 공모안(1995년)의 모형.

도쿄 대학교 「정보 학환 후쿠타케 홀」(도쿄 분쿄구,
2008년)의 전경. 오가와 시게오 사진.

제16장 〈안도 사무소〉라는 팀

클라이언트를 구별하는 방법

여기서는 시점을 바꿔 사무소 경영이라는 측면에서 안도 사무소의 운영 체제를 조직론적으로 살펴보자.

2000년대 들어와 안도 다다오는 연평균 9건 정도의 건축물을 짓는다. 대형 건물이 대부분이며 기본 구상이나 프로젝트 단계부터 시작하는 것도 있으므로, 연간 상당한 건축물을 다루는 셈이 된다. 그런 업무 방식 때문에 사람들은 안도 사무소(정확하게는 안도 다다오 건축 연구소)가 상대적으로 직원이 꽤 많을 것으로 생각한다. 일본 최대의 건축 설계 사무소인 닛켄 설계가 1천8백 명, 대형 사무소로 일컬어지는 사토 종합 설계, 야스이 건축 설계 사무소 등이 2백~3백 명 정도의 인원인데 안도 사무소의 업무량에서 보면 대형 사무소에 버금가는 1백 명 규모의 스태프가 필요하지 않을까. 참고로 해외에서 스타 건축가로 일컬어지는 사무소는 규모가 크며, 렌초 피아노의 RPBW는 150명, 자하 하디드Zaha Hadid 사무소는 4백 명으로, 상상을 뛰어넘는 수의 스태프들이 일하고 있다.

안도 사무소 직원은 30여 명이며, 이 수는 1970년대부터 별로 달라지지 않았다. 건축 규모는 점점 커지는데 스태프가 늘어나지 않으면 직원 1인당 업무량이 많아질 것 같지만, 실제로는 반대이며, 스태프는 야근한다고 해도 밤 9시쯤이면 마무리한다.

이렇게 한정된 인원으로 이 정도로 밀도 높은 일을 해내는 것이 어떻게 가능한 것인가. 그것을 알기 위한 몇 가지 열쇠가 있다. 기본은 안도 사무소와 클라이언트, 시공업자가 충분한 신뢰 관계를 만들어 나가는 것이다. 이 세 점이 원활하게 연결되어 서로 존중하면서 커뮤니케이션이 성립하면 쓸모없는 작업을 생략할 수 있다는 것이 안도의 철학이다. 직원을 일정한 수로 억제하고, 각각의 직원이 높은 프로 의식을 갖고 효율적으로 프로젝트를 진행하면 나름의 급여 수준도 유지할 수 있으며, 실제로 안도 사무소 급여 수준은 대단히 좋다. 안도 자신도 분명하게 말한다. 「나는 설계 사무소 사장이니까, 역시 나의 업무는 스태프들에게 더욱 높은 급료를 지급하여 그들이 생활에 쪼들리지 않게 하는 것이라고 생각합니다.」사장으로서의 본인 급여는 베테랑 직원의 2배를 상한으로 한다고 정해 두었다. 욕심이 없는 것이다.

클라이언트와의 관계를 정하는 것은 안도의 업무로, 얼마나 적성에 맞는 일을 선택할 수 있는지가 중요하다. 그의 업무가 순조롭게 확대되면서 1980년대 중반 무렵부터 다양한 오퍼가 직간접으로 사무소에 들어오게 되었다. 안도는 그때, 프로젝트의 규모는 제쳐 두고 안도 사무소가 해야 하는 일인가, 클라이언트가 열정을 갖고 있는가, 클라이언트와 신뢰 관계를 맺을 수 있는가, 그리고 비즈니스로써 제대로 설계 보수를 지급할 준비가 되어 있는가를 스스로 묻고 판단한다.

안도처럼 지명도 높은 건축가는 종종 건축가의 이름을 내걸고 투자자를 모으는 위험한 프로젝트를 제안받는데, 설계비는 자금 조달이 끝난 다음에 지급한다고 하므로 미지급이나 일부 지급 등의 사태가 종종 일어난다. 그렇게 미덥지 못한 일은 원칙적으로 전부 거절한다. 설계 이전의 기획 구상에 확실하게 보수를 지급할 수 있는지도 중요하다. 이런 점들은, 사람을 보는 일에 동물적인 직관이 있는 안도가 판단한다.

네팔의 어린이 병원이나 환경 프로젝트인 「희망의 벽(希望の壁)」(2014)처럼 사회적인 의미에 부응하여 자원봉사, 즉 무보수로 계획이나 설계를 하기도 한다. 다만, 규모는 작아도 기업인 설계 사무소로서는 비즈니스와 자원봉사를 확실하게 구분할 필요가 있으므로 흑과 백을 분별하는 합리적 태도를 유지하는 것이 안도 사무소의 정책이다. 물론 일단 자원봉사라고 결정하면 철저히 그 선에서 진행한다.

클라이언트와의 관계는 준공 후에도 계속된다. 「안도 사무소는 목수 같은 존재이므로, 만들고는 나 몰라라 하지 말고 사후 관리도 확실하게 해야 합니다.」 그가 말하듯이 사후 관리도 중요한 일이다. 그래서 주택은 10년 후, 20년 후에 증개축을 의뢰받는 일도 많으며 클라이언트의 가족과는 세대를 뛰어넘는 교류를 하게 된다.

팀의 힘이 무엇보다 중요하다

설계는 당연히 팀으로 움직이는데, 안도 사무소의 신조는 〈사무소도 팀, 사회도 팀〉이다. 사무소는 설계자만의 닫힌 세계가 아니라, 클라이언트와 그 앞에 있는 사회 일반적으로 연결되며, 동시에 건설 공사를 실제로 수행하는 시공 회사나 장인들과도 직접적으로 연결되어야 한다.

1969년에 설립하여 54년 역사를 가진 안도 사무소는 초창기에 입사한 베테랑 직원 4명이 지금도 사무소의 중심을 이루고 있다. 야노 마사타카(矢野正隆), 이와마 후미히코(岩間文彦), 오카노 가즈야(岡野一也), 미즈타니 다카아키(水谷孝明)는 40년 이상 축적된 경험으로 사무소의 업무 흐름을 정확히 파악하고 바로 스태프들에게 업무를 분배한다. 이 4명은 성격은 달라도 서로의 업무를 인정하며, 안도와 클라이언트의 절충을 토대로 세부적인 내용을 결정해 간다.

해외 프로젝트는 오래전부터 야노가 담당해 왔는데 지금은 사무소 업무의 70퍼센트가 아시아나 유럽 각국이라서 다른 3명도 각각 해외 프로젝트를 담당하게 되었다. 클라이언트와의 회의 프레젠테이션은 안도가 맡고, 각 담당자가 개요를 진행한 다음 야노를 중심으로 계약까지 마무리하곤 한다. 이와마는 현재 사무소에서 삼각자를 정교하게 사용하여 손으로 도면을 그리는 유일한 사람이다. 오카노는 학생 때부터 사무소에 드나들었으며, 일 처리 속도가 굉장히 빠르다. 안도의 콘셉트를 나타내는 스케치를 읽어 내고, 멋지게 건축으로 만들어 간다. 현장에서도 통솔력과 추진력이 단연 탁월하다. 약간 젊은 미즈타니는 클라이언트의 신뢰가 두터우며, 전시 기획 운영도 전담하고 있다. 외부의 힘에 의존하지 않고 이런 기획을 진행할 수 있는 것은 미즈타니의 치밀한 조직력 덕분이다.

사무소 안의 설계 체제에서 말하자면, 당연히 개개 프로젝트에 대해 효율이 좋은 팀 편성이 필요하다. 프로젝트 내용에 따라 태스크 포스팀이 구성되며, 베테랑의 역할은 안도의 지시 아래 팀의 중심이 되거나 서포트 역할을 맡아 낭비 없이 작업을 진행한다.

외주는 최대한 줄인다. 통상의 설계인 경우, 의장 설계(디자인) 이외의 구조, 설비, 외관은 전문 사무소에 외주를 주는 것이 일반적인데, 안도 사무소는 특이한 구조를 제외하고 안도가 직접 구조 해석 프로그램을 짜고, 사무소 내에서 구조 계획까지 진행한다. 인테리어 디자인도 직접 하는 경우가 많으며, 건축공사와 내장 공사를 동시에 함으로써 디자인의 일관성이 유지되고, 비용 절감이라는 장점도 생긴다. 그 점에서는 하도급 업자를 포함한 시공 회사와의 관계가 중요하며, 안도 사무소가 요구하는 스펙을 충분히 맞춰 줄 수 있는 장인과의 의사소통이 필요하다.

안도의 건축이 고도의 장인 기술에 토대하고 있음은 작품을 보면 한눈에 알 수 있는데, 다른 설계 사무소에서는 이런 고기능 시공 정밀도를 달성하지 못한다. 궁(宮) 목수 등 특수한 장인에게 의존하는 것도 아니다. 소규모 시공업자일지라도, 장인 기질을 가장 잘 알고 있는 안도가 일의 원점으로 돌아가서 시공업자와 차례대로 일함으로써, 오늘날까지의 건축 작품이 태어나고 있다.

기적을 낳았다고까지 일컬어지는 안도의 초기 주택을 시공한 이들은 대부분 지역의 토박이 토목 회사이며, 안도가 직접 현장에 나가서 지휘하며 공사 정밀도를 비약적으로 높였다. 장인의 이모저모를 알고 있기에 그것이 가능하며, 사무소 스태프도 현장에서 철저히 단련시킨다. 그런 전통은 여전히 사무소에 뿌리내리고 있다. 「스미요시 나가야」를 시공한 마코토 건설이나 「롯코 집합 주택 I」을 시공한 다이쿠 건설은 직원이 모두 24~30명 정도의 작은 토목 회사였는데, 그곳 장인들에게 의욕과 힘을 부여해 준 사람이 안도였다.

그런 의미에서, 안도는 일본의 〈모노즈쿠리〉 현장에 잠재된 고도의 기술력을 현재화시키고, 그것을 건축으로 조직화하는 능력을 타고난 사람이라고 해도 될 것이다. 히가시오사카로 대표되는 가내 공장 스타일의 모노즈쿠리 정신, 목수나 미장이들이 키워 온 장인의 기술을 합쳐서, 하나의 건축 공간으로 현실화한다.

물론 중소 시공사뿐만 아니라, 메이저 시공 회사와도 오랫동안 일했다. 간사이에는 다케나카 공무점과 오바야시구미라는 궁 전문 목수에서부터 성장한 거대 건설 회사들이 있는데, 모두 몇백 년의 역사가 있다. 그 회사 현장 담당자들과도 다양하게 만났다. 회사 내에는 〈안도 당번〉이라는, 안도가 추구하는 시공의 세세한 부분을 꿰뚫고 있는 전문가가 언제든 바로 달려가게 되어 있다.

도쿄를 근거로 한 건설 회사도 마찬가지이다. 나오시마의 경우, 프로젝트 개시에서 30년이 되는데, 일관되게 가시마 건설의 오카야마 지점이 계승하고, 시공 스태프를 통솔하는 도요다 이쿠미는 정년이 지난 지금도 함께 일하고 있다. 그들에게 클라이언트로부터 제시받은 예산을 기본으로 〈이번에는 이 금액으로〉해달라고 말하고 시공을 맡길 수 있는 것도 오랫동안 쌓인 신뢰가 있기 때문이다.

「아와지 유메부타이」는 일본 최대급 규모의 일이었다. 다케나카 공무점, 오바야시구미, 시미즈 건설 등 거대 건설사와 지역의 토박이 토목 회사나 하도급 업자 등 거기서 일하는 기술자나 장인들의 수가 엄청났다. 지금도 시공에 관여한 건설사나 하도급 업자와 OB 모임을 해마다 갖고 있다.

해외에서는 그렇게 일할 수 없다. 문화 차이나 커뮤니케이션 문제로 일본 국내보다 10배 정도의 에너지를 사용한다고 한다. 그래서 현지 스태프와의 협동 작업이 중요한데, 안도 사무소는 해외에 현지 사무소를 만들지 않는 것이 방침이다. 구마 겐고와 반 시게루 등 그와 어깨를 나란히 하는 건축가들은 파리나 기타 도시에 현지 사무소를 만들어서 현지 작업을 수행하고 있지만, 안도는 그 반대로, 현지 사무소가 필요하다고 판단되는 일은 받지 않는다.

안도의 해외에서의 일이 본격화되는 것은 1990년대에 들고부터인데, 처음에는 해외 프로젝트 진행 방식이 달라서 상당히 애를 먹었다. 미국에서는 각종 조합이 강력하여 업종별로 계약하고 분리 발주하는 것이 일반적이다. 그 모든 과정은 변호사를 통해야 하며 문서 양도 어마어마하다. 반대로 이탈리아에서 「파브리카」를 시작으로 했던 일은 클라이언트와의 커뮤니케이션이 치밀하여 현지의 토박이 건축가, 시공업자, 장인 등과의 의사소통도 매우 가능했으며 예상 이상으로 빠른 속도로 일할 수 있었다. 일본과 비슷하다면서 안도는 대단히 기뻐했다.

인간관계는 신뢰에서

안도 다다오는 묘한 인간적인 매력을 가진 인물이다. 일본인뿐만 아니라 세계 어디서든 존경받고 사랑받고 있다. 외국어를 구사하지 못하는데도 말이다.

젊은 시절부터 인간관계를 중시해 온 것은 외할머니나 장모의 영향일 것이다. 어디에서든 서슴없이 들어갈 수 있는 호방하고 열린 성격에 더해, 상대방을 파악하고 거리감을 정확히 잴 수 있다. 고집도 세지만 인정도 많다. 그리고 행동이 빠르다. 그래서 클라이언트들도 안도에게 마음 놓고 일을 맡길 수가 있다.

주택을 많이 짓고 있을 무렵에, 촬영 때문에 방문한 후타가와 유키오는 안도가 각 집의 열쇠를 갖고 있는 걸 보고 놀랐다고 한다. 클라이언트의 신뢰를 얻어 자신이 짓는 주택에 자유롭게 드나드는 모습은 마치 단골 목수 같다. 그런 행동 패턴은 대기업에 대해서도 똑같으며, 무명 시절에 친구인 나가타 유조(永田祐三)를 따라가서 다케나카 공무점의 특별 프로젝트실에 마음대로 드나들다가 사장인 다케나카 렌이치와 알게 되어 점심을 얻어먹었다는 이야기는 지금도 유명하다.

다케나카 렌이치 사장과는 후일담이 있다. 그 후 안도의 일이 늘어나서 고베의 「올드/뉴」 시공을 다케나카 공무점이 맡았을 때, 사장이 몸소 세 번씩이나 현장을 찾아왔다. 어느 날, 그 길로 가까운 롯코의 「바람의 교회」 현장에 가보고 싶다고 했다. 시공사는 오바야시구미였는데, 다른 회사의 현장에는 가지 않는 것이 건설사의 관례였다.

다케나카의 우두머리가 오바야시의 건축을 보러 왔다고 하니 오바야시구미의 현장 감독은 입을 딱 벌리고 말았다. 「〈여기는 오바야시 현장인데요〉라고 하자, 〈알고 있습니다, 좀 보고 싶어서요〉 하고 말하면서 안쪽까지 들어갔지요.」 안도가 그때를 회상하며 말하자, 마치 건축 소년들이 현장을 즐기듯이 장난을 치는 모습이 떠오른다. 〈건축이란 거대한 것이 아니라, 마음속에 깃든 것을 만들어야만 하는 것〉이라는 말도 그들의 표어인 듯하다.

오사카에 살고 있으면, 도쿄와는 달리 기업인도 가게 주인도 평범한 주민도 거리가 가깝고 마음 편한 관계가 된다. 그래서 오사카의 기업 경영자와는 곧바로 사이가 좋아졌다. 산토리의 사지 게이조는 번화가에서 여러 번 만났는데, 몇 년이나 지나서

야 안도를 건축가로 인식했을 정도였다. 아사히 맥주의 히구치 히로타로는 은행가 출신으로 완고한 사람이지만 〈여보게, 자네〉하는 사이로, 어디든지 함께 다녔다. 안도의 사고방식에서 보면 융통성이 없는 공무원은 좋아하지 않지만 예외도 있어서, 지자체장 출신인 효고현 가이하라 도시타미 지사와는 아주 친하게 지냈다. 가이하라가 「올드/뉴」까지 찾아와서 히메지에 만들 「어린이관 야카타(こどもの館やかた)」(1989)에 대해 안도에게 직접 설명했던 것이 친해진 계기였다. 안도는 자존심 강한 효고현 지사가 몸소 찾아온 것에 놀랐지만, 가이하라는 그 정도로 안도를 존경했으며 지진이 났을 때도 안도에게 전폭적인 신뢰를 보냈다.

록 필드사의 이와타 고조와는 그가 고베의 「로즈 가든」에 〈가스트로노미〉라는 상호로 가게를 낸 이후부터 만난 사이로, 40년 이상에 걸쳐서 친교를 맺고 있다. 그는 요리사에서 시작한 특이한 비즈니스 맨으로, 〈고베 고로케〉라고 이름 붙인 반찬이나 신선한 채소 샐러드부터 일식에 이르는 사업까지 폭넓게 손을 대고 있었다. 여성의 사회 진출을 일찍부터 예측하고 백화점 지하에서 고급 식재료를 판매하여, 여성들이 퇴근길에 구매해 가사 노동을 줄이는 생활을 정착시킨 일로 유명하다. 안도에게 본사인 「고베 헤드 오피스·팩토리(神戸ヘッドオフィス·ファクトリー)」(2004)에 더해서 「시즈오카 팩토리(静岡ファクトリ)」(1991, 2000, 2009, 현재도 진행중), 「다마가와 SPS 팩토리(玉川SPSファクトリー)」(2003) 등 공장 시설을 의뢰했다. 직업 관계상 환경 문제에

까다로워서 일찍부터 공장에 친환경 에너지를 도입하는 등 안도와 생각을 공유하고 있다.

〈도시 게릴라〉라는 단어에서 알 수 있듯이, 안도는 반골이다. 그러나 격렬한 논쟁은 좋아하지 않는다. 그 점이 동세대 건축가나 문화인들과 다른 점이다. 심지어 오사카 사투리를 써서 무슨 일이든 유머러스하고 원만하게 수습해 버리므로 커뮤니케이션 능력이 단연 탁월하다. 그래서 모리 빌딩의 모리 미노루 사장은 「오모테산도 힐즈(表参道ヒルズ)」(2006) 주민 설명회에 안도가 직접 설명해 달라며 여러 번 간곡히 부탁했다. 정작 모리 미노루 본인은 모습을 드러내지 않았다. 주민들은 〈안도 다다오의 말을 듣고 있으면 홀딱 반해서 나도 모르게 찬성하게 된다〉라고 말한다.

해외 인맥도 일본 이상으로 넓다. 특히 미술과 패션 관계자와의 교분이 두터우며 보통 상대방이 안도를 지명하여 요청한다. 「시카고 미술관」의 소개로 퓰리처 부부와 만났을 때는 유명한 퓰리처상을 창설한 집안인 줄 모르고 만났다가 나중에야 알았다는 일화가 있을 정도로, 안도라는 브랜드의 힘이 이미 전 세계에 퍼져 있다는 것을 스스로 알았다.

후쿠타케 소이치로와 프랑수아 피노는 각각 커다란 프로젝트를 공유하며 오랜 기간에 걸쳐서 진행하고 있어 특히 더 깊은 관계이다. 자세한 이야기는 따로 하기로 한다.

2010년 이후, 친하게 지내던 사람들이 잇따라 세상을 떠났다. 모리 미노루(2010), 후타가와 유키오(2012), 스즈키 히로유키

(2014), 가이하라 도시타미(2014) 등 안도를 가족처럼 이해하고 지지해 주던 인물들이 사라졌다. 남아 있는 사람으로서 스스로 새로운 임무를 부여하고 미래 세대에게는 지구별을 소중히 여기기를 바라며 건축과 환경의 가치를 전달하는 운동을 착착 준비하고 있다.

아내 유미코의 존재

세간에 퍼져 있는 사진을 통해 안도 다다오의 이미지는 싸우는 건축가이자 무장 투쟁파로 인식되어 있다. 그래서 안도의 모습에서 여성의 그림자를 보는 사람은 적은 것 같은데, 사실 일본의 건축가 중에서 아내가 이렇게 큰 영향력을 행사하는 인물은 드물다.

여성과의 관계에서 경조부박하다는 비난을 피할 수 없는 건축가들이 수두룩한데, 추문도 없고 가십거리도 제공하지 않고 부부가 함께 반세기에 걸쳐서 사무소를 운영할 수 있었던 것은 기적에 가깝다.

안도와 유미코는 양과 음의 관계에 있다고 해도 된다. 안도는 기질이 격하여 언제나 버럭 화를 낸다. 유미코는 온화하고 균형 잡힌 성격이라서 그런 열정을 조용히 받아 준다. 안도는 언제나 앞만 보고 내달리므로 대담하기는 하지만 냉정함이 부족하여 직원이 좀처럼 따라가기 힘들다. 반대로 유미코는 전후 관계를 머릿속에 정리하면서 받아들이고 차분하게 상황을 처리한다. 직원을 배려하고 의논 상대가 되어 주는 것도 유미코의 역할

374

이다.

사무소의 운영 면에서 유미코는 안도와 함께 수레의 두 바퀴처럼 다양한 활동을 지탱하고 있다. 안도가 독립자존의 정신으로 앞으로 쭉쭉 나아간다면, 유미코는 사무소 경영 상황을 정확하게 판단하고 움직임을 조절한다. 안도 사무소라는 문화를 세상에 알릴 수 있는 것도 유미코에게 힘입은 바 크다. 클라이언트와의 성실한 만남이나 사후 관리도 마찬가지이다.

유미코는 건축과는 거리가 먼 영문학부 출신으로, 지금은 외국어가 되는 스태프가 따로 있지만, 젊은 시절에는 안도의 작품 소개를 유미코가 직접 영어로 옮겼을 정도로 안도의 작품이 해외에 알려지는 과정에서 큰 역할을 해냈다. 지금도 다르지 않다. 해외에서의 일이 늘어난 이후로 클라이언트와 깊은 교류를 할 때도 오프닝 등 공식 석상에서 유미코와 함께인 경우가 많아 의사소통에 큰 문제가 없다.

유미코의 결혼 전 성은 가토(加藤)이다. 사무소에서는 지금도 〈가토 씨〉라고 불리는 것은 사무소 창립기부터의 전통인 듯하다.

누구나 궁금할 텐데, 안도는 어떻게 유미코를 만났을까. 앞에서 이야기했듯이 구타이 아티스트인 무카이 슈지의 소개로 처음 만났는데, 오사카의 시타마치 출신인 안도에게는 그림의 떡이라고 할 만한 한신칸 출신 아가씨였다. 예술을 좋아했던 것이 결정타였는지, 안도와의 만남을 운명처럼 받아들여 결혼했다. 결혼 이야기를 위해, 고베에서 아버지 가토 다이를 만났을 때는 바짝 얼었다고 하니, 안도 역시 의외로 순진했다.

영국의 건축가 자하 하디드에 의한 도쿄 국립 경기장 문제*가 꼬여서 심사 위원장이었던 안도에게 격렬한 비난이 쏟아졌을 때, 안도는 췌장암 치료를 위해 입원해 있었다. 그때 병원에서 안도는 도쿄의 분위기를 읽고 오사카와의 차이를 새삼스럽게 알았다고 한다. 「건축계에서 보면 나는 골치 아픈 존재입니다. 학력도 다르고, 사회적 기반도 다르고, 일하는 방식도 다릅니다. 왜 저 녀석이 인정받느냐는 식의 불쾌한 감정이 많이 쌓여 있는 것 같더군요.」 안도 역시 나약해질 때가 있었다. 그럴 때마다 유미코가 그를 지지하고 사무소를 꾸려 나갔으며 베테랑 직원들도 흔들림 없이 프로젝트를 수행하였다.

안도의 병이 알려지자 전 세계에서 위문품이 전달되었는데, 그 무렵에 안도는 퇴원하여 일상생활을 시작하였다. 〈괜찮습니까?〉라는 말에 〈내장이 다섯 개나 없어져서 몸이 가벼워지니 움직이기 쉽네요〉라고 답하여 오히려 주위를 놀라게 했다. 위로의 편지에는 〈안도 다다오는 불사신입니다〉라고 답했다. 앞만 보고 달리는 안도는 아직 건재하다. 신세를 졌던 사람들을 위해

* 자하 하디드는 2012년 9월 도쿄 국립 경기장의 디자이너로 선정되었으나, 마키 후미히코와 이토 도요오 등 일본 건축가 그룹이 자하 하디드의 올림픽 경기장 디자인이 주변 환경에 비해 지나치게 거대하다며 규탄하였다. 자하 하디드는 수정 계획안을 발표하지만 2015년 당시 아베 신조 총리가 예산 문제로 경기장 디자인 백지화를 선언한다. 2020년 일본 정부는 도쿄 올림픽 경기장의 새로운 설계 공모를 시작했고, 자하 하디드는 프로젝트 재도전을 포기한 채 일본 당국과 건축가들의 공모 협의를 제기했다.

서라도 여기서 멈출 수는 없다. 직원들에 대해서도 〈70세까지 돌봐 줄 것이다, 내가 죽더라도 5년 동안은 월급의 절반을 주게 되어 있다〉면서 사장으로서의 긍지를 보여 준다. 유미코가 곁에 있는 한, 그런 부분은 반석처럼 든든하다.

(위)「오요도의 아틀리에 II(大淀のアトリエ II)」(오사카시, 1991년).
(아래)「오요도의 아틀리에 II」안에서 직원들과 함께.

밀라노에서 열린 전시 오프닝에서 안도 부부와 주최자인
조르조 아르마니(2019년).

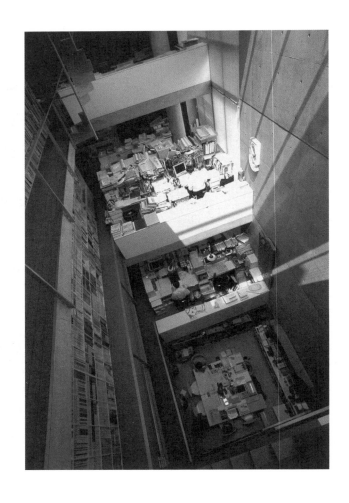

「오요도의 아틀리에 II」내부. 후지즈카 미쓰마사 사진.

제17장 세계를 향한 메시지

뉴욕과 파리

예술가에게 전시는 작품을 발표하는 장이며, 콘셉트에서부터 작품 선정에 이르는 일련의 과정은 큰 의미가 있다. 건축가도 마찬가지이다. 안도 다다오는 1970년대부터 상당수의 전시를 열고 있는데, 중요한 것은 단순한 작품을 소개한 것이 아니라 건축의 사상을 전달하고 개개 작품을 전략적으로 명확하게 자리매김하며 세상을 향한 명확한 메시지를 마련했다는 점이다. 그가 전시를 통해 최초로 국제 무대에 등장한 것은 1978년 가을에 미국에서 열린 「일본 건축의 뉴 웨이브New Wave of Japanese Architecture」 순회전이었다. 뉴욕의 일본인 사회가 중심이 되어 기획을 진행한 전시인데, 일본의 젊은 건축가들을 두루 모은 것이며 개인전은 아니었다. 첫 개인전은 다음 해인 1979년 10월의 헝가리 건축가 협회에 초대받아 제작한 전시이며, 1982년 이후 프랑스와 핀란드에서 획기적인 전시가 계속 개최된 것은 앞에서 소개했다.

1980년대는 오히려 유럽에서의 기회가 많았으며, 미국은 그런 기회가 비교적 제한되어 있었다. 그래서 1990년에 퓰리처 부부에게 미술관 설계를 의뢰받았을 때, 아직 미국에서는 그를 아는 사람이 별로 없었다. 반대로 프랑스 건축 연구소 IFA가 주최한 안도전은 파리, 로잔, 빈, 소피아 등 유럽 여러 도시를 순회하고, 프랑스를 중심으로 안도의 이름을 널리 알려 갔다.

다음으로 이어진 대규모 전시회는 1987년 5월에 오사카의 나비오 미술관에서 개최된 「안도 다다오 ─ 건축의 현재」일 것이다. 안도가 직접 큐레이션을 맡아 거푸집용 마분지를 사용하여 전시하는 등 전시회장 디자인도 꼼꼼히 연구했다. 첫날에만 1천7백 명이 방문하고, 그중 한 명인 효고현의 가이하라 지사는 거기서 효고현의 프로젝트를 타진했다. 홋카이도의 「물의 교회」클라이언트도 거기서 일을 의뢰하여 다음 날 홋카이도로 날아갔다는 신나는 일화도 있다. 안도 팬의 범위가 점점 넓어지는 계기도 되었다.

영미권 미술관에서 건축에 관해 막강한 영향력을 가진 곳은 파리의 퐁피두 센터와 뉴욕의 현대 미술관MoMA이다. 안도는 1990년대 초에 이 두 곳에서 본격적인 전시를 열게 된다. 뉴욕의 MoMA에서 1991년 10월부터 「안도 다다오, 건축의 지평을 넘어Tadao Ando, Beyond Horizons in Architecture」전이 시작된다. 큐레이터는 이 관의 건축 디자인 부장 스튜어트 리드였지만, 기획 제작에 관해서는 안도 자신이 전체적인 지휘를 했다. 이 정도 규모가 되면 상당한 자금이 필요한데, 휴스턴의 부호인

제럴드 하인즈와 일본의 YKK가 후원자로 나섰다. 하인즈는 MoMA의 대형 건축전 후원자 역할을 하며, 그가 제공하여 열린 이전 기획이 필립 존슨이 감수한 「탈구축Deconstructivist Architecture」전이었다. 이 전시가 전 세계 건축계의 향방을 좌우할 정도로 영향을 미친 것을 생각하면, 그다음 기획으로 안도를 선정한 것 자체가 커다란 사건이었다. 같은 무렵 서해안에서는 로스앤젤레스 현대 미술관MoCA에서 대대적으로 이소자키 아라타 전시가 개최됨으로써 1991년은 일본인 건축가가 미국 예술계에 주인공으로 본격 등장한 기념비적인 해가 되었다.

안도전의 내용은 과거 15년을 되돌아 보고 건축의 창조성을 묻는 것이었다. 그때까지의 주요 작품을 모형과 도면으로 보여주는 한편, 「나카노시마 프로젝트(中之島プロジェクト)」의 대형 드로잉과 CG 등이 벽면 가득히 전시되어 〈안도 월드〉를 만족시킨다. 10월 2일의 오프닝에서는 MoMA의 숨은 실력자로 일컬어지는 필립 존슨을 시작으로 I. M. 페이, 프랭크 게리, 로버트 벤투리 등 미국 건축계의 주요 인사들이 나타나고, 로마에서는 배우 소피아 로렌까지 참가하는 등 참석자들의 면면이 화려했다. 존슨은 안도를 절찬하고 〈건축 기교의 정밀도, 벽과 주변 수목의 관계, 그리고 프로세션 속에서 예술적으로 표현된 폭이 좁은 계단과 통로가 만들어 내는 곡선과 직선의 관계가 훌륭하다〉라고 평했다. 과거 30년 이상이나 일본을 방문한 적이 없고, 안도의 작품을 본 적도 없는데도 합당한 발언을 했다. 9년 전의 P3 회의에서는 무명에 영어도 모르는 풋내기로 거의 무시당했지만, 이것으로 설욕한 셈이다.

안도는 이 대전시를 뉴욕 다음으로 일본에서 열고, 이어서 파리의 퐁피두 센터에서 여는 것을 생각하고 있었다. 물론 내용이나 메시지는 개최지에 맞춰 바꾼다. 이리하여 1992년 6월에 도쿄의 세종 미술관에서 「안도 다다오 건축전: 새로운 지평선을 향해(安藤忠雄建築展: 新たなる地平に向けて)」가 개최되었다(6월 10일~7월 13일). 뉴욕과는 약간 취향을 달리하여 〈교감〉과 〈응답〉을 축으로 문제를 제기하는 형태를 취하고, 특히 설계 공모안(나라 시민 홀, 교토역)과 「나카노시마 프로젝트」를 통해 사회성을 강하게 호소하게 되었다. 이 전시회는 11월에는 우메다 센터 빌딩 크리스털 홀에서 열렸다(11월 18일~12월 7일).

다음 해인 1993년에는 유럽으로 이동한다. 특히 3월 파리의 퐁피두 센터에서는 뉴욕과 일본을 훨씬 웃도는 최대 규모의 전람회가 열렸다(3월 3일~5월 24일). 위원장에는 국립 근대 미술관MNAM-CCI의 알랭 기외가 취임하여 고도의 사변성을 동반한 내용이 되었다. 미국의 전시가 일반적으로 〈쇼〉에 역점을 두는 데 비해, 프랑스에서는 항상 철학과 비평을 추구하며 카탈로그를 만드는 방식도 크게 다르다는 점이 재미있다. 3월 2일의 오프닝에는 문화부 장관 자크 랑을 필두로 폴 앙드뢰Paul Andreu, 앙리 시리아니Henri Ciriani, 에토레 소트사스Ettore Sottsass 등 건축계의 중진들과 다카다 겐조와 올리비에로 토스카니 등 패션 관계자들이 달려왔다.

이 전시는 6월에는 런던의 왕립 영국 건축가 협회RIBA로 이동하고, 다음 해에는 마드리드의 공공 사업·운수·환경부의 전시 갤러리, 바르셀로나의 라 카이사 재단을 순회했다.

역사와 대지를 뒤흔드는 사상

안도 다다오의 퐁피두 센터전 강연회는 인상적이다. 1968년 파리에서 실제로 체험한 5월 혁명의 일화를 첫머리에 끌어와서 〈사람은 자유를 얻기 위해 이렇게까지 격렬하게 싸우는 존재이다〉라고 연설을 시작했다. 세련된 안도 특유의 건축 방식은 분명 청중의 탄성을 자아낼 수 있지만, 그 이상으로 그가 강조한 것은 도시나 환경의 현황을 바라보면서 실현을 위해 어떻게 싸워 나갈 것인지였다. 전시 내용도 그런 방향에서 미래를 향해 실현해야 할 나오시마나 나카노시마 등 대담한 프로젝트가 전면에 나와 있었다. 10년 전에 IFA에서 열렸던 전시와 비교해 보면 안도는 훨씬 패기만만했으며, 내용도 과거를 크게 능가하고 있었다.

1982년 IFA전 큐레이터를 지낸 프랑수아 샤슬랭은 이렇게 평한다. 〈나카노시마를 무대로 하여, 9백 미터에 걸쳐서 땅속에 묻힌 구체와 정육면체, 거대한 원형 극장이나 회랑의 그림은 환시의 건축가라고 불린 18세기의 에티엔 루이 불레의 소묘 같은 느낌이 있으며, 이미 안도가 르코르뷔지에적인 건축 언어에서 벗어나서 새로운 세계를 향하고 있음을 알 수 있다. 거기에 있는 것은 콘크리트 마감의 완벽함 등 장인적 기술의 정밀도 문제가 아니라 숭고하고 거대한 이념에 사로잡혀 역사와 대지를 뒤흔드는 듯한 격렬한 힘, 바로 그것〉이라고 말이다.[57] 전시를 방문한 사람들은 안도의 공격적인 자세에 강한 충격을 느꼈음이 틀림없다. 안도가 말하는 〈새로운 지평〉은 장대한 구상력 위에 미래를 쟁취하기 위한 새로운 방법을 제시하고 있으며, 르코르뷔지에에 충실했던 안도가 어느새 모더니즘을 넘어서서 독자적인 경지에 이른 것처럼 보이기도 한다.

퐁피두전에 앞서 안도는 1992년 5월 29일에 코펜하겐에서 제1회 칼스버그 건축상을 받는다. 그때 심사단은 프랑수아 샤슬랭, 케네스 프램튼, 『A+U』 편집장인 나카무라 도시오 등으로, 안도에게서 건축의 미래를 보는 사람들이었다. 그때 안도에게는 〈현대적 기법을 따르면서도 일본의 전통적인 형이상적 질서의 감성이 현대의 추상적 조형성, 소박한 형태성, 단순하고 정교한 기하학성으로 연결되어 있다〉라는 평가가 내려졌는데, 이것은 오히려 기존의 관점이어서 안심하고 그에게 상을 줄 수 있었다.

이처럼 세계의 건축계를 들썩이게 한 안도였지만, 한신·아와지 대지진을 거쳐서 그런 생각이 크게 바뀌었다. 지진 피해 복구에 상당한 에너지를 쏟아붓느라 한동안 자신의 전시에 관여할 시간 따위는 없었다.

마침내 2003년에 새로운 전시가 시작한다. 4월부터 5월까지 도쿄역 스테이션 갤러리에서 「안도 다다오 건축전 2003, 재생-환경과 건축(安藤忠雄建築展2003, 再生-環境と建築)」이라는 제목의 전시가 개최되고(4월 5일~5월 25일), 이어서 고베의 「효고 현립 미술관」에서 열린다(6월 5일~7월 21일). 「효고 현립 미술관」을 선정한 것은 지진 피해 복구를 기념하는 이벤트로 자리매김하기 위해서였다.

이 전시에서 채택한 것은 도쿄, 고베, 파리, 뉴욕 등 세계 각지에서 진행하는 열 개 작품이었으며 미술관 건축이 많아졌다. 1995년에 고베에서 지진을 체험하고, 2001년에는 뉴욕에서 9·11 테러 현장을 목격하고, 탈구축적 건축보다 훨씬 〈탈구축 deconstruction〉되어 버린 파멸적인 도시의 광경에 대한 생각을 바꿔야 한다. 세계의 건축적 상황에 대해 말장난하는 포스트모던적인 수사법이 모습을 감추고, 건축가의 직능을 되묻는 윤리적인 움직임이 강해지는 와중에, 안도는 선명한 기치를 들고 생명의 회복이라는 장대한 목표를 향해 나아간다. 이 전시 카탈로그에 서문을 쓴 사람은 도쿄 대학교에서 뜻을 같이한 스즈키 히로유키였다. 스즈키는 목련, 올리브, 도토리 등으로 식수 활동을 추진하는 안도의 모습에 나라 시대부터 가마쿠라 시대에 걸친 포교승을 겹쳐 진혼과 재생이라는 테마를 향해 뚜벅뚜벅 걸어가는 안도를 옆에서 돕는다. 스즈키에 의해 〈안도 다다오=교키〉라는 이론이 등장하는 것은 이 무렵부터이다.

산일형(散逸型) 기하학, 그리고 안도적 입체

안도의 공간 원리는 분명하게 변화를 계속하고 있다. 초기 작품에서는 〈기준선(기준 도형)〉을 상정하면서 건축의 배치나 외형을 결정했다. 르코르뷔지에적인 방법이다. 거기서 「고시노 주택」이나 「기도사키 주택」이 태어나고, 「물의 교회」 등 풍경을 동반한 공간도 만들어 냈다. 마침내 그 안에 원이나 정사각형 등의 기본적인 형태가 생겨나고, 그것이 작품 속에서 점점 커진다. 도널드 저드나 리처드 세라의 아트 워크와 통하는 현대 미술적인 기법이라고 해도 될 것이다. 마침내, 그 형태는 〈관통하는〉 형태를 동반하여 다이내믹한 공간으로 변화한다. 「산토리 뮤지엄」과 「테이트 모던」 설계 공모안 등이 그것의 전형이다.

샤슬랭이 논평하듯이, 안도는 이미 1980년대부터 「나카노시마 프로젝트」를 통해 지하에 매몰한 다양한 입체를 연속시켜서, 지하의 대공간을 구상하고 있었다. 「나카노시마 프로젝트 II」(1988)라는 제목이 붙은 계획도는 오사카의 나카노시마에 미도스지 도로를 따라 최대 폭 150미터, 길이 920미터의 구역 대부분의 시설을 지하에 매설한 것이었는데, 당시에는 누구도 이런 계획을 실현하지 않을 것이라고 생각하고, 안도의 〈꿈〉으로만 보고 있었다. 20세기판 환시의 건축가라는 것이다.

그런데, 시간이 흐르면서 지하를 향한 안도의 열망은 실현의 길을 걷는다. 처음에는 상업 시설(「콜레지오네」, 1989)에서 시도하고, 이어서 미술관(「베네세 하우스 뮤지엄」, 1992)이나 박물관(「지카쓰아스카 박물관(近つ飛鳥博物館)」, 1994), 더 나아가 문화 교육 시설(「파브리카」, 2000) 등에서 대지를 도려낸 지하 공간에 건축을 정립시켜 방문객이 지하로 내려가게 이끄는 것이다. 그것의 극치를 보여 주는 것이 나오시마의 「지추 미술관」이다. 정육면체, 원뿔, 구 등이 여기저기 흩어져 땅속에 묻히

고, 성큰 코트 등을 통해 지상으로 열려 있기는 하지만 지상에서는 건축 형태를 알 수 없다. 근원적인 형태를 흩어지게 하여, 그 하나하나가 엄숙하고 규율로 가득한 장소가 된다.

여기에 새로운 기하학이 등장한다. 하나의 강한 도형 원리로 집적되어 있던 공간을 해체하고, 개개의 요소를 산일시켜 다초점적 구조로 변환한다. 공간은 끊김없이 계속 이어지면서, 각각 자율성을 유지한 유닛이 절반은 독립하면서 상호 관계를 연결한다. 그 연결은 〈섬〉 같은 것이다. 군도적 구조, 또는 성좌(星座)라고 부를 수도 있다. 「고시노 주택」이나 「빛의 교회」로 대표되는 공간이 절이나 수도원 같은 폐쇄와 정적을 유지하는 데 비해, 「파브리카」나 「지추 미술관」은 지하 궁전 같은 미궁(迷宮)으로 변용하여 지형 안에 여기저기 박힌 수수께끼의 연속을 이루고 있다.

그가 마주하는 것은 대지와 자연의 조화이자, 지형에 맞춰 살아 숨 쉬는 다양한 수목과 식생이었다. 나오시마의 일련의 계획처럼 대지의 기복 안에 건축을 매몰시키거나, 아와지섬의 「아와지 유메부타이」처럼 토사 채석장이었던 곳에 원래의 대지 모습을 회복하게끔 다양한 건축이나 수림을 흩뿌려 가는 모습은 단순히 건축을 〈짓는〉 행위가 아니라, 대지를 다시 만들어 가는 것과 다름없다.

중요한 것은 안도가 1990년대에 이르러 오랜 역사로 채색된 거리 풍경이나 건축물을 대상으로 삼게 되었다는 점이다. 그것 또한 다른 의미에서의 자연이며, 이미 존재한다는 점에서 무시할 수 없다. 아니, 건축가로서는 정면으로 맞서야 하는 주어진 조건이다. 심지어 시간이 지남에 따라 기존 환경은 황폐해지고 열화되어 있는 것이 현실이다.

사그라지는 것에 원래의 생명을 회복시키고, 다시 미래를 향해 자신의 창조적인 세계를 대치한다. 자신을 억제하면서도 역사를 정면으로 응시하며 대화할 필요가 있다.

작은 프로젝트이지만 그가 이탈리아의 도시 비첸차의 팔라디오 바실리카에서 1994년에 개최한 전시 디자인을 보면, 그 점을 구체적으로 알 수 있다. 뉴욕에서 시작한 안도전이 유럽 각지를 순회하고, 마침내 비첸차에서 열리기로 되었는데, 그 회장이 된 곳이 16세기 팔라디오의 걸작으로 일컬어지는 바실리카(공회당)였다. 이 건축의 대공간에 안도는 네 개의 하얀 직육면체를 세우고, 계단 모양의 벽으로 그 공간을 구분한다. 비첸차 전시의 책임자였던 프란체스코 달 코는 이 장치를 제사나 의식을 위한 가설적인 설비를 가리키는 〈마키나machina〉라는 용어를 써서 〈안도가 창조한 《마키나》는 척도, 더 정확하게 말하면 《숫자》, 기하학의 단순함, 대칭성의 본질, 표현의 단순함 등의 《미덕》을 갖추고 있다〉고 평하며 팔라디오에 대한 〈오마주〉라고 설명했다.[58]

이 바실리카는 중세 건축물을 이용하여 그 위에 16세기의 팔라디오가 홀을 얹고, 그것을 회랑으로 둘러싼 것이다. 즉, 팔라디오 자신도 옛날의 역사적 건축물이라는 주어진 조건에 자신의 디자인을 부가하는 행위를 강요받았다. 그런 이유로 회랑 부분에는 팔라디오 자신의 〈덕(德)〉인 고전적 엄밀성이 부가된 데 비해 홀 내부는 여백의 공간으로 모호한 넓이였다. 이 모호함 속에 자신의 공간을 정립시켜야 하는 안도로서는, 엄밀한 기하학성과 수식에 바탕을 둔 하얀 입체(=마키나)를 도입함으로써 자신의 정체성을 유지했다. 역사적 공간이 시간의 연속성 위에 서서 새로운 어떤 것을 받아들이면서 미래를 향해 끊임없이 움직이고 있는 것을 보여 주는 좋은 예이다.

안도의 〈덕〉을 나타낸다고 일컬어지는 이런 종류의 조형은 정육면체(큐브), 원통(실린더), 구체(스피어), 원뿔(콘) 등 다양한 입체로 이루어지며, 순수 형태가 베이스를 이룬다. 플라톤을 본떠서 〈안도적 입체〉라고 불러도 될 것이다. 이 안도적 입체의 존재 방식이 교토, 베네치아, 파리로 전개되는 그 후의 안도 다다오 건축의 본질을 결정해 가게 된다.

환경을 재생하고 회복하다

안도 다다오가 환경 재생 문제에 본격적으로 뛰어들게 된 커다란 계기는 1988년에 후쿠타케 소이치로에게 이끌려 나오시마를 방문한 일이었다.

그 이전에도 도시의 쇠퇴화나 환경 악화라는 상황에 직면하고 있었다. 실제로, 이너 시티화가 진행되는 고베의 기타노 지구에서 사람들이 활기를 되찾고 문화와 상업이 어우러진 거리를 만들겠다며 「로즈 가든」으로 대표되는 일군의 상업 시설을 설계했다. 그러나, 나오시마는 섬의 북쪽에 들어선 구리 제련소가 주변 생태를 아황산 가스로 절멸시키고 있는, 그야말로 20세기형 공해의 전형을 눈으로 보고 문명론적인 충격을 받아 자신의 관점을 되돌아보게 되었다. 거기서 시작된 안도의 환경 재생 활동은 그 후 20여 년 동안 지진이나 대규모 테러의 피해 등 파멸적인 장면을 수없이 경험하면서 더욱 가속화되고, 원숙함을 더한 그의 건축에 또 하나의 방향성을 추가하게 된다.

다만, 안도의 이 동기 부여는 흔히 말하는 지역 재생론의 문맥으로는 설명할 수 없다. 그의 액션은 대단히 직관적이고 순간적이다. 신체 깊숙한 곳에서 솟구치는 분노와 같은 감정에 휩쓸려 잠자는 시간도 잊고 프로젝트에 착수한다. 그의 반평생을 보고 있노라면 인격 형성기에 체험한 개인적 사건에 더해 일을 통해 얻은 다양한 지혜가 더해져서 생명에 대한 나름의 진지한 생각이 형성된 듯하다.

안도는 자연체 자체이다. 어린 시절에는 요도강 강변에서 야생의 아이처럼 살았고, 외할머니 기쿠에에게 배운 인생의 교훈대로 성장했으며, 그 후에는 장모인 후미와 함께 살면서 그녀의 기개 있는 품성에 강한 영향을 받았다. 사람들의 생활을 포함해 눈앞에 펼쳐진 자연물을 있는 그대로 받아들이고, 하루하루의 변화에 일희일비하는 삶이었다. 잠자리, 메뚜기, 붕어, 납자루 등 요도강을 따라 분포한 자연의 모든 것이 더할 나위 없이 소중하다는 것을 깊이 느꼈을 테다. 그의 몸에는 반짝이는 햇빛을 받아 식물이 자라고, 찬바람 불어오는 겨울이 되면 시들고, 다음 해 봄을 맞이하면 다시 싹을 틔우고 자라나는 지극히 당연한 자연의 순환이 스며들었다. 찰나적 감상은 싫어하며 자연의 당연함을 그대로 받아들이는 합리적인 마인드도 갖고 있다.

그런 사람으로 사는 삶의 방식을 자연에서도 추구한다. 모든 생명에 대한 책임감, 생명에 대한 외경, 생명 철학이라고 해도 좋다. 나오시마를 처음 방문했을 때 보았던 민둥산의 풍경은 그가 신조로 삼는 자연의 존재 방식으로는 있을 수 없는 일이었다. 20세기의 공업화가 초래한 부정적인 유산이라는 것은 머리로 금방 알 수 있지만, 그것 이상으로 강렬하게 느낀 것은 자연의 사이클을 기다리지 못하고 선 채로 말라 죽어 가는 초목 하나하나, 자취를 감춘 곤충이나 동물들에 대한 깊은 슬픔이며, 그것이 격렬한 분노가 되어 그의 몸속을 돌아다닌다. 바로 그런 이유로 나오시마를 위해 나섰다.

좀 더 거시적으로 생각해 보자. 나오시마의 모습을 와쓰지나 베르케가 말하는 풍토론적인 시점에서 바라보면 천년의 세월에 걸쳐서 형성된 세토나이해의 풍토를 20세기의 한순간에 잃어버린 것이다. 바로 그래서 안도는 생명에 대한 경외와 풍토에 대한 자애로 재생의 틀을 설정한다. 단기전으로는 해결되지 않는다. 시간을 들여 하나하나 쌓아 가는 것이 중요하다. 그러므로 지역이나 기업을 포함하여 인간관계를 제대로 유지해야 한다.

그런 점에서는 기존 의미에서의 건축가 태도를 고집해서는 안 된다. 지형이나 식생을 중시한다는 점에서는 풍경이 몸에 스며들게 하고, 예술가와 협업한다는 점에서는 대지 예술적인 접근도 필요하다. 대지 자체를 읽고, 수많은 대화를 나누고, 아주 작은 세부에 이르기까지 돌봐야 한다. 환경과 역사적인 문맥을 똑같은 가치를 두고 고려해야 한다.

아와지섬의 토사 채석장도 마찬가지이다. 간사이 지방의 대규모 건설 공사를 위해 토사를 계속 제공하여 원형이 크게 훼손된 넓은 토지는 20세기가 남긴 부정적인 유산이자 봉인해야 할 대상이었다. 한신·아와지 대지진으로 잠시 중단되었다가 녹지를 회복하여 화초를 많이 배치한 풍경 정원과 컨벤션 센터로 재탄생했다.

데시마섬의 산업 폐기물 문제에 관여한 적도 있었다. 나오시마 옆에 있는 데시마도 20년 동안 버린 산업 폐기물 때문에 섬이 쓰레기 산이 되어 버렸는데, 변호사 나카보 고헤이와 함께 세토나이해 올리브 기금을 만들어 쓰레기 섬의 회복에 힘을 쏟은 것도 안도다운 행동이었다.

한신·아와지 대지진, 뉴욕의 9·11 테러, 그리고 동일본 대지진. 안도는 그곳에서 발생한 수많은 죽음을 보고 유아기의 전쟁 체험을 중첩시키면서 그들의 혼을 달래기 위한 활동에 몸을 바친다. 또한 뉴욕에서는 땅속에서 떠오르는 구체 분묘(기념비)인 「그라운드 제로 프로젝트Ground Zero Project」(2001)를 제안한다. 가이하라 도시타미는 잔디로 된 이 둥근 무덤에서 세월의 무상함을 느끼고 〈자연을 향한 경건함〉이라고 평한다.

10년 후 동일본 대지진이 일어났을 때는 그때까지의 활동을 인정받아 일본 정부의 부흥 회의 부의장으로 지명되었다. 그리고 파괴된 거리를 눈으로 보고, 행방 불명자가 매몰되어 있을지

도 모르는 기왓 조각 더미에 흙을 덮어서 「진혼의 숲(鎭魂の森)」을 제시한다. 목련이나 층층나무 등을 통해 추도하는 마음을 전하는 것이다. 이시야마 오사무도 그 호소에 응답한 한 사람으로, 자기가 깊이 관여하고 있던 게센누마시 안바산 중턱에 안도 사무소와 함께 몇 백 그루의 백일홍과 벚나무를 심었다.

MoMA 안도전 오프닝에서, 왼쪽 끝이 필립 존슨.

퐁피두 센터의 안도전 오프닝에서 에토레 소트사스와 함께.

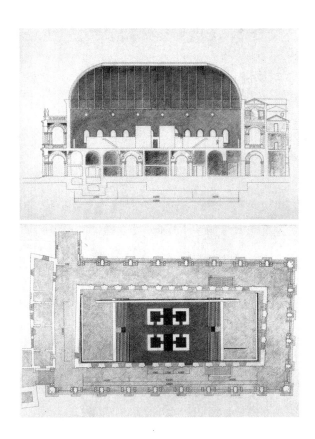

비첸차의 바실리카에서 열린 안도전 전시장의 단면도(위)와
평면도(아래).

「아와지 유메부타이」의 착공 전인 1992년(위)과
2012년(아래). 마쓰오카 미쓰오 사진.

뉴욕에서 펼친 「그라운드 제로 프로젝트」(2001년).

「그라운드 제로 프로젝트」의 모형.

제18장 책의 공간

철학자에 대한 오마주, 「히메지 문학관」

앞에서 와쓰지 데쓰로의 『인간과 풍토』가 토지에 관한 안도 다다오의 사상을 형성하는 데 커다란 그림자를 드리우고 있다고 이야기했다.

와쓰지는 히메지 북쪽에 자리한 도호리무라 니부노의 의사 집안에서 태어났다. 현재는 히메지시에 편입되어 히메지역에서 JR 열차로 15분 정도 거리에 있다. 생가는 당시 그대로 보존되어 있어서 쇼와 초기의 와쓰지 집안의 모습을 머릿속에 그려 볼 수 있다. 안도 다다오가 유럽 여행에 나섰을 무렵, 와쓰지 데쓰로는 이미 세상을 떠났으니 당연하게도 두 사람이 직접적으로 어울릴 일은 없었지만, 우연한 일로 와쓰지의 존재를 자기 몸에 받아들이게 된다. 히메지에 와쓰지 문학관이 세워지게 되어 안도가 설계를 맡았기 때문이다.

「히메지 문학관」 구상은 1983년, 갓 시장에 당선된 도타니 마쓰지가 시작한 것으로 시제(市制)* 1백 주년 기념 사업이었다.

히메지는 문학가를 많이 배출하여 소설가로는 와쓰지의 히메지 중학교 후배인 아베 도모지, 실존 문학을 추구한 시이나 린조, 안도와도 친교가 있던 시바 료타로 등 다채로운 인물이 이 마을 출신이거나 이 마을에 살고 있다. 민속학자인 야나기타 구니오도 히메지에 인접한 후쿠사키초 출신이며, 와쓰지가 자란 도호리무라를 포함하여, 산으로 둘러싸인 풍경이 두 석학의 환경 사상 형성에 적지 않은 영향을 끼쳤다는 견해도 있다. 이런 문인들의 업적을 기리고, 문학 지식의 아카이브를 만드는 것을 목적으로 문학 자료관을 구상한 것이었다. 대상은 히메지에 한정되지 않고 하리마 지역 전체로 하여, 문학 보급에 힘쓴 선조들의 자료를 수집, 전시하기로 했다.

구상 위원회의 주간은 전『고베 신문』기자인 기쓰카와 신이치가 맡았다. 훗날 하리마의 역사와 문학 진흥에 공헌한 공로로 히메지 문화상을 수상하는 문학 평론가이기도 하다. 거품 경제 시기였으므로 시의 재정도 풍부하여 작업은 착착 진행되었다. 도타니 시장은 건설 관료 출신으로 토목 현장을 누벼 온 사람이었지만 문학을 좋아했고, 시바 료타로와는 특히 마음이 맞았다. 문학관 건설은 히메지성의 유네스코 세계 유산 등록(1993)과 나란히 시의 중점 사업으로 진행되었다.

그 무렵 안도는 히메지에서 「어린이관 야카타」를 짓고 있었다. 교외의 사쿠라야마 저수지 옆에 계획된, 안도에게는 첫 번째 대형 공공 건축이었다. 상당히 집중해서 설계에 몰두하고 있

* 시로서의 자치 제도.

402

었는데, 1983년에 도타니 시장이 문학관 설계를 의뢰했다. 대지는 히메지성 서쪽 5백 미터에 있는 다이쇼 시대의 실업가 하라모토 집안의 별장지 5천3백여 평으로, 전쟁 전에는 육군의 황족 숙소로 이용되었으며 전쟁 후 시에 양도되어 오토코산 시민 기숙사라는 이름으로 문화 회관처럼 이용되어 왔다. 큰 방이 주이센쿄라는 결혼식장이었으므로 시민들에게는 추억의 장소였지만 상당히 노후화되어 1976년부터 시설 이용은 중지되었다. 이 넓은 대지를 이용하여 서쪽의 근대 일본식 안채 일부와 다실은 남겨 두고, 나머지는 신축하는 것으로 문학관의 기본 구상이 정리되었다.

안도의 제안은, 일본식 공간을 의식한 회유성(回遊性)을 기본 구조로 삼아 기하학적인 볼륨으로 공간을 만들어 내는 것이었다. 「기도사키 주택」처럼 정육면체를 구성의 핵으로 삼지만, 여기서는 정육면체를 두 개로 하고, 그것을 어긋나게 중첩하고, 거기서 생기는 비스듬한 스페이스를 이용하여 각 방을 배치해 간다. 테라스 형태의 물의 정원을 옆에서 보면서 입구에서부터 구부러진 통로를 거쳐 건물로 들어간다. 멀리 히메지성의 망루가 우뚝 솟아 있고, 발밑에 흐르는 물에는 보케이테이(望景亭)로 이름을 바꾼 옛 하마모토 집안 주택이 비친다. 배경인 오토코산의 녹음이 지면이 되고, 노출 콘크리트인 문학관 본체는 도형으로 눈앞에 떠오른다. 문학관으로는 일본 최대의 규모(3천8백 제곱미터)였으므로 규모도 거대했다.

안도는 와쓰지에 관해 특별한 감정을 품고 있다. 그는 이렇게 질문한다. 「와쓰지 데쓰로는 여행하면서 『인간과 풍토』를 구상했다고 합니다. 그래서 더 공감하면서 책을 읽을 수 있습니다. 나의 풍토는 〈스미요시 나가야〉를 성립시킨 오사카 땅과 사람들의 기질이 한 축을 이루고, 내가 일했던 남프랑스와 이탈리아의 풍경, 그리고 탁월한 장인들의 솜씨가 다른 한 축을 이루고 있습니다. 와쓰지도 그런 생각에서 일본과 서구를 비교하지 않았을까요?」

안도는 세계의 구도를 내포한 공간과 풍경을 만들어 내려 한다. 그렇기에 와쓰지 데쓰로에 대해서는, 그가 이룩한 사상적 업적을 반영하는 형태로 문학관 안에 자리 잡게 해야 했다.

설계가 진행 중이던 1988년에 탄생 1백 주년을 기념하여 와쓰지 데쓰로 문화상이 제정된 것은 바로 그런 동기에서이며, 히메지의 살아 있는 위인으로 전국에 그의 이름을 알리고자 했다. 상을 제정하던 당시 선정 위원은 철학자 우메하라 다케시, 소설가 시바 료타로와 진순신 등 3명이었다. 해마다 문학에서부터 사상에 걸쳐 뛰어난 저작을 선정하여 표창하며 오늘에 이르고 있다.

빈 정원으로, 「니시다 기타로 기념 철학관」

안도는 「히메지 문학관」 이외에도 몇몇 문학관을 설계했는데, 문인과 관련된 기념관이라고 하는 것이 나을 것 같다. 삿포로의 「와타나베 준이치 문학관(渡辺淳一文学館)」(1998), 오사카의 「시바 료타로 기념관(司馬遼太郎記念館)」(2001), 이시카와현

가호쿠(옛 우노케마치)의 「니시다 기타로 기념 철학관」(2002), 마쓰야마의 「언덕 위의 구름 뮤지엄(坂の上の雲ミュージアム)」(2006) 등이다. 문학관은 미술관과 달리 예술 작품 전시를 핵심으로 하는 것이 아니라, 문학가의 작품에 관한 다양한 물건을 수장하고 연구하는 것에 주안점을 두며, 전시는 보완적이어야 한다. 책을 읽는다는 점에서는 도서관에 가깝다. 와쓰지나 니시다 같은 철학자라면 그의 사상에 관해 질문하게 되며, 적어도 안도 수준의 건축가라면 수장 기능과는 별도로 그런 사상을 체현하는 건축 공간을 달성하는 커다란 역할이 기대된다.

그런 의미에서 안도가 시도한 「니시다 기타로 기념 철학관」은 칭찬받을 만하다. 『선의 연구』(1911)로 유명한 니시다 기타로는 교토 대학교에서 와쓰지 데쓰로의 전임자였으며, 어떤 의미에서는 안도와의 거리도 가깝다. 가나자와에서 20킬로미터 정도 북쪽에 자리하는 우노케마치, 현재의 가호쿠시에서 태어나 가나자와, 교토, 가마쿠라로 거주지를 옮겨 다녔는데, 호쿠리쿠 지방 특유의 납빛 하늘 풍경에서 평생 벗어나지 못했다고 한다. 〈미친 듯 몰아치는 초겨울 찬바람 소리만 들려온다〉라고 묘사된 소년 시절의 트라우마가, 소박하지만 인내심 강한 니시다의 성격 형성에 적잖은 그늘을 드리웠다.

니시다는 와쓰지와 달리 여행에는 관심이 없었고, 매일매일 오로지 서재에서 사색에 몰두했다고 한다. 그 모습은 소를 연상시킨다. 안도가 우노케마치로부터 니시다 기념관 설계를 타진받은 것은 1997년 봄이었으며, 니시다 철학과 연이 깊은 철학자 오하시 료스케로부터 읍장을 소개받았다. 존경하는 철학자이기는 했지만 와쓰지와는 달리 세계를 돌아다닌 적도 없고 무엇이 주제가 되어야 할지 처음에는 고민했다. 다만, 그의 저작을 읽어 가는 동안에 내면의 방황과 갈등을 뚜렷이 알게 되어 마음속 깊은 곳에서 투쟁하는 니시다의 모습에 차츰 공감했다.

거기서 안도는, 내면으로의 여행을 추체험하는 것을 이 기념관의 큰 테마로 잡았고, 최종적으로는 〈공(空)〉의 경지에 도달했다. 니시다 철학의 바탕을 이루는 장소의 개념을 안도 나름대로 해석하여, 묘지와 미로, 그리고 낙일(지는 해)과 자연 등을 조합한 공간으로 구성한다. 대지에서 솟아오르는 초록의 언덕에 유리 탑(연수 공간), 그것과 이웃하는 가로로 긴 유리의 직육면체(전시 공간)가 나란히 서고, 지하에 커다란 빈 공간(보이드)을 만들어서 천상의 빛을 떨어뜨린다. 방황 끝에 닿는 곳이 회랑의 쑥 내민 끄트머리에 마련된 〈빈 정원(空の庭)〉이다. 가레산스이(枯山水)*의 현대적 해석이라고도 말할 수 있을 것 같다. 철학의 진수를 상대할 때 안이한 장식성은 모조리 물리치고 순수 공간만으로 승부를 겨뤘다. 그가 그리는 궁극의 이미지는 〈이보다 더 간소하고 깊이 있는 건축은 없는〉 지점까지 건축을 순수화하여 마지막에는 〈아무것도 없음〉에 도달해 가는 것이다. 거기에는 〈기본적인 형태와 빛, 그 속에 있는 인간의 마음, 이 세 가지가 겹친다〉.[59]

* 선종 사원의 건축 양식으로 물을 사용하지 않고 돌과 모래 등으로 산수 풍경을 표현하는 정원을 말한다.

니시다 기타로의 고등학교 동급생이자 평생지기였던 불교학자 스즈키 다이세쓰는 가나자와 출신이며, 여러모로 니시다와 비교된다. 그의 기념관으로 가나자와에 문을 연「스즈키 다이세쓰관」(2011)은 다니쿠치 요시오(谷口吉生)가 설계했다. 불교 철학을 깊이 연구한 스즈키의 사상을 본떠서 〈무(無)〉에 얽힌 사색의 공간을 전개하여 〈공〉을 테마로 한「니시다 기타로 기념철학관」과 적절한 대비를 보여 준다.

책의 숲과 잡목의 숲,「시바 료타로 기념관」

안도 다다오는「히메지 문학관」을 설계하면서 와쓰지 데쓰로 문화상 심사 위원이었던 시바 료타로를 알게 되었다. 5년 후인 1996년에 안도는「히메지 문학관」남쪽 관을 완성했다. 대지 남쪽에 새로운 용지가 확보되었으므로, 문학관의 원래 사명인 도서실을 지은 것이다. 시바 료타로 기념실도 만들었는데, 시바는 그해 2월에 72세로 세상을 떠났다. 기념실은 그로부터 석 달 후에 완성되었으므로 시바는 그것을 보지 못했다.

시바는 역사를 소재로 한 다수의 저작을 남겨 국민 작가로 일컬어지며, 서민적이고 꾸밈없는 성격으로 눈에 띄는 것을 싫어했다. 히가시오사카의 한편에 터를 잡고 아내이자 작가인 후쿠다 미도리와 함께 조용히 살고 있었다. 시바의 본가는 히메지이지만 오사카에서 쭉 자랐으므로 안도와는 잘 맞았다. 오사카 외국어 대학교에서 몽골어를 전공하고 제2차 세계 대전 중에 소집당해 전차병으로 만주로 보내졌던 경험은, 대륙에 대한 역사관을 키우는 데 큰 의미가 있다. 안도의 대여행과는 또 다른 의미에서 이국의 문명을 보는 눈을 갖고 있었다.

시바가 세상을 떠난 후, 자택에는 엄청난 양의 서적과 자료가 남았다. 후쿠다 미도리가 이사장이 되어 기념 재단이 설립되고 장서와 자료, 원고, 편지 등을 소장한 기념관이 구상되기 시작했다. 관장은 처남인 우에무라 히로유키였는데, 그는 결혼할 때까지 시바의 자택에서 함께 살면서 누나 부부에게 큰 신세를 졌다. 장소는 시바 자택의 대지 안으로 정하고 건설 자금은 민간 기부로 충당하려고 했다. 거품 경제 이후의 재정난에 시달리던 지자체는 자금을 지원해 주지 못했지만 8천 군데 이상의 개인, 기업, 단체로부터 기부가 모여서 1997년부터 안도의 손으로 설계가 시작되었다.

자택을 에두르듯이 지어야 하는 대지 조건 때문에 기념관은 활 모양을 그리는 콘크리트 상자가 되었고 지하 1층, 지상 2층에 전시실, 서고, 강당, 재단 사무실을 들였다.

시바 자택에 남아 있는 산더미 같은 책에 압도된 안도는 그 충격을 실마리로 삼아 이미지를 구상했다. 아무렇게나 쌓아 올린 산더미 같은 책 너머에 무한한 창조력이 있다. 그렇다면 책에 파묻힌 공간은 어떨까. 남아 있는 6만 권의 장서 가운데 2만 권을 기념관으로 옮기고, 그것으로 책의 벽을 만들어 보자. 이리하여 생겨난 것이 높이 11미터의 서가이며, 지하에서 3층의 통층, 세로로 긴 스페이스 양쪽이 책의 벽으로 우뚝 솟았다.

도서관에 책으로 벽을 만든다는 발상은 18세기부터 19세기에 걸쳐서 유럽에서 볼 수 있으며, 예를 들면 프랑스 혁명기의 건축가 불레Étienne-Louis Boullée의 왕립 도서관 설계안, 나폴레옹 3세 시기의 앙리 라부르스트Henri Labrouste가 지은 국립 도서관 등에서 거대한 벽면 전체가 서적이 되어 공간을 지배하는 모습을 볼 수 있다. 안도의 경우는 서가를 만든 방식 자체에 특징이 있으며, 사방 3백 밀리미터의 정사각형 졸참나무 목재의 서가와 그것과 일체화한 테이블이 결정적 의미를 지닌다. 콘크리트 면은 천장과 계단실 등 한정된 부분만 눈에 들어오며, 책 자체가 벽의 마감재가 되었다.

전시실 가장자리 부분은 커다란 개구(開口)가 되어 있으며, 스테인드글라스가 설치되어 있다. 시바의 문학이 〈눈앞이 캄캄한 전후 일본의 어둠 속에서, 선조의 위업을 통해 흘러넘치는 어렴풋한 빛을 보여 줌으로써, 사람들에게 희망을 안겨 준 것〉을 이로써 제시한다며, 안도로서는 드물게 〈상징성〉을 공간에 드러낸다.

식재 방식도 응축되어 있다. 시바는 정원수로는 사용하지 않을 법한 잡목을 좋아하여 모밀잣밤나무, 상수리나무, 소귀나무 등의 수목이나 닭의장풀, 유채 등의 화초를 정원에 심어 두고 있었다. 안도는 이런 잡목이나 화초가 자연 그대로 한껏 무성한 모습과 시바의 평상복 세계를 겹쳐서 〈건물 전체를 뒤덮듯이 심긴 나무는 시바 료타로의 잡목림을 확장하는 것이다〉라고 설명한다.[60]

시바는 방대한 양의 장서를 소장하고 있었지만 진귀본이나 희귀본 수집가는 아니었으며, 책을 참고 문헌 삼아 마지막 한 장까지 읽어 치우는 순수한 독서광이었다. 그래서 서가에는 백과사전적인 지식의 양을 드러내듯이 희귀본 대신 고금동서의 출판물로 차곡차곡 배열하였다. 그렇기에 이 서적의 숲은 정원의 잡목림과 아주 잘 어울린다.

국가의 어린이 도서관 만들기에 분주하다

안도 다다오는 책을 좋아한다. 어렸을 적에는 상가의 장인들이 많이 모여 사는 나가야에 살아서 주변에 〈책장이 있는 집은 한 집도 없었다〉고 자조적으로 말하지만, 건축 공부를 시작했을 무렵부터 게걸스럽게 책을 읽어서 대학 4년에 필요한 교과서와 참고서 종류는 2년여 만에 독파했다고도 한다. 심지어 기억력이 대단히 좋다. 그 후의 독서량은 상당하며, 유일하게 후회하는 것이 어렸을 때 책을 읽지 않았다는 것이다.

그래서인지 안도는 어린이에 대한 기대가 크다. 2000년 무렵부터 그는 본격적으로 어린이 도서관이라는 과제와 씨름하게 된다. 그 부분에서 첫 시작은 국회 도서관의 한 부문으로 어린이 도서관을 만든다는 계획이었다.

「국제 어린이 도서관」(2002)은 우에노의 국립 국회 도서관 지부 우에노 도서관의 개보수 프로젝트이다. 원래는 메이지 말에 제국 도서관(1906, 증축 1929)으로 축조가 시작된 건물인데, 날개 부분만 완성하고는 기존 모습대로 도서관으로 이용되어 온, 서양 건축을 모방하여 세운 건축물이다.

이 계획 자체는 1990년대에 들어와서 아동 문학가이자 중의원 의원인 히다 미요코가 추진하다가 안도의 손을 빌려 단숨에 실현했다. 어린이들이 활자에서 멀어지는 것을 마음 아파하던 히다는 1992년에 방문한 독일 뮌헨에서 40만 권의 장서를 소장한 아동 도서관에 강하게 자극받아 일본의 어린이 도서관 설립 활동을 시작했다. 그리고 1995년이 되자 그것을 국립 도서관으로 해야 한다고, 참의원인 무라카미 마사쿠니 의원 등을 더해 초당파적으로 〈어린이의 미래를 생각하는 의원 연맹〉을 만들었다. 때마침 우에노 도서관이 도쿄도에 매각될 예정이라 활용처를 찾고 있다는 정보를 얻고, 곧장 입후보했다.

그런데, 때마침 국회 도서관의 간사이관(関西館) 건설이 진행되는 바람에 국회 도서관 측이 더 이상의 조직 확장에 맹렬히 반대하여 절충이 쉽지 않았다. 국회 의원을 무시할 수는 없었던 도서관 측에서 마지못해 만들어 낸 제안이 〈아동서 센터〉라는 이름으로 한 귀퉁이에 어린이 코너를 만드는 정도의 계획이었다. 그런 태도에 머리끝까지 화가 난 히다는 안도의 힘에 매달릴 수밖에 없다고 한밤중에 전화를 걸었다.

〈안도야, 어린이 도서관 문제가 진행이 잘 안되고 있어. 나랑 얘기 좀 하자〉라는 말에 안도는 딱 두 마디로 〈그래, 알았다〉라고 하고 며칠 후에 의원 회관에 나타났다. 히다는 안도의 초중학교 동창인 교다 기쿠조와 결혼한 인연으로 안도와도 옛날부터 친하게 지내고 있다. 안도는 오랫동안 별렀던 어린이와 독서라는 테마를 제시받아 기꺼이 콘셉트를 잡아 주기로 했다. 곧바로 현장을 둘러보고는 설계 제안을 만들어 냈다.

역사적 건축물의 개보수에 대해서도 국내외에서 이미 많은 경험이 있으며 오래된 건물과 새로운 디자인을 대비시킨다는 점에서 비결을 축적하고 있으므로 디자인 자체는 그리 어렵지 않다. 그다음은 히다보다 안도가 나서서 의원 연맹과 국회 도서관 등을 돌면서 온갖 사안을 절충하고 실현을 향한 길을 만들어 갔다. 히다는 〈말만 하면 척척 해주는 동료가 있어서 정말 다행이다〉라면서, 어린이를 가족처럼 생각하고 프로젝트를 실현시키는 방법을 알고 있는 안도에게 전폭적인 신뢰를 보내고 있었다.

공간 구성에서는 새로운 공간을 오래된 건축에 〈관입(貫入)〉하는 방식으로, 런던의 「테이트 모던」에 가까운 방법이라고 말할 수 있다. 가늘고 긴 유리 상자 두 개를, 하나는 비스듬히 관입시키고 다른 하나는 뒤쪽의 3층 부분에서 병행하여 추가한다. 이렇게 하여 바깥은 유리 면, 안쪽은 벽돌 벽이라는 형태로, 그때까지 영미권 미술관에서 채용해 온 이중 피막이라는 방식이 부분적이지만 여기에서 등장한다. 오래된 건축물은 원래대로 복원하는 것이 원칙이지만, 옛 열람실에 목재 원통 두 개를 삽입한 것은 완전히 안도 스타일이다. 물론 면진(免震) 장치*가 설치되어 있다.

이리하여 2000년에 마침내 「국제 어린이 도서관」이 완성된다(제1기, 전면 개관은 2002). 그해는 〈어린이 독서의 해〉로 지

* 지진 시의 흔들림을 줄이는 장치.

정되었고, 다음 해에는 국회에서 〈어린이 독서 활동 추진에 관한 법률〉안이 가결되었다. 그 후의 조사에서 어린이의 독서율이 올라갔다는 것이 확인되었지만, 스마트폰에 시간을 빼앗기는 새로운 사회 문제에 대해서는 아직 유효한 정책이 없는 상태이다. 「국제 어린이 도서관」 관련 일은 계속 늘어나고 있으며, 2017년에는 아름다운 유리 곡선을 그리는 활 모양의 신관 「아치동(アーチ棟)」이 역시 안도의 설계로 준공되었다.

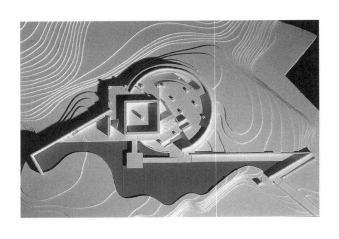

「히메지 문학관」(히메지시, 1991년)의 모형.

「니시다 기타로 기념 철학관」(가호쿠시, 2002년)의 전경,
마쓰오카 미쓰오 사진.

「시바 료타로 기념관」(히가시오사카시, 2001년)의 서적 숲.
마쓰오카 미쓰오 사진.

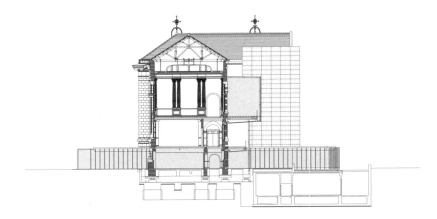

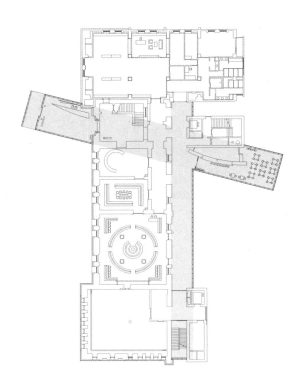

「국제 어린이 도서관」(도쿄 다이토구, 2002년)의
단면도(위)와 1층 평면도(아래).

제19장 프랑수아 피노와의 작업: 유럽 역사와의 대화

셀럽들과의 교류, 피노와의 만남

1990년대 중반을 맞이할 무렵이면 안도의 이름은 세계 어디에서든지 찾아볼 수 있게 되었다. 뉴욕의 MoMA, 파리의 퐁피두 센터의 대대적인 전시가 초래한 영향은 대단했으며, 그는 세계 최고의 건축가 무리에 진입했다. 이탈리아의 렌초 피아노, 영국의 노먼 포스터Norman Foster, 프랑스의 크리스티앙 드 포르잠파르크 같은 건축가들과 같은 급으로 대우받았으며, 일본 건축가이므로 일본의 현대 문화에 대한 세계의 평가도 더욱 높아졌다. 안도를 맞이하기 위해서 그 나라의 원수들도 얼굴을 비춘다. 코펜하겐에서 1992년에 열린 제1회 칼스버그 건축상 수상식에서는 덴마크 여왕 마르그레테 2세가 수상을 축하하고, 3년 후에 베르사유 궁전에서 열린 프리츠커상 수상식에서는 프랑스의 재무 장관 등 각료들이 그를 맞이했다. 일본을 좋아하는 시라크 대통령과는 파리 시장이던 1992년에 시청의 티타임에 초대받아 일찌감치 알게 된 사이였다.

재미있는 것은, 이런 최고 건축가에게 맨 먼저 달려드는 이들은 패션계 리더들이다. 그들은 전 세계 미의 배후 조종자들로서, 패션의 〈땅〉이 되어야 하는 아름다운 건축을 언제나 찾아 헤매고 있다. 안도는 젊었을 적부터 이세이 미야케 등 패션 디자이너들과 만났는데, 이 무렵부터 전 세계 패션계의 톱 리더들로부터 다양한 의뢰를 받게 되며, 때로 그들의 자택까지 설계하게 된다. 고시노 히로코의 자택은 이미 고전 축에 들었으며 그 후의 이세이 미야케, 카를 라거펠트, 조르조 아르마니, 톰 포드 같은 디자이너들과의 교류는 안도의 감성을 갈고닦는 데 커다란 역할을 했다. 안도에게 그들의 주택을 설계하는 일은 미의식을 배우고 익힌다는 의미에서 특히 중요했다. 그는 〈패션 디자이너의 감성은 예리하다. 사람이 공간 안에서 진짜로 아름답게 보이도록 고심했다〉고 한다.

일본은 세계 패션계의 커다란 시장이며, 그래서 세계 패션 디자이너들이 발이 닳도록 드나들고 있었다. 그때마다 그들은 〈반드시〉라고 해도 좋을 정도로 안도의 건축을 방문한다. 교토의 「타임즈」, 나오시마의 미술관, 오사카의 「빛의 교회」 등이 정해진 코스이며, 그런 작품을 제작한 안도에게 만남을 청한다. 그들에게는 학문적 편견 따위는 없으며, 얼마나 크리에이티브한지가 커다란 판단 기준이다. 직접 안도를 만나면, 그가 가진 절반쯤은 동물적이라고도 할 수 있는 예리한 직관력, 순간적으로 판단하고 행동하는 속도감에 매혹되어 안도의 팬이 되어 버린다.

베네통의 아트 디렉터인 올리비에로 토스카니와는 1982년에 뉴욕에서 만났으며, 그것이 나중에 트레비조에서 베네통의 건축 하나로 이어진다. 샤넬의 디자이너였던 카를 라거펠트와는 1995년에 파리에서 알게 되었다. 그는 애초 파리 교외의 불로뉴의 숲 근처에 자택을 지을 예정으로 안도가 그 안을 매듭지었지만, 법적 규제에 걸려서 실현하기 힘들어졌다. 그래서 남프랑스와 스페인 국경 근처에 있는 비아리츠에 2천3백 제곱미터 정도의 대지를 사들여서, 거기에 별장을 계획한다. 크리에이티브한 정신에 잠길 수 있는 주택 겸 스튜디오가 필요했던 라거펠트는 자신의 수집품을 둘 수 있는 갤러리 같은 공간을 의뢰했다.

많은 패션 디자이너가 현대 미술 수집가이기도 하다. 창작 활동에 현대 미술이 많은 아이디어와 영감을 주기에 자택은 갤러리이자 디자이너의 성이어야 한다. 라거펠트의 별장은 실현에는 이르지 못했지만, 그의 소개로 컬렉터인 프랑수아 피노를 만나고, 그것이 그 후 파리와 베네치아 프로젝트로 이어져 간다.

밀라노 패션계의 중진인 조르조 아르마니도 안도에게 매료된 사람 중 하나였다. 1998년 어느 날, 안도 사무소에 전화를 걸어서 그에게 직접 일을 의뢰했다. 밀라노 서남쪽에 있는 포르타 제노바역 근처에 있는 네슬레사의 옛 초콜릿 공장을 개조하여 문화 시설을 만든다는 내용이었다. 「아르마니 극장Armani/Teatro」(2001)은 아르마니의 다양한 문화 활동을 전개하기 위한 극장(연극, 패션쇼, 강연회)과 갤러리를 모은 일대 문화 시설이다. 이곳 주변은 창고나 공장이 많이 들어서 있었는데, 그 무렵 많은 건축이 개보수되어 지금처럼 인기 장소로 탈바꿈하고 있었다. 그 핵심이 되어야 할 시설을 아르마니가 정비한다는 것이다. 그래서 안도는 철골로 지어진 기존 공장의 골조를 남기고, 그 안에 콘크리트 벽, 줄기둥, 물의 정원 등을 배치한다. 그는 전화를 받은 지 1주일 후에는 밀라노로 날아가서 아르마니와 논의를 하고, 거기서 구상을 정리하고 실시 설계로 나아갔다. 대단히 빠른 전개에 아르마니는 만족했고, 무미건조한 단순 공장 건축군이 1년 후에는 몰라볼 정도의 아름다운 건축으로 재탄생했다.

2005년에는 아르마니의 홈 컬렉션인 「아르마니 카사Armani/Casa」가 도쿄 하라주쿠에 오픈했다. 이것은 안도의 건축 중에서도 특히 철판을 접고 구부린 가공이라는 새로운 방법을 시도한 것으로, 훗날 도쿄 미드타운의 「21_21 디자인 사이트21_21 DESIGN SIGHT」(2007)의 선구라고 말할 수 있는 건축이었다. 2019년 밀라노에서 열린 대대적인 안도 다다오 전시도 「아르마니 극장」 맨 앞에 새롭게 만들어진 「아르마니 저장고Armani/Silos」에서 개최되었다. 두 사람은 상대방의 감성을 서로 칭찬할 정도로 친밀한 관계이다.

트레비조에서는 「파브리카」에 이어, 루치아노의 둘째 아들이자 베네통의 부사장인 알레산드로 베네통의 주택도 안도가 설계하게 되었다. 부인은 알파인 스키의 여왕으로 불리는 데보라 콤파뇨니이며, 전형적인 셀럽 가족이다. 이들의 주택 「보이지 않는 집Invisible House」(2004)은 데보라의 사생활이 사람들에게 드러나는 것을 절대로 피하고 싶다는 의사를 존중하여, 주택

대부분을 지면보다 아래로 배치했다. 총면적 1,450제곱미터는 일본 수준에서는 대단히 넓지만 궁전의 전통이 있는 이탈리아에서는 셀럽의 주택으로는 지극히 평범하다. 슬로프에 의해 지하 1층까지 전면적으로 빛이 들어오는데, 지상 면에 줄지어 선 사이프러스와 메타세쿼이어 같은 나무 덕분에 흡사 전원 같은 인상을 준다.「파브리카」에서 예상 이상의 성과를 올린 장인 팀에게 이곳의 시공도 맡겼는데, 그 장인들과의 관계는 이제는 손발이 척척 맞는 호흡으로 작업을 진행하는 데까지 발전했다. 안도는 지금도 이탈리아의 장인 기술을 대단히 높게 평가한다.

이처럼 베네통과 아르마니와 일하고 개인적으로도 그들의 주택을 지으면서 패션계에서 안도의 명성은 더욱 높아진다.『뉴욕 타임스』에서 2001년 〈살아 있는 인간 중에 가장 섹시한 남자〉라고까지 평가받았지만 정작 본인은 보는 둥 마는 둥 흘려버린다.

르노 공장 터에 현대 미술관을

안도 다다오가 프랑수아 피노와 알게 되었을 무렵, 피노는 프랑스의 고급 브랜드를 총괄하는 기업 집단 피노 프렝탕 레두트 PPR 사장을 맡고 있었으며, 2005년에 사장 자리를 아들인 프랑수아앙리 피노에게 넘겨주었다. 1936년생으로, 안도 다다오보다 다섯 살 많지만 치열하게 살아가는 실업가이자 예술을 한없이 사랑하는 자유인이다. 피노와 안도는 견실한 삶의 방식과 예술에 대한 감성이라는 점에서 무엇이든 마음이 맞았다. PPR은

이브 생 로랑, 구찌, 보테가 베네타 등의 패션 브랜드를 거느리고 명품으로 특화한 비즈니스를 전개하여 모엣 헤네시 루이뷔통 그룹LVMH의 라이벌로 일컬어져 왔다. 화장품이나 패션이 세계를 제패하는 프랑스 특유의 특이한 기업 집단이라고 말할 수 있다. 그의 개인 자산은 현재 39조 원에 달하며, 프랑스에서도 3번째 자산가로 일컬어진다. 세계 유수의 근현대 미술 수집가로도 이름이 알려져 있으며 소장품 수는 2천 점이 넘는다. 미술품에 심취한 나머지, 경매 회사인 크리스티스까지 인수했을 정도이다.

피노가 안도와 일을 시작한 계기는 프랑스에서도 화제를 모았던 파리 교외의 대대적인 재개발 프로젝트를 통해서였다. 여기서 그 프로젝트, 즉 불로뉴비양쿠르시의 르노 공장터 재개발에 대해 간단히 설명해 두자.

프랑스 최고의 자동차 회사 르노는 1920년대부터 파리 남서쪽에 자리한 불로뉴비양쿠르에 공장을 짓고 자동차를 생산해 왔다. 그러나 그 대지도 좁아져서 새로운 공장으로 옮기기로 하고 옛 공장은 폐쇄하게 된다. 재개발 대상은 센강에 떠 있는 세겡섬과 우안 지구, 합쳐서 130만 제곱미터에 이르는 광대한 토지였다. 1992년 조업 정지와 더불어 공장 옛터 계획의 기본안이 다듬어지고, 재개발 사업은 토지를 소유한 르노사, 불로뉴비양쿠르시, 인프라 등에 관여하는 주(州) 등이 출자한 개발 공사가 맡기로 했다. 먼저 토지 이용과 시설 배치에 관한 마스터플랜이 만들어지고, 다음으로 각각의 지구에 관한 건축 계획이 진행되었다.

전체 마스터플랜은 1998년 설계 공모로 도시 계획가인 브루노 포르티에의 안이 채용되는데, 브루노의 안은 공장 일대를 쓸어버리고 녹색의 마을로 탈바꿈하는 것이었다. 그러자 장 누벨이 〈불로뉴(=고급 주택지)가 비양쿠르(=공장 용지)를 살육하다〉라는 제목의 기사를 『르 몽드』에 기고하여 〈프티 부르주아적인 청결감이 넘친 나머지, 노동자 계급의 성곽이었던 역사를 망각했다〉고 격렬하게 비난했다. 공장의 기억을 없애는 것이 아니라 산업 유산으로써 자동차 공장을 살리는 안을 요구한 것이다. 1968년 5월 혁명 때 노동자 운동의 발상지였던 곳이기도 하여 노조가 여기에 호응했고 당시 유럽 의회 의원이었던 5월 혁명의 투사 다니엘 콘벤디트까지 가담하여 대대적인 논쟁이 벌어졌다.

시의회는 좌우파 모두 에콜로지스트(환경 옹호파)가 가담하여 싸웠는데, 시장이 양쪽의 균형을 잡고 절충안을 가다듬으며 다음 단계로 나아갔다. 공장터를 몇 개의 구역으로 나누어 각각 다른 프로그램을 짜서 그중 가장 핵심인 세겡섬에 현대 미술관을 세워 파리 중심부의 퐁피두 센터에 버금가는 새로운 현대 문화의 중심지로 만들자는 것이었다. 개발 방식은 기본적으로 민간 자본을 도입하는 것으로, 개발 공사가 자본을 대줄 곳을 찾고 있을 때 피노가 손을 들었다. 피노 재단이 소유한 미술품을 전시하는 조건으로 지주 회사가 개발 비용을 부담하기로 가닥이 잡혔다. 전 문화부 장관 장자크 아야공이 관장으로 선정되어 안정적으로 미술관을 건설할 수 있게 되었다.

이리하여 설계자를 정하는 건축 설계 공모가 2001년 1월에 실시되었다. 공개 설계 공모가 아니라 렘 콜하스, 스티븐 홀, 안도 다다오, 도미니크 페로Dominique Perrault 등 6명(조)으로 압축한 지명 공모였다. 최종적으로 안도가 수석을 차지했다. 누벨이 지적한 〈섬의 바깥 둘레를 에워싼 공장의 하얀 벽면〉이 플랫폼 형상으로 반영된 점이 심사 위원들 눈에 신선하게 비쳤다고 한다.

안도의 안은 섬의 남쪽 4분의 1의 대지를 사용하여 미술관을 짓고, 나머지 4분의 3의 대지는 녹색 정원을 만드는 것이었다. 미술관 건축이 압권인데, 공중에 플랫폼을 띄운 것 같은 형태였다. 벽은 유리로 뒤덮이고, 전시 스페이스 면적(1만 6천 제곱미터)만 해도 퐁피두 센터 안의 근대 미술관(1만 4천 제곱미터)을 능가하여 유럽 최대의 근현대 미술관이 될 예정이었다. 피노는 〈모형을 본 순간, 망망대해로 향하는 듯한 상징적인 형태에 완전히 매료되었다〉고 말하며 실제 공사를 위한 절차를 개시했다.

거기서부터가 큰일이었다. 이 미술관을 지으려면 재개발 지구의 토지 이용이나 인프라에 대한 행정 절차가 필요한데, 일단 정해진 지구 계획에 환경 단체가 소송을 걸고 르노사의 토지 양도가 취소되는 등 잇달아 문제가 발생하여 일정이 중지되었다. 2004년 9월에 건축 허가는 났지만 도시 개발 자체가 꿈쩍도 하지 않는다. 1970년대에 발생한 파리 중심부 레알 지구 재개발을 둘러싸고 벌어졌던 혼란을 방불케 하는 사태에 속을 끓이던 피노는 마침내 2005년 4월 말에 〈위대한 건축가 안도의 재능을 발휘하고, 이미 1억 5천만 유로를 그 건설에 투자했다. 좋게 말하면 광대한 건설 예정지, 나쁘게 말하면 그저 황폐하게 버려진 땅에 10년이라는 세월을 바쳤다〉라는 말을 남기고 철수를 결정했다.

피노가 손을 뗀 후 세갱섬 계획은 여러 번 번복되다가 최종적으로 용도가 콘서트홀로 바뀌었다. 그 결과, 부이그 회사 등이 출자한 문화 기업 〈텅포 일 세갱〉이 오드센주로부터 토지를 빌려 2013년에 건축 설계 공모를 하게 되었다. 여기서도 일본인 반 시게루의 설계안이 1등을 하여 복합 공연 시설 「라 센 뮈지칼」(2017)로 오픈했다.

베네치아로

프랑수아 피노가 세갱섬에서 철수하기로 한 직접적인 동기는 베네치아에서 현대 미술관 오퍼가 있었기 때문이다. 대운하에 면한 18세기의 그라시 궁전을 이용한 미술관으로 당시 운영하고 있던 피아트가 철수하자 그것을 대신할 후원처를 찾고 있었다.

베네치아에서 현대 미술관을 운영하는 것은 사업적으로도 매력적이다. 연간 3천만 명의 관광객이 방문하며 베네치아 비엔날레 같은 현대 미술·건축 이벤트의 관광 유인력도 무시할 수 없다. 베네치아에 피노 재단의 거점을 만들면 앞으로 세계로 뻗어 나가는 데에도 디딤돌이 된다.

그렇다면 매각 이야기가 나온 그라시 궁전은 어떤 건축인가. 1748년에 근교의 키오자에서 옮겨 온 그라시 일족이 지었다는 것이 정설이며, 건축가는 조르조 마사리Giorgio Massari이다. 그는 약간 절제된 바로크 양식으로 베네치아의 도시 경관에 이바지한 인물이다. 그 후 소유자가 여러 번 바뀌었고 제2차 세계 대전 후에는 부동산 회사가 사들여 국제 미술 복식 센터로 이용해 왔다. 1983년에 궁전을 사들인 피아트사(아니엘리 집안)는 본격적인 미술관으로 사용하고자 건축가인 가에 아울렌티Gae Aulenti를 위촉해 전면 개장을 하여 관 전체가 현대적으로 단장되었다. 아울렌티는 파리의 오르세 미술관을 리노베이션했던 인물로 미술관 건축 분야에서 대단히 높은 평가를 받고 있다. 운영 면에서는 퐁피두 센터 근대 미술관 초대 관장이었던 폰투스 홀텐이 초빙되어 관장에 취임했다. 1986년에 개장 후 첫 전람회 「미래파와 미래주의Futurismo e Futurismi」가 개최되어 32만 명의 관객을 모았는데, 이후 몇 달 동안의 기획전에서 각각 몇십만 명 단위의 관객을 자랑하는, 베네치아에서도 손꼽히는 미술관으로 알려지게 되었다.

이 그라시 궁전을 양도받는다면 절차 문제로 난항을 겪고 있는 불로뉴비양쿠르보다 진행하기 쉽다. 총면적은 3천2백 제곱미터밖에 안 되지만 베네치아에 한 발짝 더 진출하는 계기도 된다. 철학자로 이름 높은 베네치아 시장 마시모 카차리가 중개해 주면 지역 사회의 협조를 얻기도 쉬울 것 같았다. 그때까지 전시는 페니키아나 마야 등 선사 시대에 초점을 맞추고 있었는데, 현대 미술을 전시하려면 새로운 변신이 필요했다. 그래서 2005년 4월에 구매 절차를 마무리하고, 이것으로 불로뉴비양쿠르는 깨끗하게 종결짓는다. 아야공에게는 즉시 연락하여 베네치아에서 관장을 맡기겠다는 뜻을 전달해 두었다.

안도에게도 당장 세겡섬 철수를 알려야 했다. 공표 전인 4월 중순에 안도에게 연락하여 취지를 설명하자 전화기 너머로 안도가 낙담하는 것이 느껴졌지만 어쩔 수 없었다. 2주 후, 이번에는 베네치아 프로젝트를 안도에게 타진했다. 세겡섬 프로젝트가 물거품이 된 이상, 안도에게 그라시 궁전의 개장을 의뢰하는 것이 가장 좋았다. 공사 기간은 설계를 포함하여 1년으로 잡았다. 안도라면 해줄 것이다. 그렇게 전하자, 〈합시다!〉라는 답이 왔다. 안도는 곧장 베네치아로 날아갔다. 「안도 다다오의 속도감이란! 만나고 싶다고 연락한 그 주말에 본인이 내 눈앞에 서 있었습니다.」[61]

안도는 이탈리아에서 일하는 데는 자신 있었다. 베네통이나 아르마니와의 작업으로 상황을 알고 있고, 무엇보다 트레비조의 기술자나 장인들과의 네트워크가 형성되어 있는데 베네치아가 트레비조와 아주 가까워서 다시 함께 일할 수 있다. 역사적 건축물을 다루는 법도 트레비조에서 상당히 터득했고 충분히 마스터했다. 역사적 건축물은 되도록 원래 상태로 복원하는 것이 바람직하다. 아울렌티식의 개조도 나름대로 좋긴 하지만 옛것과 새것을 뒤섞은 것은 역시 문제였다. 그래서 그라시 궁전의 역사를 공부하면서 원래대로 복원했다. 아울렌티가 덮어 버렸던 프레스코화도 원상태로 되돌렸다. 트레비조의 장인들은 물 만난 물고기처럼 신나게 일했다. 베네치아는 모든 물자를 배로 운송해야 하므로 육지보다 비용이 몇 배나 늘지만 그런 것은 이미 계산해 두었다. 공사는 다섯 달 만에 끝냈다. 이탈리아에서는 경이적으로 빠른 공사였다.

안도 다다오 스스로 〈건축가가 없는 건축〉을 다짐하고, 대비해야 할 새로운 요소의 도입은 전시실 벽, 천창(톱 라이트) 아래의 유리막 등 최소한으로 절제했다. 이미지 면에서는 도널드 주드 방식으로, 기하학적으로 환원된 간결한 공간이다. 안도는 젊은 날에 심취했던 작품을 떠올리며 스케치를 거듭했다. 역사적 건축물에 대한 대단히 절도 있는 안도 스타일의 〈개입〉 방식인데, 아울렌티와는 완전히 다른 어프로치를 채용한 점에서 대단히 흥미롭다.

푼타 델라 도가나를 쟁취하다

2006년 4월에 개장 오프닝이 있었다. 피노 재단이 베네치아에서 첫선을 보이는지라 유럽의 셀럽들을 총동원하여 유명 인사들을 대거 초청했으며, 안도 부부도 당연히 초청받았다. 관장인 아야공은 퐁피두 센터 총관장을 거쳐 시라크 정부 때 문화부 장관을 지낸 거물로, 직전에 TV 5 총재를 사임한 참이었다.

이날에는 베네치아 대주교 안젤로 스콜라도 참석했다. 아야공은 대주교 소개로 대주교구 소속 건축가인 산드로 베네데티와 약속을 잡고 피노와 안도를 합류시켜 즉석 회담을 했다. 내용은 대주교구의 세미나리오(신학교)가 사용하고 있는 창고를 재활용하는 건이었다. 평범한 창고가 아니었다. 대운하의 가장자리를 형성하는 푼타 델라 도가나 지구의 관세 창고였던 역사를 품고 있으며, 베네치아의 얼굴로 일컬어질 정도로 유서 깊은 곳이었다.

산 마르코 광장에서 오른쪽을 바라보면 대운하에 면해 지어진 바로크 양식의 산타 마리아 델라 살루테 성당(통칭 살루테 성당)이 눈에 들어온다. 17세기 초에 건축가 발다사레 롱게나 Baldassare Longhena가 지은 건물로, 베네치아 바로크란 바로 이것이라는 생각이 들 정도로 박력 있다. 이 성당에 인접한 것이 세미나리오이다. 같은 건축가가 설계했는데 장식이 너무 적은 것은 성당을 짓는 데 돈을 너무 많이 들여서 자금 부족에 허덕였기 때문이라고 한다. 바로 옆에 이웃한 〈바다의 세관〉 도가나 디 마레는 세관 기능을 하지 않는 오늘날에도 이탈리아 재무부가 소유하고 있다. 살루테 성당보다 반세기 늦게 건축가 주세페 베노니Giuseppe Benoni가 지은 건축이다. 세미나리오에 접해서 지어졌으므로 사용권은 대주교구로 옮겨져 있다. 대운하의 돌출부 삼각형 부분이 그곳이며, 끄트머리 부분이 세관 건물이다. 정면의 타워 상부에 얹힌 금박을 입힌 구체(球体)는 두 개의 아틀라스상이 떠받치고 있으며, 뒤쪽에 있는 살루테 성당과 겹쳐서 금빛으로 반짝이는 모습은 베네치아의 명소에 반드시 들어갈 정도로 유명하다. 고딕 건물의 후원자인 영국인 사상가 존 러스킨은 그의 저서 『건축의 일곱 등불』(1849)에서 〈그로테스크한 르네상스〉라고 혹평했지만, 그것이 역설적으로 이 건축을 유명하게 만들었다.

베네데티와 이야기를 나눈 것은, 이 소금 창고를 미술관으로 재활용할 수 있을지였다. 안도는 1996년 로마의 새 성당 초대 설계 공모에서 1등을 하지는 못했지만, 대담한 안을 제시하여 교회 관계자들의 관심을 끌었으며, 그런 안도가 참가할 가능성이 높다는 것에 대주교는 흥미를 갖고 있었다. 기묘하게도 로마의 성당 설계안은 바다의 세관과 같은 삼각형 평면을 제시하고 있었다.

바다의 세관 건물의 이용에 대해서는 약간 얽힌 사정이 있으므로, 이야기를 거슬러 올라가서 소개한다.

뉴욕에 본부를 둔 구겐하임 재단은, 이사장 토머스 크렌스의 시대(1988~2008)에 미술관의 세계화를 지향하여, 여러 개의 〈프랜차이즈〉를 성공시켰다. 특히 빌바오의 구겐하임 미술관 (1997)은 거칠고 무뚝뚝한 공업 도시를 문화 도시로 탈바꿈시켜 새로운 문화 전략 방식으로 주목받았고, 일본에도 구겐하임이 생기지 않을까 많은 사람이 기대했을 정도였다. 베네치아에는 1980년 이후의 페기 구겐하임 미술관이 있으며, 바다의 세관 바로 옆에 있어서 그쪽 방향으로 미술관을 확대할 계획이었다. 진보적인 시장이 잇달아 집권한 베네치아시에서 미국 자본주의의 전형 같은 구겐하임의 전략은 〈맥도널드화〉라고까지 일컬어지며 환영받지 못했지만, 로마나 베네토주에서는 크렌스에게 도움을 주는 사람도 적지 않다. 1999년, 크렌스의 로비 활동이 성공을 거두어 로마의 문화부와 구겐하임 재단 사이에 이탈리아에서 미술관 활동에 관한 각서가 교환된다. 목표는 베네치아였다. 이탈리아 건축계의 대가 비토리오 그레고티를 베네치아 구겐하임 건축가로 키워서 프로젝트에 착수한다. 그러나 바다의 세관에 관련된 정부, 주, 시, 대주교구 등의 조정이 잘 되지 않아 계획은 암초에 걸리고 말았다.

이 〈바다의 세관〉 이야기가 다시 나온 것은 그라시 궁전을 오픈하면서 대주교구와 접촉하면서부터였다. 피노 재단의 베네치아에서의 활동에 대해 카차리 시장도 큰 관심을 보였다. 구겐하임 측은 이런 움직임에 반발하여 국가와 베네토주를 방패 삼아 반격을 꾀했다. 그 결과 바다의 세관 미술관 개장을 전제로 한 사업 설계 공모를 실행하기로 했다. 사업자가 사업 계획과 건축 설계를 일괄적으로 제안하는 것으로, 이긴 쪽의 권리자가 토지와 시설을 제공하게 된다. 최종적으로 참가자는 두 팀으로, 피노 재단과 안도 다다오, 구겐하임 재단과 자하 하디드였다. 자하는 한창 로마에서 「국립 21세기 미술관MAXXI」을 짓고 있던 새로운 건축가였다.

2007년 4월에 있었던 이 설계 공모에서 피노 측이 큰 차이로 승리했다. 안도에게는 불로뉴비양쿠르에 이은 설계 공모 우승이었다. 자하 하디드는 흐르는 듯한 곡선으로 외관 디자인은 절제하고 내부 동선을 따라서 움직임이 있는 공간을 연결하는 형태로 설계 공모안을 작성했다. 그에 비해 안도의 안은 더 절제된 제안이었다. 역사적 건축물은 예전 모습으로 되돌리고, 그런 다음에 새로운 구조물을 살포시 삽입한다. 안도의 머릿속에는 「파브리카」 이후 함께해 온 장인 집단의 존재가 있었다.

창고로 이용되긴 했지만 열화가 상당히 심각했다. 벽돌로 지었으므로 물을 머금거나 풍화하여 손상된 것은 고목재 시장을 통해 새 목재(양질의 중고 목재)로 교체해야 했다. 목조 트러스*로 된 지붕틀도 마찬가지였다. 장소의 특성상, 방수성이나 만조 대책도 중요하여 눈에 보이지 않는 곳에 상당한 비용이 들었다. 이리하여 안도의 작업은 역사적 건축물의 수복에서 시작하여 원래대로 복원하는 것을 원칙으로 진행되었다.

새로운 건축은 외부에는 노출하지 않고 내부에 특화했다. 중심부에 놓인 사각 콘크리트 상자(센트럴 코트), 그리고 미술관 전체를 회유하듯이 설계된 중이층이 그것이며, 거친 벽돌 면에 대해 조밀하고 섬세한 콘크리트 면과의 대비를 강조했다. 후타가와 유키오는 이곳을 방문하여 〈단순한 벽이 아니라 세계에서 가장 아름다운 《콘크리트》 벽〉이라고 절찬했다.[62] 이탈리아 사람들은 신비롭고 아름다운 콘크리트 상자라는 의미를 담아서 〈안도 큐브〉라고 부른다.

이 센트럴 코트는 베네치아 지방의 전통 건축에 이용되는 마제니masegni(화산암의 일종인 조면암 판)를 포석으로 이용하라는 문화재 당국의 방침에 따라 시공하고 있다. 개념적으로 보면 1994년 말에 안도가 비첸차의 팔라디오 바실리카에서 자신

* 직선으로 된 여러 개의 뼈대 재료를 삼각형이나 오각형으로 얽어 짜서 지붕이나 교량 따위의 도리로 쓰는 구조물.

의 전시를 열었을 때 이용했던 생각과 통한다. 그때는 팔라디오의 대공간에 대치하여 기하학과 비례를 갖춘 개념 공간(안도 큐브 또는 마키나)을 집어넣었다. 본질은 신구 대립을 꾀한 포개넣는 상자 모양의 공간 구성이며, 안도에게도 새로운 전개이기도 했다.

덧붙여서 소재의 대조가 커다란 주제가 되어 알루미늄제 격자, 테라초,* 스터코,** 강철 문틀, 콘크리트 연마, 유리 등이 실내외에 산재하고, 17세기 벽돌이 바닥으로 등장한다. 나무는 없지만 건축의 디테일을 최대한 살린다는 의미에서 안도의 본령을 발휘했다. 마음속 깊이 존경하는 카를로 스카르파에 대한 오마주가 된 작품이다.

이 미술관은 소유자인 정부로부터 99년 장기 임대로 베네치아시에 양도되었고, 다시 베네치아시가 33년 기한으로 피노 재단에 빌려주는 형식을 취했다. 기존의 사용권을 가진 대주교구에는 세미나리오에 이웃한 2베이(건물의 기둥과 기둥 사이의 공간)만큼이 종전 형태로 이용이 허락되고, 피노 재단이 나머지 6베이를 이용하게 되었다. 운영은 그라시 궁전 미술관이 맡았다.

2009년 6월 4일, 14개월의 공사 기간을 거쳐 「푼타 델라 도가나 미술관Punta della Dogana Museum」의 오프닝이 성대하게

---

* 대리석 부스러기와 착색 시멘트를 섞어 굳힌 뒤에 표면을 갈아 대리석처럼 만든 것.

** 스프레이 칠에 의한 외벽의 매끄러운 미장 마감.

열렸다. 첫 전시는 60명의 현대 아티스트를 초청한 「매핑 더 스튜디오Mapping the Studio」였다.

파리의 중심에 피노 컬렉션을

피노와의 일은 그 뒤로도 계속되었다. 새로운 무대는 파리였다.

사실 「푼타 델라 도가나 미술관」 오프닝으로부터 두 달 후인 8월에 안도는 십이지장암으로 입원하여 적출 수술을 받았다. 그대로 사회로 복귀하여 바쁘게 일하다가 5년 뒤인 2014년 7월에는 췌장암 때문에 다시 입원하게 되었다. 이번에는 췌장과 비장을 들어냈다. 의사는 수술을 서둘러야 한다고 했지만, 노벨상을 받은 의학자 야마나카 신야와의 대담이 정해져 있었으므로 수술을 숨기고 대담한 후 그다음 날 12시간에 걸친 대수술을 받았다. 담당 의사에게 〈비장까지 들어내면 살아갈 수 있느냐〉고 묻자, 〈췌장을 적출하고도 살아가는 사람은 몇 있지만, 건강해진 사람은 없다〉라는 답을 들었다. 그렇다면 절대로 건강해지겠다, 하고 타고난 반골 기질이 발동하여 수술 후 재활에 온 힘을 쏟아 기적적으로 회복했다.

2015년, 수술 후 최초로 스위스와 프랑스를 방문할 때 피노가 떠올라 그를 찾아가자 처음에는 〈유령은 아니겠지〉 하고 놀랐지만, 다섯 개의 장기를 잃었다고 하자 〈자네는 뇌와 심장이 남아 있으면 그것으로 충분하네〉라고 위로한 다음, 〈그렇게 건강하다면 일을 하나 더 해달라〉며 새로운 프로젝트를 제안했다.

그것이 파리 중심부 옛 증권 거래소 건물에 지어지는 「피노 컬렉션 미술관」이다.

증권 거래소의 건축은 불우한 역사를 거쳐 온 것으로 알려져 있다. 16세기 중반에 시의 섭정 후 카트린 드 메디시스가 몸소 왕비관으로 〈수아송 저택〉을 세웠던 바로 그 대지이다. 미신을 신봉하고 점성술사에게 의존했던 카트린은 고향 피렌체에서 점성술사를 불러 대지 안에 세운 원주 모양 천문탑에서 별을 관측하게 했다. 18세기 중반이 되자 왕비관은 철거되고 파리시의 공공 시설 용지로 재개발 대상이 되었다. 그때 카트린의 대원주는 보존하기로 하여 대원주를 합체시킨 곡물 거래소(1767)가 건설되었다. 그 주체가 된 것이 건축가, 천문학자, 시계 장인을 포함한 〈에투왈 폴레흐 모임〉이라는 프리메이슨의 집회소였으며, 그 기본 이념이 아주 불가사의했다. 천문학자 사이에서는 잘 알려진 사마르칸트의 울루그 베그의 천문대를 규범으로 삼아 스톤헨지 스타일의 고리형 건축을 만들고, 카트린의 대원주는 해시계로 사용된다. 프랑스 혁명을 앞두고 당시 천문학=점성술에서 촉발된 비교(秘敎)적인 사조를 그대로 표현한 것이 이 건축인 것이다.

오늘날의 증권 거래소는 이 곡물 거래소를 개장하여 1889년에 완성한 것이다. 기존 석조 구조를 그대로 이용하면서 철골로 보강하고, 표면에는 네오바로크적인 장식을 하고 내부의 원형 중정에는 철골 돔을 가설했다. 보기에는 19세기 후반 디자인이지만, 구조체는 18세기의 것이다. 프리메이슨 이야기는 완전히 잊혔다.

증권 거래소가 들어선 것은 파리 중심의 레알 지구이며, 1970년 대부터 재개발을 둘러싸고 상황이 엎치락뒤치락해 왔다. 1980년 대에는 쇼핑센터가 들어섰지만 새로운 도시 기능에 적합하지 않아, 2007년에 오늘날의 대형 쇼핑몰인 포럼 데 알이 지어졌다. 거기에 인접한 문화 시설로 증권 거래소를 재활용하기로 하여 파리시가 건물을 사들이고 그것을 50년 임대로 피노 재단에 미술관 운영을 위탁했다. 그리고 피노는 자신의 현대 미술 컬렉션을 전시한다.

2016년 4월, 피노는 증권 거래소를 미술관으로 개장한다고 공표하고 그것을 진행할 건축가로 안도 다다오의 이름을 밝혔다. 세겡섬의 설욕이라는 의미를 담고 있으며, 안도의 부활이라고 보아도 된다.

안도의 아이디어는 고리 모양의 원형 홀 안에 실린더를 매몰하는 것으로, 생각 방식은 「푼타 델라 도가나 미술관」에 가깝다. 19세기 후반의 디자인을 제대로 복원한 다음, 거기에 안도적 입체를 삽입한다. 높이 10미터, 지름 30미터의 원통(안도 실린더)은 전시 공간이 되고, 지하에는 오디토리엄이 만들어진다. 신구 대비가 여기서도 강조되며, 특히 19세기 장식이 들어간 원기둥 모양의 벽면과 콘크리트 원통 사이에 끼워져, 홀을 일주하는 고리 모양의 갤러리에서 그런 대비를 구체적으로 볼 수 있다.

프랑스의 문화재 제도에서는 역사적 기념물(문화재)로 지정된 건축을 개장하는 경우, 〈역사적 기념물 주임 건축가〉가 팀에 합류할 것을 요구한다. 이번에 그 임무를 맡은 사람은 피에르앙투안 가티에Pierre-Antoine Gatier로, 특히 19세기부터 20세기 역사적 건축물을 복원해 온 인물이다. 지역 건축가로는 루시 니네Lucie Niney + 티보 마르카Thibault Marca 사무소, 엔지니어는 세텍, 시공은 대기업인 부이그 등 베네치아와는 다른 진용을 짜서 공사했으며 절묘한 팀워크가 발휘되었다. 준공은 2020년 6월 예정이었지만, 코로나19 팬데믹으로 2022년 봄에 개장하게 된다.

파리의 중추를 차지하며 16세기, 18세기, 19세기의 다양한 사건을 잉태하여 성립한 증권 거래소 건축에 새롭게 안도의 디자인이 각인되는 것은 의미심장하다. 안도가 가진 강렬한 기하학이 18세기의 비교(秘敎)적인 공간과 서로 반응하여 나오시마의 「지추 미술관」과 공통되는 신성하고 비의(秘儀)적인 공간으로 태어난 것이다. 그 존재를 잊힌 카트린의 대원주도 존재감을 강하게 뽐내고 있다.

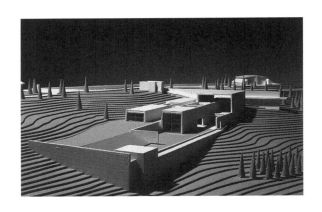

「카를 라거펠트 스튜디오Karl Lagerfeld's Studio」(비아리츠,
2001년)의 모형.

세겡섬, 르노 공장 철거지에서 프랑수아 피노와 함께.

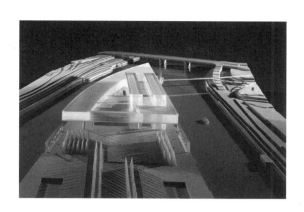

피노 현대 미술관 계획(2001~2005년)의 모형.

베네치아에서 프랑수아 피노와 함께.

대운하와 푼타 델라 도가나(2009년)의 전경.

「푼타 델라 도가나 미술관」의 센트럴 코트.
오가와 시게오 사진.

파리 중심부 전경. 맨 앞에 대원주가 보이는 건물이
증권 거래소.

「피노 컬렉션 미술관」으로 바뀐 증권 거래소의 모형.

제20장 상하이로

중국에서의 안도 다다오 인기

중국은 안도 다다오에게 새로운 세상이다. 안도가 젊었을 때 중국은 문화 대혁명이 한창이었으므로 쉽게 갈 수 있는 상황이 아니었다. 애당초 당시 일본에서는 중국 건축에 대해서 거의 가르치고 있지 않았으며, 심지어 문화 혁명 시대에는 건축가는커녕 인적 교류도 없었다. 그래서 영미권을 빈번히 오가게 된 후에도 중국과는 소원한 상태가 계속되고 있었다. 처음으로 중국을 방문한 것은 1988년, 사카이야 다이치가 권유하여 둔황의 석굴을 방문했지만, 딱히 중국과 연이 있었던 것은 아니었다.

안도가 중국에 공식 초대받은 것은 2005년 12월이 처음이었다. 도쿄역 스테이션 갤러리에서 시작된 안도 다다오전이 상하이 미술관에서 개최되어 오프닝과 강연회에 초대받은 것이다. 그것을 중개한 사람이 상하이에 거주하는 마 웨이동(馬衛東)으로 안도가 도쿄 대학교 교수였을 때 유학생으로 공부하고 있었다. 그는 도쿄대 박사 과정을 마치고 한동안 일본에서 일했는데,

2004년에 상하이로 돌아가 건축 미디어 관련 회사인 문축 국제(文築国際)를 창업하여 일본에서 쌓은 건축가들과의 관계를 토대로 다양한 기획을 하게 된다.

이 전시가 인연이 되어, 다음 해에는 퉁지 대학교가 클라이언트로 「상하이 국제 디자인 센터(上海国際设计中心)」(2008) 프로젝트가 시작된다. 안도에게는 중국에서 최초의 건축인데, 동시에 중국 건축의 시공 시스템을 탐색할 기회도 되었다.

안도는 상하이전에 앞선 2000년부터 오늘에 이르기까지 중국에서 일곱 차례 강연회를 했는데, 그중에서도 특히 화제를 부른 것은 2012년 3월 17일 중일 우호 40주년 기념 이벤트로 개최된 강연회일 것이다. 강연회장은 상하이의 메르세데스벤츠 이름을 붙인 콘서트 홀 〈메르세데스벤츠 아레나〉이며 1만 3천 석 홀이 꽉 찼다. 젊은이뿐만 아니라 모든 나이에서 고루 참가하였다. 유명 가수의 콘서트장으로 많이 사용되는 이곳을 굳이 선택한 것은 안도의 인기가 예사롭지 않다는 것을 알고 있었기 때문이다. 학술 강연회로는 중국 역사상 최대의 인파였다고 보도되었는데, 세계에서 가장 많은 인파가 몰린 건축 강연회였던 것은 틀림없다. 강연에 앞서, 중일 외교 관계를 수립한 다나카 가쿠에이 총리의 큰딸인 다나카 마키코 중의원 의원으로부터의 축하 메시지가 낭독되어 강연회장을 열광시켰다. 다나카와 안도는 나무 심기 같은 사회 활동을 통해 오랜 만남을 가져왔다. 자기 삶의 방식과 작품을 서로 융화시키면서 세상을 향해 비타협적인 메시지를 발신해 가는 안도의 자세에 강연회장 열기는 대단히 고조되었으며 우레와 같은 박수와 함께 막을 내렸다.

왜 이렇게 사람들이 모여들었을까.

중국에서 안도 다다오의 인기는 상당하며, 일본에서 출판된 안도 관계 서적도 상당수가 중국어로 번역되어 출판 시장에 나와 있다. 그 결과, 안도의 건축 작품뿐만 아니라 삶의 방식도 중국인들 사이에 잘 알려져 있으며, 그 영향이 대단히 크다. 건축가, 예술가, 철학자, 사회 운동가의 얼굴을 갖고, 사상의 실천자로 공자나 맹자, 노자나 장자에 버금간다고 보는 경향도 있다. 분명히 안도의 메시지는 명쾌하며, 거만함이나 꾸밈이 없다. 경영자에게 많은 자기 자랑이 없으며, 학자에게 있을 법한 탁상공론도 없다. 언제나 간결하고 알기 쉬운 원리 원칙을 말하고 있으므로, 중국어로 옮겼을 때의 어감도 좋다. 말과 작품이 평행한 관계를 이루고, 만드는 것에 거짓이 없다는 신뢰감도 중요하다.

오페라 극장에 도전하다,「상하이 폴리 대극원(上海保利大劇院)」

상하이에서의 다음 프로젝트는 2007년에 시작되었다. 그것도 오페라 극장이라는, 엄청나게 큰 프로젝트였다.

시의 동쪽 교외에 있는 자딩구의 손 구장(区長)이, 이 지구에 생기는 뉴타운의 중심 시설로 오페라 극장(대극원) 설계에 대해서 타진해 왔다. 요즘 중국의 모든 대도시는 증가하는 인구를 수용할 수 있는 곳으로, 대도시 주변부에 자연 환경과 문화를 내세운 뉴타운 건설이 유행하고 있다. 거대 도시 상하이에서는 그런 경향이 더욱 가속하여 경제 특구로 지정된 서북부의 자딩구가 오페라 극장 건설이라는 대담한 방침을 내놓았다. 중국에서는 전통적으로 베이징의 경극이나 안후이성의 휘극(徽劇) 같은 가극이 정착되어 있으며, 그것과 서양 음악이 일체가 되어 일정한 관객층을 확보하고 있어 상상외로 가극장 수요가 크다.

중국에서는 이런 종류의 공공 프로젝트라도 기업의 참여를 요청해서 개발을 추진하는 것이 일반적이며, 이번에는 폴리 그룹이 그 역할을 맡았다. 폴리 그룹은 국영 기업이며 군수 물자 무역과 부동산이 주요 사업인데, 동시에 문화에도 힘을 쏟아 중국 각지에서 오페라 극장도 운영하고 있다. 상하이에는 오페라 극장으로 이미 푸둥에 상하이 대극원(1998)이 있지만, 폴리 그룹은 이에 맞서서 신흥 자딩구에도 가극장을 운영할 수 있다고 판단했다. 중국에서 오페라를 운영할 수 있는 곳은 베이징과 상하이 대극원을 운영하는 중국 국가 연출 공사(중연공사)와 폴리 그룹뿐이다. 자딩구에서는 폴리 그룹이 용지 취득비와 건설비를 대고, 그것을 양도하는 대신에 매각하기로 하여, 준공 후에 자딩구 정부가 1위안(약 190원)에 이 시설을 샀다. 운영은 폴리 그룹이 하므로 구의 시설을 사용하여 민간이 문화 사업을 하는 공설 민영 형식이다.

이런 비즈니스 계획에 따라 건축 설계가 진행되었다. 대지 면적은 3만 제곱미터이며, 거기에 중심 시설로 총면적 5만 6천 제곱미터(지하를 포함)의 오페라 극장을 건설하고 주위에 비즈니스 센터, 쇼핑몰, 호텔 등을 부설한다. 정말 거대한 프로젝트이다. 대지 안에 웬샹후 호수를 만들고, 대극원을 수경 안에 배치하여 뉴타운의 상징물로 삼는다. 상하이 대극원과 같은 규모이므로 대극장 좌석은 1천4백 석으로 하고(실제로는 1,466석) 4백 석짜리 소극장도 함께 짓는다.

처음 안도의 콘셉트는 오페라 관람을 위한 동선과 시민에게 개방된 동선이라는 두 개의 방식을 설정하는 것이었지만, 관리상의 문제로 시민 개방은 없어졌다. 최종적으로 한 변 1백 미터의 사각형 평면 건물을 세우고, 그것에 몇 개의 원통(실린더)을 관입시켜서, 그 관입 부분이 비어 있는(보이드) 공간이 되게 했다. 「산토리 뮤지엄」 등에서 시도했던 서로 충돌하는 입체라는 형태에서 입체(실린더)의 모습을 지우고 그 흔적만을 파사드면에 남기는 수법이다. 음화(陰畫)로서의 실린더라는 것이 혁신적이며, 이렇게 해서 생겨난 꽃 같은 곡선과 곡면이 이 건축에 묘한 매력을 부여한다. 지역에서는 〈만화경〉이라고 부르는데, 그런 이미지에 딱 들어맞는다.[63]

해외 사업은 해외 파트너와 설계 시공 체제를 어떻게 짜느냐가 일의 향방을 좌우하는 열쇠가 되는데, 여기서는 「상하이 국제 디자인 센터」 체제를 그대로 계승했다. 같은 팀이 뭉침으로써 서로의 신뢰 관계 위에 기술력이 반복되어 예상 이상의 정밀도로 건물 전체가 완성되었다. 공사는 2010년에 시작했다.

외부 공간에서는 수초 정원으로서 웬샹후 호수가 강조되고, 수면을 배경으로 한 수경 극장이 조화를 이루고 있다. 「아와지 유메부타이」에서 시도했던 수초 정원과 계단 모양의 폭포 구성이 여기서도 반복되는데, 독특한 점은 일부러 지각의 혼란을 노리고 있는 점이다. 수면의 가장자리 부분에서 물이 아래로 떨어지므로 수초 정원의 윤곽이 사라지며, 그 결과 방향 감각이 사라져서 전체가 어슴푸레해진다. 서양의 고전주의적인 공간이 원근법을 기본으로 깊이감을 뚜렷하게 인지시키는 데 대해, 안도는 다실의 무로도코(室床)*처럼 윤곽을 없앰으로써 지각상의 역전을 시험한다. 그 결과, 몽롱하게 퍼지는 수변 공간에 둘러싸이고, 정면에 거대한 꽃잎을 새긴 유리 대극장이라는 무릉도원의 정취를 풍기는 신비한 건축을 만들어 낸 것이다.

대극원의 개장 행사는 2014년 9월 30일에 베를린 필을 초대하여 열렸다. 정명훈이 지휘하고 상하이 출신의 장하오천이 피아노 독주를 맡았다. 그 후, 서양 오페라보다는 월극(越劇)**인 「맹려군」, 상하이의 전통 가극인 호극(滬劇) 등이 이어지고, 모스크바 국립 발레단 공연 등도 들어온다. 입장료가 50~80위안이어서 지역민들이 가볍게 즐길 수 있다는 점이 좋다.

그때까지 소원했던 중국 땅에서 이처럼 의표를 찌르며 등장한 「상하이 폴리 대극원」은, 73세의 안도가 제시한 새로운 건축을 향한 도전임이 분명하다. 일본이나 영미권에서 수행했던 건

* 다실의 한쪽에 마련된 도코노마 같은 공간을 벽과 천장, 바닥 삼면 모두를 벽토로 칠한 것.
** 20세기 초반 저장성 일대 항저우, 상하이 등에서 발원한 연극으로 연기자 전원이 여성이라는 점이 특징이다.

축 축적 위에 새로운 차원을 더한 것이다. 더욱이, 중국에서 건물을 지을 때 클라이언트가 형태의 기발함만을 경쟁하여 시공의 정밀도나 건축의 성능은 뒷전이라는 기존 이미지를 없앴다는 점에서도 커다란 의미가 있다. 언제나 대화를 게을리하지 않고, 품질의 수준을 서로 확인함으로써 좋은 건축을 만들 수 있었다.

「오로라 박물관(震旦博物館)」

「상하이 폴리 대극원」 계획이 한창이던 2009년, 안도는 상하이 중심부에 박물관 일을 맡는다. 대만계 가구 회사 오로라 그룹의 총수 천융타이가 의뢰한 것으로, 자신의 동양 미술 컬렉션을 위해 자사 빌딩에 인접하여 박물관을 짓고 싶다는 것이었다. 2003년에 타이베이에서 창설된 「오로라 박물관」을 상하이로 옮겨 상하이 중심부에서 중국 미술의 진수를 널리 보여 주는 것이 목적이다.

천 총수는 대만에서 가구 회사를 일으켜서 사무 기기와 인테리어로 사업을 확대하여 대만 제일의 회사로 성장했다. 그 기세를 몰아 1990년대부터 중국에 진출하여 성공했으며, 본사를 상하이로 옮기게 되었다. 2003년에 준공한 본사 빌딩(오로라 플라자 빌딩)은 일본의 니켄 설계가 디자인했으며, 상하이의 맨해튼으로 일컬어지는 루자쭈이 금융 거리 중심부에 위치하며, 황푸강에 면한 금색의 초고층 빌딩이라 대단히 눈에 띈다. 안도가 의뢰받은 것은 그 옆의 별관 건물을 개장하는 형태로 박물관을 만드는 것이었다. 40여 년 동안 수집한 천 총수의 컬렉션은 신석기 시대부터 한, 당, 송 등을 거쳐 청에 이르는 광대한 것으로, 특히 도용*이나 옥으로 만든 명품이 많다. 일본 미술에도 조예가 깊어 그 컬렉션도 전시에 더하고 싶어 했다.

별관은 포스트모던풍의 의고전주의(擬古典主義) 건축으로 5층짜리였다. 물론 그런 스타일은 안도가 받아들일 만한 것이 아니다. 기존 구조체를 이용하면서, 2층 이상을 전면 재건축하게 되었다. 전체를 콤팩트한 상자 모양으로 정리하고, 유리에 의한 기하학적 형상을 제시한다. 상하층을 연결하기 위해 원통형(실린더)을 계단실로 도입하는 것은 안도의 전형적인 기법이다. 단숨에 설계를 마치고 2010년 말에는 공사가 시작되어 2012년 2월에 준공했다. 회랑 형태의 전시실과 통층 등은 랑엔 등지에서 시험한 동양 미술 전시실 기법이 유용했다. 유리 전시 케이스 등의 집기 설계 역시 독일 회사에 발주하여 연속으로 자립하는 사각 기둥을 만들어 여닫을 수 있는 투명한 〈안도적 입체〉를 규칙적으로 배열했다. 그 결과 〈침묵 속에 정서를 완연히 드러내고, 안에 놓인 자기나 옥기를 통해 고대 세계와 대화를 할 수 있는〉 공간으로 동양 미술의 새로운 전시 방식이 탄생했다.

1936년생인 천융타이는 상하이에서 태어났는데 일가가 대만으로 이주했으므로 대만을 고향으로 여기고 있지만, 대륙을 생각하는 마음은 강하다. 전후의 대만에서 두각을 나타내어 자신의 가구 회사를 세계 규모로 키워 온 힘에 안도는 크게 공감했

* 무덤 속에 넣기 위해 흙으로 빚은 인형.

다. 의뢰 내용은 안도에게는 소규모이지만, 오사카를 찾아와 자신의 철학을 말하고, 왜 안도 다다오여야만 하는지를 담담하게 설득하는 그의 모습에서 옛날의 자신을 보았다. 중국 본토의 클라이언트들은 젊은 테크노크라트(기술직 관료)인 경우가 많은데, 전쟁 전에 태어난 천융타이는 온화한 성격에 언제나 부드러운 미소가 끊이지 않아, 고베의 린도슌 같은 기골 있는 중국인이다. 안도를 마음으로부터 사랑하고 존경하고 있다는 것이 행동 하나하나에 드러난다. 물론 천융타이에 대한 중국의 평가도 대단히 높으며, 고향에 금의환향한 애국 태포(愛国台胞, 중국을 사랑하는 대만인)로 선전되고 있다.

중국인은 풍수에 따라 건물을 감정하는 것을 아주 자연스럽게 여긴다. 대만인은 특히 그런 경향이 강하며, 이 박물관도 풍수 때문에 설계 변경을 요구해 안도를 놀라게 했다. 황푸강의 물을 앞에 두고 뒤쪽에 자리한 건축물을 산으로 간주하여 팔괘도까지 들고 와서 방위를 점치는 것으로, 입구를 포함한 동선을 만드는 방식이 여러 번 문제가 되었고 그때마다 설계를 바꾸어서 겨우 통과되었다고 한다.

「오로라 박물관」 오프닝을 기념하여 2012년 2월부터 이 박물관의 불가리 소장품 6백 점을 선보인 「불가리, 125년에 걸친 이탈리아의 웅장함과 걸작(寶格麗125年義大利經典設計藝術)」이 개최되었다. 오프닝에 등장한 안도는 이탈리아인 초대자 앞에서, 중국과 이탈리아에서 자기 일과 비교하면서 진지하게 일하는 중국인 관계자를 크게 추켜세웠다. 이미 트레비조, 밀라노,

베네치아와 북이탈리아에서 미술관이란 무엇인지를 연구해 온 안도로서는, 중국을 화수분 정도로만 취급하는 영미권의 풍조에 경고하고 싶은 생각도 있었을 것이다.

이 전시 후에, 추가 공사를 더해 「오로라 미술관」은 2013년 10월에 정식으로 오픈했다.

량주 마을의 문화 예술 센터

상하이에서 남서쪽으로 170킬로미터 떨어진 항저우에서도 안도 다다오가 활약하고 있었다. 항저우는 남송의 수도로 알려져 있으며 일본과의 관계가 깊은 도시인데, 이 도시의 서쪽 교외에 있는 량주 유적은 1920년대부터 발굴이 계속되어 하(夏)나 은(殷)보다 오래된 기원전 3500년에서 2200년에 걸쳐 번성했던 도시 문명(량주 문화)이라는 것을 알게 되었다. 2019년에는 유네스코 세계 유산으로 등록되었고, 독특한 문양을 새긴 옥기(玉器)가 많이 발굴되었으며, 그것들은 상하이나 항저우의 박물관에 소장되어 있다.

량주를 관리하는 항저우의 위항구 정부는 녹음이 울창한 교외인 이 구역을 문화 관광 존으로 자리매김하고, 유적을 포함한 구릉지 450만 제곱미터를 대상으로 2000년부터 마스터플랜을 만들기 시작했다. 중국의 도시 개발 속도는 일본이나 유럽의 감각에서 보면 터무니없이 빨라서, 이 계획에서도 3년 후에는 건설이 시작되고 있을 정도이다. 계획의 기본은 녹지 안에 〈원림(園林)의 운치를 갖춘〉 저층 주거(별장)를 배치하고, 박물관을 핵으로 한 가든 시티를 만드는 것이다. 주택의 매각 이익금으로 사업비를 추렴한다는 방식으로 보면 상당히 고급 주택지인데, 오늘날 중국에는 그런 수요가 분명히 존재하고 있다.

중국 굴지의 대기업 부동산 회사인 완커 그룹은 2003년부터 참가했고, 그때까지 개발 투자를 해온 지역의 부동산 기업을 매수하여 더욱 고급스럽고 대담한 계획을 내놓았다. 인구는 2만 명 정도로 억제하여 역사 문화를 기축으로 한 지식 콜로니(문화 예술 마을)를 만든다는 계획은 중국에서도 드물다. 환경 보전과 유적 보호 디자인에 더해 주민이 주체가 되는 커뮤니티를 운영하는 점도 최근의 중국에서 높아지는 주민 의식을 보여 주는 것 같아 독특하다. 시설 디자인은 해외의 설계 컨설턴트에게 의뢰하고, 특히 고고학 유적과 직결하는 박물원은 영국의 건축가 데이비드 치퍼필드David Chipperfield에게 의뢰했다. 이 지구의 핵심이 되는 시설이다.

박물원이 과거의 문물을 대상으로 하는 전시 수장 시설이라고 한다면, 새롭게 이 지구에 모이는 주민을 대상으로 한 현대의 생활에 어울리는 문화 시설도 필요하며, 그것이 두 개의 축이 된다. 이 문화 시설인「량주 마을 문화 예술 센터(良渚文化艺术中心)」를 안도에게 의뢰한 것은 그의 상하이에서의 활약이 중국인 기업가들을 크게 자극했기 때문이다. 2009년 12월 말에 완커 그룹의 왕시 회장으로부터 안도 사무소에 연락이 왔으며, 안도는 설계를 승낙한다. 왕시 회장은 하버드 대학교에서 공부한 인텔리이지만, 소박하고 강단 있는 성격으로 안도와는 처음

만났을 때부터 마음이 맞았다.

문화 예술 센터는 량주 문화 마을 주민 2만 3천 명의 커뮤니티 센터인 동시에 관광객을 포함한 외부인들에게도 개방된 시설이다. 도서관, 소극장(135석), 전시 갤러리, 공방 등을 갖추고, 운영은 윈커가 맡지만 스태프 수는 10명으로 제한되고 자원봉사에 의한 주민 참가형 시설 운영을 기본으로 한다.

이 대지는 구릉지에서는 산기슭에 해당하며 신설되는 지하철역에서도 가까워서 교통 접근성도 좋다. 안도는 넓은 대지에 물의 정원을 만들어서 수경을 품은 센터 건물을 계획한다. 원래 문화 마을 구상이 언덕과 물을 풍수적으로 해석하여 이 땅에 있던 자연환경을 그대로 품는 형태였으므로, 풍경 면에서는 작업하기 쉽다. 공간 구성은 요즘 안도가 실험하는 산일적인 구성 원리를 제시하고 있으므로, 치퍼필드의 박물관과는 대조적이다.

먼저 세 개의 상자를 만든다. 각각 전시 갤러리, 도서관, 교육 부문을 배치한 세 개의 동을 마련하고, 그것들을 Z자 형태로 배치한다. 비스듬한 선이 등장하므로 움직임이 강조된다. 그 전체를 큰 지붕으로 덮어서 하나의 공간으로 마무리하는 것이 안도의 스타일이다. 도쿄 미드타운의 「21_21 디자인 사이트」에서 실험한 철판을 접고 구부려서 만든 큰 지붕이라는 방식이 기본을 이루고 있으며, 몇 개의 면이 비스듬하게 교차하여, 결정(結晶) 같은 이미지를 부여하고 있다.

센터 내에서 가장 커다란 면적을 차지하는 것이 중앙부의 도서관 「샤오슈관(晓书馆)」이다. 책에 대한 안도의 생각은 특별하며, 「시바 료타로 기념관」 등을 통해 키워 온 통층의 도서 공간이라는 생각이 전면으로 채용되어, 벽을 대신하는 천정까지 닿는 서가로 공간이 구분된다. 정사각형인 서가의 틀 안에 책등뿐만 아니라 표지가 배치되어 시각적으로도 책의 공간을 강렬하게 의식하게 하는 방식이 책의 전통을 중시하는 중국인의 감성에 크게 호소했는지, 중국 각지에서 많은 사람이 구경하러 몰려왔다. 안도의 생각은 딱딱한 도서관이 아니라 어린이든 어른이든 언제든지 찾아올 수 있는 도서관, 뒹굴면서도 책을 읽을 수 있는 도서관이었다. 그런 자유로운 장소를 만드는 것이 목표였으며, 실제로 뚜껑을 열어 보니 주민들이 가벼운 마음으로 들르고 이용하는 도서관이 되었다.

또 하나의 특징은 수경 극장적인 계단형 대공간으로, 물과 일체가 된 풍경이 생겨났다는 점이다. 수초 정원은 안도의 정석이라고 말해도 될 만한데, 여기서는 「상하이 폴리 대극원」의 수경 극장을 더 콤팩트하게 하여 회유성을 가진 외부 공간으로 다루고 있다. 물의 정원 반대쪽에는 벚나무가 한 줄로 쭉 심겨 있다. 오사카와 도쿄 등에서 벚나무 심기를 추진하고 있는 안도의 제안으로 이곳에 벚나무를 기증하기로 하여, 그것을 실현한 것이다. 50그루나 되는 벚나무가 봄이 되어 한꺼번에 피어나는 모습은 항저우에서도 유명해져서 지금은 항저우의 사계를 물들이는 한 장면으로 관광 안내 책자에 실려 있다.

「신화 서점(新华书店)」+「밍주 미술관(明珠美术馆)」

2017년 12월에 상하이에서 「안도 다다오」전이 열린다. 도쿄의 국립 신미술관에서 열린 안도전의 전시 일부를 더해서 중국의 프로젝트로 구성된 것인데, 전시회장이 된 곳이 안도가 설계한 미술관이다. 정확히 말하면 신화 홍싱 국제 광장 위에 만들어진 「밍주 미술관」으로, 거대한 쇼핑센터 일부를 차지하는 미술관이었다.

이런 종류의 미술관은 1960년대부터 일본의 백화점이 고객을 불러모으는 시설의 하나로 펼쳤던 백화점 부속 미술관을 연상케 한다. 세이부 미술관이 대표적이다. 그런데 오늘날 중국이라면 규모 단위가 달라진다. 홍싱 국제 광장은 하나의 구획(6만 7천 제곱미터) 가득 들어선 쇼핑센터로, 총면적 55만 제곱미터로 이미 도시 규모이다. 임대인 수는 2천8백 점포에 이른다. 중국 최대의 출판 미디어 회사인 신화 발행 집단의 부동산 부문, 신화성성 자산 관리 공사가 건설 운영을 맡고 있으므로, 이 시설의 핵심은 당연히 출판 미디어가 되기를 바랐다. 마 웨이둥을 통해 안도에게 온 제안은, 이 거대 건축의 상부(7~8층)에 서점과 미술관을 함께 넣어서 짓고 싶다는 것이었다. 2015년 9월의 일로 이 시점에 이미 지역의 설계 그룹에 의해 건물 전체의 실시 설계안은 완성되어 있었는데, 그것을 변경해도 된다고 했다. 면적은 4천 제곱미터 정도이며, 거기에 서점과 미술관을 만든다는 것이 최초의 구상이었다.

서점이라는 말을 듣고 안도는 처음에는 책방 같은 것인가 하고 미심쩍어했는데, 새로운 라이프 스타일로 서적의 공간을 어떻게 전개할 수 있는지 안도의 지혜를 빌리고 싶다는 말에 문득 이미지가 떠올랐다. 그래서 생각해 본 것이, 서점으로서의 공간과 인터넷으로는 할 수 없는 책과의 만남, 사람과 이야기하는 공간을 만드는 것이었다. 그때까지 다루어 왔던 도서관 콘셉트를 더욱 강화하여 책의 숲이라고 불러도 좋을 만큼 책에 둘러싸인 공간이며, 심지어 책을 실마리로 회유하게끔 했다. 원통(실린더)이 그 중심을 위아래로 연결하고, 맨 꼭대기 층이므로 빛도 자유롭게 들일 수 있다. 빛의 우물, 구부러진 천장과 벽면, 나선, 고저 차를 이용한 실내 풍경 등 다양한 요소를 촘촘히 깔고 이것들을 달걀 모양 입체 안에 집어넣는다. 이전부터 추구하고 있는 어번 에그Urban Egg 콘셉트이며, 그야말로 지식을 부화하는 공간이다. 최종적으로 미술관과 함께 「빛의 공간(光之空間)」으로 이름 지어지고 2017년 12월에 문을 열었다. 면적 1천 6백 제곱미터 중에 70퍼센트가 도서 열람실이다. 이런 안도 스타일의 도서 공간은 현재 중국에서 새로운 도서관 모델로 인용되고 있다.

이 서점 공간과 인접한 것이 「밍주 미술관」이다. 7층의 서점 위인 8층에 있다. 쇼핑 공간의 통층과 서점의 달걀형 공간 상부에 끼어 있으므로 부정형 평면이 되어 만들기가 꽤 번거롭지만, 그것을 곡선 모양의 벽면으로 동선을 유도한다. 한정된 층고 상부에 기하학적인 형상의 톱 라이트를 배치하여 빛을 아래로 이끈다. 나오시마의 「지추 미술관」에서 실험한 산일하는 기하학 형태의 응용이라고 해도 될 것이다.

2017년 12월의 「빛의 공간」 오프닝 이벤트로 기획된 것이 앞서 이야기한 「안도 다다오」전이다. 설계자이기도 한 안도의 대규모 회고전이어서 120일 동안 63,900명이 찾아왔다.

중국에서의 작업은 안도에 대한 압도적인 평가를 바탕으로 좋은 클라이언트를 만나고, 몇 개의 프로젝트가 동시다발적으로 진행되는 상황이었다. 안도는 말한다. 「중국은 프로젝트의 규모, 속도, 그리고 사람들의 파워라는 점에서 일본을 훨씬 능가하고 있습니다. 중국을 무시한다면 일은 성립하지 않습니다.」 그는 중국에서 예상을 뛰어넘는 일의 전개에 놀라움을 감추지 못한다. 기술자, 시공 회사, 장인들의 학습 의욕이 높으며 국제적으로도 충분히 통용되고 있다. 물론 중국으로부터 오퍼는 산더미처럼 많지만 신뢰할 수 있는 클라이언트, 정열을 갖고 새로운 도전을 추구하는 클라이언트의 의뢰만 받고 있다. 2000년대 이후로 안도의 해외 프로젝트 비율이 대단히 높아지는데, 중국은 그중에서도 새로운 영역을 열어젖히고 있다고 해도 좋다.

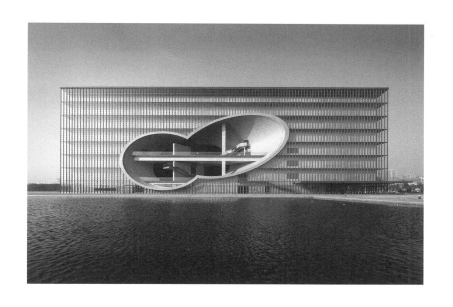

「상하이 폴리 대극원」(상하이, 2014년)의 〈물의 정원〉
너머로 보이는 동쪽 파사드, 오가와 시게오 사진.

(위) 「상하이 폴리 대극원」의 3층 동쪽 테라스에서 호수를
바라본 모습.
(아래) 「상하이 폴리 대극원」의 동쪽 튜브에서 호반을
바라본 모습.

「오로라 박물관」(상하이, 2012년)의 내부 전경.

「량주 마을 문화 예술 센터」(항저우, 2015년)의 전경.

7층의「신화 서점」과 8층의「밍주 미술관」
(상하이, 2017년)을 잇는 원통 구조.

「상하이 폴리 대극원」의 파사드, 오가와 시게오 사진.

제21장 오사카 사람으로서

오사카 시장이었던 세키 하지메를 존경하다

당연한 일이지만, 안도 다다오는 자신을 세상에 내놓은 오사카를 한없이 사랑하며 오사카 사람이라는 자부심도 높다. 도전적이고 포용력이 있는 동네이며, 지금도 〈나 홀로 건축을 공부했을 뿐인 젊은이에게 한번 해보라고 한 사람들〉이 있어서, 그것이 자신에게 커다란 기회를 주었던 것에 깊이 감사하고 있다. 오사카는 상인 마을로서 전통과 기개를 갖고 있으며, 국가 기관이 여러모로 강력하고 눈에 보이지 않는 계급에 얽매여 있는 도쿄와 달리 사람과 사람 사이의 거리가 가깝다. 그런 인간미가 오사카의 장점이자 매력이다. 그래서, 안도는 도쿄로 옮기라는 권유를 여러 번 받았지만 모두 거절하고 오사카를 쭉 업무의 거점으로 삼아 왔다.

그의 건축 작품이 오사카에서 꽃핀 것은 물론이지만, 교우 관계도 오사카 사람으로서의 강한 결속을 축으로 하고 있다. 기업인으로는 사지 게이조나 히구치 히로타로, 각료 경험자로는 시오카와 마사주로나 사카이야 다이치, 예능계에서는 사카타 도주로나 가쓰라 산시 등 순수 오사카인이 겹겹이 둘러싸고 있다. 클라이언트로도 고시노 히로코(「고시노 주택」)나 후쿠다 미도리(「시바 료타로 기념관」) 등 그의 재능에 매혹된 오사카 출신 사람들이 뛰어난 작품을 가능케 했다. 최근에는 노벨상 수상자인 야마나카 신야와도 친하게 지내고 있다. 모두 거리낌 없는 관계로, 직위나 위치에 관계 없이 좋다고 생각하면 바로 행동하는 두터운 정이 넘치는 인간들이다.

안도는 간사이의 건축가 계보를 강하게 의식하기도 한다. 특히 중진이었던 무라노 도고에 대해서는 건축 스타일은 완전히 다르지만, 경외감을 품고 있었다. 야기 통상의 대표인 야기 료조에게 의뢰받은 니시노미야의 「야기 주택(八木邸)」(1997)은 원래 윌리엄 메럴 보리스가 설계했는데, 한신·아와지 대지진으로 무너진 것을 재건한 주택이다. 오래된 건축과의 관계를 언제나 숙고해 온 안도에게는 명예롭기는 했으나 몹시 어려운 일이었다.

그런 의미에서 오사카의 과거를 계승하는 것은 그에게 있어서 당연한 임무이며 젊었을 적부터 언제나 그 점을 명심해 왔다. 오사카는 도쿄와는 다른 상인 문화의 기반 위에 뜻있는 실업가들이 앞장서서 마을의 경관을 만들어 내고, 가장 중요한 건축물을 세워 왔다는 사실을 되새기면서 선조들의 유지를 받드는 형태로 오사카를 만들어 내는 것이 중요하다.

〈오사카에서 가장 좋아하는 장소가 어디냐〉는 질문에, 안도는 주저 없이 〈미도스지 도로〉라고 답한다. 다이쇼 말에서 쇼와 초에 걸쳐서 오사카 시장을 지낸 세키 하지메를 오사카에서 그 랜드 디자인을 일으킨 인물로 존경하며, 미도스지 도로 건설이 야말로 오늘날 오사카가 자랑하는 도시 계획의 유산이라고 본 다. 당시로서는 파격적인 폭 44미터의 직선 도로를 만들고, 멋 들어진 역사(驛舍)를 가진 지하철, 공동구(共同溝)* 길을 따라 쭉 심은 은행나무 가로수 등 입체적인 계획을 추진했다. 이 도 로 건설을 전후하여 실업가들이 솔선하여 기부하기 시작했다. 나카노시마에서 선착장에 이르는 뛰어난 공공 건축군을 만든 것도 잊을 수 없다. 스미토모 집안이 기증한 나카노시마 도서관 (1904)이나 오사카 구락부(1924), 주식 중개인 이와모토 에이 노스케가 기증한 중앙 공회당(1918), 도요보 전무인 오카 쓰네 오의 유족이 기증한 면업(綿業) 회관(1931), 많은 시민의 기부 로 조달한 오사카성 공원(1931) 등 익숙하고 친근한 많은 건축 이 그렇게 해서 생겨났다.

안도가 나카노시마를 고집하는 데는 그런 배경이 있다.

나카노시마에 대한 고집

나카노시마(中之島)는 오사카 사람들에게 추억 어린 명소이 다. 도지마강과 도사보리강에 둘러싸인, 글자 그대로 안(中)의 섬(島)이며, 길이 920미터, 폭 150미터의 세로로 긴 지역에 메 이지 말기부터 쇼와 초기에 걸쳐서 건설된 의고전주의 양식의

* 상하수도, 전화 케이블, 가스관 등을 함께 수용하는 지하 터널.

공회당, 도서관, 구청, 일본 은행 오사카 지점이 들어서서 오사카의 얼굴이자 중추 역할을 했다. 안도가 젊었을 때 속해 있던 구타이 아티스트가 모여들었던 구타이 피나코테카도 여기 있었다. 구타이를 이끌었던 요시하라 지로가 운영하는 요시하라 제유가 여기 있었고, 그 도조(土蔵) 공간이 새로운 예술 운동의 발상지가 된 것이다.

1970년대에 들어와 나카노시마 재개발 논의가 시작되고, 공회당을 포함하여 모든 역사적 건축물을 부수고 새로운 종합 청사로 만드는 계획이 발표된다. 시민운동으로 공회당은 보존이 결정되었지만, 오가와 요키치(小川陽吉)와 가타오카 야스시(片岡安) 등이 설계한 시청(1921)은 1976년에 재건축이 결정되었다.

안도가 「나카노시마 프로젝트 I」(1980)을 제안한 것은, 시가 추진하는 새로운 시청 건축안에 맞서서 역사의 기억을 남기는 카운터 프로젝트를 제시하기 위해서였다. 그가 생각한 것은 오래된 건축을 그저 보존하는 것이 아니라, 당시 「롯코 집합 주택」에서 시도하고 있던 프레임을 기본으로 원통형을 대담하게 삽입하고, 그 사이에 시청의 파사드 등을 단편적으로 삽입하는 대단히 개념적인 안이었다. 이 안은 1980년 신사이바시의 소니 타워에서 아즈마 다카미쓰와 우에다 아쓰시(上田篤) 등 셋이서 선보인 「건축으로부터의 시작: 윤회전(建築からの仕掛け: リ・インカネーション展)」에서 「나카노시마 제3의 길(中之島第三の道)」이라는 프로젝트로 출품하였다.

새 시청 건물의 준공(1986)과 함께, 나카노시마에 대한 역사 유산 보호 움직임은 수렴해 가지만 반대로 안도는 나카노시마의 공회당에 강한 관심을 보이게 된다. 초등학생 때부터 즐겨 찾던 곳이라 뇌리에 새겨져 있기도 했지만, 건축 자체로도 호기심을 자아내는 건물이었다. 오사카의 주식 중개인이었던 이와모토 에이노스케에게 기부받아, 설계 공모로 오카다 신이치로(岡田信一郎)의 안이 결정되고, 그것을 다쓰노 긴고, 가타오카 야스시가 수정하여 1918년에 준공했다. 벽돌의 색감을 강조한 네오바로크 양식의 화려한 스타일로 많은 시민에게 사랑받고 있었다.

1980년대가 끝나갈 무렵, 이 공회당에 대한 안도의 구상력은 선명해져서, 얼핏 보기에는 가상적인 터치이면서도 대담한 프로젝트를 제창하게 된다. 먼저 1988년에 〈어번 에그〉라는 제목으로 공회당 안에 긴 지름 32미터의 달걀형 홀(약 4백 석)을 집어넣은 계획을 발표한다. 다음 해에는 공회당을 포함해 나카노시마 전체를 대상으로 한 〈지층 공간〉을 발표하고, 지상의 역사적 공간은 유지하면서 지하에 다양한 기하학적 입체를 배치하여 광장, 미술관, 음악 홀 등을 분산시키는 것을 제안한다. 지하 공간에 매몰되어 있는 넓은 대공간이 연쇄적으로 불가사의한 지층을 만들어 내는데, 이것이 그 후 「아와지 유메부타이」나 나오시마의 「지추 미술관」으로 이어지는 산일하는 지하 공간의 원형이 된다.

안도의 기하학 조성에서 특이한 것은 타원체, 또는 알 모양의 존재인데, 〈어번 에그〉로 제시된 것은 두 개의 축을 대상으로 하는 타원체 기하학이다. 안도에게서 이런 형태는 「나카노시마 공회당(中之島公会堂)」에서 처음 시작한다. 흡사 어미 새가 태내에 알을 품고 있는 듯한 디자인으로, 보는 이들을 깜짝 놀라게 한다.

나카노시마에 관여한 안도의 두 가지 프로젝트는 1989년 9월에 오사카의 나비오 미술관에서 12일간(9월 13일~24일)에 걸쳐서 「나카노시마 2001: 안도 다다오 건축전(中之島2001: 安藤忠雄建築展)」이라는 이름으로 전시된다. 짧은 기간이었지만 2만 8천 명을 끌어모았다.

압권은 10미터에 이르는 드로잉이었으며, 거기에 거대한 모형이 더해져 안도의 구상력을 강하게 호소했다. 동시에 『신건축』, 『건축 문화』, 『SD』 등의 주요 건축 잡지에 발표하여, 이미지의 발신에 주의를 기울였다. 알이 갖는 상징론적 이유부터 우주 개벽의 신화, 태내 회귀의 표상 등 다양한 논의를 불러, 많은 미디어가 관심을 보였다.

프랑스의 『오늘의 건축L'Archtecture d'aujourd'hui』에서는 8면이나 할애하여 이 프로젝트를 소개했다. 18세기 극장을 계속 참조하면서 안도의 안이 보여 주는 환상적인 터치에서 〈달걀 모양의 자궁에 감싸여 청중이 세이렌의 아름다운 목소리에 정신을 잃는 신화〉를 열어젖혔다고 논평했다.[64] 그 무렵 포르잠파르크가 파리의 라 빌레트 음악원에서 〈타원뿔의 홀〉이라는 안으로 설계 공모에서 우승하고 실시 설계를 진행하고 있기도 해서 나카노시마 안도 실현할 수 있는 프로젝트로 다루어지고 있었지만, 안도의 꿈 정도로 치부해 버리는 일본과는 반대 반응인 점이 흥미롭다.

〈어번 에그〉 제안에 대해 많은 사람이 불가능하다고 생각했던 것 같은데, 산요 전기의 이우에 회장 소개로 알게 된 교세라 회장 이나모리 가즈오로부터 〈팔리지 못한 그 달걀을 내가 사겠다〉라는 제안을 받고, 진짜로 가고시마에서 실현했다. 이나모리가 자신이 나온 가고시마 대학교에 국제 교류 회관을 기부하게 되자 안도에게 달걀형 홀을 품은 「이나모리 회관(稲盛会館)」(1994) 디자인을 의뢰한 것이다.

오사카를 관통하는 벚나무 벨트

1980년대를 지날 무렵이 되자, 안도의 일상 속 사회 운동가로서의 측면이 한층 강해진다. 나오시마 등 세토나이해 섬들에서 벌인 파괴된 환경의 재생이나 한신·아와지 대지진 피해 복구 등 잇달아 행동에 나선다. 이런 운동에서 가장 대단한 것은 시작 단계부터 사람들의 마음을 움직이고 목적을 공유하여 함께 활동하는 기반을 닦는 것이다. 그럴 때 안도는 강한 의지, 속도감, 그리고 알기 쉬운 말을 통해 움직임으로써 사람들의 신뢰를 얻었으며, 그런 의미에서 조직가로서의 재능은 단연 탁월하다. 2000년대 들어오면서 안도는 그런 활동의 무대에 오사카를 추가하여 새로운 도시의 비전을 목표로 광범위한 운동에 돌입한다.

미도스지 도로가 모델이다. 다만, 지금 시대에는 모터리제이션*을 전제로 한 큰길이 아니라 사람들이 걸어 다니는 휴머니즘적 공간이 중요하다. 그래서 요도강에서 덴포잔까지 강을 따라가는 7.5킬로미터를 새로운 녹색의 거리로 만들자고 제안했다. 그것도 벚나무 가로수길을. 원래 강의 마을이었던 오사카의 수변 환경을 재생한다는 커다란 목표 아래, 오카와강, 나카노시마, 아지강을 거쳐 오사카 중심 거리를 관통하여 바다에 이르는 벚나무 벨트 길이다.

안도는 이 계획을 「벚꽃 모임 헤이세이 길(桜の会·平成の通り抜け)」이라고 부르며, 2004년에 시작했다. 특이한 명명이지만, 오사카 사람들에게는 친숙한 〈조폐국 벚꽃 길〉을 강을 따라 확장하여, 시 전체 규모로 수변 환경을 다시 만드는 것을 생각한 것이다. 오카와강을 따라 있는 오사카 조폐국은 에도 시대의 쓰번의 구라야시키(蔵屋敷)** 터로, 정원의 벚나무가 특히 유명했다. 그것을 물려받은 조폐국이 메이지 중기부터 벚꽃이 필 때면 〈벚꽃 길〉이라는 이름을 내걸고 정원을 개방한 것이 그 시작이며, 오늘날까지 이어지고 있다. 4월의 벚꽃이 필 때는 1주일 만에 1백만 명이 넘는 사람들이 모여든다.

이 프로젝트의 계기는, 조폐국에 이웃한 사쿠라노미야 대교(긴바시)의 확장 계획이었다. 국도 1호선 위에 놓인 다리로 대

---

* 자동차가 사회와 대중에 널리 보급되고 생필품화되는 현상.
** 에도 시대에 영주가 에도와 오사카에 설치한 창고 딸린 저택으로, 이곳에 영내의 쌀이나 생산물 등을 저장했다가 화폐로 바꿨다.

단히 교통량이 많으며, 옛 긴바시(1930)와 나란히 새 긴바시(2006) 다리를 놓기로 하여, 안도가 기본 구상을 다듬었다. 그때 철골의 토목 구조물을 대치할 수 있는 녹색이 필요하여, 5백 미터쯤 되는 조폐국의 벚꽃 길에 맞춰서 벚나무 가로수를 떠올렸다. 어찌 보면 〈안도의 오지랖〉이지만 그랜드 디자인을 의식한다는 점에서는 대단히 선구적인 발상이다.

묘하게도 그 무렵 오사카 시장을 맡고 있던 이는 세키 하지메의 손자인 세키 준이치였는데, 시청에서 일어난 몇몇 불미스러운 사건의 뒤처리에 바빠 할아버지처럼 대담한 도시 계획과 씨름할 여유가 없었다. 안도가 몸소 세키 하지메를 대신하여 나설 수밖에 없었다.

안도의 기본적인 발상은 도시 계획에서 보행자용 산책로와 그린벨트 이론을 합친 것인데, 친수 공간과 벚나무에 착안했다는 점에서 강가의 편의 시설에 고도의 이벤트성을 더해, 〈오사카는 즐겁다〉라는 메시지를 널리 퍼뜨리는 것이 되었다. 오사카를 아름다운 녹색으로 물들이고 벚꽃이 빚어내는 환상적인 광경에 몸을 맡기는 것도 좋다. 일본인이라면 벚나무에 대해 아무도 반대하지 않는다. 도쿄 스미다강에서 실험한 「시타마치 가라자」의 피안 풍경, 베네치아에서 체험한 카니발의 축제성이 머릿속을 스쳐 간다.

이 「벚꽃 모임 헤이세이 길」을 실현하기 위한 방법론이 참으로 안도답다. 강변의 공간을 제공받기 위해서는 시나 국가의 하천국과 교섭하면 된다. 그러나, 거기에 필요한 막대한 자금을 조달할 때는 오사카 특유의 민간의 힘에 의존해야 한다. 그렇게 생각한 안도는 다음과 같은 제안을 한다.

우선 목표로 잡은 벚나무는 3천 그루로 세계 최대의 벚나무 길을 지향한다. 나무를 심는 데 필요한 비용은 한 그루당 5만 엔, 거기에 30년 동안 유지 관리를 더해서 한 그루당 15만 엔이 필요하다. 3천 그루면 4.5억 엔이 든다. 일단 4년을 목표로 5만 명의 기부를 모으자.

오사카 사람을 너무나 잘 알고 있는 안도는 이렇게 생각한다. 〈오사카 사람들은 완고하니까 1만 엔을 그냥은 안 주지만 마음을 제대로 사로잡으면 선뜻 낸다〉라면서, 각각의 벚나무에 이름표를 달아 주기로 한다. 그야말로 시주 명부 방식이다. 절의 신도들의 사찰 보수나 신축을 위해 자금을 모으는 방식으로, 절을 방문하면 기와 등에 시주한 사람의 이름이 새겨져 있는 것을 흔히 볼 수 있다. 안도는 바로 시주승이며, 교키나 조겐이 해낸 임무를 수행하는 셈이다.

대기업에는 기업 규모에 걸맞은 기부와 공간 제공을 요청했다. 우선 파나소닉의 나카무라 구니오 사장에게 전화하여 취지를 설명하자 대찬성이라며 가도마시의 본사에 있는 마쓰시타 고노스케 기념관 옆에 5천 평 가까운 대지가 있으니 이것을 벚나무 광장으로 하자고 했다. 물론 자금은 파나소닉이 부담한다. 그뿐만이 아니다, 파나소닉이 소유하고 있는 전국의 유휴지를 둘러보고 지바현 마쿠하리(9천5백 평), 가나가와현 지가사키(2천 평), 오사카부 도요나카(3천 평)에도 벚나무 광장을 만들기로 했다. 광장 디자인은 안도 사무소가 맡았는데, 이럴 때의 디자인은 자원봉사이므로 설계 보수를 받지 않는다.

이리하여 예정했던 2008년 말까지 5만 2천 명이 모금에 참여했다. 그것은 5.2억 엔이 모였다는 말이다. 이 열기가 고스란히 물의 도시 오사카의 부활을 향한 대대적인 민관 협력 운동으로 발전해 갔다. 리버 워크, 배편 운송 등이 장려되고, 하치켄야하마에는 산짓코쿠부네 선착장이 부활하여 2008년 3월의 개항식에서 안도, 히라마쓰 구니오 오사카 시장, 하시모토 도루 오사카부 지사가 테이프 커팅을 했다. 지금은 세키가 오사카 시장이었던 시대와는 달리, 일개 민간인인 안도가 격이 더 높았다. 수많은 사람과 기업을 움직여서 이렇게 큰 사업이 가능했던 것도 창조력과 투쟁 정신뿐만 아니라 경제성에 대한 탁월한 감각을 겸비했기 때문이다. 거기에 더해 강변 건축의 파사드 녹화와 강기슭 녹화 등을 진행하여 빌딩 소유주나 지자체 담당자와도 계속하여 절충하고 있다.

녹색의 설치

2009년은 안도의 녹색 운동에서 새로운 시대를 열어젖힌 해였다. 벚꽃 길 프로젝트의 성공을 발판으로 이 운동을 더욱 세계적으로 펼칠 기회가 많아졌기 때문이다.

하나는 도쿄에도 이런 종류의 그린벨트를 추가하는 것으로, 2016년 올림픽 개최지로 도쿄가 입후보할 때 고 이시하라 신타로 지사에게 요청받은 올림픽 시설 마스터플랜 안에서 이런 생

각을 전개한다. 쓰레기 매립지를 「바다의 숲 공원(海の森公園)」으로 만들고, 도심을 향한 「바람의 거리(風の道)」 회랑도 제안했다.

오사카에는 더욱 힘을 쏟을 필요가 있었다. 〈길〉의 기운을 더욱 확장하여 오사카의 도시 시설을 어떻게 녹지로 바꾸고 오사카의 잠재적인 매력을 끌어낼 것인가, 하는 문제가 새로운 과제로 떠오른다. 그것을 위해 5월에 「산토리 뮤지엄」에서 물의 도시에 관한 전시를 열었다. 오사카를 국제 기준에 맞춰서 보여준 「안도 다다오 건축전 2009: 대결 물의 도시 오사카 대 베네치아(安藤忠雄建築展2009: 対決水の都大阪vsベニス)」(5월 23일~7월 12일) 전시는, 그 무렵 착수하고 있던 베네치아와 오사카를 비교함으로써 녹지가 적다고 일컬어지는 오사카에 새로운 조언을 해준다.

다음 타깃은 우메다 기타야드, 통칭 〈우메 기타〉라고 불리는 JR 오사카역 북쪽에 펼쳐진 옛 화물역 일대였다. 화물역 구역이 민간에게 매각되어 2005년부터 재개발이 시작되는데, 제1기로 재개발 지구 3분의 1 정도를 차지하는 복합 상업 지구 「그랑 프런트 오사카Grand Front Osaka」가 2013년에 오픈했다.

기타야드를 재개발할 때 안도는 건축가라기보다 철저한 환경 운동가였다. 우메다 일대는 안도의 일터이기도 해서 1960년대부터 쭉 지켜보고 있었으므로 나름의 비전이 있었다. 사무소를 시작한 1969년에는 「오사카 역전 프로젝트(大阪駅前プロジェクト)」를 발표하여 옥상 녹화를 제안했을 정도로 녹화는 일관된 테마이다. 그래서 당당하게 제시한 아이디어가 미도스지 도로를 본뜬 은행나무 길이었다. 새로 단장한 JR 오사카역 북쪽에 타원형 「우메키타 광장(うめきた広場)」(2013)을 만들고, 거기서부터 재개발 지구를 횡단하여 은행나무 산책길을 전개한다. 미도스지 도로의 한쪽 두 줄보다 많게, 한쪽 세 줄을 이루게 한다. 안도다운 것은, 민관을 확실하게 구분하여 도로 쪽 두 줄은 〈관〉, 즉 공공 예산으로 하고 안쪽 한 줄은 〈민〉, 즉 기업과 개인의 기부로 나무를 심는 것을 명기하고 있다는 점이다. 단순히 녹지를 만들면 되는 것이 아니라 누가 책임지고 나무를 심는지를 명확하게 해야만 환경 운동의 의미가 있다.

오사카역을 끼고 남쪽과 북쪽에, 색다른 녹색의 설치 작업도 실험했다. 벽면 녹화가 테마인데, 안도의 〈오지랖〉이 여기서도 등장한다. 상대방은 대형 주택 건설업자들로 하나는 요시모토 빌딩이 소유하던 오사카 마루 빌딩을 구입한 다이와 하우스였고, 다른 하나는 우메다 스카이 빌딩을 소유한 세키스이 하우스였다. 오사카 마루 빌딩은 높이 124미터의 원형 빌딩으로 오사카역 앞의 명물이었는데, 안도는 그 하부를 담쟁이덩굴 등으로 덮어서 커다란 나무처럼 만들자고 제안한다. 다이와 측에서도 안도의 말을 듣고 흥미로워했지만 비용이 부담되는지 좀처럼 고개를 끄덕이지 않았다. 「상당히 완강하기에, 내가 설계비는 받지 않겠다고 하자 그제야 〈아, 그렇습니까!〉 하고 진행하게 되었어요.」 이리하여 빌딩 아래 3분의 1 정도까지 벽면 녹화가 되어, 〈도시의 큰 나무(都市の大樹)〉라고 이름 붙였다.

우메다 스카이 빌딩은 기타야드 서쪽에 있는데, 그 바로 앞의 오픈 스페이스에 높이 9미터, 길이 80미터의 벽을 세운 다음 철쭉과 황매화 등 화려한 빛깔의 화단과 덩굴을 뒤섞어 심어서 색채감이 풍부한 녹색 덩어리로 만든다는 것이었다. 풍경이 곧 녹색 건축이며, 설치 미술이라고 해도 된다. 이쪽은 〈희망의 벽(希望の壁)〉이라고 명명했다. 2013년에 완성하여 일반에게 개방했는데, 벽면을 장식한 식물은 지금도 계속 자라나고 있다.

어린이 도서관

어린이 도서관은 안도 다다오의 오랜 꿈이기도 하다. 그림책이나 동화, 전기, 과학서 등 다양한 분야의 책이 배치되고, 활자나 그림의 세계에 빠져들 수 있는 환경이 필요하다. 수험용 교재만 읽으면 소용없다. 그런 마음에서, 도쿄 우에노의 「국제 어린이 도서관」을 설치할 때는 죽마고우이기도 한 아동 문학가 히다 미요코와 함께 행동하여, 꽤 짧은 기간에 실현하기도 했다. 그 후에도, 후쿠시마현 이와키시에서 유치원에 부속된 그림책 미술관 「창문 밖 너머(まどのそとのそのまたむこう)」(2004)를 개관한다. 지역에서 유치원을 운영하는 마키 레이 원장이 보내온 의뢰 편지에 깊이 공감하여 한달음에 이와키로 달려가서 〈꿈을 돕겠다〉고 말했다. 지형을 이용하여 콘크리트와 유리 상자를 교차시키는 수법인데, 그것 이상으로 실내에 설치된 서가의 벽이 인상적이다.

안도는 문화적인 지반 침하가 현저한 오사카 지역에 어린이를 위한 도서관이 필요하다는 생각을 쭉 해왔다. 오사카에는 어린이 도서관이 없을까? 사실은 있었다. 1984년 스이타에 오사카부 아동 문학관이 개설되어, 애초에는 시바 료타로가 이사장을 맡고 있었다. 규모도 도쿄의 「국제 어린이 도서관」을 능가하는 장서 수를 자랑했다. 이용 상황이 나쁘지 않았지만 문화 시설은 비용이 들고 비용 대비 효과가 나쁘다는 이유로 2009년에 하시모토 도루의 명으로 폐관되고 장서는 히가시오사카의 부립 중앙 도서관으로 이관되고 말았다.

어린이 도서관을 둘러싼 오사카의 이런 코미디 같은 상황을 지켜보면서 분명히 안도는 몹시 못마땅했을 것이다. 어린이 도서관을 만드는 것은 어른의 책무이다. 심지어 모두 함께 만들고, 모두 함께 운영해 가는 것이라는 것이 그의 지론이다. 거기서 생각한 것이 나카노시마 방식이었다. 현재의 부립 나카노시마 도서관, 옛 오사카 도서관은 스미토모 집안의 당주인 스미토모기치자에몬 도모이토로부터 건물이 기부되었다는 사실을 염두에 두고, 다시 한번 민간의 힘으로 도서관을 짓는 것이다. 자신이 기수 역할을 맡아 기부금을 모으고, 완성된 건축을 시에 기증한다. 상인의 마을 오사카라면, 이런 노력이 필요하다.

「야마나카 선생, 어린이 도서관 명예 관장이 되어 주지 않겠소?」친분이 두터운 야마나카 신야에게 이렇게 요청했다. 야마나카는 교토 대학교에 적을 두고 IPS 세포 연구로 노벨상을 수상했는데, 원래 히가시오사카 출신이라, 안도가 기탄없이 이야기할 수 있는 관계였다. 「야마나카 선생은 오사카에서 나고 자랐고, 지금도 오사카성 근처에 살고 있으며, 거기서 교토로 출퇴근하고 있지 않소. 오사카 사람들과도 깊은 교분이 있으니 야마나카 선생이 명예 관장을 맡아 주면 좋겠습니다.」무엇보다도 오사카 어린이들에 대한 안도의 마음에 공감한 야마나카는 그 자리에서 승낙했다.

명예 관장이 정해지자 안도는 구체적인 계획을 가다듬어 오사카시에 제안했다. 오사카시의 요시무라 히로후미 시장(당시, 현재는 오사카부 지사)도 찬성하여, 나카노시마의 동양 도자 미술관에 인접한 오사카시 토지에 어린이 도서관을 짓기로 결정되었다. 운영비는 기부금으로 충당하고, 장서도 기증을 요청했다.

안도의 머릿속에서는 연달아 아이디어가 생겨났다. 노벨상을 받은 화학자 노요리 료지, 우주비행사 모리 마모루, 등산가인 노구치 겐 등 지인들에게 어릴 적 읽었던 책을 기증해 달라고 했다. 무엇보다 중요한 운영 자금 기부에 대해서도, 안도가 직접 간사이의 대기업에 일일이 호소하여 연간 30만 엔씩 5년에 걸쳐 지원해 줄 기업을 모집했다. 그 결과 610개 회사가 협찬해 주었다. 개인의 장서 등 2만 권 이상의 서적도 모였다. 오사카부는 초중학생 전국 학력 테스트에서 일본 47도도부현(都道府県) 가운데 언제나 하위권에 머물렀으며, 시험공부 따위는 개나 줘 버리라고 생각하는 안도조차 〈오사카 사람으로서 부끄럽다〉라고 느낄 정도였다. 그런 안도의 위기감에 공명하는 형태로 많은 재계 인사나 문화계 인사가 찬성의 목소리를 높였다.

이렇게 해서 운영비 9억 엔을 모으고, 건설비는 안도가 직접 기부하는 것을 전제로 설계에 들어가 2018년에 착공, 2019년 12월에는 완성하여 다음 해인 2020년 3월에 오픈했다. 활 모양을 이룬 도서관 평면은 「시바 료타로 기념관」을 연상시킨다. 지하 1층, 지상 2층의 비교적 아담한 건축이지만, 통층으로 된 3층 서가의 벽, 수변으로 열린 유리 벽 등이 강한 인상을 준다. 어떤 의미에서는 30년 전에 제안한 「나카노시마 프로젝트」의 작은 실현이라고 해도 좋을 것이다.

「나카노시마 공회당」과의 사이에는 시립 동양 도자 미술관이 있는데, 이것은 아타카 컬렉션을 인수한 스미토모 그룹이 건축과 함께 시에 기증한 것이다. 나카노시마 도서관부터 공회당, 미술관까지 민간의 기부로 세워진 문화 시설들과 나란히, 안도의 어린이 도서관도 오사카 상인의 기개라는 전통을 계승하는 건물이 되었다.

정식 명칭은 「어린이책의 숲 나카노시마(こども本の森中之島)」로 정해졌고, 2020년 7월 개관하였다. 그사이에 안도는 또 하나의 어린이 도서관 프로젝트를 발표했다. 고베 시청 근처 〈위령과 부흥의 모뉴먼트〉에 면한 구역에 오사카와 같은 구조로 건설하겠다며, 다음과 같은 메시지를 전하고 있다.

앞으로의 시대를 살아가는 어린이들이 되도록 많은 책을 만나기를 바란다. 한신·아와지 대지진의 기억을 풍화시키지 않고, 다음 세대의 어린이들에게 전달하기 위해서라도 새로운 도서관을 유용하게 사용하기를 바란다.

호언장담을 좋아하지 않는 안도다운 메시지이다. 과거의 기억을 미래로 이어 주는 존재로 어린이들에게서 희망을 찾아내고, 그것을 위한 장소를 준비한다. 지금 심은 식물이 50년 후, 1백 년 후에 진정한 모습을 드러내듯이, 안도의 미래를 향한 포석도 다음 시대가 되어야 비로소 진가를 발휘하게 될 것이다. 안도 다다오는 오늘도 미래를 향해 달리고 있다.

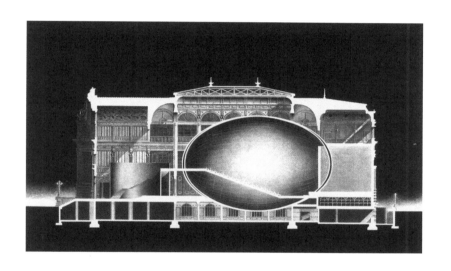

「나카노시마 프로젝트 II」(1988년)의 〈어번 에그〉 단면도.

「나카노시마 프로젝트 II」의 지층 공간 단면도(위)와
평면도(아래).

「벚꽃 모임 헤이세이 길」의 전경, 오가와 시게오 사진.

「희망의 벽」, 뒤쪽은 우메다 스카이 빌딩.

「어린이책의 숲 나카노시마」(2019년)의 스케치.

맺음말

요즘 안도 다다오가 틈만 나면 입에 올리는 사람은 세계를 떠들썩하게 하는 우크라이나 출신 프로 복서 바실 로마첸코이다. 경량급으로 세계를 제패하고 2014년 이후 쭉 챔피언 자리를 지키고 있다. 그의 특징은 탁월한 풋워크에 의한 압도적인 속도, 그리고 상대방의 접근을 허락하지 않는 방어력에 있다. 상대방이 아무리 치고 들어와도 허공을 치는 것으로 끝나며 타이밍을 노려 결정적인 펀치를 먹인다. 안도는 이 방법을 보고 〈무슨 일이든 기본은 방어력에 있다. 이것을 배워야 한다〉고 만나는 사람마다 타이르듯이 말하고 있다.

로마첸코의 압도적 방어력은 일상 업무 속에서 반드시 배워야 하는 것이다. 사무소 경영이나 사회 봉사를 포함해서 업무 하나하나 최선을 다해서 기초부터 다지고, 틈이 있으면 안 된다. 품질에 집착하고 지속력을 가져야만 비로소 그 팀 나름의 건축을 지켜낼 수 있다. 요즘 안도가 신조로 삼고 있는 생각으로, 복싱에 비유하는 말이 나오면 갑자기 열기를 띤다.

〈전위〉라고 불리는 건축가는 새로운 것을 세상에 내놓고, 그 것에 대해 거침없이 말한다. 그러나 그 급진성 때문에 클라이언 트와 싸우고, 장인들로부터는 외면당해 대충 시공이 되고, 20년 쯤 지나면 건축이 무참한 꼴이 된 예가 수없이 많다. 공격에는 강하지만 방어가 약하면 아무 소용이 없다. 건축을 지속하고 품 질을 유지하기 위해서라도, 지금을 소중히 하여 건축의 영역을 지켜내야만 한다.

이 책은 〈안도 다다오〉라는 한 사람의 건축가로 목표를 압축 하고, 그의 성장에서 현재에 이르는 건축 경력을 토지나 사람들 과의 관계 방식을 축으로 삼아 논한 것이다. 안도 다다오는, 몇 백이라는 단위로 전 세계에 건축 작품을 만들고, 나오시마와 베 네치아 등에서 작품 순례가 가능한 규모로 확장되며, 세계적으 로 언급되는 인물이다. 안도 월, 안도 큐브, 안도 실린더 등의 단 어는 오늘날 건축 용어로 자리를 잡았으며, 해외에서는 한 사람 의 건축가라는 범주를 넘어서 하나의 문화 현상으로 이해하고 있다.

그러나 안도 다다오를 진짜로 이해하려면 그의 몸에 배어 있 는 생활 신조와 삶의 방식, 미학이나 토지에 대한 관점을 충분 히 알아야 한다. 미디어에서 생산하고 소비되는 건축가 이미지 와는 다른 차원에서 안도 다다오의 진짜 모습을 따라가고 싶었 다. 이것이 이 책을 쓰게 된 동기이며, 그러기 위해 각지를 돌아 다니고 안도 다다오에게도 자세한 이야기를 물었다.

안도는 인간관계를 정말 소중히 여긴다. 자신이 자란 오사카를 기반으로 사람들과의 인연을 발전시켜 세계적 수준까지 높이고 있다. 그러므로 이 책에서도 건축 작품만을 기록하지 않고 그것이 만들어지고 실현되어 가는 과정에 초점을 맞춰 토지, 인간, 기술이 서로 얽히면서 건축과 환경을 정립시켜 가는 모습을 그려 보려 했다.

그런데도 엄청난 양의 작업을 해온 이 건축가에 관해 완전하게 기술하는 것은 불가능에 가깝다. 일단 작품 수가 많아 전모를 파악하기 힘들다. 그것에 비례하여 자료가 많으며 아카이브도 정리되어 있지 않은 단계에서 그것들을 낱낱이 들여다보는 것 자체가 힘든 일이다. 본인과 스태프들이 그린 드로잉이나 도면의 수가 엄청나며, 과연 얼마나 많은지조차 제대로 알지 못한다. 심지어 그의 발자취는 전 세계에 미치므로 세계 각지를 돌아다니지 않는 이상, 자세한 것을 제대로 알 수 없다.

그러므로 이 책은 안도 다다오의 모든 기록이라고 부를 만한 수준에는 이르지 못한다. 안도 관련 주제들을 설정하고 그에 관련된 활동을 선별하여 연결한 것이며, 그런 이유로 건축가 안도 다다오의 어떤 측면이라는 형태로 이해해 주면 좋겠다.

내가 처음으로 방문한 안도 다다오의 작품은 「고시노 주택」이었다. 1983년이었던가, 건축 잡지 편집자에게 이끌려 방문했고 안도가 직접 안내해 주어 찬찬히 둘러보았다. 그 후 기회가 닿을 때마다 그의 새로운 작품을 볼 기회가 있었고 비평문 등도 기고했는데, 그러는 동안 해외에 작품이 속속 지어지게 되어 전체상을 살피는 계획이 상당히 엄청난 일이 되었다. 하지만 기회를 잡아서 유럽, 미국, 아시아의 작품을 찾아가 보면, 일본에서는 엄두도 못 낼 규모로 안도 다다오의 공간이 성립해 있어서 〈안도의 상대는 이제 작은 일본이 아니라 세계 자체〉라는 것이 실감나곤 했다.

그러고 보니, 내가 대학에서 설계 제도를 가르칠 때 교재로 항상 썼던 것이 「스미요시 나가야」 도면이었다. 설계 연습을 갓 시작한 저학년 학생에게 도면을 베끼는 트레이스부터 시작하여 투시도, 모형 제작까지 순서대로 작업을 진행할 수 있으며, 비례가 좋으므로 모형의 완성도에 학생들도 만족한다. 무엇보다 알기 쉽고, 건축의 기초를 아는 데 대단히 유용한 교재이다. 다른 대학에 물어보니 「스미요시 나가야」를 사용하고 있는 예가 상당히 많았다. 그 말은 수많은 건축계의 학생들 머릿속에 이 주택이 각인되어 있다는 것이다.

희수(喜壽)를 넘어서도 안도는 무척 바쁘다. 보통은 사무소에서 하는 설계 활동, 국내외 강연 활동, 그리고 나무 심기로 대표되는 자원봉사 활동 등 크게 3가지로 나누어 시간을 사용하고 있다. 그렇게 커다란 일들을 처리하면서 외부에서 활동이 가능한 것도, 사무소 안에 팀 체제가 철저한 덕분이며, 그야말로 지킴이의 자세에 철저한 안도의 지혜라고 말할 수 있을 것이다. 앞으로도 더욱 큰 활약을 기대한다.

이 책을 집필할 때 이 책의 주인공으로 여러 번 반복해서 인터뷰에 응해 주고, 귀중한 자료를 제공한 안도 다다오와 안도 유미코 부부에게 대단히 신세를 졌다. 책이 나올 수 있었던 것은 그분들 덕분이며, 깊은 감사 인사를 올린다. 안도 다다오 건축 연구소 여러분, 특히 모리 시마오(森詩麻夫), 소고 간야(十河完也), 고다이라 지사토(古平知沙都), 세 분에게는 자료 수집 정리 등에서 이루 말할 수 없는 도움을 받았다. 한 사람 한 사람 이름을 거론할 수는 없지만, 인터뷰에 응해 준 수많은 관계자분께도 이 자리를 빌려 진심으로 감사드린다.

2019년 12월,

미야케 리이치

한국어판 부록: 안도 다다오가 지은 한국의 건축물

제주도 섭지코지의 「유민 미술관」

안도 다다오는 젊었을 때부터 한국을 여러 번 방문하여 역사 유적과 거리 풍경이 친숙하다. 그러나 한국에서 프로젝트를 수 행하게 된 것은 비교적 늦었으며, 2000년 이후 무렵부터 각지 에 미술관 등 많은 건축을 실현하게 되었다. 시작은 제주도였 다. 우연한 계기로 삼성과 관련 있는 보광 그룹을 알게 되어, 당 시 그 산하에 있던 부동산 부문 휘닉스가 제주도에서 진행하는 리조트 계획을 의뢰했다.

제주도는 화산섬이라 지질이나 식생이 본토와는 크게 다르 다. 섬 한가운데 한국의 최고봉인 한라산이 솟아 있고, 그 주변 에 크고 작은 오름이 여기저기 흩어져 화산암이 맨땅에 드러나 있는 풍경은 마치 이형(異形)의 신들이 앞을 다투어 흙과 진흙 을 반죽하여 대지와 산을 빚어낸 듯하다. 그야말로 창조 신화의 모습을 고스란히 간직하고 있는 지형이다.

피닉스 측이 초점을 맞춘 곳은 제주도 동쪽에 볼록 튀어나온

곳 가운데 하나인 섭지코지였다. 이름에서 알 수 있듯이, 이 지역은 제주 특유의 태곳적 풍경을 전해 주는 황량한 땅의 모습을 간직해 왔다. 당연히 그 풍경을 해치면 안 된다. 건축과 환경, 그리고 풍경이라는 과제에 사업성까지 더할 수 있는 사람은 나오시마처럼 어려운 조건에서 완전히 새로운 타입의 집객 시설을 만들어 낸 안도 다다오뿐이라는 것이 보광 그룹의 결론이었다.

한국의 손꼽히는 건축 종합 사무소 간삼이 안도와 보광 그룹을 중개했다. 두 회사의 대표가 동창이라 허물없는 사이였으므로 보광 그룹 홍석규 대표로부터 〈안도 다다오에게 설계를 부탁하고 싶다〉는 요청을 받은 간삼의 김태집 대표가 건축가의 친분으로 안도 사무소에 이야기를 전했고, 최종적으로 안도 사무소에서 콘도미니엄의 기본 계획을 맡고 간삼이 실시 설계와 감리를 맡게 되었다. 한국의 풍토에 대한 안도 다다오의 사색은 여기서부터 본격적으로 시작한다.

기본 계획이 성공하여 사업적으로도 궤도에 오르자 크게 만족한 보광 그룹 홍석규 대표는 다음 단계로 섭지코지의 노른자위가 될 새로운 문화 시설의 설계를 안도에게 의뢰했다. 각각 「돌의 문」과 「바람의 문」이라고 이름 붙여지는 미술관과 전망시설이다. 2004년에 현장을 찾은 안도는 세찬 바람을 맞으며 서 있는 용암질의 바위 모습에 강한 영감을 받아 하나는 바람을 맞으며 우뚝 솟아 있는 유리 건축을, 다른 하나는 땅속 깊이 파고 들어간 건축을 구상했다. 이 공간에 머무르면 제주도의 풍토가 몸과 마음에 스며들게끔 한다는 생각이다.

미술관은 현대 미술 작품을 전시하는 것을 전제로 설계되었다. 실질적으로 안도가 맡은 한국에서의 첫 번째 건축이었기에 클라이언트가 요구하는 기능과 기술, 공간에 대해 철저하게 대화를 나누었다. 그리고 클라이언트와 안도가 추구하는 건축의 방향성이 서로 같다고 느끼면서 설계를 시작하였다.

착안점의 하나는 예술과 건축의 결합이었다. 안도가 시도한 방법은 지극히 대담한데, 먼저 전시 공간 본체를 땅속에 묻어서 방문객은 지상에서부터 긴 동선을 따라 지하에 이른다. 그 끝에 만들어진 작은 입구를 통해 미술관 안으로 들어가면 조명을 최소화한 칠흑 같은 공간이 기다리고 있으며, 절제된 빛 속에 각각의 작품이 놓여 있다. 구조적으로 보면, 지하에 매몰한 정육면체 콘크리트 상자 안에 십자형의 파사주 공간을 끼워 넣어 각각의 사분면을 전시 공간으로 삼는다는 단순한 계획이지만, 그렇게 함으로써 콘크리트의 질량 안에 작품을 봉인할 수 있다. 공간과 어둠과 예술의 조화가 고즈넉한 건축을 지배하는 셈이다.

지상의 소소한 장치에도 놀라지 않을 수 없다. 입구에서부터 긴 파사주(통로)에서 용암이 흩뿌려진 일종의 자연 정원을 거친 다음, 전시실 옥상에서 기와로 쌓아 올린 작은 폭포(캐스케이드) 사이에 끼여 조금씩 레벨이 낮아지고, 눈앞을 가로막은 콘크리트 벽에 도착한다. 이 벽에 펼쳐진 가로로 쓰인 글자의 슬릿이 눈높이와 정확히 일치하는 지점에서 끊긴 풍경이 한눈에 들어와 사람들은 자기도 모르게 감탄사를 내뱉는다. 저 멀리

바다 건너에 접시 모양으로 솟아오른 성산 일출봉이 펼쳐진다. 천하의 절경이다.

이 프로젝트는 2008년에 완성되었고 미술관 이름은 〈지니어스 로사이Genius Loci(토지령)〉라고 붙여졌다. 〈지니어스 로사이〉란 고대 유럽 선주민들이 섬기던 그 땅 고유의 신령을 가리키는 로마인의 개념인데, 안도가 제주도에서 보게 된 원초적인 힘에 대응하여 이런 이름이 되었다. 그 후, 2017년에 보광그룹 홍석규 대표의 부친인 홍진기가 수집한 아르누보 컬렉션을 전시하는 미술관으로 목적이 바뀌고, 미술관 이름도 홍진기의 호를 따서 「유민 미술관」이라고 바뀌었다. 그리고 이 미술관 프로젝트 전후로, 제주도에서 또 하나의 프로젝트인 「본태 박물관」(2012) 계획이 시작된다.

제주도의 현대 미술 갤러리, 「본태 박물관」

「본태 박물관」 설립은 40여 년 넘는 세월 동안 한국 전통 수공예품을 누구보다 많이 아껴 온 이행자의 컬렉션에 뿌리를 두고 있다. 현대그룹 창업자 정주영의 며느리로서 녹록지 않았던 삶에 전통 고미술품을 감상하는 것은 하나의 즐거움이었고, 전통 수공예품이 지닌 아름다움과 운치가 주는 매력은 힘들었던 일상을 잠시나마 잊게 해주었다. 그 위로와 감동을 많은 사람과 함께하고 싶은 마음, 그리고 현대 일가의 도움이 더해져 박물관을 개관하게 된다.

나오시마를 방문하고 안도 다다오의 건축에 계속 관심을 가져

왔던 이행자는 1994년 오사카를 찾아와 그에게 자신의 컬렉션을 전시하고 수장할 수 있는 미술관 설계를 의뢰한다. 당시에는 여러 사정으로 인해 프로젝트가 멈췄지만, 15년쯤 지난 2010년 안도에게 다시 제안하였다.

제주도의 중간쯤, 한라산 서쪽 기슭에 전망이 뛰어난 대지를 사고, 거기에 전통 수공예품 미술관을 만든다는 내용이다. 안도 역시 조선 가구에 강하게 매혹되어 있었다.

이 박물관은 이행자의 별장과 대구를 이루며 설치되게 되어 있었다. 원래 대지는 경사지 바로 앞에 연못이 있다. 그런데, 근처 주민들이 연못에 손대는 것을 원치 않아 결과적으로 1킬로미터 정도 떨어진 곳으로 변경했다. 연못은 없었지만 경사지를 이용하여 인공 연못을 만들었다. 2010년 첫 번째 계획안에서는 나오시마의 「오벌」과 비슷하게 타원형 둘레를 따라 별장과 미술관을 배치했는데, 얼마 뒤 설계를 변경하여 L자 모양의 두 건물이 나란히 놓이게 배치했다. 두 건물 사이에 수로가 만들어지고 기와로 쌓아 올린 벽면이 작은 폭포가 되어 물이 흘러 떨어진다. 전시는 주로 조선의 가구나 민예품으로 채워졌는데, 예전에 지바현의 「이씨 주택(李邸)」(1993)에서 시도했던 노출 콘크리트와 조선 가구의 조합이 대단히 멋지다. 공사가 끝나갈 무렵, 별장 역시 현대 미술 작품 갤러리로 변경되어 주택의 내부 공간을 남긴 채로 전시 스페이스로 바뀐다.

경사지에 지은 주택이라는 점에서 미스 반데어로에의 「빌라 투르겐하트」(1930)를 연상시키는 분위기이다.

원주의 「뮤지엄 산」

한국의 클라이언트들은 모두 서울에 본거지를 두고 있으므로 업무 회의 등의 기회를 이용하여 서울에서 안도의 강연회가 여러 번 열렸다. 서울의 수많은 역사 유산 가운데 안도는 조선 왕조 역대 왕들을 위패를 모신 〈종묘〉를 가장 좋아하며 좌우 비대칭적인 담장 축조 방식 등에서 〈간결함〉의 미학에 대한 다양한 영감을 얻었고, 일본에서 강연할 때도 그 이야기를 종종 꺼낸다. 「본태 박물관」에서도 그 일면을 엿볼 수 있는데, 서울에서 그리 멀지 않은 원주에 만들어진 「뮤지엄 산」(2013)은 한국의 역사성과 질감을 더욱 강렬하게 실현한 작품으로 평가할 수 있다.

클라이언트는 삼성의 창업자 이병철의 장녀 이인희이다. 신라 호텔을 거쳐 1983년부터 삼성 산하의 제지업을 중심으로 하는 한솔 그룹 고문을 맡았으며, 삼성의 경영권을 둘러싼 형제자매간 싸움 때는 조정자 노릇을 했을 정도로 기업 경영사에서 한 수 위인 여성이다. 한편으로 미의식이 높고 문화에 대한 지향이 대단히 강한 것으로 알려져 있으며, 몸소 한솔 문화 재단을 설립하고 적극적으로 다양한 문화 활동도 하고 있었다. 그 최대의 과제가 재단이 운영하는 종이 박물관과 통합한 새로운 미술관 구상이었으며, 다른 미술관과 어떻게 차별화하여 세상에 하나뿐인 뮤지엄을 만들 것인지를 염두에 두고 세계의 미술관을 둘러보았다. 머릿속에 그리던 미술관을 만나지 못하던 중 마지막으로 간 곳이 세토나이해의 나오시마였는데, 마침 「지추 미술관」이 막 완성되었을 때였다. 자연 속에 묻힌 경관과 한 몸이 된 뮤지엄의 방식에 매우 감동했다. 건축가의 이름을 묻자 〈안도 다다오〉라고 한다. 그때까지 그녀는 안도의 존재를 몰랐지만, 여기서 받은 강한 영감에서 자신의 미술관 구상자는 이 사람뿐이라고 확신했다. 그리고 서울에서 남동쪽으로 90킬로미터 정도 떨어진 원주에 한솔 그룹이 개발한 오크 밸리 리조트가 지형적으로도, 서울에서 접근 편의성 면에서도 적합하다고 생각하여 깊은 산속의 땅 7만 제곱미터를 뮤지엄 대지로 결정했다.

이제 안도에게 의뢰하는 일은 문화 재단의 국장 윤병인이 맡았다. 먼저 안도 사무소에 편지를 썼는데, 답이 오지 않았다. 이 고문에게 보고했더니 〈절대로 안도 선생이어야 한다〉라고 하기에, 지푸라기라도 잡는 심정으로 일본에서 활약하는 한국인 예술가 이우환에게 상담하여 조언을 구했다. 그리고 〈일단 대지를 한번 봐달라〉라는 내용으로 다시 편지를 보냈다. 이것에 안도가 응하여, 2005년 11월에 그가 원주 땅을 찾아왔다.

때마침 단풍의 계절이었다. 산등성이에 펼쳐진 이 땅을 본 안도는, 거기서 다른 데서는 맛볼 수 없는 〈생명의 힘〉을 느꼈다고 한다. 이 흙에서 솟구쳐 오르는 힘은 미래의 아이들에게 새로운 비전을 제시하고, 자손 대대로 이어져 갈 땅이라고. 이 절묘한 대지를 보고 안도는 그 자리에서 설계하기로 결단을 내리고 스케치도 그린다.

실제 설계 작업은 2006년에 시작되어 2008년 공사에 들어가지만 2009년 한국을 덮친 금융위기 때문에 2년 정도 공사가 중지되었다. 그동안, 여러 번 모임을 하고 문제점을 가려내면서 공사 재개를 기다렸다. 최종적으로 오픈한 것은 계획을 시작한 지 7년 후인 2013년 5월이었으니, 정말 길었던 프로젝트였다.

완성된 「뮤지엄 산」은 지붕의 기복을 정교하게 사용하여 입구에서부터의 긴 산책로를 거쳐 뮤지엄 본관에 도착하며, 다시 그 앞에 스톤 가든을 배치한 직선 구조를 이루고 있다. 본관 건물은 세 개의 직육면체가 평행하게 비껴가게 늘어서고 또 하나의 직육면체가 비스듬하게 그것들을 연결하는 배치이며, 그것들의 결절점에 정육면체와 원통(실린더), 이른바 〈안도적 입체〉가 들어가서 명쾌한 기하학적 구성을 이루고 있다. 그러나 사람들의 동선을 이끄는 공간의 연쇄는 복합적이므로 높이가 달라지고 갑자기 개구(開口)가 열리는 등 안도 다다오의 문법이 고스란히 실현되어 있다. 텍스처를 다룰 때도 한국의 전통 문화를 반영해야 했는데, 그때까지 한국에서의 체험이 유용했다. 특히 한국은 석재가 풍부한 만큼, 돌을 사용하는 데는 공을 들였다. 그래서 채용한 아이디어는 안팎의 이중 상자로 이루어진 중첩 상자 구성으로, 바깥쪽은 돌 붙임 벽으로 덮은 상자, 안쪽은 노출 콘크리트로 소재의 차이를 도드라지게 했다. 30만 개의 돌판이 필요했으며, 그것을 설치하는 작업은 장관이었다.

이런 에피소드도 있다. 미술관 본체 벽면은 안쪽 경사 위에 차양을 얹었는데, 원래 안도는 안쪽에 가파르게 30도 정도 경사진 벽체를 제시했다. 하지만, 한국 사람들은 이런 식의 돌 붙임 경사에서 일본 성곽의 돌담을 연상하며 예전에 도요토미 히데요시 침략군의 성, 즉 왜성(倭城)이라는 부정적인 이미지를 떠올린다. 그래서 각도를 15도로 줄이기로 했다.

안도와 이인희는 서로의 콘셉트를 지킨다는 점에서 철학이 일치했다. 이인희는 평소부터 〈프로젝트는 돈으로 따지는 것이 아니라 그 가치를 인정할 것이냐 아니냐의 문제〉라는 소신을 밝혀 왔으며, 금융 위기 때 프로젝트를 축소하려는 다른 이사들을 질책하고 격려하여 일을 진행시켰다. 안도도 그 열정에 보답해 철저하게 〈한국에서의 안도 다다오〉 모델을 추구했다. 2013년 미술관 오픈 6년 뒤인 2019년에 이인희는 89세의 나이로 세상을 떠났다. 그녀의 묘는 원주에 만들어졌다.

그해에 「뮤지엄 산」은 5주년 기념 사업으로 안도에게 의뢰하여 명상관을 증축한다. 나오시마가 그러하듯이, 성장은 계속되고 있다.

여주의 「마임 비전 빌리지」

「뮤지엄 산」의 건설이 최종 단계에 들어설 무렵, 원주에서 가까운 여주에서도 새로운 프로젝트가 세워졌다. 이번 클라이언트는 한국의 대표적인 화장품·건강식품 회사 마임 그룹이다. 홍혜실 대표는 재벌가 2세, 3세 부인들과는 대조적이다. 제주도 출신으로 자수성가하여 회사를 일구어 낸 유능한 여성 경영자였다. 1997년에 여주 교외에 사원 연수를 위한 시설 용지 9만 제곱미터를 사들여 「마임 비전 빌리지」라고 이름 붙이고 〈자연과 문화와 사람을 중시하는〉 친환경 브랜드를 만들어 왔다.

유럽 여행을 갔을 때 홍 대표는 어떤 도서관에서 『안도 다다오*Tadao Ando*』라는 책을 발견하고, 그의 작품에 매료되었다. 그리고, 언젠가 이 건축가에게 건축을 의뢰하겠다고 마음속으로 결심했다. 비전 빌리지 사업이 궤도에 오른 2009년, 마침내 안도에게 의뢰할 시기가 왔다고 결단하고 편지를 썼다. 하지만 답이 없었다. 포기하기에는 너무 이르다고 생각하며 다음 해인 2010년 가을에 일본을 둘러보며 안도의 실물 작품을 견학했다. 때마침 「효고 현립 미술관」을 방문했을 때, 거기서 NHK 프로그램을 촬영하고 있던 안도와 딱 마주쳤다. 천재일우의 기회라고 생각하고 안도에게 〈꼭 한번 여주에 와 달라〉고 밀어붙였다. 안도는 11월 말에 서울에서 강연이 예정되어 있었으므로, 그때 비전 빌리지에 들러 보겠다고 했다.

그해 11월 안도의 방문 때, 자연의 회복이라는 점에서 의견이 일치했던 홍혜실 대표는 「아와지 유메부타이」의 식수 활동에 회사 간부들을 데리고 참가하겠다고 약속했다. 해가 바뀌어 2011년 3월, 준비를 마친 마임 그룹 임원 70여 명으로 구성된 일본 시찰단 방문을 1주일 앞두고 동일본 대지진이 일어났다. 일본 방문은 말도 안 된다는 분위기에서 홍 대표는 목적지가 서일본이며, 안도와 약속했다는 점을 들어 시찰을 강행했다. 「아와지 유메부타이」와 나오시마 등을 돌아보고 희생자들을 추도했다. 이때 생겨난 안도와의 연대감이 그녀를 더욱 정신적인 방향으로 이끌었다고 해도 될 것이다.

안도는 8월에 다시 한번 비전 빌리지를 방문했다. 이때 정식으로 연수 시설 설계 의뢰를 받았다. 무엇을 지을 것이냐고 묻자 〈교회〉라고 답했다. 홍혜실 대표는 물론 한국인의 30퍼센트가 기독교 신자인 점을 생각하면 어디에 교회가 있어도 이상하지 않다. 비전 빌리지도 정신 수양을 위해 교회가 필요했다.

기본은 풍경에 있다. 완만한 기복을 숲이 뒤덮고 있는 이 토지의 특징을 눈여겨보고 〈나무들 사이로 보일락 말락 하는 분지, 주위의 녹음을 고요히 비추는 연못의 수면 등 마음이 끌리는 장소〉를 선정했다. 거기에 교회와 도서관을 계획하는데, 논의를 거듭하던 중에 또 다른 하나, 온실을 겸한 갤러리를 추가하게 되었다. 한국의 추운 겨울에도 꽃의 마중을 받으며 교회로 들어오는 축복의 장소이다. 그 3가지 공간 모티프는 결정(結晶)이다. 그것의 결정체가 가장 안쪽에 자리한 교회인데, 사다리꼴 모양의 우묵한 땅을 만들고 거기에 노출 콘크리트와 유리로 된 교회를 묻는다. 교회 안쪽에는 개구를 가득 채운 십자가가 만들어지고, 그 바깥쪽은 작은 폭포를 이루어 물이 흘러 떨어진다. 제주도에서 반복했던 시도였다. 십자가를 표현한 방식은 오사카 이바라키의 「빛의 교회」와 네거티브/포지티브 관계이며, 뒤쪽에 작은 폭포가 있어서 깊이감 있는 풍경을 얻을 수 있었다.

침묵의 공간에 물이 흘러 떨어지는 소리가 울려 퍼지고 새들의 지저귐이 아련하게 들려온다. 비가 오면 그것이 지붕의 강철판을 두드리는 소리가 되고 안개가 끼면 주변이 깊이감이 사라진 공간이 되는, 자연의 움직임에 따라 끊임없이 변화하는 절묘한 사운드 스케이프이기도 하다.

본인이 의식하고 있는지는 제쳐 두고, 안도의 교회 건축은 언제나 명쾌한 신학적인 내용을 시사한다. 사실 「마음의 교회」 건축군은 축복(꽃의 온실), 복음(도서관), 예배(십자가)와 복음파적인 구도가 안도의 자연 철학 속에서 재해석되어 정교하게 배치되어 있는 것이 특징이다. 교회에서의 결혼식 흐름을 생각해 보면 된다. 한 발짝 앞을 생각하는 홍혜실 대표는 그 점을 적극 활용하여 비전 빌리지의 경영 전략의 하나로 내세웠다. 이 아름다운 장소를 연수나 결혼식장뿐만 아니라, 영화나 텔레비전 드라마 촬영지로 제공한다는 새로운 비즈니스에 포함한 것이다.

안도 튜브의 등장, 「LG 아트 센터 서울」

안도에게 가장 큰 한국에서의 프로젝트는 「LG 아트 센터 서울」(2022)이다. 2015년부터 계획이 시작되어 2022년에 오픈했으니 상당히 시간이 걸렸다. 공모전을 통해 선발되어 실현에 이르게 된 점은 다른 미술관 프로젝트와 다르다.

LG는 삼성, 현대와 나란히 한국을 대표하는 재벌로서 성장했고, 특히 화학이나 전자 제품 부문에서 잘 알려져 있다. 서울시가 시의 서쪽 외곽에 대규모 정보 산업 단지를 계획하고 PFI 사업으로 민간 개발자를 모집했을 때 이름을 올려 LG 계열의 주요 기업 사무실과 연구 시설을 집약한 LG 사이언스 파크를 실현하게 되었다. 공공의 토지를 저렴하게 제공받았으므로 사업 조건으로 공공에 환원되는 시설을 부설하는 것이 의무 조항이었다. 거기서 제안된 것이 시민을 위한 커다란 아트 센터였다.

LG 사이언스 파크의 종지(種地)는 서울시가 농지를 사들인 땅이 대부분으로 서울 식물원을 포함하고 있었으며, 식물원 안의 땅 1.5만 제곱미터가 아트 센터 대지로 할당되었다. 전체 면적이 4만1천 제곱미터 정도로, 오페라 극장인 「상하이 폴리 대극원」에는 미치지 못하지만 안도의 극장 건축으로는 상당히 크다. 한국에는 연극이나 음악 등 공연 예술을 지원하는 민간 재단이 존재하는데, 그것이 한국 문화를 이루는 힘의 바탕이기도 하다.

처음에 서울시는 시설 설계자로 프랭크 게리를 추천했는데 LG 측에서는 더 넓은 건축의 가능성을 추구하여 공모전 방식을 택했다. 공모전은 2015년에 있었다. 프랭크 게리, 리처드 마이어, 장 누벨에 안도까지 네 사람이 지명되어 안도가 수석을 차지했다. 한국인 건축가가 들어 있지 않다는 점에 고개를 갸우뚱하는 사람도 있겠지만 당시 서울에서는 삼성의 리움 미술관(2004, 마리오 보타Mario Botta, 렘 콜하스, 장 누벨)부터 동대문 디자인 플라자(2014, 자하 하디드)에 이르기까지 외국의 화려한 건축이 주목받고 있었으며, 그런 여파로 볼 수 있다. 안도로서는 그 전해인 2014년 7월에 큰 수술을 받고 회복한 후 최선을 다해 만든 설계안이었으며, 그 이전의 한국에서의 프로젝트와는 느낌이 크게 다른 것이었다.

주어진 프로그램은 크게 두 개의 지대, 즉 아트 센터(대극장, 소극장, 교육 시설, 리허설 룸, 레스토랑 등)와 디스커버리 랩(과학 교육실)을 일체화한 건축이었는데, 안도의 안은 새로운 공간 언어를 조합함으로써 하나의 건축 안에서 다이내믹한 공간 체험을 할 수 있는 것이 특징이다. 계단을 조합한 통층 대공간(스텝 아트리움), 공간을 경계 짓는 큰 아크(게이트 아크), 그리고 외부와 내부를 횡단하는 터널 모양의 보행로(튜브)이다. 특히 거대한 타원형 횡면의 〈튜브〉는 중국에서 시도하기 시작한 새로운 디자인 언어로, 안도의 건축에 완전히 새로운 측면을 부여하게 된다. 기능적으로는 대지를 관통하여 외부의 이질적인 환경을 연결하고 내부의 각 공간을 매개하는 보행 공간이다. 여기서는 북쪽의 과학(사이언스 파크), 남쪽의 자연(식물원)을 연결하여 내부의 예술(아트 센터)과 교육(디스커버리 랩)에 접근시키는 역할을 한다. 그것 자체가 빈 공간(보이드)이긴 하지만, 다른 차원으로 들어간 것 같은 압도적인 박력으로 사람들의 동선을 유도하고 유발하는 장치가 된다.

　공모전에서 우승한 안도 사무소는 2015년 12월에 설계 작업을 시작했다. 한국에서는 연극, 전통 예술, 음악 등 공연 예술이 아시아에서도 특히 융성하고 있으며 정부 지원금도 일본보다 훨씬 많다. 그런 활발한 활동을 뒷받침하기 위한 다양한 지원이 제공되고 있으며 정보화 시대를 맞아 전자 문서 등 새로운 기술도 도입되고 있는데, 안도의 건축이 흥미로운 점은 기능으로 건축을 풀어내지 않는다는 것이다. 다이내믹한 공간 체험을 통해 인간의 오감을 활짝 열게 하는 장치가 가장 중요하며, 기발한 디자인으로 눈을 현혹하는 오늘날의 풍조에는 가담하지 않는다. 「나카노시마 공회당」 계획을 기점으로 각지에서 다양한 홀을 실현해 온 안도에게 새로운 페이지가 더해졌다고 말할 수 있다.

한국은 문화를 주도하는 데 민간 재단의 힘이 크다. 재벌이 관여하는 곳도 있고 시민들이 만드는 NPO적인 조직도 있는데, 그런 이들이 예술의 새로운 방향을 찾아 밤낮없이 애를 쓰고 있다. 안도 다다오는 미술관과 극장 설계를 통해 한국의 문화 상황 한가운데로 들어감으로써 다른 의미에서 한일 교류의 최전선을 달리게 되었다. 오사카는 한국과 거리도 가까워 한국의 클라이언트들이 적극적으로 안도를 찾아오며, 나오시마 등지에서 안도의 작품을 둘러보면서 거기서 동아시아 특유의 자연 철학과 공간의 존재 방식을 느끼고 현대 문화의 새로운 차원을 안도와 함께 열어젖히려 한다. 안도 역시 한반도의 독자적인 문화를 깊이 연구하여 그 정수를 작품에 넣는다. 안도의 역할은 외교적으로 삐걱대는 한일 관계 속에서도 흔들림 없는 강한 신뢰와 협력을 바탕으로 경계 없는 새로운 문화 모델을 만들어 냈다는 데 있다.

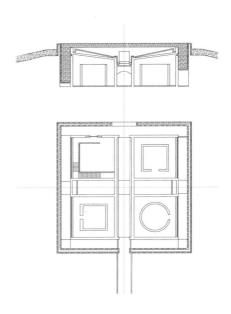

「유민 미술관」의 「돌의 문」(제주도, 2008년) 전경, 마쓰오카 미쓰오 사진.

「유민 미술관」의 단면도(위)와 평면도(아래).

해자로 이어지는 「본태 박물관」(제주도, 2012년)의 통로.

물의 정원 너머로 보이는 「뮤지엄 산」의 입구(원주시,
2012년), 오가와 시게오 사진.

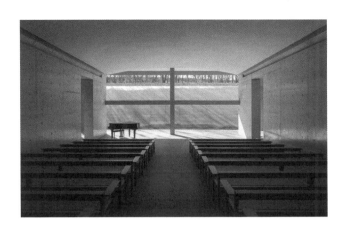

「마음의 교회」(여주시, 2015년)의 예배당 내관, 오가와
시게오 사진.

「마음의 교회」의 사이트 스케치.

「LG 아트 센터 서울」의 건물 외관(서울시, 2022년).

길이 80미터, 높이 10미터에 달하는 「LG 아트 센터 서울」의
타원형 통로 〈안도 튜브〉.

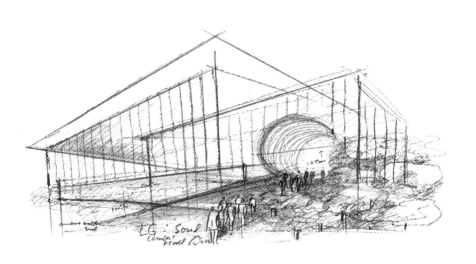

「LG 아트 센터 서울」의 정면 스케치.

주

1 닛케이 아키텍처, 『안도 다다오의 기적: 50가지 건축×50가지 증언(安藤忠雄の奇跡 50の建築×50の証言)』(도쿄: 닛케이BP, 2017), 40면.

2 사지 게이조, 「왜 안도 다다오인가: 클라이언트 6명의 증언」, 『다이요(太陽)』, 1995년 5월 호, 37면.

3 안도 다다오, 『안도 다다오와 그의 기억(安藤忠雄とその記憶)』(도쿄: 고단샤, 2013), 25면.

4 이토 데이지, 「늘어만 가는 빌딩이 말하는 것, 건축주도 건축가도 사상 빈곤」, 『아사히신문』, 1976년 10월 8일 자.

5 「안도 다다오 주택 2제: 히라오카 주택과 다쓰미 주택」, 『건축문화』, 1974년 4월 호, 88면.

6 하시모토 겐지, 「건축의 존립성과 관련된 풍경과의 경계 또는 건축적 언어」, 『상점건축』, 1971년 12월 호, 96면.

7 안도 다다오, 「상업 빌딩에 관한 두 개의 시안」, 『재팬 인테리어 디자인』, 1970년 3월 호, 49면.

8 안도 다다오, 「도시 게릴라 주거」, 『도시 주택』, 1973년 7월 임시 증간호(주택 제4집), 87면.

9 안도 다다오, 「건축가 이전의 안도 다다오」, 『다이요』, 1995년 10월 호, 69면.

10 안도 다다오, 『연전연패』, 우동선 옮김(서울: 까치, 2004).

11 니시자와 후미타카, 「야세 주택 소감」, 『건축 문화』, 1973년 9월 호, 118면.

12 위의 글.

13 아즈마 다카미쓰, 「장인의 근성」, 『건축 문화』, 1974년 4월 호, 86~87면.

14 다카하시 데이이치, 「안도 씨」, 『신건축』, 1981년 9월 호, 200면.

15 이토 데이지, 「늘어만 가는 빌딩이 말하는 것: 건축주도 건축가도 사상 빈곤」, 『아사히 신문』, 1976년 10월 8일 자.

16 미나카타 구마구스, 「거목 할아버지 이야기」, 『미나카타 구마구스 전집 2』(도쿄: 헤이본샤, 1972), 47면.

17 안도 다다오, 「후타가와 유키오와의 대담」, 『안도 다다오 주택(安藤忠雄 住宅)』(도쿄: ADA 에디터 도쿄, 2017), 260면.

18 안도 다다오, 「데즈카야마 주택」, 『건축 문화』, 1978년 11월 호, 52면.

19 클로드 파랭, 「베온, 건축 재료 Béon, matièe d'architecture」, 『기술 및 건축학 Technique et Architecture』, 1991년 5월 호, 67면.

20 안도 다다오, 「영벽」, 『신건축』, 1978년 2월 호, 144면.

21 고시노 히로코 「나의 패션, 나의 삶」, 「소라 플러스(穹+)」 제3호, 1999년 2월, 45면.

22 안도 다다오, 「추상과 구상의 중첩」, 『신건축 주택 특집』, 1987년 10월 호, 32면.

23 「제13회 요시다 이소야상 발표」, 『신건축』, 1988년 6월 호, 150면.

24 와쓰지 데쓰로, 『아내 와쓰지 데루에게 보내는 편지 하권(和辻照への手紙下)』(도쿄: 고단샤, 1995), 170~171면.

25 안도 다다오, 『나, 건축가 안도 다다오』, 이규원 옮김(파주: 안그라픽스, 2009).

26 니시 가즈오, 「조립식 가설 방식과 무지개다리에 깃든 비일상성으로의 장치: 안도 다다오의 시타마치가라자를 보고」, 『건축 문화』, 1988년 7월 호, 45면.

27 세르주 살라, 「격자무늬와 기호 La grille et les signe」, 『오늘의 건축 L'Archtecture d'aujourd'hui』, 1987년 4월 호, 39면.

28 안도 다다오, 쓰쓰미 세이지, 「문화로서의 상업 건축」, 『건축 잡지』, 1988년 4월 호, 17면.

29 니시자와 후미타카, 「요즘 안도 씨는」, 『건축 문화』, 1977년 5월 호, 152면.

30 린도슌, 「이해하는 마음과 마음이 평화를 만든다」, 『상 KOBECCO』 2002년 겨울 호, 32면.

31 스에요시 에이조, 「페스티벌」, 『건축 문화』, 1984년 11월 호, 82면.

32 안도 다다오, 「TIME'S」, 『신건축』, 1985년 2월 호, 181면.

33 프랑수아 샤슬랭, 「안도 다다오의 물질과 반사」 『안도 다다오: 미니멀리즘 Tadao Ando: Minimalisme』(파리: 엘렉타 모니투르, 1982), 9면.

34 우치다 유젠, 「왜 안도 다다오인가: 클라이언트 6명의 증언」, 『다이요』, 1995년 10월 호, 27면.

35 안도 다다오, 「신건축 주택 설계 경기 1985 응모 규정 과제: 저항의 요새」, 『신건축』, 1985년 2월 호, 98면.

36 케네스 프램튼, 「안도 다다오의 건축」, 『GA 아키텍트 8: 안도 다다오 1972~1987』, 1987년 9월 호, 27면.

37 얀 뉘솜, 「오귀스탱 베르케의 서문」, 『안도 다다오와 환경 문제 *Tadao Ando et la question du milieu*』(파리: 르 모니투르, 1999), 10면.

38 「집서체-오카모토」, 『건축 문화』, 1977년 2월 호, 107~110면.

39 안도 다다오, 『나, 건축가 안도 다다오』, 174~175면.

40 「60도 급경사에 대한 도전, 롯코 집합 주택 Ⅱ」, 『다이요』, 1995년 10월 호, 96면.

41 사카이야 다이치, 「사상의 표현자」, 『다이요』, 2000년 2월 호, 56~57면.

42 「조지 구니히로에 의한 월평」, 『신건축』, 1992년 6월 호, 373면.

43 같은 곳, 371면.

44 안도 다다오, 『안도 다다오와 그의 기억』, 174면.

45 후쿠타케 소이치로, 다키가와 크리스텔, 「나오시마 메소드란?」, GOETHE, 2018년 5월 12일.

46 후쿠타케 소이치로, 「왜 안도 다다오인가: 클라이언트 6인의 증언」, 『다이요』, 1995년 10월 호, 57면.

47 「Why Ando? 왜 안도 다다오는 해외에서 인기가 있는가?」, 『카사 브루투스 *Casa Brutus*』, 1999년 가을 호, 45면.

48 같은 곳.

49 안도 다다오, 「숲속에 살아 숨 쉬는 미술관」, 『신건축』, 2005년 1월 호, 83면.

50 마쓰바 가즈키요, 「〈땅의 건축〉과 공공성」, 『신건축』, 1995년 3월 호, 140면.

51 안도 다다오, 『나, 건축가 안도 다다오』, 324면.

52 가이하라 도시타미, 「〈아르카디아-목가적인 낙원〉을 만들다」, 『상 *KOBECCO*』, 2002년 여름 호, 6면.

53 스즈키 히로유키, 「안도 다다오 교키설 서설」, 『안도 다다오의 건축 3: 인사이드 재팬(安藤忠雄の建築 3 Inside Japan)』(도쿄: TOTO 출판, 2008), 62면.

54 이시야마 오사무, 「단기 독행의 실행가」, 닛케이 크로스 테크, 2014년 2월 13일(『닛케이 아키텍처』 2014년 2월 25일 호 게재).

55 도쿄 대학교, 『도쿄 대학교 액션 플랜 가이드북 2008(東京大学アクション・プランガイドブック2008)』(도쿄: 고단샤, 2007), 16면.

56 스즈키 히로유키, 「안도 다다오, 두 개의 현재」, 『신건축』, 2008년 5월 호, 115면.

57 프랑수아 샤슬랭, 「역사와 땅을 거칠게 다루다: 안도 다다오가 가는 곳」, 『오늘의 건축』, 1993년 6월 호, 16면.

58 프란체스코 달 코, 「팔라디오의 모순에 대한 오마주」, 『신건축』, 1995년 4월 호, 195면.

59 안도 다다오, 「니시다 기타로 기념 철학관」, 『신건축』, 2003년 11월 호, 76면.

60 안도 다다오, 「〈책〉을 위한 건축」, 『신건축』, 2002년 7월 호, 66면.

61 「프랑수아 피노가 품어 온 현대 미술관의 꿈」, 『카사 브루투스』, 2002년 9월 호, 37면.

62 안도 다다오, 『안도 다다오 도시와 자연(安藤忠雄 都市と自然)』(도쿄: ADA 에디터 도쿄, 2011), 21면.

63 「상하이 폴리 대극장은 안도 다다오에 의해 만화경 통으로 설계되다」, 『매일 두조 신문(每日頭條)』 2014년 6월 25일 자.

64 「오사카의 안도 다다오」, 『오늘의 건축』, 1990년 4월 호, 142~149면.

사진·도판 제공

안도 다다오 건축 연구소(安藤忠雄建築研究所) 24~27, 51~53, 78~82, 106~109,
126, 128, 149~151, 175, 176(아래), 177~178, 199(위), 200, 201(위),
221~222, 242~243, 261(아래), 285(아래), 286(위), 287~288, 312(아래), 313,
336~337, 338(위), 339(아래), 359~360, 378~379, 396~397, 399, 414(위),
416, 438~439, 442, 460~461, 483~484, 486, 509, 511(아래), 513
마쓰오카 미쓰오 110, 198, 199(아래), 201(아래), 244, 261(위), 262(위), 263, 315,
338(아래), 398, 414(아래), 415, 508
오무라 다카히로(大村高広) 127
후지즈카 미쓰마사(藤塚光政) 262(아래), 285(위), 286(아래), 380
오하시 도미오(大橋富夫) 176(위), 312
로버트 페투스Robert Pettus 314(위)
토마스 리엘Thomas Riehle /arter 314(아래)
오가와 시게오(小川重雄) 339(위), 361, 441, 459, 463, 485, 510, 511(위)
Palazzo Grassi S.p.A, ORCH orsenigo-chemollo 440
Ph. Guignard /Air-Images 441
Aurora Museum 461(위)
Vanke 461(아래)
문축 국제(文築国際) 462
LG 아트 센터 서울 512

옮긴이 위정훈

고려대학교 서어서문학과를 졸업하고 『씨네 21』 기자를 거쳐 도쿄 대학교 대학원 종합 문화 연구과 객원 연구원으로 유학했다. 현재 인문, 정치 사회, 과학 등 다양한 분야의 출판 기획과 번역가로 활동하고 있다. 옮긴 책으로 『뿌리 깊은 인명 이야기』, 『뿌리 깊은 지명 이야기』, 『왜 인간은 전쟁을 하는가』, 『콤플렉스』, 『단백질의 일생』, 『바이러스의 비밀』, 『무한과 연속』, 『그림으로 읽는 친절한 기후 위기 이야기』, 『그림으로 읽는 친절한 뇌과학 이야기』 등이 있다.

안도 다다오, 건축을 살다

지은이 미야케 리이치 **옮긴이** 위정훈 **발행인** 홍예빈·홍유진

발행처 사람의집(열린책들) **주소** 경기도 파주시 문발로 253 파주출판도시

대표전화 031-955-4000 **팩스** 031-955-4004

홈페이지 www.openbooks.co.kr **email** webmaster@openbooks.co.kr

Copyright (C) 주식회사 열린책들, 2023, *Printed in Korea.*

ISBN 978-89-329-2323-9 03830

발행일 2023년 3월 30일 초판 1쇄 2023년 9월 15일 초판 4쇄

사람의집은 열린책들의 브랜드입니다.
시대의 가치는 변해도 사람의 가치는 변하지 않습니다.
사람의집은 우리가 집중해야 할 사람의 가치를 담습니다.